Ein dunkel leuchtender Stern

Ein Oxford-Krimi

Bridget Hart Buch 5

M S MORRIS

Veröffentlicht von Landmark Media, einer Division von Landmark Internet Ltd.

Bridget Hart® und M S Morris® sind eingetragene Marken von Landmark Internet Ltd.

msmorrisbooks.com

KAPITEL 1

Meine Damen und Herren! Sind Sie mutig? Sind Sie furchtlos? Sind Sie unerschrocken und bei „ klarem Verstand?"

Bridget hakte sich bei Jonathan unter und zog ihn näher zu sich, als der durchdringende Blick des Geistertour-Guides auf sie fiel. Für einen beunruhigenden Moment hatte sie das Gefühl, als sähe er in die dunkelsten Winkel ihrer Seele, in die sie selbst nur ungern blickte. Doch dann wanderte sein Blick weiter und er musterte nach und nach den Rest der Gruppe, von denen einige nervös kicherten, und Bridget erkannte, dass er einfach ein guter Schauspieler war, der das Publikum mit seiner Bühnenpräsenz fesselte. Die Teilnehmer der Führung nickten und bestätigten, dass sie in der Tat mutig und furchtlos waren. Alle waren in der Stimmung mitzuspielen.

„Was ist mit dir?", fragte der Guide und zeigte auf ein etwa zehn- oder elfjähriges Mädchen, das mit seinen Eltern und seinem älteren Bruder dort war.

„Ich habe keine Angst vor Geistern", sagte das Mädchen mit lauter, klarer Stimme und brachte damit alle zum Lachen.

„Großartig!" Der Guide klatschte in die Hände. „Dann lade ich Sie alle ein, mit mir eine Tour durch Oxfords dunkelste, gruseligste und verwunschenste Ecken zu machen. Lassen Sie uns die Morde, das Chaos und den Wahnsinn entdecken, die in dieser alten Stadt lauern! Lassen Sie uns Ghule, Geister, Spukgestalten und Gespenster zum Vorschein bringen!" Und mit einem theatralischen Schwenken seines schwarzen Umhangs bedeutete er allen, ihm in die Turl Street zu folgen.

Jonathan beugte sich zu Bridget und flüsterte ihr ins Ohr. „Welchem Friedhof ist dieser Kerl entsprungen? Da muss doch irgendwo ein leeres Grab sein."

„Benimm dich", kicherte Bridget. Aber es stimmte. Der Guide mit dem ungewöhnlichen Namen Gordon Goole sah tatsächlich aus wie eine Leiche. Groß und hager, mit hohlen Wangen, tiefliegenden Augen und einer markanten römischen Nase erinnerte er mit seinem langen schwarzen Umhang und dem Zylinder an einen viktorianischen Bestatter. Seine ausgemergelten Gesichtszüge wurden durch eine Schicht blassen Make-ups und, wie Bridget vermutete, einen Hauch schwarzen Eyeliner betont. „Komm, wir verlieren den Anschluss."

Sie und Jonathan hatten den Nachmittag auf dem Weihnachtsmarkt in der Broad Street verbracht, waren von Stand zu Stand gegangen und hatten geschnitzten Holzschmuck, Duftkerzen, hausgemachte Essiggurken und handgewebte Schals bewundert, während der Duft von Zimt, gerösteten Kastanien und französischen Crêpes um ihre Aufmerksamkeit buhlten. Für ihre Schwester Vanessa wählte sie ausgefallenen handgefertigten Schmuck und für ihre Tochter Chloe natürliche Hautpflegeprodukte. Für ihre Nichte und ihren Neffen, Florence und Toby, fand sie traditionelle Holzpuzzles und Brettspiele, die sicher Vanessas Zustimmung finden würden. Um die Dezemberkälte zu vertreiben, genossen sie ein Glas (oder zwei) würzigen Cider, und Bridget konnte der Verlockung von frisch frittierten Churros, getunkt in dicke heiße Schokolade, nicht widerstehen. Das würde ihrer Figur nicht guttun, aber wen kümmerte das schon? Es war fast Weihnachten, und in den nächsten Tagen würde ihre Kalorienaufnahme ohnehin durch die Decke gehen, da machte ein Donut kaum einen Unterschied. Na gut, zwei Donuts.

Es war eine spontane Entscheidung gewesen, sich der Geistertour anzuschließen, die gerade in der Nähe des altmodischen Karussells starten sollte. Bridget war von dem bunt bemalten Karussell sehr angetan gewesen, hatte aber befürchtet, dass es ihr schwer fallen würde, auf die hölzernen Pferde auf- und abzusteigen, ohne ihre Würde zu verlieren, und so hatten sie sich stattdessen für die Tour entschieden. Obwohl sie ihr ganzes Leben lang in oder in der Nähe von Oxford gelebt hatte, hatte sie noch nie an einer der berühmten Geistertouren teilgenommen, und an einem Winterabend, an dem die ersten Schneeflocken durch die klare, kalte Luft fielen, schien es eine unterhaltsame und romantische Art, den Tag ausklingen zu lassen. Und ein Spaziergang durch die Stadt würde sicherlich die mästende Wirkung der Churros ausgleichen.

„Sind Sie zu Besuch in Oxford?", fragte eine grauhaarige Frau, die Anfang sechzig sein musste. Sie war mit ihrem Mann auf der Tour.

„Nein, wir leben hier", gab Bridget zu.

„Oh, ich beneide Sie", sagte die Frau mit einem Akzent, den Bridget als leicht amerikanisch identifizierte. „Oxford ist so eine schöne Stadt. Bei uns gibt es nichts Vergleichbares."

„Und woher kommen Sie?"

„Wir leben jetzt in Cambridge, Massachusetts, obwohl ich ursprünglich aus Seattle stamme. Aber mein Mann ist aus Oxford. Wir sind über die Feiertage hier und besuchen seine Mutter und Familie." Der Mann, der sie begleitete, nickte und lächelte Bridget und Jonathan zu. „Ich bin übrigens Cheryl und mein Mann heißt Trevor."

„Bridget und Jonathan", sagte Bridget.

Cheryl machte den Eindruck, als würde sie gerne weiterplaudern, aber sie waren inzwischen am Jesus

College in der Turl Street angekommen, und der Guide geleitete sie durch die Tore des Colleges und versammelte sie in einer dicht gedrängten Gruppe neben der Pförtnerloge, um mit seiner ersten Geschichte zu beginnen. Bridget folgte Cheryl und Trevor durch den Eingang, wo sie sich zu der vierköpfigen Familie gesellte, die bereits die Fassaden der College-Kapelle, des Speisesaals und anderer Gebäude rund um den ersten Innenhof betrachtete. Das gelbe Licht hinter einigen der Bleiglasfenster warf einen warmen Schein auf das alte Mauerwerk, und ein hell erleuchteter Weihnachtsbaum erhellte eine Ecke des Platzes, während andere Teile des Colleges in Schatten gehüllt blieben.

„Kommen Sie näher", sagte Goole und winkte sie mit ausgestreckten Armen zu sich. „Ich möchte keinen von Ihnen in dieser kalten, dunklen Nacht verlieren. Sind wir noch alle da?"

Bridget ließ ihren Blick über die versammelte Gruppe schweifen. Um ehrlich zu sein, war es ein ziemlich kleines Publikum, und sie fragte sich, wie der Guide es schaffte, von diesen Touren zu leben. Abgesehen von Cheryl und Trevor und der Familie mit dem Mädchen und ihrem älteren Bruder waren nur drei weitere Personen bei der Führung dabei, eine Gruppe von Frauen in den Vierzigern, die alle ausgefallene Stirnbänder vom Weihnachtsmarkt trugen – eine hatte ein blinkendes Rentiergeweih auf dem Kopf, die anderen beiden glitzernde Schneemänner und Miniatur-Weihnachtsmänner. Bridget konnte ihnen kaum schlechten Geschmack vorwerfen, denn sie selbst trug eine knallrote Wollmütze und einen Weihnachtsschal mit tanzenden Schneemännern, den Chloe ihr im vergangenen Jahr aus Jux gekauft hatte.

Ob es nun an den albernen Kopfbedeckungen lag oder an ihrer allgemeinen Ausgelassenheit, die drei Frauen machten den Eindruck, als seien sie auf einem Frauenwochenende. Zwei von ihnen lachten und kicherten über alles, was der Guide sagte (Bridget vermutete stark, dass der Glühwein daran schuld war), aber

Ms. Rentiergeweih schien ziemlich abgelenkt zu sein, schaute ständig auf ihr Handy und schenkte dem Guide kaum Beachtung. Die Frau kam Bridget irgendwie bekannt vor, aber sie konnte sie nicht richtig einordnen.

Dann trat das letzte Mitglied der Gruppe durch die Tore des Colleges – ein hagerer, blassgesichtiger Junge im späten Teenageralter, der ein Stück hinter den anderen hergeschlurft war. Bekleidet mit schwarzen Jeans, einem schwarzen Hemd und einer dünnen schwarzen Jacke, die den eisigen Temperaturen kaum angemessen schien, drängte er sich nach vorne, gesellte sich zu der vierköpfigen Familie und stellte sich zwischen Bruder und Schwester. Die beiden Jungen waren im gleichen Alter, schätzte Bridget, obwohl sie einander nicht ähnlich sahen. Vielleicht waren sie Freunde. Als Goole begann, die Geschichte eines College-Direktors zu erzählen, der eines Nachts zwei mysteriöse Männer im ersten Innenhof graben sah, lehnte sich der Neuankömmling vor, lauschte aufmerksam und runzelte immer wieder die Stirn, während der Guide erzählte. Der Junge schien unfähig, still zu stehen. Er scharrte mit den Füßen und berührte immer wieder seine Nase und sein Kinn in einer sich wiederholenden Geste.

„Doch bei genauerer Betrachtung am nächsten Morgen", sagte Goole mit einer dramatischen Geste, „konnte kein einziger Hinweis auf Grabungen gefunden werden. Eine Durchsicht der College-Aufzeichnungen ergab jedoch, dass an dieser Stelle während des Englischen Bürgerkriegs ein Grab ausgehoben worden war."

Der Junge in Schwarz steckte die Hände in die Hosentaschen und flüsterte dem anderen Jungen etwas zu. Es war klar, dass die beiden sich gut kannten, aber als Bridget ihre Aufmerksamkeit auf die Eltern richtete, hatte sie den deutlichen Eindruck, dass Mutter und Vater sich wünschten, ihr Sohn hätte diesen seltsamen Freund nicht mitgebracht.

„Faszinierend", murmelte Cheryl, als der Guide seine Geschichte beendet hatte. „Ist das nicht interessant,

Trevor?"

„Ergreifend." Trevor lächelte seine Frau nachsichtig an. Er gähnte und warf einen kurzen Blick auf die Uhr, und Bridget fragte sich, ob er vielleicht lieber zu Hause vor einem knisternden Kaminfeuer mit einem guten Buch sitzen würde.

„Und jetzt bleiben Sie dicht bei mir", sagte Goole. „Unser Weg wird immer dunkler. Ich bitte Sie, achten Sie auf unebenes Pflaster, lose Kopfsteine und natürlich ... das Übernatürliche."

Er verließ das Jesus College und führte sie nun die Brasenose Lane hinunter, eine angemessen unheimliche Passage zwischen Exeter und Lincoln College. Die Gruppe verstummte, als sie die schmale Straße entlangging, die nur von vereinzelten Lampen erleuchtet wurde, die hoch oben an den Mauern der alten Gebäude befestigt waren. Es schneite jetzt richtig und große, weiche Flocken kitzelten Bridgets Nase. Nach einer Minute Fußmarsch traten sie auf die freie Fläche des Radcliffe Square.

„O mein Gott, ist das nicht einfach wunderschön!", hauchte Cheryl, als sie die im achtzehnten Jahrhundert errichtete Radcliffe Camera mit ihrer Kuppel erblickte, die von den gotischen Zinnen des All Souls College, dem Brasenose College, der mittelalterlichen Bodleian Library und dem hoch aufragenden Turm der Universitätskirche St. Mary the Virgin flankiert wurde, der sich im Scheinwerferlicht gegen den schwarzen Himmel abzeichnete. In der verschneiten Nachtluft bot sich ein magischer Anblick, an dem sich Bridget nie satt sehen würde. Sie konnte gerade noch die Klänge der Orgel und den Gesang von *Hark the Herald Angels Sing* aus der Universitätskirche hören, wo einer der vielen Chöre Oxfords gerade seinen Weihnachtsgottesdienst abhielt.

„Haben Sie Familie in Oxford?", fragte Cheryl und nahm das Gespräch wieder auf, als sie den gepflasterten Platz in Richtung Catte Street umrundeten.

„Ich habe eine Tochter", antwortete Bridget. „Sie ist fünfzehn. Sie wollte heute nicht mit uns zum

Weihnachtsshopping kommen. Sie ist lieber bei ihren Freunden."

In der Tat war Bridget ziemlich enttäuscht gewesen, dass Chloe sich entschieden hatte, nicht mit auf den Weihnachtsmarkt zu kommen. Sie hätte sich gefreut, mit ihr eine schöne Zeit zu verbringen. Aber mit fünfzehn entwickelte Chloe zunehmend ihren eigenen Kopf und ihre eigenen Ansichten, die sich immer weniger mit denen von Bridget deckten.

„So sind Teenager", sagte Cheryl. „Trotzdem ist es schön, wenn die Familie an Weihnachten zusammenkommt."

„Ja", sagte Bridget höflich. Obwohl sie Weihnachten liebte, fürchtete sie sich vor dem eigentlichen Tag. Natürlich kam es nicht in Frage, Weihnachten in ihrem winzigen Cottage in Wolvercote zu feiern. Sie hätte Schwierigkeiten gehabt, einen Truthahn in den Ofen zu bekommen, ganz zu schweigen davon, alle um den Küchentisch zu quetschen. Wie üblich organisierte Vanessa, die sich viel auf ihre Fähigkeiten im Haushalt einbildete, das Weihnachtsessen, obwohl man bei dem Trubel, den sie veranstaltete, meinen konnte, das Jesuskind würde persönlich erscheinen. Sie hatte schon vor Monaten mit dem Backen begonnen, weil der Weihnachtskuchen Zeit zum Reifen brauchte, und ihre Gefriertruhe war voll mit selbstgebackenen Mince Pies. Wenn es nach Bridget gegangen wäre, hätte sie in letzter Minute bei Waitrose eingekauft, aber Vanessa machte alles selbst, sogar die Cranberry-Soße. Dieses Jahr würden neun Personen zum Mittagessen am ersten Weihnachtstag kommen. Neben Vanessas vierköpfiger Familie würden noch Bridget, Jonathan und Chloe kommen sowie Vanessas und Bridgets Eltern, die überredet worden waren, für die Festtage aus Lyme Regis anzureisen. Und genau darin lag Bridgets größte Sorge.

Ihre Eltern. Das Verhältnis zu ihnen war durch den Tod von Abigail, der jüngsten der drei Schwestern, unwiderruflich gestört worden. Nachdem Abigail im Alter von sechzehn Jahren ermordet worden war, hatten sich ihre Eltern in eine unüberwindliche Trauerstarre zurückgezogen, aus der sie nie wieder herausgekommen waren. In einer Zeit, in der die Familie mehr denn je zusammenhalten musste, hatten sie sich stattdessen abgewandt und es Bridget und Vanessa überlassen, sich gegenseitig zu trösten. Sie hatten das Familienhaus verkauft, waren an die Küste von Dorset gezogen und zeigten kaum Interesse, als ihre Enkelkinder geboren wurden. Sie verließen Lyme Regis nur noch selten, und es war schon eine beachtliche Leistung, dass Vanessa sie überreden konnte, Weihnachten in Oxford zu verbringen. Doch Bridget freute sich kaum auf dieses Ereignis. Die Stimmung bei Truthahn und Rosenkohl würde wahrscheinlich genauso frostig sein wie das Wetter draußen.

„Ich liebe Weihnachten einfach", sagte Cheryl, „vor allem die Art, wie ihr Engländer es feiert, mit Plumpudding und Mince Pies."

Bridget lächelte schwach.

Nach einem kurzen Stopp vor der Bodleian Library, wo die Geschichte erzählt wurde, wie König Charles I., dem der Bibliothekar 1645 die Ausleihe von Büchern aus der Bibliothek verweigert hatte, Rache genommen hatte und in den Jahren nach seiner Hinrichtung im oberen Lesesaal erschienen war, um Bücher aus den Regalen zu reißen, offenbar manchmal ohne Kopf, setzte sich Goole wieder in Bewegung. Die Gruppe folgte ihm.

„Lesen ohne Kopf. Das ist gar nicht so einfach", sagte Cheryl zu ihrem Mann.

„Einige meiner Studenten scheinen das zu können", bemerkte er trocken. „Der Qualität ihrer Aufsätze nach zu urteilen."

„Sie sind Akademiker?", erkundigte sich Bridget.

„Dozent in Harvard, ja."

„Folgen Sie mir jetzt. Verlaufen Sie sich nicht", sagte Goole, überquerte die Straße und führte sie unter der Seufzerbrücke – oder Hertford Bridge, wie sie eigentlich hieß –, dem überdachten Steg im venezianischen Stil, der die beiden Hälften des Hertford College miteinander verband, hindurch und die New College Lane hinunter, die um diese Zeit dunkel und menschenleer war. Unter einer viktorianischen Straßenlaterne, die ein gespenstisches Licht in die dunkle Gasse warf und die Schatten auf seinen hageren Gesichtszügen betonte, hielt Goole inne und erzählte seine nächste Geschichte.

„Versammeln Sie sich, meine Freunde, und versetzen Sie sich zurück in die dunkelsten Tage des Englischen Bürgerkriegs. König gegen Parlament. Königstreue gegen Parlamentarier. Familien, deren Loyalität gespalten war, wurden auseinandergerissen. Wir schreiben das Jahr 1646. Der König hat Oxford zu seiner Festung gemacht, doch die Stadt wird nun von den Parlamentariern belagert. Im ganzen Land werden blutige Schlachten geschlagen. Tod und Verrat sind allgegenwärtig." Er machte eine dramatische Geste mit dem Finger seiner rechten Hand, als wolle er sich die Kehle durchschneiden. „Und hier in Oxford, genau an der Stelle, wo Sie jetzt stehen, sammelte Prinz Rupert, ein treues und ergebenes Mitglied der königlichen Entourage, Freiwillige für einen Überfall auf einen Soldzug der Parlamentarier. Gute Männer. Tapfere Männer. Männer mit Familien und Kindern. Aber ach!" – Goole holt tief Luft – „Der Angriff ist zum Scheitern verurteilt. Prinz Ruperts Männer werden in der Blüte ihres Lebens niedergemetzelt. Und noch heute kann man, wenn man spät in der Nacht allein hier entlanggeht, das Klappern von Hufen und das Klirren von Rüstungen hören."

Die Gruppe hielt kollektiv den Atem an, als versuchte sie, das Getrappel von Pferden und Männern zu hören, doch das einzige Geräusch kam von dem Jungen in Schwarz, der immer unruhiger zu werden schien. Seine Füße scharrten immer wieder über das Pflaster, während er vor und zurück wippte. Bridget versuchte, ihn nicht anzustarren, aber er lenkte sie sehr ab. Schließlich konnte er sich nicht mehr beherrschen. Mit angespannter, hoher

Stimme platzte er heraus: „Sie sollten ihnen erklären, wie es funktioniert!" Plötzlich waren alle Augen auf ihn gerichtet, obwohl er selbst sofort den Blick senkte. Zwanghaft begann er, sich an Nase und Kinn zu fassen, als wolle er die Aufmerksamkeit abwehren.

Goole schaute verblüfft angesichts der Unterbrechung. „Sie haben eine Erklärung für diese gespenstischen Phänomene? Vielleicht möchten Sie sie mit uns teilen, junger Mann."

„Oder besser nicht", flüsterte eine der drei Frauen ihren Freundinnen zu.

„Mein Name ist Dylan."

„Na los, Dylan", drängte der andere Junge. „Sag es ihnen."

„Um Himmels willen, Luke, ermutige ihn nicht", murmelte der Vater des Jungen.

Dylan schüttelte abweisend den Kopf. „Sie würden es wahrscheinlich nicht verstehen. Sie wollen nur alberne Geschichten hören."

„Erzähl es ihnen trotzdem", sagte Luke aufmunternd.

Dylan wippte noch ein wenig mehr vor und zurück, dann begann er zu sprechen. „Manche Menschen glauben, dass Geister die bösen Seelen der Toten sind, die dazu verdammt sind, für immer auf der Erde zu wandeln, um Rache oder Gerechtigkeit zu suchen." Er wurde ruhiger, während er seine Erklärung vortrug, und hörte auf zu schaukeln und sich an die Nase zu fassen, obwohl er immer noch mit niemandem Blickkontakt aufnahm. „In Wirklichkeit sind Geister Erinnerungen an Orte – Aufzeichnungen von Stimmen, Bildern, Gedanken und Gefühlen, die in physischen Objekten wie Steinen eingeprägt sind –, die sensible Menschen wiedergeben können."

Es war die Amerikanerin Cheryl, die das lange Schweigen nach Dylans Worten brach. „Steine, wie Kristalle?", schlug sie vor. „Ich habe eine Freundin in Boston, die die Heilkraft von Kristallen sehr schätzt."

„Ich habe einmal nach einer besonders schlimmen

Trennung eine Kristalltherapie ausprobiert", sagte Ms. Rentiergeweih. Ihre beiden Freundinnen tauschten einen müden Blick aus, den Bridget als „sie hat schon viele Trennungen hinter sich" interpretierte. „Der Kursleiter sagte mir, das würde helfen, meine Chakren neu auszurichten."

„Und hat es geklappt?", erkundigte sich eine ihrer Freundinnen – die mit den glitzernden Schneemännern auf dem Kopf.

„Das weiß ich nicht. Aber es hat auf jeden Fall zu einer gesunden Ausrichtung zwischen mir und dem Kursleiter geführt." Ms. Rentiergeweih brach in Kichern aus.

„Ich wusste, sie würden es nicht verstehen", sagte Dylan zu seinem Freund Luke. „Ich habe keine Zeit für so etwas. Ich gehe!"

„Hey, Kumpel, geh nicht", sagte Luke und streckte die Hand aus, um ihn aufzuhalten, aber Dylan riss sich von seinem Griff los und stürmte die New College Lane hinunter, wobei seine schwarze Jacke hinter ihm wehte.

„Lass ihn", zischte Lukes Mutter laut genug, dass alle es hören konnten. „Du bist heute Nacht bei deiner Familie. Nicht bei diesem Idioten."

„Lynda, bitte", sagte ihr Mann und legte ihr eine Hand auf den Arm. „Heute sollte es doch um die gemeinsame Zeit mit der Familie gehen, erinnerst du dich?"

„Es tut mir leid, Geoff. Aber ehrlich …"

Ein rebellischer Ausdruck erschien auf Lukes Gesicht, aber er blieb, wo er war, und sah seinem Freund nach. Seinen Eltern war es sichtlich peinlich, dass dieser Familienstreit vor Publikum ausgetragen wurde. Lukes jüngere Schwester schien am liebsten im Boden versinken zu wollen.

Bridget beobachtete jeden Akteur des kleinen Familiendramas und ließ die Dynamik auf sich wirken.

„Ich entschuldige mich für das Verhalten des Freundes meines Sohnes", sagte Geoff, der Vater. „Wir hatten keine Ahnung, dass Dylan uns heute Abend begleiten würde. Bitte fahren Sie mit der Führung fort, Mr. Goole. Wir genießen sie sehr."

„Danke", sagte Goole. „Wir haben noch eine Reihe weiterer Orte zu besichtigen."

Die Gruppe setzte sich wieder in Bewegung und Bridget war erleichtert. Dylans Anwesenheit hatte sie nervös gemacht. Sie hatten eine Weile unter der Straßenlaterne gestanden und ihre Füße waren fast erfroren. Sie trat auf der Stelle auf und ab, um sie aufzuwärmen. Dann warf sie einen letzten Blick auf die New College Lane, aber der Junge, Dylan, war in der Nacht verschwunden, als wäre er selbst nur ein Geist.

„Glückliche Familien, was?", flüsterte Jonathan Bridget zu, als sie der Gruppe zurück unter die Seufzerbrücke folgten.

„Hm", sagte Bridget und dachte an ihre eigene zerrüttete Familie. Sie hoffte, dass ihre Schwester nicht unbeabsichtigt den Anlass für einen ähnlich hitzigen Streit schuf, indem sie zu Weihnachten drei Generationen unter einem Dach zusammenbrachte.

Goole setzte die Tour fort und führte sie als Nächstes zum Wadham College, wo er von den mysteriösen nächtlichen Wanderungen eines Priesters in weißen Gewändern erzählte, der von einem Oberportier und zwei Hausdienern auf dem Weg zwischen der Kapelle und dem Speisesaal gesichtet worden war, da dieser Teil des Colleges auf dem Gelände eines alten Augustinerklosters errichtet worden war.

Aber Bridget hatte das Gefühl, dass er die Geschichte etwas hastig erzählte, als ob sein Redefluss nach dem Vorfall in der New College Lane unterbrochen worden wäre.

Die Tour ging weiter zu mehreren anderen Colleges, darunter New College, Trinity und St. John's, und endete in der Nähe des Ausgangspunkts vor dem Sheldonian Theatre in der Broad Street. Der *Halleluja-Choral* aus Händels *Messias* war durch die offenen Fenster im oberen Teil des Gebäudes deutlich zu hören. Alle spendeten Goole einen kräftigen Applaus.

„Dies war natürlich nur eine kurze Einführung in die zahlreichen und vielfältigen Geister von Oxford", schloss Goole. „Viele weitere sind in meinem Buch *Geister und Spuk in Oxford* beschrieben, das in einigen guten Buchhandlungen zu einem sehr günstigen Preis erhältlich ist. Ich habe sogar einige Exemplare bei mir."

Er holte eine Handvoll Bücher unter seinem wirbelnden Umhang hervor und bot sie seinem Publikum an. Cheryl, die Amerikanerin, kaufte pflichtbewusst ein Exemplar, ebenso Jonathan. Die drei Frauen und die vierköpfige Familie lehnten höflich ab.

„Vielleicht können wir Sie auf einen Drink einladen, Mr. Goole?", schlug Cheryls Ehemann Trevor vor. „Ich glaube, im Turf Tavern gibt es zu Weihnachten Glühwein. In einer so kalten Nacht könnten wir alle etwas Warmes gebrauchen."

Es hatte aufgehört zu schneien, aber die Temperatur war eher noch weiter gefallen. Die Wolken hatten sich verzogen und helle Sterne erschienen am samtschwarzen Firmament. Der Gedanke, sich die Finger an einem Glas würzigen Glühweins zu wärmen, gefiel Bridget sehr gut, und die anderen schienen zuzustimmen, vielleicht weil ihnen Goole ein wenig leidtat. Die Verlegenheit, die Dylans Ausbruch ausgelöst hatte, hatte den armen Mann ziemlich aus der Fassung gebracht und seiner Erzählung etwas von ihrem Glanz genommen.

„Das klingt nach einer ausgezeichneten Idee", sagte Jonathan.

Das Turf Tavern, einer der berühmtesten Pubs Oxfords aus dem zwölften Jahrhundert, war für den Gelegenheitsbesucher nicht leicht zu finden. Das Pub, in dem einst illegale Glücksspiele stattfanden, war außerhalb des Zuständigkeitsbereichs der mittelalterlichen Stadtverwaltung errichtet worden und wurde auf einer Seite noch von einem Teil der ursprünglichen Stadtmauer begrenzt. Im Laufe der Jahre waren viele berühmte Persönlichkeiten im Turf zu Gast gewesen, darunter Richard Burton und Elizabeth Taylor, Stephen Hawking und die Schauspieler und Crew der *Harry-Potter*-Filme. Einer lokalen Legende zufolge war dies auch der Ort, an dem Bill Clinton bekanntermaßen Marihuana geraucht, aber „nicht inhaliert" hatte.

Verborgen zwischen einem Durcheinander von Gebäuden zwischen der New College Lane und der Holywell Street, erreichte man das Turf über ein Labyrinth von engen Gassen. Goole führte sie die kurze Strecke zurück, unter der Seufzerbrücke hindurch und die St. Helen's Passage hinunter, die früher als Höllen-Passage bekannt war, eine nur wenige Meter breite Gasse zwischen dem Hertford College auf der einen und einem alten roten Backsteinhaus auf der anderen Seite. Eine scharfe Biegung in der Mitte der Passage führte sie zum Pub, einem schiefen Fachwerkgebäude, das in die Lücke neben dem Kreuzgang des New College gezwängt war und vom schwankenden Schaft des College-Glockenturms überragt wurde.

„Das ist fantastisch!", sagte Cheryl und betrachtete die Szenerie.

Das Innere des Pubs war berüchtigt für seine Enge und bestand aus zwei Räumen mit niedrigen Balken zu beiden Seiten einer zentralen Bar. Aber der Platzmangel im Inneren wurde durch eine Reihe von Innenhöfen auf verschiedenen Ebenen kompensiert, die durch eine Vielzahl von Vordächern, Schirmen und, was Bridget sehr willkommen war, Außenheizungen vor den schlimmsten Witterungseinflüssen geschützt waren.

Wie üblich war das Turf überfüllt. Die Besucher des Weihnachtsmarktes hatten sich mit ihren Einkäufen dorthin zurückgezogen, und es gab keinen Platz zum Sitzen, weder drinnen noch draußen.

„Was darf ich Ihnen bringen?", fragte Jonathan den Guide. „Bier? Glühwein?"

„Ein Bier wäre perfekt", sagte Goole und sah dankbar aus. „Das viele Reden macht mich durstig."

„Glühwein?", fragte Jonathan Bridget.

Sie schenkte ihm ein Lächeln.

Während alle Männer der Gruppe mit Ausnahme von Goole zur Bar gingen, um die Getränke zu holen, begann Cheryl den drei Singles und dem Guide eine Geschichte über die Heilkraft von Kristallen zu erzählen. Bridget stand bei der Mutter, Lynda, und ihrer kleinen Tochter. Das Mädchen erinnerte Bridget ein wenig an Chloe in diesem Alter – etwas unbeholfen in Gegenwart so vieler Erwachsener. Jugendliche hassten es, wie Kinder behandelt zu werden. Das arme Mädchen hatte nach dem Wortgefecht zwischen ihren Eltern und ihrem Bruder in der New College Lane furchtbar verlegen ausgesehen.

„Hat dir die Tour gefallen?", fragte Bridget.

Das Mädchen nickte und lächelte Bridget schüchtern an. Wahrscheinlich beruhigte es das Kind, dass Bridget mit ihren 1,57 m nicht viel größer war als eine Elfjährige.

„Was war deine Lieblingsgeschichte?"

„Ich mochte die Geschichte über den Erzbischof."

„Im St. John's College? Ja, die hat mir auch gefallen."

Nach Gooles blumiger Erzählung wurde ein Erzbischof von Canterbury namens William Laud, der eine Reihe strenger Reformen in der Kirche von England durchgesetzt hatte, wegen Ketzerei, Tyrannei und Hochverrats vor Gericht gestellt. Im Jahr 1645 wurde er in den Tower of London gebracht und enthauptet. Der Leichnam von Laud, der in Oxford geboren worden und Kanzler von St. John's gewesen war, wurde nach Oxford überführt und unter dem Altar der College-Kapelle beigesetzt. Sein Geist wurde dort im Laufe der Jahrhunderte viele Male gesehen und hatte die aufsässige Angewohnheit, seinen Kopf von den Schultern zu nehmen und ihn wie einen Fußball über den Boden zu kicken.

„Oh, Lucy", sagte ihre Mutter verzweifelt. „Das war die grausamste Geschichte."

„Deshalb hat sie mir gefallen", sagte das Mädchen und schürzte trotzig die Lippen.

„Nun, mir hat sie auch gefallen", sagte Bridget.

„Sie war nicht einmal unheimlich", sagte das Mädchen. „Ich hatte auf ein paar richtig gruselige

Geschichten gehofft."

„Ehrlich, Lucy", sagte ihre Mutter. „Ich weiß nicht, woher du diese Ideen hast." Sie sah auf die Uhr. „Es ist schon spät für dich, um noch draußen zu sein. Was in aller Welt ist mit Geoff passiert?"

„Wahrscheinlich ist nur viel los an der Bar", versuchte Bridget die Wogen zu glätten. „Und ich bin sicher, eine lange Nacht wird Lucy nicht schaden."

Lynda legte eine schützende Hand auf die Schulter ihrer Tochter. Die Geste deutete an, dass Bridget ihrer Meinung nach wenig Ahnung davon hatte, wie sehr eine lange Nacht einem kleinen Kind schaden konnte. „Haben Sie selbst Kinder?"

„Eine Tochter. Sie ist heute Abend mit Freunden unterwegs. Sie ist fünfzehn", fügte Bridget hinzu, wohl wissend, dass die Tatsache, dass Chloe allein unterwegs war, sie als nachlässige Mutter erscheinen lassen könnte.

„Tatsächlich?", sagte Lynda.

Bridget wünschte, sie hätte sich dem Gespräch über Heilkristalle angeschlossen, das, dem Gelächter von Cheryl und den drei anderen Frauen nach zu urteilen, wesentlich unterhaltsamer war.

„Wie alt ist denn Ihr Sohn?", fragte sie und versuchte, das Gespräch auf ein weniger heikles Thema zu lenken. Luke war seinem Vater nur widerwillig gefolgt, um beim Holen der Getränke zu helfen.

Sofort funkelten Lyndas Augen vor Stolz. „Luke ist neunzehn. Er studiert Jura am New College."

Bridget versuchte, sich ihre Überraschung nicht anmerken zu lassen. Luke und sein Freund Dylan hatten zu unreif gewirkt, um Studenten zu sein, aber das lag wahrscheinlich nur an Bridgets voranschreitendem Alter. Immerhin war es zwanzig Jahre her, dass sie selbst Studentin in Oxford gewesen war. „Ist das Semester nicht seit ein paar Wochen zu Ende?"

„Luke ist geblieben, um ein paar Arbeiten fertigzustellen", sagte Lynda und hielt besorgt über Bridgets Schulter nach ihrem Mann Ausschau. „Er ist so ein fleißiger Student."

Neben ihr verdrehte die Tochter übertrieben die Augen und Bridget fragte sich einmal mehr, welche geheimnisvollen Strömungen in dieser Familie am Werk waren.

„Ah, da kommt Geoff ja endlich", sagte Lynda sichtlich erleichtert.

Auch Bridget war erleichtert und drehte sich um, um Lyndas Ehemann und ihren Sohn zu beobachten, die sich einen Weg durch das Gedränge bahnten. Hinter ihnen folgte Jonathan mit zwei Gläsern Glühwein und einer Flasche Bier. Das Schlusslicht bildete Cheryls Ehemann Trevor, der den drei Frauen mit den ausgefallenen Kopfbedeckungen galant angeboten hatte, eine Runde zu spendieren.

Doch nicht alles war in Ordnung. Geoff und Luke, Vater und Sohn, schienen in eine Art Streit verwickelt zu sein, und Bridget nutzte die Gelegenheit, um sich von der zänkischen Familie zu lösen und sich wieder zu Cheryl zu gesellen, die eine wesentlich angenehmere Gesellschaft war.

„Cheers!", sagte Jonathan bei seiner Ankunft, reichte Bridget ein Glas und Mr. Goole das Bier.

Während Jonathan Mr. Goole in ein Gespräch über die lokale Geschichte verwickelte und Trevor sich entschuldigte, um einen Anruf entgegenzunehmen, drängten sich Bridget, Cheryl und die Gruppe der drei Frauen unter einem der Heizstrahler im Freien und tranken Glühwein.

Das Trio, so erklärte Ms. Rentiergeweih, deren richtiger Name Julia war, bestand aus ehemaligen Studentinnen der Universität und „besten Freundinnen", die nun Anfang vierzig frischgebackene Singles waren und beschlossen hatten, in ihre alte Heimat zurückzukehren, um „es ein bisschen krachen zu lassen". Sie wohnten im Malmaison, dem ehemaligen Gefängnis, das in ein stilvolles und exklusives Hotel umgewandelt worden war, und freuten sich darauf, zum ersten Mal seit Jahren nicht mehr „die ganze Weihnachtszeit mit Kochen und Abwaschen verbringen zu müssen".

Julia stieß einen theatralischen Seufzer aus, als hätte sie ihr ganzes Leben mit Hausarbeit verbracht, was Bridget angesichts ihrer glatten Hände und perfekt manikürten Nägel ernsthaft bezweifelte.

„Ich beneide Sie so sehr darum, dass Sie in einem Luxushotel untergebracht sind", sagte Cheryl. „Wir werden am ersten Weihnachtstag zu zwölft zu Abend essen, und so sehr ich ein großes Familientreffen auch genieße, wir werden auf dem alten Aga von Trevors Mutter kochen. Ihre Küche hat nicht einmal einen Geschirrspüler."

„Oh, das wird bestimmt lustig", sagte Bridget.

„Natürlich", sagte Cheryl grinsend. „Eigentlich liebe ich solche Sachen."

„Nun, ich hasse es wirklich", erklärte Julia. „Ihr werdet mich an Weihnachten nicht in der Küche finden. Es sei denn, ich hole gerade eine Flasche Wein aus dem Kühlschrank." Sie kippte den Rest ihres Getränks hinunter und hielt das leere Glas hoch. „Zeit für einen neuen, denke ich."

Ihre Freundinnen, die Liz und Deborah hießen, stimmten energisch zu.

Während Julia sich tapfer ihren Weg durch die Menge in Richtung Bar bahnte, drehte sich Cheryl um und sah sich um. „Ich frage mich, wo Trevor abgeblieben ist."

Bridget schaute sich ebenfalls im Hof um, aber es gab keine Spur von Cheryls Mann, der noch nicht von seinem Telefonat zurückgekehrt war.

Es war das erste Mal, dass Bridget eine Spur von Unbehagen in Cheryls Gesicht sah. Zuvor hatte sie völlig entspannt gewirkt, aber jetzt waren Sorgenfalten auf ihrer Stirn zu sehen. „Ich bin sicher, er kann nicht weit sein", sagte Bridget. „Ich nehme an, er ist nur an einen ruhigeren Ort gegangen, um seinen Anruf entgegenzunehmen."

„Ja, ich bin sicher, Sie haben recht", sagte Cheryl, obwohl die Sorge auf ihrem Gesicht nicht verblasste.

Bridgets Sicht auf die Menschenmenge draußen war durch ihre kleine Statur etwas eingeschränkt. Der Außenbereich war jetzt noch voller als bei ihrer Ankunft, und wie üblich schienen alle anderen um einige Zentimeter größer zu sein als sie. Sie konnte immer noch Jonathan sehen, der sich mit Mr. Goole unterhielt, obwohl sich eine große Gruppe von Nachtschwärmern zwischen die beiden Männer und Bridget gestellt hatte. Julia war zur Bar verschwunden und die „glückliche Familie" war nirgends zu sehen. Bridget entschuldigte sich bei Cheryl und machte sich auf den Weg zur Toilette. Nach dem Cider, den sie auf dem Weihnachtsmarkt getrunken hatte, und jetzt auch noch dem Glühwein, würde sie es ohne Toilettenpause nicht mehr lange aushalten. Vielleicht würde sie Trevor unterwegs treffen.

Langsam schob sie sich durch das Gedränge zu den Damentoiletten, die sich in einem Innenhof auf der anderen Seite der beiden Bars befanden. Auf dem Weg dorthin konnte sie weder Trevor noch Julia entdecken noch irgendein Mitglied der vierköpfigen Familie. Aber hier jemanden zu finden, war wie die Suche nach der Nadel im Heuhaufen. Als sie ankam, wurde sie natürlich von einer Schlange von Frauen empfangen, die sich um den Innenhof schlängelte. Sie stellte sich an und trat von einem Bein auf das andere, um sich warm zu halten.

Zehn Minuten später kam sie aus der Toilette und sah auf die Uhr. Es war bereits halb elf, höchste Zeit für sie und Jonathan, sich auf den Weg zu machen. Sie konnte kaum von Chloe verlangen, zu einer vernünftigen Zeit nach Hause zu kommen, wenn sie selbst ständig spät heimkam.

Sie wollte sich gerade auf die Suche nach Jonathan machen, als ein gellender Schrei aus der Richtung der St. Helen's Passage zu hören war. Bridgets Instinkt und ihre Ausbildung als Polizeibeamtin setzten ein und sie rannte sofort los. Sie musste nicht lange überlegen. Jemand brauchte Hilfe.

Die schmale Gasse war nur ein kurzes Stück entfernt,

aber ihr Weg war von Feiernden versperrt, die herübergekommen waren, um zu sehen, was los war.

„Lassen Sie mich durch!", rief sie. „Ich bin Polizistin."

Die Menge teilte sich widerwillig und sie drängte sich vorbei. Als sie plötzlich an der Ursache des Aufruhrs ankam, stolperte sie fast über eine Gestalt, die in der dunklen Gasse zwischen dem Turf und der New College Lane auf dem Bauch lag.

Ein langer schwarzer Umhang verbarg die Gesichtszüge des Mannes am Boden, aber Bridget brauchte sein hageres Gesicht nicht zu sehen, um ihn zu erkennen. „Mr. Goole?", keuchte sie und kniete sich neben ihn.

Um sie herum drängten sich Schaulustige, die keine Hilfe anboten, sondern stattdessen Fotos mit ihren Handys machten und aufgeregt miteinander plapperten.

Ghule, dachte Bridget. „Bitte bleiben Sie zurück!", rief sie verärgert, aber ihre Worte hatten wenig Wirkung. „Jemand soll einen Krankenwagen rufen!"

„Schon geschehen", sagte eine Stimme, aber Bridget konnte nicht sehen, wer gesprochen hatte.

Sie zog den schwarzen Umhang beiseite und ihre Finger wurden rot. Eine dunkle Blutlache sickerte aus einer Wunde im Unterleib des Mannes. Sie beugte sich vor und legte ihre Finger an Gooles Hals, um den Puls zu fühlen, aber da war nichts. Die glasigen, starren Augen des Guides starrten sie ausdruckslos an.

Bridget presste ihre Handflächen auf seinen Brustkorb und begann mit der Herz-Lungen-Wiederbelebung, indem sie mehrmals rhythmisch nach unten drückte. Dann blies sie ihm Luft in den Mund. Er gab immer noch kein Lebenszeichen von sich.

Sie setzte die Erste-Hilfe-Maßnahmen fort, bis die Sanitäter eintrafen. Als sie schließlich zurücktrat, um den Fachleuten Platz zu machen, bemerkte sie, dass der schwarze Zylinder des Guides heruntergerollt war und zerdrückt im Rinnstein lag.

KAPITEL 2

*D*a muss doch irgendwo ein leeres Grab sein. Jonathans Worte vom frühen Abend kamen Bridget jetzt mit erschreckender Klarheit wieder in den Sinn. Natürlich hatte Jonathan nur gescherzt. Aber der Inhaber von *Gooles Geistertouren* hatte schon zu Lebzeiten halbtot ausgesehen. Und jetzt war er wirklich tot, gestorben auf so brutale und grausame Weise wie in seinen Schauergeschichten.

Die Wiederbelebungsversuche waren gescheitert, die Schaulustigen weggeschickt worden und der Leichnam von Gordon Goole – oder ganz nüchtern David Smith, was sich herausstellte, nachdem man seinen Führerschein aus der Brieftasche geholt hatte – von der Öffentlichkeit abgeschirmt worden.

Die Gerichtsmedizinerin Dr. Sarah Walker erklärte, er sei von einem Steakmesser in den Oberbauch erstochen worden, obwohl die Todesursache selbst für Bridget offensichtlich war.

Der Wirt des Pubs bestätigte, dass sie Steakmesser wie jenes benutzten, mit dem Goole getötet wurde. „Aber das tun viele Pubs und Colleges in Oxford", fügte er hinzu, sichtlich bemüht, sein Lokal von dem unglücklichen Vorfall zu distanzieren.

„Aber er wurde nicht in einem anderen Pub ermordet, oder, Sir?", bemerkte Bridget, obwohl es nicht die Schuld des Wirtes war, dass der Guide tot war. Sie war immer noch wütend darüber, wie die Menge sich um sie herum gedrängt hatte, ohne Respekt vor dem Opfer, und wie sie ihre Bemühungen, zum Tatort zu gelangen, behindert hatte. Wäre sie früher da gewesen, hätte sie vielleicht helfen können, aber realistisch betrachtet hatte das Opfer so viel Blut verloren, dass sie wahrscheinlich nichts mehr für ihn hätte tun können.

„Der Schnitt war tief", sagte Sarah. „Er hat das Herz durchbohrt und wahrscheinlich auch eine große Arterie durchtrennt. Der Blutverlust ging sehr schnell. Er hat nicht lange gelitten."

Bridget nickte, denn sie wusste, dass Sarah versuchte, sie zu trösten.

„Sie hätten nichts tun können, um ihn zu retten", fuhr Sarah fort. „Er wäre gestorben, bevor er das Krankenhaus erreicht hätte, selbst wenn sofort ein Krankenwagen gekommen wäre." Sie stand auf, betrachtete Bridgets Wollmütze mit Bommel und ihren Weihnachtsschal, der jetzt blutverschmiert war, und hob eine abschätzende Augenbraue. Es war nicht das erste Mal, dass Bridget unpassend gekleidet an einem Tatort erschien. „Ich nehme an, Sie waren nicht im Dienst, als Sie die Leiche entdeckt haben."

„Nein", sagte Bridget. „Ich war eigentlich unterwegs, um mich zu amüsieren. Um in Weihnachtsstimmung zu kommen und so."

„Ich finde, es ist die Mühe nicht wert", sagte Sarah abfällig. „So viel Aufhebens und doch ist Weihnachten wahrscheinlich der enttäuschendste Tag des Jahres. So wie es in den meisten Familien zugeht, ist es ein Wunder, dass es um diese Zeit nicht mehr Morde gibt."

„Vielleicht", sagte Bridget und dachte an ihre eigenen gemischten Gefühle angesichts des großen

Familientreffens, das Vanessa für den ersten Weihnachtstag geplant hatte, aber sie konnte nicht umhin, sich zu fragen, ob Sarahs Worte eine Art Selbstschutz waren, um sich gegen die Einsamkeit an Weihnachten zu wappnen. Soweit sie wusste, war Sarah Single und hatte keine Familie. Bridget sollte sie wirklich mal auf einen Drink einladen, aber Sarah zeigte nie viel Interesse daran, mit ihren Kollegen zu verkehren. Sie hatte sich bereits abgewandt, um den Abtransport der Leiche zum wartenden Krankenwagen in der New College Lane zu beaufsichtigen.

Stattdessen konzentrierte sich Bridget wieder auf die Ermittlungen. Ein Passant hatte die 999 gewählt, um den Rettungsdienst zu alarmieren. Der Mann, ein gewisser Mr. Alan Marsh, erklärte Bridget, dass er und seine Frau auf dem Weg zum Turf Tavern, wo sie etwas trinken wollten, praktisch über die Leiche gestolpert waren. Sie hatten sich die Aufführung von Händels *Messias* im Sheldonian angesehen und beschlossen, den Abend mit einem schönen Glas Glühwein ausklingen zu lassen. Mrs. Marsh war es gewesen, die so laut geschrien hatte, als sie die Leiche entdeckte, und damit die Aufmerksamkeit der umstehenden Feiernden auf sich gezogen hatte, Bridget eingeschlossen.

Bridget befragte das Paar kurz, stellte aber schnell fest, dass sie von dem Überfall selbst nichts mitbekommen hatten. Goole hatte bereits in einer Blutlache gelegen, als sie ihn entdeckten. Bridget bedankte sich bei Mr. Marsh für sein schnelles Handeln und schlug vor, dass er und seine Frau in die Bar gehen und sich einen Drink bestellen sollten. Ein Beamter würde in Kürze kommen, um ihre Aussagen aufzunehmen.

Sie hatte angeordnet, dass niemand das Turf Tavern betreten oder verlassen durfte, bis die Namen und Adressen aller Anwesenden aufgenommen worden waren. Es war jedoch wahrscheinlich, dass der Mörder bereits geflohen war, als sie bei Gooles Leiche ankam, und es war durchaus möglich, dass in dem ganzen Durcheinander nach dem Mord auch ein oder mehrere Zeugen das Pub verlassen hatten, zumal es zwei Ein- und Ausgänge gab – einen durch die St. Helen's Passage und einen zweiten Durchgang, der zur Holywell Street auf der gegenüberliegenden Seite des Innenhofs führte.

Nachdem Bridget das SOCO-Team, speziell ausgebildete Tatortermittler, angefordert hatte, rief sie ihren Chef, Detective Chief Superintendent Alex Grayson, an, um ihn über den Vorfall zu informieren und ihm mitzuteilen, dass sie sich um die Angelegenheit kümmern würde. Es war zwar Bridgets freier Tag, aber sie würde auf keinen Fall zulassen, dass jemand anderes den Fall übernahm. Ein Mann war fast vor ihren Augen erstochen worden, und sie war fest entschlossen, den Verantwortlichen zu finden.

Sie wählte seine Nummer und machte sich auf seine übliche schroffe Antwort gefasst.

„Grayson". Aus dem Stimmengewirr und dem Klirren von Besteck im Hintergrund schloss Bridget, dass der Chief Super und seine Frau auf einer Dinnerparty waren. Als sie ihm die Situation erklärte, klang er verärgert, als hätte Bridget das Timing absichtlich gewählt, um sein Privatleben zu stören. „Ein Mord ... kurz vor Weihnachten?"

„Ich fürchte ja, Sir."

„Und Sie waren zufällig in der Nähe?"

„Ja, Sir."

„Soll ich Baxter darauf ansetzen?"

„Nicht nötig, Sir." Detective Inspector Greg Baxter war Bridgets Erzrivale in der Abteilung, und er und Bridget war schon einmal aneinandergeraten. Auf keinen Fall würde sie ihn auch nur in die Nähe dieser Ermittlungen lassen. „Ich übernehme das."

„Sehr gut", sagte Grayson und klang erleichtert, dass sie sich freiwillig für den Job gemeldet hatte. Kein Detective wollte unmittelbar vor Weihnachten mit einer Mordermittlung betraut werden. Es sei denn, er oder sie suchte – wie Bridget – insgeheim nach einer Ausrede, um keine Zeit mit der Familie verbringen zu müssen.

Die Pflicht geht vor, sagte sie sich mit moralischer Selbstgefälligkeit.

„Was ist Ihre erste Vermutung?", fragte Grayson. „Vielleicht ein missglückter Raubüberfall?"

„Das glaube ich nicht, Sir. Mr. Goole – ich meine Mr. Smith – trug seinen Geldgürtel mit den Einnahmen der Tour noch bei sich. Und seine Brieftasche wurde auch nicht entwendet."

„Hmm, nun, ich bin sicher, es wird nicht lange dauern, bis Sie eine Spur finden. An einem der belebtesten Orte in Oxford kann kein Mord geschehen, ohne dass jemand gesehen hat, was passiert ist."

„Nein, Sir." Allerdings hatte sich bisher noch niemand gemeldet, der den Mord beobachtet hatte. Der Tatort befand sich nicht einmal im Pub selbst oder in den umliegenden Höfen, die alle voller Menschen waren, sondern in einer dunklen Seitenpassage, verborgen vor den Augen der Nachtschwärmer. Was hatte Goole überhaupt in dieser einsamen Gasse zu suchen gehabt? Die St. Helen's Passage führte vom Pub weg, zurück zur New College Lane. Etwas – oder jemand – musste ihn dort hingelockt haben.

„Nun, ich habe vollstes Vertrauen in Sie", schloss Grayson.

„Danke, Sir. Ich werde mein Bestes tun."

Nachdem Bridget mit ihrem Chef gesprochen hatte, rief sie die beiden vertrauenswürdigsten Mitglieder ihres Teams an, Detective Sergeant Jake Derwent und Detective Constable Ffion Hughes. Sie würde ihre Hilfe benötigen, um die uniformierten Beamten der Dienststelle St. Aldate's zu koordinieren und sicherzustellen, dass die Zeugenaussagen aller Anwesenden im Pub aufgenommen wurden.

Die beiden Detectives hatten sich im letzten Monat ziemlich merkwürdig verhalten. Bridget hatte vermutet, dass Jakes und Ffions kurze Romanze vom Anfang des Jahres vorbei war. Mehr als einmal hatte Bridget beobachtet, wie Jake missmutig an der Kaffeemaschine herumhing. Und obwohl Ffion nicht die Art Frau war, die sich von ihren Gefühlen bei der Arbeit beeinträchtigen ließ, war die walisische DC gegenüber ihren Kollegen noch kurz angebundener und abweisender als sonst. Bridget hatte Mitleid mit den beiden. Sie wusste aus eigener Erfahrung, wie schwierig es sein konnte, eine Beziehung zu führen, wenn der Job so viel Zeit in Anspruch nahm. Ihre eigene Ehe mit einem Kollegen hatte vor langer Zeit in Scheidung und Verbitterung geendet.

Aber Arbeit war das beste Mittel gegen Liebeskummer, und solange Jake und Ffion noch als Team zusammenarbeiten konnten, gab es niemanden, den Bridget lieber an ihrer Seite gehabt hätte.

Nachdem sie den Tatort gesichert, alle Spezialisten hinzugezogen und ihren Chef informiert hatte, war es an der Zeit, zu Jonathan zu gehen und ihm die schlechte Nachricht zu überbringen – dass ihr Wochenende vorbei war und sie die nächste Zeit mit den Ermittlungen beschäftigt sein würde. Das würde ihn sicher nicht überraschen. Er war es gewohnt, dass sie die Arbeit über ihr Privatleben stellte. Und sie war dankbar, dass er das akzeptierte.

Sie fand ihn mit den anderen Teilnehmern der Geistertour im Innenhof. Sein Glühwein war leer und er nippte nun an einem Kaffee. Sie gab ihm einen flüchtigen Kuss auf die Wange.

Er erwiderte den Kuss mit einer kurzen Umarmung. „Alles in Ordnung?"

„Mir geht es gut."

„Und war es Mr. Goole, der angegriffen wurde?"

„Ja." Es fiel ihr immer noch leichter, sich den Ermordeten als Gordon Goole vorzustellen als als David Smith. Obwohl sie nur wenige Stunden mit ihm verbracht hatte, hatte sie das Gefühl, Goole, den extravaganten Guide, zu verstehen. Smith, der echte Mann, war ihr immer noch ein Rätsel. „Er wurde erstochen."

„Wer würde so etwas tun?"

„Nun, es ist meine Aufgabe, das herauszufinden", sagte Bridget. „Du hast mit ihm gesprochen, als ich auf der Toilette war. Das war nur wenige Minuten, bevor er angegriffen wurde. Was ist in dieser Zeit passiert?"

„Nachdem du gegangen warst, fragte er mich, ob ich noch etwas trinken wollte. Er ging zur Bar und kam nicht mehr zurück."

Die restlichen Teilnehmer der Geistertour hatten sich ängstlich um den nächstgelegenen Heizstrahler versammelt. Die Nachricht vom Tod ihres ehemaligen Guides hatte sie zusammengeschweißt, obwohl sie sich zu Beginn des Abends alle fremd gewesen waren. Trevor und Cheryl tranken große Whiskys. Die kleine Lucy hatte offensichtlich geweint und wurde von ihrer Mutter getröstet, während ihr Vater Geoff mit grimmiger Miene zusah. Ihr Sohn Luke war nicht mehr bei ihnen, und Julia, die Frau mit dem Rentiergeweih, war verschwunden. Ihre beiden Freundinnen waren noch da, aber sie hatten ihre extravaganten Kopfbedeckungen abgenommen, vermutlich aus Respekt vor dem toten Guide.

„Können Sie uns sagen, was los ist?", fragte Geoff. „Es ist spät, und Lucy ist müde und verängstigt. Wir müssen zurück ins Hotel. Sie haben nie erwähnt, dass Sie Detective Inspector sind", fügte er hinzu, als hätte Bridget sie irgendwie getäuscht, indem sie diese Tatsache nicht erwähnt hatte.

„Eigentlich sollte heute mein freier Tag sein."

„Sie Arme", sagte Cheryl mitfühlend.

„Mir ist bewusst, dass es schon sehr spät ist", sagte Bridget. Es war jetzt halb zwölf. Sie hatte Chloe eine kurze Nachricht geschickt, um sie wissen zu lassen, wo sie war, aber Chloe hatte sich keine Sorgen gemacht. Bridget war sich nicht sicher, ob sie das freuen oder beunruhigen sollte. „Wir müssen von Ihnen allen eine Aussage aufnehmen, aber das muss nicht heute Nacht sein. Wenn Sie mir Ihre Kontaktdaten geben, kann ich morgen zu Ihnen kommen und mit Ihnen sprechen."

„Sie glauben doch nicht, dass einer von uns etwas

damit zu tun hat, oder?", fragte Geoff und warf den anderen Mitgliedern der Gruppe einen nervösen Blick zu. „Ich meine, es ist doch nur ein Zufall, dass wir alle auf der Tour waren und dann Goole überfallen wurde. Wir kannten den Mann nicht."

Bridget achtete darauf, Geoffs Spekulationen weder zu bestätigen noch zu widersprechen. „Sie sind alle wichtige Zeugen. David Smith – das war sein richtiger Name – war bis kurz vor seinem Tod bei uns. Hat jemand von Ihnen etwas gesehen, das Ihrer Meinung nach von Bedeutung sein könnte? Hat er zum Beispiel auf dem Weg zur Bar jemanden getroffen?"

Alle schüttelten den Kopf. „In diesem Gedränge war es unmöglich, etwas zu sehen", sagte Trevor.

Bridget runzelte die Stirn und fragte sich, wo genau Trevor gewesen war, während sie sich mit seiner Frau unterhalten hatte. Einen Anruf entgegennehmen, hatte er gesagt. Dem konnte sie morgen früh nachgehen.

Jetzt gab es zwei weitere ungeklärte Abwesenheiten. „Wo ist Ihr Sohn?", fragte sie Geoff.

„Luke?" Geoffs Miene verfinsterte sich. „Er ist hier irgendwo."

Die Erklärung klang ziemlich dürftig, aber Bridget beließ es vorerst dabei. Es schien wenig Sinn zu haben, den Jungen zu suchen. Sie konnte morgen mit ihm sprechen. „Lassen Sie mich einfach wissen, wo Sie wohnen, und verlassen Sie Oxford nicht, bevor ich Sie befragt habe."

„Wir wohnen im Eastgate Hotel. Aber wir können nicht den ganzen Tag warten. Wir müssen bis zum Mittag auschecken."

„Keine Sorge", sagte Bridget. „Ich werde lange vorher da sein." Sie wandte sich an Cheryl, die gerade etwas auf einen Zettel aus ihrem Notizbuch schrieb.

„Wir sind im Haus von Trevors Mutter", sagte Cheryl. „Hier ist die Adresse."

Bridget bedankte sich und sah dann die beiden anderen Frauen fragend an. „Was ist mit Ihrer Freundin Julia?" Das letzte Mal hatte Bridget das Rentiergeweih auf dem

Weg zur Bar gesehen.

Liz und Deborah tauschten Blicke aus. „Sie hat wohl ein besseres Angebot bekommen", sagte Liz.

„Das passiert bei Julia öfter", fügte Deborah hinzu.

„Was für ein besseres Angebot?", fragte Bridget.

„Ich denke, wir können davon ausgehen, dass es ein Mann war", sagte Liz.

„Morgen früh wissen wir zweifellos mehr", sagte Deborah. „Sie finden uns im Malmaison. Wir bleiben die ganze Woche in Oxford."

„Wir haben nichts Besseres vor", fügte Liz seufzend hinzu.

Das vergnügliche Weihnachtsfest, das die drei Frauen geplant hatten, drohte zu platzen, und es war noch nicht einmal Weihnachten.

„In Ordnung", sagte Bridget. „Sie können gehen."

Die Menge der Feiernden lichtete sich nun, da die Polizei die Personalien der Zeugen aufnahm und sie gehen ließ. Es mussten heute Abend über hundert Menschen hier gewesen sein. Einer von ihnen hatte sicher etwas gesehen, das ihnen helfen würde, den Mörder zu identifizieren.

Bridget wartete mit Jonathan, während sich die anderen Teilnehmer der Geistertour zerstreuten. Luke war offenbar von seinen Eltern in einer Ecke des Hofes gefunden worden. Er und sein Vater diskutierten wütend, als sie gingen.

Bridget nahm Jonathans Hand. „Tut mir leid, wie der Abend verlaufen ist", sagte sie und schenkte ihm ein reumütiges Lächeln.

„Es war nicht deine Schuld."

„Nein, aber trotzdem … Vielleicht fängst du an, es zu bereuen, mit einer Polizistin zusammen zu sein."

„Ich werde es nie bereuen, dich getroffen zu haben."

Die St. Helen's Passage war nun vollständig mit Absperrband versiegelt und so gingen sie gemeinsam zum anderen Ausgang in der Holywell Street. Die entspannende Benommenheit, die der Wein und der Cider verursacht hatten, war längst verflogen. Bridgets Kopf war jetzt so kristallklar wie der Himmel. Die blinkenden blauen Lichter der Streifenwagen in der Straße raubten dem gelben Cotswold-Stein der Gebäude jede Restwärme und tauchten die Szenerie in frostige Farben. Mit zunehmender Dunkelheit sank die Temperatur, und wo es zuvor geschneit hatte, bildete sich bereits der erste Frost. Es knirschte unter ihren Füßen, als sie weitergingen. Am Ausgang zur Holywell Street blieb sie stehen.

„Kommst du nicht mit?", fragte Jonathan.

„Geh du nur. Ich muss hierbleiben, bis ich weiß, dass alles in Ordnung ist. Ich werde einen der Constables bitten, mich später nach Hause zu fahren."

„Du solltest nach Hause gehen und dich ausruhen", sagte er, nahm sie in den Arm und drückte ihr einen Kuss auf den Kopf. „Du hast morgen einen anstrengenden Tag vor dir. Du musst die Ermittlungen nicht allein leiten, weißt du. Du hast ein Team."

„Ja", sagte sie, „aber es ist meine Verantwortung. Ich kann erst schlafen, wenn ich weiß, dass nichts übersehen wurde."

KAPITEL 3

Der Einsatzraum der Thames Valley Police in Kidlington war – nach Bridgets Meinung etwas amateurhaft und unpassend – dekoriert worden, um selbst in der düsteren Welt der Verbrechensaufklärung festliche Stimmung zu verbreiten. Das Ergebnis war weniger ein Winterwunderland als vielmehr ein Sammelsurium schlechten Geschmacks. Die grellen Lametta-Schleifen lösten sich bereits von der Decke, und ein spindeldürrer Weihnachtsbaum, der sich zur Seite neigte, ließ seine Nadeln mit alarmierender Geschwindigkeit auf die Teppichfliesen fallen. Bevor sie mit der Teambesprechung begann, entfernte Bridget die magnetischen Schneemänner, die über das Whiteboard verteilt waren, und ersetzte sie durch ihre gewöhnlichen, nicht weihnachtlichen Pendants.

Sie war extra früh ins Büro gekommen, weil sie nach der langen Nacht im Turf nicht richtig schlafen konnte. Als sie endlich doch einschlief, wurden ihre Träume von gespenstischen Gestalten heimgesucht, die in dunklen Gassen lauerten, und von vermummten Phantomen, die bluttriefende Dolche trugen. Nach ein paar Stunden unruhigen Schlafs erwachte sie mit einem beklemmenden Gefühl des Grauens und wusste, dass sie es nur abschütteln konnte, wenn sie sich an die Arbeit machte und mit dem Fall begann. Sie hatte Chloe schlafend im Bett zurückgelassen und ihr eine Nachricht in der Küche hinterlassen, bevor sie durch die dunklen, verlassenen Straßen zur Polizeiwache fuhr. Die Tage waren zu dieser Jahreszeit so kurz, dass sie selbst an einem normalen Tag im Dunkeln zur Arbeit ging und im Dunkeln nach Hause kam. Das war ziemlich deprimierend und sie vermisste die langen Sommertage und die Wärme sonniger Gefilde.

Zwei Tage vor Weihnachten war nicht die beste Zeit, um eine neue Mordermittlung zu beginnen. In der vergangenen Woche hatte sich die Hektik im Büro allmählich gelegt, es herrschte eine entspannte Stimmung, da sich das Jahr dem Ende zuneigte. Am Freitag zuvor hatte die Abteilung mit einem „Trage einen Weihnachtspullover zur Arbeit"-Tag Geld für wohltätige Zwecke gesammelt, und die Mitglieder ihres Teams hatten miteinander gewetteifert, wer den skurrilsten Strickpullover vorweisen konnte (DS Ryan Hooper hatte mit einem leuchtenden Rudolf-Design mit großem Abstand gewonnen). Und bei der Weihnachtsfeier hatte sogar Chief Superintendent Grayson die strenge Haltung aufgegeben und sich an einer lautstarken Darbietung einiger Weihnachts-Pop-Klassiker beteiligt.

Aber jetzt, unabhängig von den Feierlichkeiten im Hintergrund und den Plänen, die ihre Teammitglieder für die Feiertage geschmiedet hatten, musste Bridget dafür sorgen, dass alle wieder in Bestform waren und dass dieser neue Fall genauso ernst genommen wurde wie jeder andere. Notfalls musste der Urlaub gestrichen werden.

Detective Constable Ffion Hughes war nach Bridget die Erste, die kurz vor acht in ihrer grünen Motorradkluft im Büro eintraf. „Noch niemand da?", fragte sie in ihrem melodischen walisischen Akzent.

Bridget war erfreut zu sehen, dass wenigstens Ffion in Topform war, ganz gleich, welche Schwierigkeiten sie privat durchmachen mochte. Die junge Detective war vielleicht das einzige Teammitglied, das keine Anzeichen von Müdigkeit zeigte und noch nichts von Plänen für Weihnachten erwähnt hatte.

„Ich denke, sie werden bald hier sein", sagte Bridget.

„Ich setze Wasser auf. Tee?" Ffion holte ihre walisische Drachentasse vom Schreibtisch und wählte einen ihrer aromatischen Kräutertees aus.

„Weiß mit einem Stück Zucker, bitte", sagte Bridget. „Und stark."

Als Ffion mit zwei dampfenden Tassen zurückkam, trudelten die anderen Teammitglieder bereits ein. Jake kam mit einem Schinkenbrötchen und einem Mars-Riegel zum Frühstück. Ryan Hooper und Andy Cartwright hatten *en route* bei Starbucks Halt gemacht, und ihr Kaffee duftete mit Ffions Ingwertee um die Wette. DC Harry Johns nippte an einem Energydrink, zweifellos um sich nach seinem morgendlichen Lauf zu stärken. Bridget wünschte, sie hätte nur halb so viel Energie und Selbstdisziplin wie der eifrige junge Constable.

„Gut", sagte sie. „Wenn alle bereit sind, können wir anfangen."

Sie wandte sich dem Whiteboard zu, an das sie ein Foto von der Website von *Gooles Geistertouren* geheftet hatte, das den Guide in seinem viktorianischen Bestattungsgewand zeigte. Sie hätte ein Bild von ihm ohne Make-up bevorzugt, auf dem er nicht grinste wie ein bösartiger Pantomimenschurke, aber im Moment war das alles, was sie hatte.

„Das ist David Smith, dreiundvierzig Jahre alt, Künstlername Gordon Goole, der gestern Abend in der St. Helen's Passage erstochen wurde." Sie zeigte auf den Tatort auf einer Karte, die ebenfalls an das Whiteboard gepinnt war. „St. Helen's ist die schmale Gasse, die von der New College Lane zum Turf Tavern führt. Smith hatte gerade eine Geistertour durch Oxford beendet, an der ich zufällig teilgenommen hatte. Nach der Führung waren wir ins Pub gegangen, um uns mit Glühwein aufzuwärmen.

Der Angriff ereignete sich gegen halb elf, als ich alarmiert wurde. Das Opfer wurde im oberen Bauchbereich erstochen" – sie legte eine Hand knapp unter das Brustbein, um es zu demonstrieren– „mit einem Steakmesser, das wahrscheinlich aus dem Pub stammte, obwohl es ein gängiges Messer ist, das man in vielen Colleges und Restaurants findet. Die Mordwaffe wurde zur Forensik geschickt, um zu sehen, ob wir Fingerabdrücke darauf finden können."

„War es ein Raubüberfall?", fragte Ryan.

„Das glaube ich nicht", erwiderte Bridget. „Seine Brieftasche fehlte nicht, und er trug noch seinen Geldgürtel mit den Einnahmen der Tour. Entweder wurde der Räuber also gestört und hatte keine Zeit, etwas zu stehlen, oder es ging bei diesem Mord gar nicht um Geld."

„Vielleicht hat er sich mit einem anderen Gast im Pub gestritten", schlug Ffion vor. „Hat jemand sein Bier verschüttet oder ihn schief angeschaut. So etwas kommt vor."

„Im Moment müssen wir alle Möglichkeiten in Betracht ziehen", sagte Bridget. „Tatsache ist, dass wir trotz der Anwesenheit von mehr als hundert potenziellen Zeugen bisher keine konkreten Hinweise haben. Aber das wird sich ändern", fügte sie hinzu.

Ryan stöhnte hörbar auf. „Lassen Sie mich raten", murmelte er. „Zeugenaussagen."

Bridget schenkte ihm ein Lächeln. „Ausgezeichnete Schlussfolgerung, DS Hooper. Insgesamt haben wir die Namen und Kontaktdaten von einhundertsechsunddreißig Personen, die sich zur Tatzeit im Turf aufhielten. Jeder Einzelne von ihnen muss befragt werden. Ich werde Grayson bitten, uns zusätzliche Unterstützung zu organisieren, aber selbst dann ist es eine Menge Arbeit. Je früher wir anfangen, desto geringer ist die Wahrscheinlichkeit, dass ich gezwungen bin, den Weihnachtsurlaub zu streichen."

Ihre Ankündigung wurde von einem weiteren lauten Stöhnen begleitet.

„Es gibt noch ein paar andere Spuren, denen ich nachgehen möchte", fuhr sie fort. „Jake, setzen Sie sich mit dem Polizeirevier in St. Aldate's und dem Sicherheitsdienst der Universität Oxford in Verbindung und bitten Sie sie, uns so viel Videomaterial wie möglich von der Broad Street und der Gegend um die New College Lane und Holywell Street zu schicken. Dann gehen Sie in die Stadt und sehen Sie, was Sie vom Turf selbst, vom King's Arms und den nahegelegenen Geschäften wie Blackwell's bekommen können."

„Wird gemacht, Ma'am", sagte Jake, zerknüllte die Verpackung seines Schokoriegels und trank den letzten Schluck Kaffee.

„Ffion, Sie kommen mit mir. Wir fahren zu David Smiths Haus und sehen, was wir über ihn herausfinden können. Der Rest von Ihnen weiß, was zu tun ist. Mir ist klar, dass es nur noch zwei Tage bis Weihnachten sind und dass einige von Ihnen in Gedanken schon im Urlaub sind, aber letzte Nacht wurde ein Mann getötet und es ist unsere Aufgabe, seinen Mörder zu fassen. Verstanden?"

„Ja, Ma'am", antworteten die Beamten im Chor.

KAPITEL 4

Als Jake in der Broad Street ankam, nachdem er seinen Subaru in der ebenso breiten Durchgangsstraße von St. Giles' geparkt hatte, war der Oxforder Weihnachtsmarkt bereits in vollem Gange. Ein riesiger Weihnachtsbaum stand mitten auf der Straße, die Buden und Schaufenster waren in ein Meer aus Lichtern und Farben getaucht. Ein fröhlicher Weihnachtsmann schlenderte zwischen den Ständen der verschiedenen Händler umher und begrüßte die Kinder, während im Hintergrund die Musik eines Karussells erklang. Währenddessen baute auf der anderen Straßenseite eine Blaskapelle ihre Instrumente auf, um festliche Melodien über den Trubel hinweg zu schmettern.

Jake war in der Woche zuvor auf dem Markt gewesen, um nach interessanten und originellen Geschenken für seine Eltern Ausschau zu halten, hatte aber schließlich in einem der Touristenläden in der Broad Street ein etwas kitschiges Set aus Platzdeckchen und Untersetzern mit historischen Drucken von Oxford gekauft. Nicht gerade das originellste Geschenk, aber nützlich und, so hoffte er, etwas, das seinen Eltern gefallen würde.

Eigentlich wollte er am nächsten Tag nach Hause nach Leeds fahren und hatte geplant, früh aufzubrechen, um dem Heiligabend-Verkehr auf der M1 Richtung Norden zu entgehen. Aber jetzt, mit diesem neuen Fall, fürchtete er, seinen Urlaub absagen zu müssen. Seine Mutter wäre sehr enttäuscht, wenn er Weihnachten nicht nach Hause käme, und, ehrlich gesagt, er auch. Er brauchte wirklich eine Pause von Oxford.

Noch vor ein paar Monaten hatte er geglaubt, Weihnachten mit der hinreißenden Ffion Hughes verbringen zu können. Er hatte sogar vorgehabt, sie mit in den Norden zu nehmen und sie seiner Familie vorzustellen. Er hatte sich ausgemalt, wie die Augen seiner Kumpels aus den Höhlen springen würden, wenn er Arm in Arm mit seiner schönen neuen Freundin in einen der Pubs in der Boar Lane spazierte. Aber nichts von alledem würde jetzt passieren, und er hatte niemandem außer sich selbst die Schuld daran zu geben.

Ihre zaghafte Beziehung, die gerade erst in Gang gekommen war, war zerbrochen, nachdem er sich mitten in einer Mordermittlung wieder mit einer früheren Freundin eingelassen hatte. Er war so dumm gewesen, und schwach. Er hatte sich wiederholt bei Ffion entschuldigt, aber es schien, als könne sie kein Ausdruck von Bedauern oder Reue umstimmen. Sie hatte alle seine Versuche, es wiedergutzumachen, zurückgewiesen und war sogar so weit gegangen, seine Nummer auf ihrem Handy zu blockieren. Sie hatte die Beziehung beendet, ohne auch nur einen Blick zurückzuwerfen. Hatte er ihr so wenig bedeutet?

Jetzt war Jake wieder Single und fühlte sich in seiner Mietwohnung über einem Waschsalon in der Cowley Road einsamer denn je. Allein in seinem engen und etwas schmuddeligen Wohnzimmer, wo er – wie so oft nach einem Arbeitstag – ein Curry oder Chinesisch vom Imbiss aß, wanderten seine Gedanken immer öfter zu seiner Familie und seinen Freunden in Leeds und er wünschte sich, er hätte sie nie verlassen. Die Bande, die ihn mit

Oxford verbunden hatten, lösten sich.

Auf dem Revier hatte er niemandem etwas davon erzählt, aber in seiner Freizeit hatte er sich heimlich nach Jobs in Yorkshire umgesehen. Es gab eine freie Stelle für einen Detective Sergeant mit seiner Erfahrung in Halifax, einer Industriestadt in der Nähe von Leeds, die einen völligen Kontrast zu den verträumten Türmen und staubigen Bibliotheken von Oxford bieten würde. Ein Ort, an dem es düsterer und bodenständiger zuging, ohne die Allüren von Oxford. In Halifax könnte er es sich sogar leisten, ein anständiges Haus zu kaufen, während es in Oxford ein Ding der Unmöglichkeit zu sein schien, eine eigene Immobilie zu erwerben. Vielleicht war es an der Zeit, seine Verluste zu begrenzen und zurück in den Norden zu ziehen.

„Alles klar, Kumpel?" Eine vertraute Stimme durchbrach seine trübsinnige Selbstanalyse und brachte ihn auf die eigentliche Aufgabe zurück. Es war Stu, der obdachlose Big-Issue-Verkäufer, den er kennengelernt hatte, als er im Sommer den Mord an einer Studentin in Christ Church untersucht hatte. Bei diesen Ermittlungen war er auch Ffion zum ersten Mal begegnet. Diese sonnigen Tage schienen schon sehr lange her zu sein.

„Stu, wie geht's?"

Der nächtliche Frost begann in der Morgensonne zu schmelzen, aber es musste bitterkalt gewesen sein, letzte Nacht im Freien zu schlafen. Trotzdem war Stu wie immer gut gelaunt. Jake hoffte, dass er einen Platz im örtlichen Obdachlosenheim gefunden hatte.

„Kann mich nicht beklagen." Stu klopfte auf den Stapel Zeitschriften in seinen Armen und schenkte Jake ein zahnloses Grinsen. „Die Leute sind um diese Jahreszeit großzügiger, finde ich."

Jake verstand den Wink und kramte in seiner Tasche nach ein paar Pfundmünzen, die er Stu im Tausch gegen ein Exemplar der Zeitschrift gab. Das würde er lesen, wenn er heute Abend wieder in seiner Wohnung war.

„Danke, Kumpel", sagte Stu. „Hast du schon Pläne für

Weihnachten?"

„Ich hoffe, ich kann wieder in den Norden fahren. Und du?"

„Ein paar Tage frei. Weihnachten im Heim ist gar nicht so schlimm. Jede Menge Gutmenschen kommen aus ihren Löchern gekrochen, um ehrenamtlich zu arbeiten, und wir bekommen ein paar Leckereien extra. Und wer würde es nicht genießen, nach dem Abendessen eine Wiederholung von *White Christmas* anzuschauen?"

„Niemand, da bin ich mir sicher", sagte Jake, ohne zu wissen, ob Stu es ernst meinte oder ob sein trockener Humor am Werk war. Hinter ihm begann die Orgelpfeife des Karussells eine neue Runde ihrer unerbittlichen Melodie zu spielen.

„Also, was gibt's?", fragte Stu. „Machst du noch ein paar Weihnachtseinkäufe in letzter Minute?"

„Eigentlich arbeite ich. Wie du." Jake hatte eine Idee. „Stu, du arbeitest doch jeden Tag am selben Platz, oder?"

„Ich muss. Will ihn nicht verlieren, schon gar nicht um diese Jahreszeit." Er rieb zwei Finger aneinander. „Es ist eine Goldgrube, wenn der Markt hier ist."

„Kennst du den Kerl, der die Geistertouren veranstaltet? Ich glaube, sie starten in der Broad Street."

„Du meinst Goole? Ja, den kenne ich schon seit Jahren. Ein bisschen komischer Typ, mit seinem schwarzen Umhang und allem. Aber er kann gut Seemannsgarn spinnen und manchmal spendiert er mir einen Kaffee."

„Es tut mir leid, dir das sagen zu müssen, aber er wurde letzte Nacht in einer der Gassen, die zum Turf Tavern führen, niedergestochen. Er starb noch am Tatort."

Stu pfiff durch die Zahnlücken. „Heilige Scheiße. Der arme Kerl. Wer würde Goole etwas antun wollen? Ging es um Geld?"

„Das versuchen wir herauszufinden. Hatte er irgendwelche Feinde?"

„Nicht, dass ich wüsste. Jeder mochte den alten Goole." Ein Stirnrunzeln legte sich auf Stus wettergegerbtes Gesicht. „Warte mal. Er hat sich neulich ein bisschen mit Bill Tomlins gezofft."

„Wer ist Bill Tomlins?"

„Dieser gemeine Bastard, dem das Karussell gehört."

Jake warf einen Blick über die Schulter zu dem glatzköpfigen Mann mit dem Profil eines Boxers, der in der Mitte des Karussells stand, während die bunt bemalten Pferde auf Stangen im Kreis auf und ab tanzten. Der unfreundliche Gesichtsausdruck des Mannes stand in krassem Gegensatz zu der fröhlichen Musik, die aus dem Fahrgeschäft dröhnte.

„Worüber haben sie gestritten?", fragte Jake.

„Nichts Großes. Nur ein dummer Streit darüber, wo Goole seine Touren begann. Er startete immer von hier, aber Bill meinte, er würde den Kunden, die auf das Karussell warteten, im Weg stehen. Er behauptete, Goole würde ihm das Geschäft verderben."

„Ich verstehe", sagte Jake. „Also nicht gerade Frieden auf Erden und den Menschen ein Wohlgefallen?"

Stu lachte. „Bill ist schon in guten Zeiten ein gemeiner Kerl. Ich glaube, Schlägereien anzuzetteln ist sein Hobby."

„Wie ging dieser Streit aus?"

„Ich glaube nicht, dass sie sich wirklich geprügelt haben. Goole hat wohl gemerkt, dass er nicht gewinnen konnte, weil Bills Karussell genau dort stand, wo seine Touren starten sollten. Am Ende hat er sein Schild ein paar Meter weiter die Straße hinauf gestellt und weitergemacht wie bisher. Aber ich bin mir nicht sicher, ob Bill damit zufrieden war."

„Warum nicht?"

„Er ist es einfach nie."

Jake drehte sich erneut um und betrachtete den Mann, der das Kinderkarussell betrieb. Er sah genau wie der Typ Mann aus, vor dem Eltern ihre Kinder warnten. Bill Tomlins sah ihn an und erwiderte seinen Blick mit einem bösartigen Grinsen auf dem Gesicht. Konnte es sein, dass dieser Mann einen anderen wegen eines kleinen Streits erstochen hatte? Jake konnte es nicht ausschließen.

„Du hast mir sehr geholfen", sagte er zu Stu und zog

einen Zehner aus seiner Brieftasche. „Gönn dir was Heißes und Leckeres."

„Danke, Kumpel", sagte Stu. „Und dir frohe Weihnachten."

KAPITEL 5

Bridget war ein wenig enttäuscht, als sie feststellte, dass David Smith nicht in einem Spukhaus mit Türmchen wohnte – wie sie es sich für sein Alter Ego Gordon Goole vorgestellt hatte –, sondern in einem bescheidenen Reihenhaus aus rotem Backstein im Süden Oxfords, direkt an der Abingdon Road.

Die Lake Street war eine der vielen engen viktorianischen Straßen in diesem Teil Oxfords, vollgestopft mit Autos, die halb auf dem Bürgersteig und halb daneben parkten. Bridget zwängte ihren roten Mini in eine enge Parklücke zwischen einem Lieferwagen und einem Volkswagen Golf vor dem South Oxford Community Centre, dann gingen sie und Ffion den kurzen Weg zu Smiths unauffälligem kleinen Haus.

Der Polizeidatenbank hatte sie bereits entnommen, dass der Guide ledig und ein Einzelkind war, dessen Eltern beide verstorben waren. Es war möglich, dass ein entfernter Cousin oder Onkel ausfindig gemacht werden konnte, aber nach den vorliegenden Informationen hatte der Mann keine lebenden Verwandten.

Die blau gestrichene Eingangstür lag direkt am

Bürgersteig und Bridget pochte laut mit dem Türklopfer. Als sie keine Antwort erhielt, versuchte sie es mit dem Schlüssel, der bei der Leiche des Opfers gefunden worden war. Die Tür öffnete sich direkt in einen schmalen Flur, der zu einer steilen Treppe führte. Sie betätigte den Lichtschalter und eine trübe Glühbirne in einem senfgelben Lampenschirm warf einen zaghaften Schein auf die eher schmuddelige Umgebung.

Vom Flur im Erdgeschoss gingen zwei kleine Räume ab. In vielen Häusern dieser Art hätte man sie zusammengelegt und weiß gestrichen, um den Raum zu vergrößern und ein modernes, frisches Ambiente zu schaffen. Hier jedoch war die ursprüngliche Trennwand zwischen den Zimmern intakt geblieben, was dem Haus einen beengten, abgeschotteten Charakter verlieh. Die Raufasertapete und die stark gemusterten Teppiche ließen vermuten, dass das Haus seit Jahrzehnten nicht mehr renoviert worden war. Im Jargon der Immobilienmakler war es „eine Gelegenheit, noch einmal ganz von vorne anzufangen".

Die Möbel im vorderen Zimmer sahen aus, als wären sie aus einem Trödelladen gerettet worden: eine dreiteilige braune Veloursgarnitur, die an einigen Stellen stark abgenutzt war, ein hölzerner Couchtisch mit kreisrunden Kaffeeflecken und ein altmodischer Fernseher, wie Bridget ihn seit Ewigkeiten nicht mehr gesehen hatte.

Die Bücherregale zu beiden Seiten des Kamins waren vollgestopft mit muffig riechenden Taschenbüchern, deren Buchrücken rissig und vergilbt waren. Klassiker der englischen Literatur und eine abgegriffene Sammlung der Werke Shakespeares drängten sich neben populären Krimis und Thrillern aus vergangenen Zeiten. Zwei Regale waren einer Sammlung von Büchern über das Übernatürliche, Geisterlegenden und die Geschichte Oxfords gewidmet, und auf dem Boden stapelten sich Pappkartons, in denen Bridget Exemplare von Gooles eigenem Buch *Geister und Spuk in Oxford* sah.

Das einzige Bild im Raum, das auf dem Kaminsims

stand, war ein gerahmtes Immatrikulationsfoto, das vor fünfundzwanzig Jahren am Pembroke College aufgenommen worden war. David Smith war also Student an der Universität gewesen. Bridget betrachtete das Foto und entdeckte schnell einen viel jüngeren, aber dennoch unverkennbaren David Smith, der in der ersten Reihe saß und den obligatorischen dunklen Anzug, den akademischen Talar und die weiße Fliege trug, die die Studenten bei der Immatrikulation, der Abschlussfeier und den Universitätsprüfungen tragen mussten. Bridgets eigenes Immatrikulationsfoto war irgendwo auf dem Dachboden in einer Kiste versteckt. Sie zog es vor, sich nicht daran zu erinnern, wie schlank sie als Achtzehnjährige gewesen war.

„Keine Weihnachtskarten zu sehen", sagte Ffion.

„Stimmt." Bridgets eigenes Haus, das wahrscheinlich noch winziger war als das von Smith, quoll zurzeit über vor Karten. Wie üblich war sie nicht dazu gekommen, selbst welche zu verschicken, und hatte nun den letztmöglichen Versandtermin verpasst. Während Vanessa ihre Karten auf hübschen Ständern ordnete, lagen sie bei Bridget wahllos auf Regalen, Tischen und Arbeitsflächen im ganzen Wohnzimmer und in der Küche verstreut, wo sie ständig umkippten und im Weg waren. Aber hier war keine einzige Karte zu sehen. Hatte David Smith keine Freunde? Hatte er keinen Kontakt mehr zu ehemaligen Kommilitonen?

Das hintere Zimmer, ein Esszimmer mit einem ovalen Holztisch und einer nicht dazu passenden Anrichte, schien selten benutzt zu werden. Im rückwärtigen Teil des Hauses gab die schmale Küchenzeile weitere Hinweise auf David Smiths einsame Existenz. Eine einzelne Tasse, eine Müslischale und ein Löffel standen auf dem Abtropfgestell. Die Schränke waren mit Heinz-Dosensuppen, einer Packung Cornflakes und ein paar anderen Grundnahrungsmitteln gefüllt. Im Kühlschrank lagen eine angebrochene Packung Milch, etwas Cheddar-Käse, ein paar Scheiben Schinken und ein paar Äpfel. Es war spartanisch, selbst für Bridgets laxe

Haushaltsstandards – zumindest hatte sie immer eine offene Flasche Wein in Reichweite – und vermittelte den Eindruck, dass es dem Mann nicht wirklich wichtig war, was er aß.

Sie gingen nach oben.

„Igitt", sagte Ffion und rümpfte angewidert die Nase beim Anblick des kleinen grün-gelben Badezimmers. Waschbecken, Badewanne und Toilette waren stark verkalkt, die Wand unter dem Fenster von Schimmel befallen. Auf einem Regal über dem Waschbecken stand eine einzelne Zahnbürste in einer Golden-Jubilee-Tasse.

All das deprimierte Bridget, diese einsame Existenz eines Mannes, der sich mit Geistertouren und gelegentlichen Buchverkäufen an Touristen über Wasser gehalten hatte und nun tot und kalt im Kühlraum der Leichenhalle lag, bis Dr. Roy Andrews die Obduktion vornehmen konnte. Wer würde zu seiner Beerdigung kommen? Smith schien keine persönlichen Beziehungen zu haben. Sie wollte das Ganze hinter sich bringen und ging weiter zum Schlafzimmer im vorderen Teil des Hauses.

Das Bett war ordentlich gemacht, ein gestreifter Pyjama lag sauber gefaltet auf dem Kissen. Ein Morgenmantel hing an der Rückwand der Tür, und ein Paar karierte Pantoffeln stand auf dem Boden neben dem Bett. Auf dem Nachttisch lag ein Exemplar von Henry James' *Die Drehung der Schraube*. Es war das Zimmer eines Mannes mit einfachen, peniblen Gewohnheiten. Im Kleiderschrank befanden sich ein paar dunkle Anzüge, schlichte Hemden, graue Flanellhosen, ein schwarzer Ersatzumhang sowie Freizeitkleidung, alles alt und abgetragen. Alles war so schlicht und gewöhnlich.

Und doch war Smiths Bühnenfigur Gordon Goole so schillernd und außergewöhnlich gewesen. Sie konnte nicht umhin, den Guide zu bemitleiden, der jeden Abend seine extravagante Tour absolviert hatte, um dann in dieses einsame und trostlose Zuhause zurückzukehren. Sie fragte sich, wer der wahre Mann war – der langweilige und anonyme David Smith oder der lebhafte und theatralische Gordon Goole. Sie schloss die Schranktür und folgte Ffion in das letzte Zimmer des Hauses.

„Ma'am, das müssen Sie sehen!" Ffion spähte durch die offene Tür des hinteren Schlafzimmers.

„Was ist?"

„Kommen Sie und sehen Sie!"

Als Bridget den Raum betrat, wurde ihr endlich klar, warum dem Rest des Hauses so wenig Pflege und Aufmerksamkeit zuteilwurde und warum es im Leben des Besitzers keinerlei soziale oder persönliche Beziehungen gab.

Die Wände des Zimmers waren vom Boden bis zur Decke mit Zeitungsausschnitten, Fotos, Polizei- und Obduktionsberichten sowie gelben Haftnotizen mit krakeliger Handschrift bedeckt. Ein Regal mit ordentlich beschrifteten Aktenordnern befand sich über einem aufgeräumten Schreibtisch mit einer stilvollen Schwenkleuchte. Die Deckenlampe war im Gegensatz zur Beleuchtung im Rest des Hauses hell und modern. Und der Stuhl vor dem Schreibtisch war ein bequemer, ergonomisch geformter Hochlehner. Hier verbrachte David Smith seine Zeit, wenn er nicht gerade Touristen durch die verwunschenen Winkel Oxfords führte. Und dieses Projekt, was auch immer es war, war sein wahres Lebenswerk.

David Smith, alias Gordon Goole, war ein Mann mit einer Obsession.

KAPITEL 6

David Smith war viel interessanter und gleichzeitig noch rätselhafter geworden. Bridget begann, die Zeitungsartikel zu lesen, die wie Tapeten die Wände des hinteren Schlafzimmers bedeckten. Einige Schlagzeilen sprangen ihr ins Auge: „Studentin vermisst" aus der *Oxford Times*; „Aufsteigender Stern verschwunden" aus der *Oxford Mail*; „Suche nach vermisster Oxford-Studentin" aus der *Daily Mail*. Es schien, als hätte David Smith seine eigenen privaten Nachforschungen über das Verschwinden einer jungen Frau vor fast fünfundzwanzig Jahren angestellt.

Bridget las einen Artikel auf der Titelseite der *Oxford Times*, der das Immatrikulationsfoto einer lächelnden jungen Frau und ein weiteres Foto derselben Frau in einem Shakespeare-Kostüm zeigte:

Die Sorge um die Sicherheit der neunzehnjährigen Oxford-Studentin Camilla Townsend wächst, seit sie nach ihrer Hauptrolle in einer Universitätsproduktion von Was ihr wollt *im Burton Taylor Studio des Oxford Playhouse verschwunden ist.*

Camilla, die die Rolle der Viola in Shakespeares romantischer Komödie über Verwechslungen und Geschlechterpolitik spielte, verschwand irgendwann während der Party nach der letzten Vorstellung am Samstagabend. „Wir machen uns alle große Sorgen um sie", sagte ein Kommilitone, der Violas Zwillingsbruder Sebastian spielte. „Es ist untypisch für sie, einfach so zu verschwinden."

Camilla, die ursprünglich aus Godalming in Surrey stammt, ist Studentin am Pembroke College in Oxford. Ihre Familie bittet um Mithilfe bei der Suche nach ihr. Wer Informationen hat, wird gebeten, sich mit der Thames Valley Police, St. Aldate's Polizeiwache, Oxford, in Verbindung zu setzen.

Die anderen Artikel enthielten weitere Einzelheiten. Die Aufführung von *Was ihr wollt* war unter der Schirmherrschaft der Oxford University Dramatic Society organisiert worden und hatte Studenten verschiedener Colleges in den Hauptrollen. Der Regisseur, ein Student am Worcester College, wurde in der *Oxford Mail* mit den Worten zitiert, er sei „am Boden zerstört" über Camillas Verschwinden. „Camilla hat eine so magnetische Bühnenpräsenz und eine große Schauspielkarriere vor sich. Jeder in der Besetzung liebt sie und wir wollen sie einfach nur wiedersehen." Doch den späteren Schlagzeilen nach zu urteilen, sollte sich Camillas Schauspielkarriere nie verwirklichen, und die Hoffnung des jungen Regisseurs, sie lebend wiederzusehen, zerschlagen.

„Könnten Sie das Immatrikulationsfoto von unten holen?", fragte Bridget Ffion.

„Sicher." Dreißig Sekunden später war Ffion mit dem Foto zurück. „Da ist sie", sagte sie und deutete auf eine junge Blondine in der letzten Reihe, die selbstbewusst in die Kamera lächelte. „Das ist Camilla."

Bridget nickte. Die Frau auf dem Foto stimmte mit den Nahaufnahmen in den Zeitungsartikeln überein. „David Smith und Camilla Townsend waren also beide im selben Jahr Studenten am Pembroke College. Und er scheint die letzten zwanzig Jahre damit verbracht zu haben, ihr Verschwinden zu untersuchen."

„Da ist noch mehr", sagte Ffion. „Sehen Sie sich das an." Sie zeigte auf einen Zeitungsartikel aus der *Oxford Mail*. „Er hat nicht nur ihr Verschwinden untersucht. Er war ihr Freund und wurde verhaftet, weil er sie ermordet haben sollte."

„Mann unter Mordverdacht verhaftet", lautete die Schlagzeile. Bridget las weiter.

Die Polizei hat David Smith, einen Studenten der Universität Oxford, wegen Verdachts des Mordes an seiner Kommilitonin Camilla Townsend verhaftet. Camilla, die vor drei Monaten nach einer Aufführung von Shakespeares Was ihr wollt *verschwand, wurde nie gefunden, und die Polizei verdächtigt nun ihren Freund, sie ermordet und die Leiche versteckt zu haben. Smith, der die Vorwürfe abstreitet, sagt, er sei genauso erschüttert wie alle anderen über ihr unerklärliches Verschwinden.*

Dem Artikel war ein Bild von Smith beigefügt, ein Ausschnitt aus dem Immatrikulationsfoto des Colleges.

„Durften die das?", fragte Ffion. „Ich meine, einfach das Foto eines Mannes zu veröffentlichen, der verhaftet wurde, und seinen Namen in die Welt hinauszuposaunen."

„Vergessen Sie nicht, dass das vor einem Vierteljahrhundert war", sagte Bridget. „Damals gab es kaum Datenschutzgesetze. Wurde David Smith jemals wegen Mordes angeklagt?"

Ffion blickte prüfend an die Wand. „Wir müssen uns das genauer ansehen, aber ich sehe dazu nichts. Wenn keine Leiche gefunden wurde, mussten sie ihn vermutlich aus Mangel an Beweisen laufen lassen."

„Und er hat sein ganzes Leben damit verbracht, die Wahrheit herauszufinden."

Bridget hatte großes Mitgefühl mit jemandem, der so etwas tat. Der Mörder ihrer eigenen Schwester war nie gefasst worden. Die Wahrheit nicht zu kennen, konnte einen innerlich auffressen, und Bridget befürchtete, dass es ihren eigenen Eltern ähnlich erging. Die Tatsache, dass David Smith unter dem Verdacht des Mordes an seiner Freundin verhaftet worden war, musste für ihn verheerend gewesen sein. Nachdem Bridget einen Abend mit ihm auf der Geistertour verbracht hatte, konnte sie sich den Mann nicht als Mörder vorstellen, trotz seiner offensichtlichen Faszination für die dunkle Seite des Lebens. Vielleicht hatte er sogar eine Parallele zwischen Camillas Verschwinden und dem Übernatürlichen gesehen – beides unerklärliche Mysterien.

„Das ist interessant", sagte Ffion und stöberte in einem der Aktenordner auf dem Regal. „Es gibt eine ganze Akte über die Aufführung von *Was ihr wollt,* nach der Camilla verschwunden ist." Sie fischte ein Programmheft heraus und reichte es Bridget. „Es gibt Notizen über jedes Mitglied der Besetzung und der Crew, bis hin zum Requisiteur. Smith scheint sie alle jahrelang verfolgt zu haben, ihre Karrieren, ihre Posts in den sozialen Medien. Im Grunde hat er sie die ganze Zeit über gestalkt."

Bridget spürte, wie ihr ein Schauder über den Rücken lief. So etwas war ihr noch nie begegnet. Smiths Besessenheit ging weit über jedes normale, gesunde Interesse hinaus. Sie starrte auf die Fotos und Zeitungsausschnitte, die die Wand füllten. „Im Grunde hat er versucht, die Arbeit zu erledigen, die die Polizei vor all den Jahren nicht geschafft hat, nicht wahr?"

„Sieht so aus", sagte Ffion. Dann stellte sie die Frage, die Bridget bereits in den Sinn gekommen war. „Glauben Sie, es gibt einen Zusammenhang zwischen Camillas Verschwinden und dem, was David Smith letzte Nacht passiert ist?"

„Das lässt sich ohne weitere Beweise nicht sagen", antwortete Bridget in professioneller Detective Inspector-Manier. Aber ihr Bauchgefühl sagte ihr etwas anderes.

KAPITEL 7

Bridgets Ressourcen waren ohnehin schon knapp, aber alles in allem schien es lohnenswert, Ffion damit zu beauftragen, die Fallakte von Camilla Townsend auszugraben und herauszufinden, was über die vermisste Studentin bekannt war. Mangels anderer konkreter Hinweise konnte sie eine mögliche Verbindung zwischen dem historischen Fall und dem Mord an Smith nicht ignorieren.

„Klar", sagte Ffion und schien erfreut über die Aufgabe, bei der sie ihre Recherche- und Analysefähigkeiten einsetzen konnte. „Gibt es einen bestimmten Aspekt, den ich untersuchen soll?"

„Ich gehe davon aus, dass Camillas Leiche nie gefunden wurde, da David Smith immer noch aktiv versucht hat, herauszufinden, was mit ihr geschehen ist. Lesen Sie die Akte durch und schauen Sie, ob Ihnen etwas Offensichtliches ins Auge springt. Und vergleichen Sie die bekannten Fakten mit dem, was Smith selbst zutage gefördert hat. Vielleicht hat er eine Spur entdeckt, von der die Polizei nichts wusste."

„Sie nehmen an, dass der Entführer von Camilla

Townsend vielleicht gemerkt hat, dass Smith ihm auf der Spur war und beschlossen hat, ihn zum Schweigen zu bringen?"

„Ich nehme im Moment gar nichts an. Es ist nur eine naheliegende Spur, der wir nachgehen sollten." Bridget wollte nicht, dass Ffion sich zu sehr in derartige Spekulationen verstrickte. Es war klar, dass die eifrige junge DC sich bereits alle möglichen wilden Erklärungen für Smiths Tod ausdachte. „Aber ich würde gerne wissen, an welchen Hinweisen Smith zuletzt gearbeitet hat. Hat er zum Beispiel jemanden besucht? Hatte er eine Theorie, vielleicht über jemanden aus der Besetzung des Stücks? Je mehr wir wissen, desto eher können wir entscheiden, ob es sich lohnt, der Sache nachzugehen."

Und, wobei Bridget das nicht laut sagte, Ffion von Jake fernzuhalten, könnte angesichts der Spannungen zwischen den beiden im Moment eine kluge Entscheidung sein.

„Klar, Boss", sagte Ffion. „Ich meine, Ma'am. Ich mache mich sofort an die Arbeit."

Zurück in Kidlington nahm sich Bridget einen Moment Zeit, um Chloe anzurufen. Sie würde den ganzen Tag mit den Ermittlungen beschäftigt sein und wollte nicht, dass ihre Tochter dachte, sie sei im Stich gelassen worden. Sie warf einen kurzen Blick auf die Uhr. Halb elf morgens. Wahrscheinlich viel zu früh, als dass ihre Teenager-Tochter schon auf den Beinen wäre, aber Bridget war immer optimistisch.

Zu ihrer Überraschung wurde ihr Anruf nach ein paar Klingeltönen entgegengenommen. „Mum? Was ist los? Ist etwas passiert?"

„Nein, ich wollte mich nur vergewissern, dass es dir gut geht."

„Natürlich geht es mir gut", antwortete Chloe. „Oder zumindest ging es mir gut, bis du mich geweckt hast. Warum rufst du so früh an?"

Bridget sagte nicht, dass sie bereits seit mehreren Stunden auf der Arbeit war. Sie nahm es ihrer Tochter nicht übel, dass sie in den Ferien ausschlafen konnte.

Dieses Weihnachtsfest würde für eine Weile ihre letzte Gelegenheit sein, sich richtig auszuruhen. Im Januar würde Chloe ihre Probeklausuren schreiben und im Juni ihre GCSE-Prüfungen. Die Prüfungen würden über ihre Zukunft entscheiden, und Bridget hoffte, dass Chloe es schaffen würde, sich in den nächsten zwei Wochen ein wenig darauf vorzubereiten. Aber sie würde erst nach Weihnachten anfangen zu nörgeln.

„Ich habe dich jetzt angerufen, weil ich vielleicht den Rest des Tages keine Gelegenheit mehr dazu habe."

„Du bist doch nicht bei der Arbeit, oder?", fragte Chloe. „Es ist fast Weihnachten."

„Ich weiß, aber es ist etwas dazwischengekommen. Hör zu, es ist wahrscheinlich nicht viel Essen im Haus, aber ich habe dir etwas Geld auf den Küchentisch gelegt. Kommst du heute allein zurecht?"

„Natürlich. Kein Problem."

Bridget nickte stumm. Ihre Tochter war durchaus in der Lage, für sich selbst zu sorgen. Bei Bridgets anspruchsvollem Job musste sie das auch sein. „Und was hast du heute für Pläne?"

„Pläne? Mum, lass mich in Ruhe. Ich habe Ferien, ich brauche keine Pläne."

„Ich schätze, das stimmt. Na dann, viel Spaß, was auch immer du machst."

„Klar. Tschüss."

Bridget stellte sich vor, wie Chloe sich die Bettdecke über den Kopf zog und wieder einschlief. Wenn sie doch nur das Gleiche tun könnte. Aber die Ermittlungen hatten gerade erst begonnen, und sie musste dafür sorgen, dass sie schnell vorankamen. Und da die Weihnachtsferien nur noch zwei Tage entfernt waren, war die Zeit nicht gerade auf ihrer Seite.

Als sie das Revier betrat, stellte sie zu ihrer Freude fest, dass im Einsatzraum rege Betriebsamkeit herrschte. Grayson hatte Wort gehalten und Detectives und uniformierte Beamte aus anderen Teams angefordert, um bei der Befragung der Zeugen zu helfen. Als sie eintrat, telefonierten mehrere Beamte, um Gesprächstermine mit den Leuten zu vereinbaren, die gestern Abend im Turf gewesen waren. Ryan und Andy koordinierten das Ganze.

Jake saß an seinem Schreibtisch und starrte konzentriert auf seinen Computerbildschirm. Er blickte auf, als sie sich näherte. „Ich habe es geschafft, alle verfügbaren Videoaufnahmen zusammenzutragen. Der Sicherheitsdienst der Universität reagiert etwas langsam, aber die Stadtverwaltung hat mir gerade Zugang zu der Kamera in der Broad Street gewährt, und ich erwarte noch Aufnahmen von Blackwells' Buchladen und einigen örtlichen Pubs."

„Gibt es auch Aufnahmen von der St. Helen's Passage selbst?"

„Nein, leider nicht."

„Wir müssen mit dem arbeiten, was wir haben", sagte Bridget.

Sie rief Andy zu sich. „Können Sie sich die Überwachungsvideos ansehen, die Jake besorgt hat? Konzentrieren Sie sich auf die Zeit zwischen zehn und elf. Ich will wissen, ob es in dieser Zeit irgendwelche verdächtigen Aktivitäten gab."

„Natürlich, Ma'am."

Andy war ein gewissenhafter Polizist mit einem scharfen Auge für Details. Bridget wusste, dass er der beste Mann für den Job war. „Haben wir schon irgendwelche anderen Spuren?", fragte sie.

„Nur eine", sagte Jake. „Es könnte etwas sein oder auch nicht, aber Stu, der Obdachlose, der die *Big Issue* in der Broad Street verkauft, hat mir erzählt, dass David Smith in einen Streit mit dem Kerl geraten ist, der das Karussell betreibt."

Bridget erinnerte sich an die bunt bemalten Pferde und die Orgelmusik. Das Fahrgeschäft hatte direkt neben der Stelle gestanden, an der die Geistertour begonnen hatte. „Was für ein Streit?"

„Die sind sich wohl gegenseitig auf die Füße getreten. Wie gesagt, vielleicht ist es nichts, aber wenn es um Geld geht, kochen die Emotionen schnell hoch."

„Haben Sie einen Namen für diesen Karussellbesitzer?", fragte Bridget.

„Bill Tomlins."

„Okay", sagte sie, „wir behalten ihn im Hinterkopf, aber im Moment möchte ich mich darauf konzentrieren, alle zu befragen, die zum Zeitpunkt des Überfalls im Pub waren. Wie weit sind Sie damit, Ryan?"

„Bisher hat niemand behauptet, den Angriff selbst gesehen zu haben, aber wir müssen noch mit einer Menge Leute sprechen. Wenn wir dann alle Aussagen miteinander vergleichen, sollten wir in der Lage sein, die Bewegungen der Menschen genauer nachzuvollziehen."

„Okay", sagte Bridget.

Es war diese akribische Detailarbeit, die eine Diskrepanz zwischen den Zeugenaussagen aufdecken und zur Identifizierung eines Verdächtigen führen konnte. Doch dafür blieb vor der Weihnachtspause keine Zeit mehr. Bridget wollte unbedingt schneller vorankommen.

„Ich möchte selbst mit den Leuten sprechen, die an der Geistertour teilgenommen haben. Sie waren mit David Smith zusammen, kurz bevor er angegriffen wurde, und soweit wir wissen, sind sie die Einzigen, die eine persönliche Verbindung zu ihm haben. Außerdem habe ich sie selbst ein wenig kennengelernt und würde mich gerne noch einmal mit ihnen unterhalten. Einige von ihnen werden nicht mehr lange in Oxford sein, also muss ich sie erwischen, bevor sie abreisen. Jake, können Sie mit mir kommen?"

Sie beobachtete, wie er einen kurzen Blick zum benachbarten Schreibtisch warf, an dem Ffion saß, eine dampfende Tasse Kräutertee in der Hand. War das ein Ausdruck der Erleichterung auf seinem Gesicht, weil er die Gelegenheit hatte, aus dem Büro zu kommen?

Er griff nach seiner Jacke und erhob sich. „Natürlich."

KAPITEL 8

Das Eastgate Hotel war ein Gasthaus aus dem siebzehnten Jahrhundert, das an der Stelle des ehemaligen Osttors der Stadt errichtet worden war. Das alte Steingebäude mit den bleiverglasten Fenstern zur High Street und Merton Street war eines der charmantesten und zentralsten Hotels in Oxford und bei Touristen und Geschäftsreisenden gleichermaßen beliebt.

„Schönes Hotel", bemerkte Jake, als Bridget ihren Mini auf dem Hotelparkplatz abstellte. „Aber nicht gerade billig, nehme ich an."

„Nein." Es war offensichtlich, dass es der Familie Henderson – Mutter, Vater, Sohn und Tochter, die Bridget am Abend zuvor auf der Geistertour kennengelernt hatte – nicht an Geld mangelte.

Als Bridget die Hotelrezeption betrat, fand sie Vater, Mutter und Tochter bereits mit gepackten Koffern in der angrenzenden Lounge vor, neben einem echten Weihnachtsbaum, der geschmackvoll mit Silberkugeln geschmückt war.

Der Vater, Geoff, stand auf und kam ihr entgegen. Er trug ein kariertes Hemd mit offenem Kragen und ein beigefarbenes Sakko über einer grauen Hose. Seine Frau Lynda trug den gleichen Mantel wie am Abend zuvor und einen Seidenschal von Hermès um den Hals. Sie machten den Eindruck, als hofften sie, nicht lange aufgehalten zu werden. Lucy, die Tochter des Paares, war in ihr Handy vertieft und nahm die Ankunft von Bridget und Jake kaum wahr.

„Mr. und Mrs. Henderson, es tut mir leid, dass Sie warten mussten", sagte Bridget. „Es war ein sehr geschäftiger Morgen. Das ist mein Sergeant, DS Jake Derwent."

„Wir sind leider etwas in Eile", sagte Geoff. „Wir müssen unseren Sohn Luke vom College abholen. Er muss bis Mittag sein Zimmer geräumt haben." Er warf einen Blick auf seine Uhr. „Wie ich Luke kenne, liegt er noch im Bett. Ich wette, er hat noch nicht einmal angefangen zu packen."

„Geoff", tadelte ihn seine Frau sanft, „die Inspector will nichts von Luke hören."

Es war klar, dass sich die Spannungen in der Familie seit gestern Abend nicht gelegt hatten. Es war auch offensichtlich, dass Geoffs Meinung über Luke nicht gerade dem „fleißigen, hart arbeitenden Studenten" entsprach, als den Lynda ihn gegenüber Bridget beschrieben hatte.

„Ich verspreche, nicht mehr Zeit als nötig in Anspruch zu nehmen", sagte Bridget, um die Bedenken des Paares zu zerstreuen. „Aber Sie verstehen sicher, dass wir unter diesen Umständen eine detaillierte Aussage von Ihnen brauchen."

„Ja, natürlich." Geoff Henderson setzte sich wieder, sah aber immer noch so aus, als könne er es kaum erwarten zu gehen.

„Luke studiert am New College, richtig?", fragte Bridget, um zu bestätigen, was Lynda ihr am Abend zuvor über ihren Sohn erzählt hatte.

„Ja, das stimmt."

„Und Sie haben erwähnt, dass er nach dem Semester

noch zwei Wochen geblieben ist, um einige Arbeiten fertigzustellen."

Geoff warf seiner Frau einen Seitenblick zu.

„Das stimmt", bestätigte Lynda und spielte mit den Ringen an ihren Fingern. „Er wollte unbedingt noch ein paar Sachen nacharbeiten."

„Ich verstehe", sagte Bridget. Das Unbehagen des Paares machte deutlich, dass mehr dahintersteckte, aber sie beschloss, das Thema jetzt nicht weiter zu verfolgen. Die beiden waren bereits angespannt und sie konnte Luke direkt befragen, wenn sie zu ihm fuhr. Das New College war ihr nächster Halt nach dem Eastgate.

Mrs. Henderson fuhr plötzlich ihre Tochter an. „Lucy, würdest du bitte das Handy weglegen. Es ist so unhöflich, wenn die Detective Inspector mit uns spricht."

Das Mädchen blickte finster drein und steckte das Telefon in die Tasche. Mürrisch lehnte sie sich in ihrem Stuhl zurück.

Offensichtlich hatte Bridget mit ihrer Befragung einen wunden Punkt bei Lynda getroffen.

„Lass sie in Ruhe", sagte Geoff zu seiner Frau. „Diese Unterhaltung betrifft Lucy nicht. Es spielt keine Rolle, ob sie mit ihrem Handy spielt."

Lynda schürzte die Lippen, sichtlich verärgert, dass ihr Mann sie überstimmte, verzichtete aber darauf, ihm zu widersprechen. Neben ihr holte Lucy ihr Handy wieder heraus und spielte weiter.

„Darf ich fragen, wo Sie wohnen?", fragte Bridget und ging zu einer weniger kontroversen Frage über. Wenn man das Thema wechselte, entspannten sich die Leute in der Regel und öffneten sich mehr, und ein paar Hintergrundinformationen waren oft hilfreich.

„Wir kommen aus Beaconsfield", sagte Geoff.

Beaconsfield war eine Kleinstadt in der benachbarten Grafschaft Buckinghamshire, etwa eine Autostunde über die M40 entfernt. Sie lag in einem sehr wohlhabenden Teil des Landes und Bridget erinnerte sich, in einer Sonntagszeitung gelesen zu haben, dass sie wegen ihrer

Immobilienpreise als „reichste Stadt Großbritanniens" bezeichnet worden war. Das Einzige, was sie sonst noch über die Stadt wusste, war, dass sie die Heimat von Enid Blyton gewesen war, die ihre Geschichten über die Abenteuer der Kindheit und das idealisierte Internatsleben in ihrem im Tudorstil erbauten Herrenhaus namens *Green Hedges* geschrieben hatte.

„Und was machen Sie beruflich?"

„Ich bin leitender Angestellter bei einer Wirtschaftsprüfungsgesellschaft", antwortete Geoff.

„Und ich bin Vollzeit-Hausfrau und Mutter", sagte Lynda ein wenig süffisant, „natürlich."

„Natürlich" war daran gar nichts, dachte Bridget, die keine andere Wahl hatte, als ihre Karriere mit dem Dasein als alleinerziehende Mutter ein Einklang zu bringen. Mrs. Hendersons Bemerkung kam ihr seltsam altmodisch vor, besonders für eine Frau, die gerade erst in den Vierzigern war. Zweifellos machte es ein Ehemann mit einem gut bezahlten Job leicht, von einem einzigen Gehalt zu leben, selbst in einem so teuren Ort wie Beaconsfield, aber Bridgets Erfahrung nach verfolgten viele Frauen mit erfolgreichen Ehemännern selbst einen ähnlich ehrgeizigen Karriereweg. Andererseits hatte ihre Schwester Vanessa ihren Beruf aufgegeben, nachdem sie Kinder bekommen hatte, und widmete sich nun der Aufgabe, die perfekte Ehefrau und Mutter zu sein. Bridget war niemand, der über andere urteilte.

„Ich möchte zunächst wissen, ob Sie Mr. Goole vor gestern Abend schon einmal begegnet sind", sagte sie. „Vielleicht kennen Sie ihn unter seinem richtigen Namen, David Smith."

„Nein", sagte Geoff. „Wir haben ihn noch nie gesehen."

„Mrs. Henderson?", fragte Bridget.

„Ganz bestimmt nicht."

Lucy sah kurz von ihrem Handy auf. „Ich fand es besser, als er noch Gordon Goole hieß. David Smith klingt viel zu langweilig für jemanden, der Geistertouren anbietet."

„Da stimme ich zu", sagte Bridget. Und zweifellos dachte David Smith genauso, weshalb er sich wohl sein überlebensgroßes Alter Ego geschaffen hatte.

Bridget wandte ihre Aufmerksamkeit wieder den Eltern des Mädchens zu. „Gab es einen bestimmten Grund, warum Sie sich für die Geistertour entschieden haben?"

„Es war eine spontane Entscheidung", sagte Lynda. „Wir hatten einen Familientag und wollten etwas Zeit miteinander verbringen."

„Klingt nett", sagte Bridget. „Was haben Sie sonst noch unternommen?"

„Wir waren in einer Matinée-Vorstellung des Märchenspiels im Playhouse", sagte Lynda, „*Hans und die Bohnenranke*. Danach sind wir noch über den Markt geschlendert und da haben wir die Geistertour gesehen."

„Dann interessiert mich vor allem, wo Sie sich gestern Abend zwischen dem Ende der Geistertour und dem Zeitpunkt des Mordes aufgehalten haben. Das war zwischen zehn und halb elf. Es wäre auch hilfreich, wenn Sie sich an die Bewegungen der anderen Teilnehmer der Tour erinnern könnten."

Neben Bridget hielt Jake sein Notizbuch in der Hand, bereit, alle Einzelheiten zu notieren.

„Soll ich anfangen?", fragte Geoff. „In Ordnung. Als wir im Turf ankamen, ging ich als Erstes zur Bar. Es war brechend voll. Ich musste ewig warten, bis ich bedient wurde."

„War Luke bei Ihnen?"

„Ja. Er kam und half mir, die Getränke zu tragen."

„Wie lange hat es gedauert, bis Sie bedient wurden?", fragte Bridget, die sich daran erinnerte, dass sie eine ganze Weile mit Lynda und Lucy ausgeharrt hatte, bevor Geoff und Luke mit den Getränken zurückkamen.

„Eine Ewigkeit", stöhnte Geoff.

„Wenn ich mich recht erinnere, haben Sie sich mit Luke gestritten, als Sie von der Bar zurückkamen. Darf ich fragen, worum es ging?"

Geoff runzelte die Stirn. „Wir haben uns nicht wirklich gestritten. Wir haben nur über seinen Freund Dylan gesprochen. Sie erinnern sich an ihn, nehme ich an?"

Bridget würde den schwarz gekleideten Jungen wohl kaum vergessen, der sich während des ersten Teils der Tour so seltsam verhalten hatte, bevor er mit Goole in einen Streit geriet und in die Nacht stürmte. „Sie sind nicht damit einverstanden, dass Luke Zeit mit Dylan verbringt?"

„Nun, nein. Er hat keinen guten Einfluss. Dieser Junge ist wahrscheinlich der Grund, warum –" Er unterbrach sich und hielt verlegen inne.

„Der Grund wofür?", fragte Bridget.

„Der Grund, warum Luke beschlossen hat, im College zu bleiben, anstatt nach Hause zu seiner Familie zu kommen."

Bridget fragte sich, ob es das war, was er wirklich hatte sagen wollen. Sie warf Jake einen Blick zu und sah, dass er eine Notiz in sein Buch machte.

„Und was haben Sie gemacht, nachdem Sie von der Bar zurückkamen?"

„Ich war bei meiner Familie."

„Wie lange?" Bridget erinnerte sich, dass sie die Rückkehr von Geoff und seinem Sohn zum Anlass genommen hatte, sich von Lynda zu lösen und sich Cheryl und den drei anderen Frauen anzuschließen. Aber sie hatte bemerkt, wie erst Luke und dann Geoff einige Minuten später in der Menge verschwanden. Sie wartete, um zu sehen, ob Geoff etwas dazu sagen würde.

„Luke ist allein losgezogen", räumte er schließlich ein. „Er war nach unserer Diskussion immer noch schlecht gelaunt."

„Und?"

„Und dann hat Lynda mich geschickt, um ihn zu suchen."

Jake notierte sich das. „Haben Sie ihn gefunden?"

„Nicht sofort", gab Geoff zu. „Aber ich habe ihn später aufgespürt."

Jake blickte auf. „Wie viel später war das?"

„Ich weiß es wirklich nicht."

„Bevor oder nachdem Mr. Goole erstochen wurde?"

„Ich weiß es wirklich nicht", sagte Geoff. „Ich wusste nicht einmal, dass Goole angegriffen worden war, bis es schon passiert war."

„Sie waren noch nicht zurück, als ich zur Toilette ging", sagte Bridget.

„Nun, es war wahrscheinlich kurz danach", sagte Geoff. „Ich habe nicht wirklich auf die Zeit geachtet."

„Sie können also nicht mit Sicherheit sagen, wo Sie zum Zeitpunkt des Mordes waren?", fragte Jake.

Geoff begann, sich unter dem Ansturm der Fragen zu winden. „Nun, nein, aber ich war ganz sicher nicht in der Nähe, falls Sie das andeuten wollen."

„Ich unterstelle gar nichts, Sir", sagte Jake ruhig. „Ich versuche nur, die Fakten festzustellen."

„Wir möchten nur die Bewegungen aller Beteiligten rekonstruieren und herausfinden, was Sie gesehen haben könnten", sagte Bridget. „Selbst das kleinste Detail könnte uns bei unseren Ermittlungen helfen." Sie wandte sich seiner Frau zu. „Und was ist mit Ihnen, Mrs. Henderson?"

Lynda schien überrascht zu sein, dass sie gefragt wurde. „Ich? Nun, ich war bei Ihnen und Lucy, während Geoff und Luke an der Bar waren. Und dann war ich bei ihnen."

„Bis sie gegangen sind", sagte Bridget.

„Ja, und dann bin ich mit Lucy zurückgeblieben."

Bei der Erwähnung ihres Namens blickte das Mädchen wieder von ihrem Telefon auf. „Du hast mich mit dieser Amerikanerin allein gelassen, als du Dad und Luke gesucht hast. Sie hat mir alles über ihren Hund zu Hause in Amerika erzählt."

„Wie heißt der Hund?", fragte Bridget.

„Charlie. Er ist ein Cockerspaniel."

Bridget lächelte sie an. Oft waren es Kleinigkeiten wie diese, die zeigten, dass jemand die Wahrheit sagte. Details, die ihre Eltern über sich und ihren Sohn nicht erzählen wollten oder konnten.

Lynda sah ihre Tochter irritiert an. „Na ja, als Luke und Geoff nach etwa zehn Minuten noch nicht wieder aufgetaucht waren, habe ich mich kurz umgesehen. Ich habe mich schon gefragt, was mit ihnen passiert war."

„Und haben Sie sie gefunden?", erkundigte sich Bridget.

„Irgendwann bin ich auf Geoff gestoßen. Als wir zu Lucy zurückkehrten, war Luke auch wieder da."

„Wo war er gewesen?"

„Er war eine rauchen", sagte Lucy.

Lynda schürzte in offensichtlicher Missbilligung die Lippen. „Das ist eine ekelhafte Angewohnheit. Ich nehme an, er hat sie von diesem Jungen, Dylan."

„Zusammengefasst", sagte Bridget zu Geoff, „waren Sie und Luke vielleicht fünfzehn Minuten allein, und Ihre Frau war fünf oder zehn Minuten weg?"

„So lange war es nicht."

„Und schließlich, Mr. und Mrs. Henderson, fällt Ihnen noch irgendetwas ein, das Ihnen gestern Abend verdächtig vorkam?"

„Nein, nichts", sagte Geoff. „Wie ich schon sagte, die Bar war brechend voll. Es waren viel zu viele Leute da, als dass einer von ihnen irgendwie aufgefallen wäre."

Bridget dankte den beiden für ihre Zeit. „Ich weiß, dass Sie Ihren Sohn abholen wollen", sagte sie, „aber vorher muss ich noch mit ihm sprechen."

„Ist das wirklich nötig, Inspector?", fragte Lynda. „Wir haben Ihnen doch schon erzählt, was passiert ist, und er ist nur ein Junge."

„Er ist neunzehn", sagte Bridget. „Und ja, ich fürchte, es ist notwendig."

KAPITEL 9

Also, was halten Sie von der glücklichen Familie?",
fragte Bridget Jake, als sie die kurze Strecke
"entlang der Longwall Street zum New College
gingen. Es war nicht mehr als ein fünfminütiger
Spaziergang und schneller, den Mini am Eastgate
abzustellen, als sich durch Oxfords verworrenes
Einbahnstraßensystem zu quälen.

„Ehrlich gesagt bin ich froh, dass ich Weihnachten
nicht mit ihnen verbringen muss", sagte Jake.

„Komischerweise", sagte Bridget, „habe ich genau
dasselbe gedacht." So herrisch Vanessa auch sein mochte
und so unbehaglich Bridget sich in der Gesellschaft ihrer
Eltern auch fühlte, die ständige unterschwellige Spannung
in der Familie Henderson würde Weihnachten zur Hölle
machen.

„Ich glaube auch kaum die Hälfte von dem, was sie
sagen", fuhr Jake fort, „vor allem, wenn es um ihren Sohn
Luke geht. Sie haben ihn offensichtlich aus irgendeinem
Grund gedeckt."

„Dann sind wir uns ja völlig einig", sagte Bridget
lächelnd zu ihrem Sergeant.

Der strenge Frost, der über Nacht eingesetzt hatte, war in der Wärme der Morgensonne geschmolzen, und die gespenstische Atmosphäre, die in der Dunkelheit über den Straßen gelegen hatte, war verschwunden. Doch als sie in die Holywell Street einbogen, strahlten die College-Gebäude erneut eine unheimliche Aura aus. Bridget hob den Blick und betrachtete die hohe Steinfassade der sogenannten New Buildings. Reihen von mürrischen Wasserspeiern und Fratzen starrten sie von ihren steinernen Vorsprüngen aus an, die Schnauzen verzogen, die Zähne gefletscht. Die kunstvoll geschnitzten Sprossenfenster des Colleges verliehen dem Gebäude das Aussehen einer mittelalterlichen Burg. Ein breiter Spitzbogen führte ins Innere des Gebäudes.

„Das ist also das New College", sagte Jake.

„Eines der beeindruckendsten Colleges in Oxford", sagte Bridget, die schon viele Konzerte in der prächtigen Kapelle besucht hatte. „Und eines der ältesten, trotz seines Namens."

Jake grinste. „Das dachte ich mir schon, Ma'am. Ich glaube, ich bin schon lange genug hier, um zu wissen, dass das Wort ‚neu' in Oxford etwas anderes bedeutet."

„Was haben Sie an Weihnachten vor?", erkundigte sie sich. Sie wusste, dass Jake im Urlaub gern seine Familie und Freunde in Yorkshire besuchte.

„Ich fahre in den Norden, Ma'am. Es gibt nichts, was mich hier hält."

Er klang niedergeschlagen, und Bridget überlegte, ob sie mehr sagen sollte, aber in diesem Moment vibrierte ihr Handy mit einer eingehenden Nachricht. Als sie sah, dass sie von ihrer Schwester war, ignorierte sie sie und steckte das Handy wieder in ihre Tasche. Vanessa machte immer so viel Aufhebens um die Vorbereitungen für Weihnachten. Wahrscheinlich war es nichts Wichtiges.

Das College war um diese Jahreszeit fast menschenleer, denn das Michaelmas-Trimester war schon seit zwei Wochen vorbei. Sie folgten den Anweisungen des Portiers, überquerten den Great Quad und gingen dann weiter zu

Lukes Zimmer im Garden Quad. Es war ein schöner Ort, um seine Studienjahre zu verbringen. Die Zimmer aus dem siebzehnten Jahrhundert überblickten die Gärten des Colleges, die von der ursprünglichen Stadtmauer aus dem dreizehnten Jahrhundert umgeben waren. Das Gefühl, sich in einer großen mittelalterlichen Festung zu befinden, war hier noch stärker. Im Sommer waren die Blumenbeete ein einziges Farbenmeer. Jetzt, mitten im Winter, strahlten die kahlen Bäume und immergrünen Sträucher eine stille, zurückhaltende Schönheit aus. Bridget musste sich daran erinnern, dass nur wenige hundert Meter entfernt, jenseits der Ruhe des College-Kreuzgangs, letzte Nacht ein Mann sein Leben verloren hatte, niedergestochen und blutend zurückgelassen.

Sie stiegen die Treppe zu Lukes Zimmer hinauf und Bridget klopfte laut an die Tür.

Nach einer Weile öffnete sich diese und ein etwas zerzauster Luke starrte sie überrascht an. „Oh! Ich dachte, es wären meine Eltern." Er trug ein locker sitzendes T-Shirt, eine Jogginghose und war barfuß. Er lag zwar nicht mehr im Bett, wie sein Vater prophezeit hatte, aber er war noch nicht lange auf.

In seinem jetzigen Zustand sah er noch jünger aus als am Abend zuvor. Seine Mutter hatte recht gehabt, als sie gesagt hatte, er sei kaum mehr als ein Junge. Bridget musste daran denken, dass ihre eigene Tochter nur ein paar Jahre jünger war. Nach den GCSEs und dem Abitur würde Chloe selbst aufs College oder an die Universität gehen. Dieser Gedanke machte Bridget ziemlich nervös.

Luke sah sie stirnrunzelnd an, als würde er versuchen, sie einzuordnen. „Sie waren gestern Abend auf dieser Geistertour", sagte er schließlich. Er warf Jake einen nervösen Blick zu. „Und wer sind Sie?"

„Wir sind Polizisten", sagte Bridget und zeigte ihm ihren Dienstausweis. Luke war nicht dabei gewesen, als sie den anderen Teilnehmern der Geistertour ihren Beruf offenbart hatte, und offenbar hatten seine Eltern es nicht für nötig gehalten, ihn zu informieren. „Ich bin Detective

Inspector Bridget Hart und das ist mein Kollege Detective Sergeant Jake Derwent. Dürfen wir reinkommen?"

Luke schien zu zögern, sie hineinzulassen. „Hören Sie, wenn es hier um … Sie wissen schon geht, ich dachte, das hätte das College schon geklärt."

Bridget schnupperte. Unter dem oberflächlichen Gestank eines ungeduschten männlichen Körpers und der ungewaschenen Kleidung eines ganzen Semesters lag ein unverwechselbarer, beißender Geruch in der Luft. Sie konnte sehen, dass Jake ihn auch bemerkt hatte, und sie hatte sofort eine ziemlich gute Vorstellung davon, was Luke nervös machte.

„Ich denke, wir kommen besser rein, und Sie erzählen uns alles", sagte sie.

„Äh, ja, klar." Luke trat einen Schritt zurück und setzte sich auf sein ungemachtes Bett. Ein offener Koffer auf dem Boden quoll über vor schmutziger Wäsche. Auf den beiden einzigen Stühlen im Zimmer stapelten sich chaotisch Bücher und Ordner. Bridget und Jake blieben stehen.

Luke sah ängstlich zu ihnen auf. „Bin ich in Schwierigkeiten?"

„In was für Schwierigkeiten, Luke?"

„Ist das ein Trick? Wollen Sie mir ein Geständnis entlocken?"

„Wegen Besitzes von Cannabis?", fragte Bridget, denn das war es, was sie gerochen hatte.

Luke nickte kläglich.

„Deswegen sind wir nicht hier. Wir sind gekommen, um mit Ihnen über den Mord an Gordon Goole, dem Geistertour-Guide, der eigentlich David Smith heißt, zu sprechen."

„Oh, das", sagte Luke. Ein Ausdruck plötzlicher Besorgnis huschte über sein Gesicht. „Sie glauben doch nicht, dass ich etwas damit zu tun habe, oder?"

„Warum fangen wir nicht am Anfang an", schlug Bridget vor, „und Sie erzählen uns, was Sie zwei Wochen nach Ende des Semesters wirklich in Oxford machen."

„Richtig, ja, klar. Ich glaube, es hat keinen Sinn, es zu

verheimlichen. Die Sache ist die, dass ich Ärger mit dem College bekommen habe, weil ich Gras geraucht habe. Es war auch nicht das erste Mal. Ich hatte schon eine mündliche Verwarnung von der Polizei erhalten. Ich dachte, ich würde rausgeschmissen, aber der Dekan bot mir noch eine Chance an, wenn ich nach Semesterende bliebe und ein paar Arbeiten für das College erledigte."

„Wissenschaftliche Arbeit?", fragte Bridget.

Luke schnaubte nervös und lachte. „Nein. Ich helfe den Hausmeistern. Ich habe auf dem Sportplatz gearbeitet. Das hat sogar ziemlich viel Spaß gemacht. Und so konnte ich meine Heimreise um zwei Wochen aufschieben, also ist alles gut."

„Sie verstehen sich nicht mit Ihrer Familie", sagte Jake.

Luke verzog das Gesicht. „Gestern war schon schlimm genug. So zu tun, als wären wir eine glückliche Familie und würden ,Quality Time' miteinander verbringen." Er malte mit den Fingern Anführungszeichen in die Luft. „Mum hat sogar darauf bestanden, mit uns in dieses blöde Märchenspiel zu gehen, als wären Lucy und ich noch kleine Kinder. Ehrlich gesagt weiß ich nicht, wie ich Weihnachten überleben soll, wenn ich mit den beiden eingesperrt bin."

„Vielleicht können Sie uns sagen, was Sie gestern Abend gemacht haben?"

Sofort breitete sich wieder ein vorsichtiger Ausdruck auf seinem Gesicht aus. „Gemacht?"

Jake sah in seinen Notizen nach. „Ihr Vater hat uns erzählt, dass Sie mit ihm zur Bar gegangen sind, um beim Tragen der Getränke zu helfen."

„O ja, das stimmt", sagte Luke. „Wir haben sie Mum und Lucy gebracht."

„Als Sie zurückkamen, hatten Sie eine Art Streit mit Ihrem Vater."

„Das stimmt. Das ist eigentlich ganz normal bei uns. Mum und Dad haben immer irgendwas an mir auszusetzen."

„Was war es diesmal?"

„Dad hat mich wegen Dylan ziemlich genervt." Er sah Bridget an. „Erinnern Sie sich? Mein Freund, der uns auf der Tour begleitet hat?"

„Ich erinnere mich."

„Mum und Dad denken, dass Dylan einen schlechten Einfluss auf mich hat. Sie verstehen ihn einfach nicht, das ist alles. Es ist wirklich unfair, ehrlich gesagt. Es liegt daran, dass er ein paar Zwangsneurosen hat, wissen Sie? Mum nennt es ein ‚psychisches Problem' – ehrlich! Sie können einfach nicht mit jemandem umgehen, der anders ist als sie."

„Ihr Vater hat Sie also gedrängt, weniger Zeit mit Dylan zu verbringen?"

„Sie würden mich am liebsten dazu bringen, dass ich ihn gar nicht mehr treffe. Ich habe Dad gesagt, dass Dylan mein bester Freund ist und dass er das respektieren sollte. Ich meine, Loyalität gegenüber einem Freund ist doch eine Tugend, oder? Das Problem ist, dass Mum und Dad immer alles kontrollieren wollen. Ich bin nur hier, weil sie wollten, dass ich in ihre Fußstapfen trete."

„Es war also nicht Ihre Entscheidung, in Oxford zu studieren?"

Luke schüttelte energisch den Kopf. „Auf keinen Fall, Mann. Ich wollte auf Reisen gehen und die Welt sehen, aber davon wollten sie nichts hören. Sie sagten, ich müsse einen Abschluss machen, um einen guten Job zu bekommen. Aber Dads Vorstellung von einem guten Job ist, jeden Tag einen Anzug anzuziehen und in einem Büro zu sitzen. Ich meine, was ist das für ein Leben?"

„Eines, das Sie finanziell unterstützt?", schlug Jake vor.

Luke starrte ihn wütend an, sagte aber nichts.

„Und was geschah nach dem Streit?", fragte Bridget.

„Was meinen Sie?"

„Nachdem Sie mit den Getränken zurückgekommen waren, sind Sie wieder irgendwohin gegangen."

„Nun, ja. Dad und ich waren sauer aufeinander, also bin ich eine rauchen gegangen."

„Allein?"

„Sicher."

„Und wo genau sind Sie zum Rauchen hingegangen?"

„Ich war auf dem Gelände des Pubs."

„Haben Sie Gordon Goole oder sonst jemanden gesehen, der sich in irgendeiner Weise verdächtig verhalten hat?"

„Nein. Ist das jetzt alles?", fragte er. „Ich sollte eigentlich packen, damit Mum und Dad mich abholen können."

„Nur noch eine letzte Frage", sagte Bridget. „Warum hat sich Ihr Freund Dylan während der Geistertour so aufgeregt?"

„Er interessiert sich sehr für das Paranormale. Das ist sein großes Ding, also war er beleidigt, dass der Guide nur Geistergeschichten erzählte, um die Touristen zu unterhalten."

„Das schien mir eine ziemliche Überreaktion zu sein."

„Vielleicht", gab Luke zu. „Aber Sie müssen verstehen, dass Dylan eine wirklich schwere Zeit hinter sich hat. Seine Mutter war heroinabhängig und starb an einer Überdosis, als er noch ein Kind war, also hat er die meiste Zeit seines Lebens in Heimen oder bei Pflegeeltern verbracht. Aber der Junge ist ein verdammtes Genie. Er studiert Physik, aber er weiß eine ganze Menge über alles. Wahrscheinlich wird er eines Tages so berühmt wie Einstein."

Bridget hob die Augenbrauen, stellte aber Lukes Meinung über seinen Freund nicht in Frage. Von seiner Familie bekam er augenscheinlich schon genug Kritik. Seine Bewunderung für seinen eigenwilligen Freund und seine Frustration über seine Eltern waren offensichtlich. Aber Bridget konnte sich des Eindrucks nicht erwehren, dass er einfach nicht das Selbstvertrauen hatte, auf eigenen Füßen zu stehen und seine eigenen Entscheidungen zu treffen. Vielleicht würden der Zusammenstoß mit den College-Verantwortlichen und seine zweiwöchige Buße eine nachhaltige, positive Wirkung haben.

„Und fährt Dylan heute auch nach Hause?"

„Nein, er bleibt in Oxford. Er hat kein anderes

Zuhause, zu dem er gehen könnte, also wohnt er in einer privaten Mietwohnung in der Stadt. Er sagte, ich könne gerne bei ihm bleiben, aber Sie können sich vorstellen, was meine Eltern dazu gesagt haben."

„Wir brauchen seine Adresse und Telefonnummer", sagte Jake.

Luke schaute finster drein, gab ihnen aber eine Adresse in der Union Street und eine Telefonnummer. „Ich hoffe, Sie machen ihm keine Schwierigkeiten. Dylan hat wirklich überhaupt nichts mit der Sache zu tun. Er war nicht einmal in der Nähe, als der Mord geschah."

„Keine Sorge, wir werden ihn fair behandeln."

„Es tut mir leid, dass der Typ von der Geistertour tot ist", sagte Luke. „Er war ein guter Geschichtenerzähler, auch wenn Dylan ihn nicht besonders mochte."

Bridget dankte ihm für seine Zeit und warf einen letzten Blick in das unordentliche Zimmer. „Wir lassen Sie jetzt weiterpacken. Ich nehme an, Ihre Eltern werden jeden Moment hier sein."

★

Die Akten waren jahrelang im Polizeiarchiv verstaubt. Ffion blies kräftig und schickte eine dicke graue Wolke über ihren Schreibtisch.

„Hey, pass auf!", rief DC Harry Johns.

„Sorry", sagte Ffion. Sie legte den Aktenstapel vor ihren Computer und begann zu sortieren.

„Was ist das eigentlich alles?", fragte Harry.

„Alte Geschichte." Die Ermittlungen im Fall der vermissten Camilla Townsend waren vor über zwanzig Jahren eingestellt worden, ohne dass je eine Leiche gefunden oder jemand wegen ihres Verschwindens angeklagt worden war. Doch für David Smith waren die Ermittlungen im Fall der vermissten Studentin alles andere als abgeschlossen gewesen. Auf einem benachbarten Schreibtisch hatte Ffion alle Zeitungsartikel, Fotos und handschriftlichen Notizen gestapelt, die in

Smiths Haus in der Lake Street sichergestellt worden waren. Er hatte fast so viel Material angehäuft wie in den Polizeiakten.

Wo anfangen? Das war die Frage.

Sie beschloss, mit den polizeilichen Ermittlungen zu beginnen, um sich auf Fakten statt auf Spekulationen zu stützen. Angesichts der Papierberge auf dem anderen Schreibtisch konnte man sich leicht in einem Kaninchenbau verlieren, wenn man versuchte, Smiths Nachforschungen zu folgen. Die Art und Weise, wie die Zeitungsartikel fast eine ganze Wand des Gästezimmers in seinem Haus bedeckt hatten, deutete auf Besessenheit hin, und Ffion wusste, dass Besessenheit schnell zu Wahnvorstellungen führte. Selbst wenn er auf dem Boden der Tatsachen geblieben war, hatte er wohl kaum einen Durchbruch erzielt. Es war zwar denkbar, dass Smith auf neue Informationen gestoßen war, aber wahrscheinlicher war, dass er in die gleichen Sackgassen geraten war wie die Profis.

Die Akte war vor etwa fünfundzwanzig Jahren, Anfang Dezember, angelegt worden, unmittelbar nachdem Camilla von ihren Mitbewohnern als vermisst gemeldet worden war. Sie war nicht nach Hause zurückgekehrt, nachdem sie in der letzten Aufführung von Shakespeares *Was ihr wollt* aufgetreten war, und das letzte Mal, dass jemand sie gesehen hatte, war auf der After-Show-Party in einer Café-Bar in der Walton Street namens Freud's gewesen. Ffion kannte das Lokal gut. Es lag nur wenige Straßen von ihrem eigenen Haus in Oxfords angesagtem Kanalviertel Jericho entfernt. Das Freud's befand sich in einer umgebauten neoklassizistischen Kirche, die vor dem Abriss gerettet worden war, und passte so perfekt in die flippige Atmosphäre des Viertels. Mit ihren ionischen Steinsäulen, dem höhlenartigen Innenraum und den Buntglasfenstern hatte die Café-Bar einen einzigartigen Stil und war ein cooler Ort, um einen Kaffee oder Cocktail zu genießen.

Die Polizei hatte alle Partygäste befragt, einschließlich

des Regisseurs, der Schauspieler anderer Personen, die an der Theaterproduktion beteiligt waren, sowie mehrere Zuschauer, war jedoch zu keinem eindeutigen Ergebnis gekommen. Mangels stichhaltiger Beweise hatten sie beschlossen, David Smith unter Vorbehalt zu vernehmen und dann zu verhaften.

Der Freund des Opfers war immer derjenige, der am ehesten als Täter in Frage kam. Vorausgesetzt, dass Camilla tatsächlich ermordet worden war. David war auf der Party am letzten Abend nicht anwesend gewesen, weil er nicht zur Besetzung gehörte, und er konnte der Polizei keine zufriedenstellenden Angaben über seinen Aufenthaltsort machen. Aber ohne stichhaltige Beweise waren sie gezwungen gewesen, ihn freizulassen. Ffion hatte nicht den Eindruck, dass man sich besonders bemüht hatte, weitere Verdächtige zu identifizieren. Einige andere Personen waren befragt worden, darunter Camillas Mitbewohner und ihr Tutor am Pembroke College. Aber da es keine weiteren Anhaltspunkte gab, waren die Ermittlungen eingestellt und schließlich zu den Akten gelegt worden. Die Akten waren im Archiv gelandet und niemand hatte sie eingesehen, bis Ffion sie an diesem Morgen vom Archivar angefordert hatte.

Als Nächstes wandte sie sich David Smiths eigenen Ermittlungen zu. Das Material war erstaunlich gut geordnet. Smith war eindeutig ein gewissenhafter Rechercheur gewesen, auch wenn seine Methoden etwas weniger orthodox waren als die der offiziellen Ermittler. Smith hatte nicht nur alle Artikel über das Verschwinden in den lokalen und nationalen Zeitungen gesammelt, sondern auch eigene Befragungen mit denselben Personen geführt, mit denen die Polizei gesprochen hatte, und seine Notizen in ordentlichen, handgeschriebenen Berichten festgehalten, die so detailliert und präzise waren wie jede polizeiliche Untersuchung, die Ffion je gesehen hatte.

Sie war beeindruckt.

Unter den verschiedenen Personen, über die Smith Informationen gesammelt hatte, stach eine besonders hervor – der Regisseur des Stücks. Und im Gegensatz zur Überzeugung der Polizei, dass David Smith höchstwahrscheinlich für das Verschwinden der vermissten Studentin verantwortlich war, war Smith selbst davon überzeugt gewesen, dass es der Regisseur war, der etwas zu verbergen hatte. David hatte sich offenbar kurz vor Beginn der Theaterproduktion von Camilla getrennt und sie beschuldigt, mit dem Regisseur geschlafen zu haben, um sich ihre Rolle im Stück zu sichern. Seitdem hatte er die Karriere des Regisseurs akribisch verfolgt, von seiner Zeit als Student in Oxford über das Repertoiretheater in den Midlands bis hin zu seinem großen Durchbruch am National Theatre und dem Höhepunkt seines Erfolgs im West End. Der Mann schien alles gemacht zu haben, von Samuel Beckett über Shakespeare bis hin zu Musicals, die die Kassen klingeln ließen.

Doch trotz all seiner Nachforschungen hatte Smith nicht mit Sicherheit beweisen können, was in jener Nacht mit Camilla geschehen war. Es war sogar möglich, dass sie noch am Leben war und Oxford aus unbekannten Gründen und auf eigenen Wunsch verlassen hatte.

Was auch immer die Wahrheit sein mochte, nach der Lektüre von David Smiths umfangreichen Aufzeichnungen schien Ffion klar, dass der Guide unschuldig war. Es sei denn, er hatte sich selbst eingeredet, dass seine Geschichte wahr sei, und das Ganze war ein ausgeklügelter Schwindel, der dazu diente, seine Selbsttäuschung zu untermauern.

Schließlich blätterte sie durch eine Handvoll Fotos in einem Papierumschlag. Es handelte sich offenbar um eine Auswahl von Amateurfotos, die bei der letzten Party im Freud's aufgenommen worden waren. Camilla war auf vielen der Aufnahmen zu sehen, ihr hübsches junges Gesicht und ihr langes blondes Haar waren sofort zu erkennen. Da sie sich das gesamte Material angesehen hatte, erkannte sie auch das Gesicht des Regisseurs des Stücks wieder. Er und Camilla waren oft zusammen auf den Fotos zu sehen, obwohl sie ebenso oft mit anderen Männern abgelichtet worden war. Die restlichen Fotos zeigten andere Männer und Frauen, vermutlich Mitglieder der Besetzung oder der Produktionscrew.

Die letzten Gegenstände am Boden der Akte waren ein Plakat und ein Programmheft von *Was ihr wollt*. Neben einer Zusammenfassung der Handlung enthielt es kleine Schwarzweißfotos aller Darsteller, zusammen mit Namen, Colleges und Kurzbiografien. Das selbstbewusste Lächeln des Regisseurs strahlte von der Rückseite über einer Liste der Bühnencrew – Bühnenarbeiter, Requisiteure, Garderobiere und so weiter.

Ffion legte alles wieder in die ursprünglichen Akten und lehnte sich zurück, um an ihrem Pfefferminztee zu nippen. Er war längst kalt geworden, aber er war immer noch erfrischend und anregend. Sie hatte jegliches Zeitgefühl verloren und war völlig in ihre Aufgabe vertieft. Es war eine Gewohnheit, die sie gut kannte. Bisexuell aufgewachsen und mit Ideen, die die Bewohner ihres winzigen walisischen Bergbaudorfes für bizarr hielten, hatte sie Studium und Sport genutzt, um die Isolation zu überwinden, die sie als Teenager erlebt hatte. Obwohl Oxford hundertmal liberaler war als ihr Heimatdorf, fühlte sie sich dennoch manchmal von der konventionellen Gesellschaft entfremdet. Vielleicht war sie zum Teil selbst schuld. Sie weigerte sich, sich zu ändern, um den Erwartungen anderer zu entsprechen. Ihr unkonventionelles Äußeres – groß und schlank, mit Pixie-Haarschnitt und oft in grüner Motorradkluft gekleidet – schüchterte die Leute ein. Aber sie konnte sich nicht mehr sicher sein, ob die Leute wegen ihres Aussehens ablehnend reagierten oder ob sie sich absichtlich so verhielt, um die Leute zu verunsichern.

Egal. Sie hatte ihre Nische gefunden, arbeitete in ihrem Traumjob als Detective und wohnte mit Freundinnen in einem Haus in Jericho. Schade nur, dass ihre beiden Mitbewohnerinnen über Weihnachten verreisten und sie auf sich allein gestellt war. Claire war gerade von einer

Forschungsreise aus Johannesburg zurückgekehrt und wollte Weihnachten mit ihrer Familie verbringen. Judy machte eine Woche Urlaub mit ihrem Freund.

Ffions Gedanken wanderten zu Jake. Sie waren für kurze Zeit ein Paar gewesen und wenn die Dinge anders gelaufen wären, hätte sie Weihnachten mit ihm verbracht. Aber sie weigerte sich, darüber nachzudenken, was sie verloren hatte. Selbstmitleid war ein Akt der Selbstverletzung.

Außerdem war sie es gewohnt, allein zu sein. Sie hatte schon früher Weihnachten allein verbracht und wusste, dass sie damit zurechtkommen würde. Sie begann sich zu fragen, wie sie ihre Zeit genießen könnte. Wahrscheinlich würde sie sich an ihre übliche Wochenendroutine halten. Ein Lauf am frühen Morgen, gefolgt von einer heißen Dusche, dann ein gemütliches Frühstück in einem Café in der Nähe, falls eines geöffnet hatte. Vielleicht würde sie eine Runde mit ihrer Kawasaki drehen, solange die Straßen ruhig waren. Am zweiten Weihnachtsfeiertag fand auf dem Gelände eines nahe gelegenen Landhauses ein Rennen statt. Das Problem war nicht die Langeweile, sondern die Frage, wie sie alles unter einen Hut bringen sollte.

KAPITEL 10

Als Bridget Lukes Zimmer verließ und sich auf den Rückweg durch das New College machte, begann sie sich Sorgen zu machen, dass sie ihre Zeit damit verschwendete, die Leute zu befragen, die gestern Abend an der Geistertour teilgenommen hatten. Schließlich waren die verschiedenen Gruppen vor Beginn der Tour einander fremd gewesen, vermutlich auch David Smith. Aber diese Leute waren unmittelbar vor seinem Tod bei ihm gewesen, und es war durchaus möglich, dass einer von ihnen etwas gesehen oder gehört hatte, das sich als entscheidend erweisen könnte.

„Meinen Sie, wir hätten sein Gras konfiszieren sollen, Ma'am?", fragte Jake, als sie zum Pförtnerhaus gingen.

„Um ehrlich zu sein, ich glaube, er wird es brauchen." Bridget vermutete, dass sie selbst ziemlich stark auf Alkohol angewiesen sein würde, um die Weihnachtszeit zu überstehen.

Als sie die Holywell Street entlanggingen, schaute sie auf ihr Handy, das sie für das Gespräch mit Luke auf lautlos gestellt hatte. Sie hatte einen Anruf von Vanessa verpasst, weil sie ihre Nachricht von vorhin nicht beantwortet hatte. Nun, Bridget waren der Meinung, dass die Weihnachtsvorbereitungen nicht wichtiger waren als eine Mordermittlung. Vanessa würde einfach warten müssen.

„Wollen Sie als Nächstes mit diesem Dylan reden?", fragte Jake.

„Es sieht nicht so aus, als würde er im Moment irgendwo hingehen. Nein, unser nächster Halt ist das Gefängnis."

„Ma'am?"

„Malmaison."

Das Malmaison Oxford war einst ein viktorianisches Gefängnis gewesen, jetzt aber ein luxuriöses Boutique-Hotel im historischen Castle Quarter der Stadt. Die ursprünglichen Gefängniszellen waren zu gut ausgestatteten Zimmer umgebaut worden, und der ehemalige Einzelhafttrakt beherbergte nun eine Brasserie. Das dreistöckige Atrium mit den originalen schmiedeeisernen Treppen und Gängen des Gefängnisses bildete das beeindruckende Herzstück des Gebäudes, und an einem kalten, aber sonnigen Tag wie diesem konnte man im ehemaligen Gefängnishof ein heißes Getränk genießen, wenn man sich traute. Für drei Frauen mittleren Alters wäre dies zweifellos ein unterhaltsamer Ort, um Weihnachten zu verbringen, und Bridget hoffte, Deborah, Liz und Julia dort bei der Erkundung der Annehmlichkeiten anzutreffen.

„Was wissen wir über diese drei Frauen?", fragte Jake.

„Nicht viel", gab Bridget zu. „Geschiedene Frauen Anfang vierzig, die sich amüsieren wollen. Anscheinend waren sie Freundinnen an der Universität und sind zurückgekehrt, um ihre neu gewonnene Freiheit in vollen Zügen zu genießen. Eine von ihnen, Julia, hat das Turf vorzeitig verlassen, angeblich in Begleitung eines Mannes, den sie kurz zuvor kennengelernt hatte." Bridget warf ihrem Sergeant einen verschmitzten Blick zu. „Nehmen Sie sich vor ihr in Acht, Jake. Ich glaube, sie könnte eine Art Männerfresserin sein."

Jake war plötzlich beunruhigt über der Aussicht, den drei älteren Frauen zu begegnen.

Bridget zwinkerte ihm zu. „Machen Sie sich keine Sorgen. Ich komme Ihnen zu Hilfe, wenn eine von ihnen etwas versucht."

Sie fanden Liz und Deborah in der Bar, wo sie Chicken Wings, frittierten Tintenfisch und eine Schüssel Pommes aßen. Bridgets Magen knurrte beim Geruch des Essens und erinnerte sie daran, dass sie seit dem hastig zusammengestellten Frühstück am Morgen nichts mehr gegessen hatte.

Die beiden Frauen saßen an einem der niedrigen Glastische, die im Raum verteilt waren. Mit ihren dunkel getäfelten Wänden und den stilvollen, bequemen Stühlen war die Bar der perfekte Ort, um einen kalten Winternachmittag zu verbringen. Die beiden Frauen machten den Eindruck, als würden sie den ganzen Tag hier verbringen. Liz studierte bereits die Cocktailkarte, und Bridget fragte sich, wie lange es wohl dauern würde, bis sie Margaritas und Bloody Marys kippten. Nicht lange, vermutete sie.

„Oh, hallo", sagte Liz, als sie Bridget bemerkte. „Kommen Sie und setzen Sie sich zu uns."

„Und Ihr Freund auch", sagte Deborah, hob ein Glas Weißwein an ihre geschminkten Lippen und musterte Jake eingehend. Bridget brauchte ihren Sergeant nicht ansehen, um zu wissen, dass seine Ohren jetzt lachsrosa leuchteten. Sie zog sich einen Stuhl heran.

„Ist Julia nicht bei Ihnen?", fragte sie. Eigentlich hatte sie gehofft, mit allen dreien sprechen zu können, vor allem mit Julia, angesichts ihres plötzlichen Verschwindens gestern Abend kurz vor dem Mord.

„Julia scheint beschlossen zu haben, uns im Stich zu lassen", sagte Deborah, das lange, schlanke Weinglas in ihren schlanken Fingern.

„Wegen des Mannes, den sie gestern Abend kennengelernt hat?", fragte Bridget.

„Genau." Liz wedelte mit einem Chicken Wing in der

Luft, um ihre Worte zu unterstreichen. Bridget wurde klar, dass die beiden schon eine ganze Weile getrunken hatten.

„Das ist wirklich nichts Unerwartetes", fuhr Deborah fort. „Es ist sogar typisch für Julia."

„Julia sieht sich selbst gerne als Freigeist", sagte Liz. „Sie geht immer ihren Launen nach, folgt ihrem Herzen, vertraut ihrem Instinkt, wie auch immer man es nennen will. Sie hat gerade einen Monat auf Bali verbracht, um *sich selbst zu finden*. Nun, sie hat sich vielleicht selbst gefunden, aber ich fürchte, sie hat uns verloren." Beide brachen in einen Kicheranfall aus.

Bridget warf einen Blick auf Jake, der sein Notizbuch und seinen Stift bereithielt, um sich Notizen zu machen. Er hatte noch nichts geschrieben, aber Bridget vermutete, dass die beiden Frauen sich noch eine Menge über ihre abwesende Freundin von der Seele reden wollten. Sie redeten frei heraus, und sie beschloss, sie gewähren zu lassen. Wer wusste schon, was sie preisgeben würden, wenn man ihnen freien Lauf ließ?

Deborah nahm den Faden wieder auf. „Als wir jung waren, haben wir diese Seite an ihr geliebt, wissen Sie, die Art, wie sie einfach auftauchen und wieder verschwinden konnte. Wir wünschten, wir könnten so unbeschwert sein wie sie, aber jetzt, wo sie Mitte vierzig ist, wird es ein bisschen anstrengend. Wenn Menschen älter werden, sollten sie verlässlicher werden, finden Sie nicht auch? Ehemänner natürlich nicht. Aber Freunde sollten loyal bleiben. Ich meine, wir sind nur ein paar Tage zusammen hier. Aber Julia lässt sich gern treiben, wohin der Wind sie trägt."

„Und wohin genau hat der Wind sie diesmal getragen?", fragte Bridget.

„An denselben Ort wie immer. Auf die Suche nach der wahren Liebe", antwortete Liz. Bridget wartete auf eine genauere Erklärung. „Wir waren am Samstagabend im New Theatre, um uns *West Side Story* anzusehen. Es ist die neue Produktion, die kürzlich vom West End übernommen wurde. Sie hat hervorragende Kritiken bekommen."

„Ich weiß, welche Sie meinen", sagte Bridget. Sie hatte versucht, für sich, Jonathan und Chloe Karten zu bekommen, aber es war ausverkauft.

„Wir haben vor Beginn der Show im Programmheft geblättert", sagte Liz, „und plötzlich schrie Julia auf. Sie hatte gerade bemerkt, dass der Regisseur niemand anderes als Guy Goodwin war."

„Wer?"

„Eine Begegnung mit der Vergangenheit", erklärte Liz. „Als Julia und Guy noch Studenten waren, hatten sie eine kurze Affäre. Und obwohl Julia ihn seit Jahren nicht mehr gesehen hatte, wusste sie sofort, als sie seinen Namen im Programm sah, dass das Schicksal sie wieder zusammengeführt hatte. Was hat sie gesagt, Deborah?"

„Es steht in den Sternen, meine Lieben", sagte Deborah mit übertrieben theatralischer Stimme. „Wenn Julia sich einmal eine Idee in den Kopf gesetzt hat, kann man sie ihr nicht mehr ausreden. Nach der Vorstellung behauptete sie, sie habe Kopfschmerzen und wolle ins Hotel zurück, aber später fanden wir heraus, dass sie hinter die Bühne gegangen war und sich mit Guy getroffen hatte. Deshalb hat sie gestern Abend während der Geistertour ständig auf ihr Handy geschaut. Die beiden hatten sich verabredet."

„Ich verstehe", sagte Bridget.

„Nein, das glaube ich nicht", sagte Liz. „Was Sie verstehen müssen, ist, dass wir alle für die Dauer unseres Aufenthalts in Oxford einen No-Man-Pakt geschlossen haben. Nur wir drei Mädels. Debs und ich sind frisch geschieden, und Julia hatte über die Jahre eine Reihe katastrophaler Beziehungen. Wir wollten das alles hinter uns lassen und unsere Probleme vergessen, nur für eine Woche."

„Wir haben einen feierlichen Eid geleistet", sagte Deborah. „Einen Schwur."

„Und dann, gleich in der allerersten Nacht, schlich sich Julia davon, um Guy zu treffen. Sie ist eine Verräterin, anders kann man es nicht nennen." Liz griff nach ihrem

Weinglas und stellte fest, dass es leer war. „Ober! Können wir … Was möchtest du, Debs? Etwas mit Gin? Wie wär's mit einem Martini? Zwei Martinis, bitte." Sie wandte sich an Jake. „Möchten Sie sich uns anschließen?"

Es dauerte nur einen Moment, bis Jakes Ohren in allen Farben leuchteten. „Ähm … ich bin im Dienst", murmelte er.

„Richtig", sagte Liz. „Sehr pflichtbewusst. Ich fühle mich in Ihrer Gegenwart sicher. Wie war doch gleich Ihr Name?"

„Jake. DS Jake Derwent."

„Nun, DS Jake Derwent, vielleicht möchten Sie später wiederkommen, wenn Sie außer Dienst sind? Wir würden nicht Nein sagen, wenn ein netter, großer Polizist auf uns aufpassen würde."

So viel zum No-Man-Pakt, dachte Bridget. Schnell griff sie ein, um ihren hilflosen Sergeant zu retten. „Also zurück zu gestern Abend. Hat Julia erklärt, warum sie das Turf verlassen hat?"

„Das brauchte sie nicht", sagte Deborah. „Es hätte genauso gut in den Sternen stehen können. Sie hat sich weggeschlichen, um Guy zu treffen."

„Haben Sie seitdem etwas von ihr gehört?"

„Nein. Sie ignoriert unsere Anrufe. Sie schämt sich zu sehr, um uns gegenüberzutreten."

„Sie haben also seit gestern Abend nichts mehr von ihr gehört?"

„Sie hat uns heute Morgen eine Nachricht geschickt, dass wir uns keine Sorgen machen sollen", sagte Liz. „Ich habe ihr geantwortet, dass wir uns keine *Sorgen machen*, sondern nur *wütend sind*. Ich habe keine Antwort bekommen."

„Sie wird zurückkommen", erklärte Deborah, „mit eingezogenem Schwanz. Und es wird Tränen geben. Es gibt immer Tränen." Sie seufzte. „Wir sollten uns wirklich weigern, sie zurückzunehmen. Aber es ist schwer, Julia lange böse zu sein. Wir lieben sie zu sehr."

Das Gespräch hatte einen rührseligen Ton

angenommen, und Bridget befürchtete, dass die Tränen eher früher als später fließen würden. „Was macht Julia beruflich?", fragte sie. Sie konnte sich des Eindrucks nicht erwehren, Julias Gesicht schon einmal gesehen zu haben.

„Sie ist Schauspielerin", erklärte Liz. „Sie hat im Repertoiretheater angefangen und dann ein paar kleine Rollen in TV-Soaps bekommen. Vor ein paar Jahren hatte sie ihren großen Durchbruch mit einer Rolle in einem Fernsehkrimi. Sie spielte die Frau des Mörders."

„Carstairs", sagte Bridget. „Julia Carstairs." Deshalb war ihr das Gesicht so bekannt vorgekommen. Bridget hatte den Krimi selbst gesehen. „Was können Sie mir über Guy Goodwin erzählen?"

„Guy? Nun, wie ich schon sagte, er und Julia waren während des Studiums kurz zusammen. Jetzt ist er Theaterregisseur im West End. Er hat sich im ernsten Drama einen Namen gemacht und sich dann dem Musical zugewandt. Ich nehme an, damit lässt sich das große Geld machen."

„Kannte eine von Ihnen den Mann, der gestern Abend ermordet wurde?", fragte Bridget. „Sein richtiger Name war David Smith."

Beide Frauen schüttelten den Kopf. „So ein unterhaltsamer Guide", sagte Deborah traurig. „Warum in aller Welt sollte ihn jemand umbringen wollen?"

Die Frage schien über ihnen zu schweben, ihr Gewicht drückte auf die tapferen Versuche der beiden Frauen, sich zu amüsieren und ihre gescheiterten Ehen zu vergessen. Bridget und Jake verabschiedeten sich und ließen sie schweigend ihre Martinis schlürfen.

KAPITEL 11

„Nächster Halt: Staverton Road", sagte Bridget. Sie und Jake waren unterwegs in einen Sandwich-Laden gegangen, um einen Happen zu essen, bevor sie zum Auto zurückkehrten. Mit einer Mischung aus Bewunderung und Abscheu beobachtete sie, wie er zuerst ein riesiges Würstchen im Blätterteig verschlang, dann ein Speck-Ei-Sandwich, bevor er sich einem extragroßen Schokoladenmuffin zuwandte.

„Ich habe Hunger", erklärte er, als er ihren Seitenblick auffing.

„Ich auch." Bridget war von der Auswahl an Gebäck und mit Käse gefüllten Paninis in Versuchung geführt worden, aber sie hatte ihre ganze Willenskraft zusammengenommen und sich mit einem fettarmen Chickenwrap begnügt, als Buße für die Churros und die heiße Schokolade, die sie am Vortag auf dem Weihnachtsmarkt gegessen hatte. Sie musste wirklich versuchen, sich vor dem Weihnachtsfest etwas mehr in Zurückhaltung zu üben.

Das erinnerte sie daran, dass Vanessa immer noch versuchte, Kontakt aufzunehmen, aber sie hatte heute wirklich keine Zeit für die Belanglosigkeiten ihrer Schwester. Sie sah in ihrem Notizbuch nach. „Cheryl und Trevor Mansfield sind aus den Staaten zu Besuch bei seiner alten Mutter, die in North Oxford lebt. Cheryl ist Amerikanerin, ursprünglich aus Seattle, aber jetzt leben sie in Cambridge, Massachusetts. Trevor ist Dozent in Harvard."

Hätte Cheryl nur die geringste Chance, würde sie Bridget wahrscheinlich ihre gesamte Lebensgeschichte erzählen. Hoffentlich würden sowohl sie als auch ihr Mann bereitwillig alles mitteilen, was sie gestern Abend gesehen oder gehört hatten. Bridget war besonders daran interessiert, zu erfahren, ob Trevor etwas Nützliches gesehen hatte, während er vom Rest der Gruppe getrennt gewesen war, um seinen Anruf entgegenzunehmen.

„Harvard?", sagte Jake, den Mund noch voller Kuchen. „Das ist das amerikanische Pendant zu Oxford, nehme ich an."

„Das stimmt", sagte Bridget, „obwohl es vielleicht immer noch ein paar verkrustete Oxford-Akademiker gibt, die Harvard für einen jungen Emporkömmling halten. Schließlich ist es erst ein paar hundert Jahre alt."

Das Haus in der Staverton Road war ein weitläufiges edwardianisches Doppelhaus aus rotem Backstein, das sich über drei Etagen erstreckte. Es war ungewöhnlich, dass ein solches Haus noch als Familienhaus genutzt wurde. Einst von erfolgreichen Geschäftsleuten und wohlhabenden Professoren bewohnt, wurden diese riesigen Immobilien heutzutage für Millionen verkauft. Viele waren inzwischen in Wohnungen aufgeteilt oder von einem der Colleges als Studentenwohnheime übernommen worden. Ausgewachsene Sträucher säumten den Weg zur Haustür, die mit einem prächtigen Stechpalmenkranz geschmückt war, der von Efeu und Mistelzweigen durchzogen war. Bridget läutete und irgendwo tief im Inneren des Hauses ertönte eine Glocke.

Eine Minute später öffnete Trevor die Tür, bekleidet mit einen grobmaschigen Strickpullover, einer beigen

Hose und Pantoffeln. „Inspector, wir haben Sie erwartet. Kommen Sie doch herein."

Er führte sie ins Wohnzimmer, wo ein Holzfeuer im Kamin knisterte und den frischen, holzigen Tannenduft des Weihnachtsbaums, der in dem großen Erkerfenster stand, mit einer leichten Rauchnote untermalte. Auf dem Boden unter dem Baum stapelte sich ein verlockender Haufen von Geschenken in verschiedenen Formen und Größen, alle in buntes Papier eingewickelt. Familienfotos schmückten den Kaminsims und die Bücherregale des etwas unordentlichen, aber gemütlichen Zimmers. Bridget spürte, dass dies ein glückliches Zuhause war, voller schöner Erinnerungen und gemeinsamer Erlebnisse.

Cheryl saß in einem bequemen Sessel vor dem Kamin, ein dickes Buch auf dem Schoß. Neben ihr saß eine ältere Dame, vermutlich Trevors Mutter. Sie war in ein Kreuzworträtsel in der Zeitung vertieft, die Lesebrille auf der Nase, einen Bleistift in der Hand. Sie blickte auf und musterte Bridget.

Von oben waren eilige Schritte und aufgeregte Kinderstimmen zu hören. „Meine Großnichten und - neffen", erklärte Trevor und deutete zur Decke. „Mein Bruder und meine Schwester und ihre Familien sind gerade angekommen und richten sich ein."

„Zu Weihnachten werden Sie also ganz schön viele sein", sagte Bridget.

„Je mehr, desto besser", sagte Cheryl und stand auf, um Bridget zu begrüßen. „Trevor und ich haben keine eigenen Kinder, deshalb freuen wir uns, die Kleinen zu sehen."

Die alte Dame am Kamin legte ihr Kreuzworträtsel beiseite und erhob sich, um ihre Hand zu reichen.

„Das ist meine Mutter", sagte Trevor.

„Erfreut, Sie kennenzulernen, Mrs. Mansfield", sagte Bridget.

Die alte Frau ergriff Bridgets Hand mit ihren altersfleckigen Fingern. Ihr Griff war erstaunlich fest. Obwohl sie weit über neunzig zu sein schien, waren ihre

Augen klar und verrieten einen scharfen Verstand. Das kryptische Kreuzworträtsel in der Zeitung war fast vollständig ausgefüllt. „Nennen Sie mich Margaret", sagte sie freundlich. „Trevor hat mir alles erzählt, was gestern Abend passiert ist. Wie schrecklich."

Sie blieb stehen, und jetzt bemerkte Bridget noch etwas anderes hinter diesen strahlend blauen Augen. Vielleicht eine gewisse Zurückhaltung.

„Ich weiß, Sie möchten mit Trevor und Cheryl in Ruhe sprechen", sagte Margaret nach einem Moment, „also werde ich mich zurückziehen. Soll ich den Kessel aufsetzen?"

„Das wäre wunderbar, danke", sagte Bridget, die nie etwas zu essen oder zu trinken ablehnte.

„Milch und zwei Stück Zucker, bitte", sagte Jake.

„Ich hole auch ein paar Kekse", sagte Margaret. „Ich nehme an, Sie haben einen guten Appetit, ein kräftiger junger Mann wie Sie."

Da hat sie nicht Unrecht, dachte Bridget.

Der Raum war warm und das Sofa einladend. Bridget setzte sich so weit wie möglich vom knisternden Feuer weg, aus Angst, es sich zu gemütlich zu machen und in eine zufriedene Schläfrigkeit zu verfallen. Jake, so bemerkte sie, blieb lieber stehen, Notizbuch und Stift in der Hand. Trevor nahm auf einem Ohrensessel in der Nähe des Baumes Platz, während Cheryl zu ihrem Sessel am Kamin zurückkehrte und ihr Buch beiseitelegte.

„Ich habe gehört, dass Sie von Harvard nach Oxford gekommen sind", sagte Bridget zu Trevor. „Was ist Ihr Fach?"

„Sozialwissenschaften", sagte Trevor.

„Trevor war ursprünglich Tutor in Oxford", erzählte Cheryl, die offensichtlich alle relevanten Details mitteilen wollte, „aber zu meinem Glück ist er vor etwa zwanzig Jahren in die USA gezogen."

Bridget glaubte, bei der Erwähnung dieser unaufgefordert mitgeteilten Tatsache einen leichten Schatten über Trevors Gesicht huschen zu sehen, aber falls es ihn je gegeben hatte, wurde er schnell durch ein breites Lächeln ersetzt. „Stimmt genau. Die beste Entscheidung, die ich je getroffen habe", sagte Trevor. „Und ich spreche nicht nur von meiner Karriere."

Cheryl strahlte ihn vom anderen Ende des Raumes an.

„Warum haben Sie Oxford verlassen?", fragte Bridget.

Trevor antwortete schnell, als hätte er diese Frage schon oft gestellt bekommen und seine Antwort gründlich einstudiert. „Ich wollte kein versteinerter Dozent an einem Oxford-College werden. Das macht Oxford mit Menschen, wie Sie vielleicht bemerkt haben. Die Politik im Senior Common Room, das Dinner am High Table, die Zeremonien in Latein, das Gewicht von Hunderten von Jahren Geschichte, das auf einem lastet. Ich wollte nicht in einem Trott stecken bleiben. Als sich auf der anderen Seite des großen Teichs eine so großartige Gelegenheit bot, habe ich sie ergriffen. So einfach ist das."

„Und was machen Sie beruflich?", fragte Bridget Cheryl.

„Ich bin auch Dozentin. Ich unterrichte MBA-Studenten an der Harvard Business School."

„Kommen Sie oft nach Oxford?"

„Normalerweise etwa zweimal im Jahr. Zu Weihnachten und dann wieder im Juli zu Margarets Geburtstag. Sie wird nächsten Sommer zweiundneunzig. Es ist auch eine gute Gelegenheit, Trevors Familie zu treffen. Ich finde es toll, dass sie alle in diesem großen, alten Haus aufgewachsen sind und immer wieder hierher zurückkommen."

Wieder waren Schritte und Rufe von oben zu hören. Es war offensichtlich, dass die Kinder eine fantastische Zeit hatten. Auch Bridget hatte als Kind Weihnachten geliebt. Sie hatte schöne Erinnerungen an das alte Haus in Woodstock, an das gemeinsame Aufwachsen der drei Mädchen mit liebevollen Eltern. All das war jäh zerstört worden, als Abigail starb, und Weihnachten war nie wieder dasselbe gewesen.

Die Tür öffnete sich und Margaret erschien mit einem

Tablett, auf dem eine Porzellankanne, Tassen, Untertassen, ein Kännchen Milch, eine Schale Zucker und ein Teller mit Shortbread standen. Trevor sprang auf und half ihr, das Tablett auf dem Couchtisch abzustellen.

Bridget wartete geduldig, während das Ritual des Tee-Einschenkens, zuerst die Milch, und das Reichen der Kekse mit wahrer englischer Höflichkeit vollzogen wurde. Als Margaret sich wieder aus dem Zimmer zurückgezogen hatte, nahm sie das Gespräch wieder auf.

„Trevor, ich möchte, dass Sie mir so viel wie möglich darüber erzählen, was gestern Abend im Pub passiert ist. Sie sind zur Bar gegangen, um Getränke zu holen, als wir ankamen?"

„Das ist richtig. Sie wissen ja, wie es im Turf zugeht. Zwei winzige Bars, ein riesiges Gedränge von Menschen. Es hat eine ganze Weile gedauert, bis ich bedient wurde. Dann brachte ich die Drinks zu Cheryl, die sich mit den anderen drei Frauen unterhielt."

„Sie waren so lustig", unterbrach Cheryl. „Trotz einiger unschöner Trennungen waren sie entschlossen, die Vergangenheit hinter sich zu lassen und sich zu amüsieren."

„Ganz recht", sagte Bridget, obwohl *verzweifelt* vielleicht ein besseres Wort gewesen wäre als *entschlossen*. Sie wandte sich wieder an Trevor. „Und dann?"

„Ich musste einen Anruf entgegennehmen."

Bridget wartete ab, ob er von sich aus weitere Informationen preisgeben würde.

„Er war aus Harvard", sagte er nach einer Pause. „Das ist das Problem mit der Zeitverschiebung, wenn ich hier drüben bin. Für sie war es erst später Nachmittag."

„Wo sind Sie hingegangen, um den Anruf entgegenzunehmen?"

„Ich bin zurück zur New College Lane gelaufen. Sie wissen schon, bei der Seufzerbrücke. Im Turf war es viel zu laut, um zu telefonieren."

„Und wie lange dauerte das Gespräch?"

„Ich würde sagen, etwa zwanzig Minuten, mehr oder

weniger."

„Das stimmt", bestätigte Cheryl mit einem Nicken.

Bridget rechnete schnell nach. Damit wäre Trevor in einer hervorragenden Position gewesen, um zu sehen, wie jemand das Turf kurz vor oder unmittelbar nach dem Mord betrat oder verließ. „Können Sie mir sagen, was Sie in dieser Zeit gesehen haben?"

„Es tut mir leid. Ich war so in mein Telefongespräch vertieft, dass ich gar nicht darauf geachtet habe, was um mich herum geschah. Gerade als ich mein Gespräch beendete, kam ein Krankenwagen und die Sanitäter stürmten in das Pub. Ich versuchte, ihnen ins Innere zu folgen, um herauszufinden, was los war, aber eine Menschenmenge blockierte die St. Helen's Passage, und dann kam die Polizei und versperrte den Eingang. Ich musste außen herum und durch den anderen Eingang in der Holywell Street zurück zum Turf gehen."

„Sie haben also nichts gesehen?", fragte Bridget enttäuscht. „Bitte denken Sie gut nach. Haben Sie während des Telefonats jemanden gesehen, der das Pub betreten oder verlassen hat?"

Trevor balancierte Tasse und Untertasse auf dem Schoß und sah verlegen aus. „Es tut mir wirklich leid, Inspector. Ich wusste, dass Sie mich fragen würden, und ich habe mir den ganzen Morgen den Kopf zerbrochen, aber ich weiß es einfach nicht."

Bridget wandte sich stattdessen an Cheryl. „Sie haben im Innenhof des Pubs mit dem Guide gesprochen. Wie hat er gewirkt?"

„Er war gut gelaunt. Er hat uns mit verschiedenen Geschichten unterhalten. Er war ein sehr amüsanter Erzähler."

„Hat er irgendetwas gesagt, das darauf hindeutete, dass er besorgt oder nervös war?"

„Nein, er wirkte recht entspannt."

Cheryls Urteil bestätigte Bridgets eigenen Eindruck. Auch Jonathan war nichts Merkwürdiges am Verhalten des Guides aufgefallen. Wenn er einen Verdacht gehabt hatte, dass er in Gefahr gewesen war, hatte er es nicht gezeigt.

„Als er Sie verließ, was sagte er, wohin er gehen wollte?"

„Ich habe ihn bei Ihrem, ähm, Freund Jonathan gelassen, also weiß ich nicht genau, wohin er wollte, aber er ging in Richtung Bar. Ich glaube, Jonathan muss der Letzte aus unserer Gruppe gewesen sein, der mit ihm gesprochen hat, bevor …" Sie brach verlegen ab.

Cheryls Bericht stimmte mit dem überein, was Jonathan Bridget erzählt hatte. Bisher hatte niemand gesehen, wohin David Smith gegangen war, nachdem er Jonathan gesagt hatte, dass er zur Bar gehen würde, um mehr Getränke zu holen. Sie versuchte einen anderen Ansatz. „Ich habe gehört, dass Julia Carstairs das Turf später an diesem Abend verlassen hat?"

„Ja", sagte Cheryl. „Ich unterhielt mich mit Julia, Deborah und Liz, aber Julia schien sehr abgelenkt zu sein. Sie schaute ständig auf ihr Handy, als warte sie auf eine Nachricht. Dann schlug sie ganz plötzlich vor, noch etwas zu trinken, verschwand an der Bar und kam nicht wieder. Es war wirklich ziemlich mysteriös. Liz und Deborah dachten, sie hätte sich auf eine romantische Affäre eingelassen. Sie schienen sehr verärgert zu sein. Liz versuchte, sie anzurufen, aber Julia ging nicht ran. Sie ist einfach verschwunden." Sie wandte sich an Trevor. „Julia ist anscheinend eine berühmte Schauspielerin in einer britischen Fernsehserie."

„Eine Sache noch, bevor ich gehe", sagte Bridget. „Darf ich fragen, ob einer von Ihnen den Ermordeten kannte? Obwohl er sich bei seinen Geistertouren Gordon Goole nannte, war sein richtiger Name David Smith."

Cheryl und Trevor schüttelten beide den Kopf. „Wir waren schon oft in Oxford", sagte Cheryl, „aber das war das erste Mal, dass wir an einer Geistertour teilgenommen haben."

„Tut mir leid", sagte Trevor. „Der Name sagt mir nichts. Ich wünschte, wir hätten Ihnen weiterhelfen können."

„Schon gut", sagte Bridget. Sie stellte Tasse und Untertasse zurück auf das Tablett und stand auf. „Wenn Ihnen noch etwas einfällt, das Ihrer Meinung nach relevant sein könnte, rufen Sie mich bitte jederzeit an."

Als sie das Wohnzimmer verließen, kamen vier kleine Kinder die Treppe heruntergerannt. Sie blieben vor Bridget und Jake stehen, drehten sich um und rannten den Flur entlang in den hinteren Teil des Hauses.

„Teatime", erklärte Margaret, die mit einem nachsichtigen Lächeln in der Küchentür erschien. „Ich liebe es, die Urenkel zu Weihnachten hier zu haben."

„Klingt, als wären sie auch gern hier", sagte Bridget. „Vielen Dank für den Tee und das Shortbread."

Draußen war es bereits dunkel und düster geworden, und Bridget wurde schmerzlich bewusst, wie viel Zeit vergangen war, ohne dass es eine konkrete Spur gab. Bislang hatte sie nur zwei vermisste Schauspielerinnen ausfindig machen können – eine, die vor fünfundzwanzig Jahren verschwunden war, und eine, die erst seit gestern Abend vermisst wurde. Sie hoffte, dass der Rest des Teams mehr Glück hatte.

Ein leichter, winterlicher Regen setzte ein, als die Nacht hereinbrach. Er glitzerte im Licht der nächsten Straßenlaterne. Bridget knöpfte ihren Mantel bis zum Kinn zu und ging mit Jake an ihrer Seite zum Auto zurück.

KAPITEL 12

Abgesehen von der schwer zu fassenden Julia Carstairs, die vermutlich immer noch damit beschäftigt war, ihrem Idol, dem Theaterregisseur, hinterherzulaufen, war der einzige Teilnehmer der Geistertour, mit dem Bridget noch nicht gesprochen hatte, Dylan, das vermeintliche Physikgenie mit der paranormalen Besessenheit. Der junge Student hatte die Tour zwar schon lange vor ihrer Ankunft im Turf verlassen, aber die Art und Weise, wie er nach einem Streit mit Goole wütend davongestürmt war, störte sie. Sein vorzeitiger Abgang war das einzige Ereignis gewesen, das den Abend getrübt hatte, abgesehen von dem Mord natürlich.

Sie und Jake waren auf dem Weg zurück zum Auto, als Bridgets Telefon erneut klingelte. Sie überlegte, ob sie Vanessa ein drittes Mal abweisen sollte, entschied dann aber, dass das selbst für sie zu unhöflich wäre.

„Du hast meinen anderen Anruf ignoriert", beschwerte sich Vanessa hörbar verärgert. „Und meine Nachricht auch."

„Hab ich das?", fragte Bridget unschuldig. „Tut mir

leid, ich habe sie nicht gesehen." Das war nicht ganz gelogen. Sie hatte Vanessas Nachricht gesehen, sich aber nicht die Mühe gemacht, sie zu lesen.

„Nun, ich brauche deine Hilfe. Kannst du vorbeikommen?"

„Was, jetzt? Wo ist das Problem?"

„Die Weihnachtsbeleuchtung vor dem Haus ist durchgebrannt."

Bridget konnte an Jakes Gesichtsausdruck ablesen, dass er jedes Wort dieses Gesprächs hören konnte. Höflich wandte er den Blick ab.

„Kann James die Lichter nicht reparieren?", fragte Bridget.

„Nein, er ist weg. Er hat den Range Rover genommen, also sitze ich hier fest."

„Tut mir leid, Vanessa, ich muss heute arbeiten."

Die Stimme ihrer Schwester klang empört. „Du arbeitest einen Tag vor Heiligabend noch? Solltest du nicht längst fertig sein?"

„Ich habe gerade mit einer neuen Untersuchung begonnen."

„Oh, Bridget, versprich mir, dass du dir von der Arbeit nicht alles verderben lässt. Es ist Weihnachten! Ich habe das seit Monaten geplant!"

„Ich verspreche es. Mach dir keine Sorgen wegen der Weihnachtsbeleuchtung. Ich bin sicher, dass James sie reparieren kann, wenn er zurückkommt. Ich wüsste sowieso nicht, wie man das macht."

„Hm, danke für deine Hilfe", sagte Vanessa unwirsch. „Ich kümmere mich selbst darum." Sie legte auf.

„Sagen Sie kein Wort", warnte Bridget ihren Sergeant.

„Das würde mir nicht im Traum einfallen, Ma'am. Union Street als Nächstes?"

„Ja. Mal sehen, was Dylan zu sagen hat, bevor wir ins Revier zurückfahren."

Die Union Street war eine schmale viktorianische Reihenhaussiedlung, die direkt an die Cowley Road grenzte. Wie viele Studentenunterkünfte hatte auch

Dylans Haus schon bessere Tage gesehen. Das Eingangstor hing aus den Angeln und die rissigen Gehwegplatten, die zur Haustür führten, waren von Unkraut überwuchert. Am Zaun waren mehrere Fahrräder angekettet, eines davon ohne Hinterrad. Es erinnerte Bridget an das Haus, in dem sie während ihres zweiten Studienjahres gewohnt hatte.

Sie ging den unebenen Weg hinauf und wich den Mülltonnen aus, die an einer Seite abgestellt waren. Im Haus brannte kein Licht, und als sie auf ihr Klingeln keine Antwort erhielt, klopfte sie stattdessen. Sie überlegte gerade, ob sie es auf der Rückseite des Gebäudes versuchen sollte, als eine Diele im Inneren knarrte und ein schwaches Licht aufflackerte.

Von der anderen Seite der Tür ertönte die Stimme eines jungen Mannes. „Wer ist da?"

„Polizei. Bitte öffnen Sie die Tür."

Nach kurzem Zögern glitt ein Riegel zur Seite und die Tür öffnete sich ein paar Zentimeter an einer Messingkette. Der Bewohner des Hauses spähte misstrauisch durch den Spalt. Das einzige Licht kam von der Taschenlampe seines Handys, und es war zu dunkel, als dass Bridget seine Gesichtszüge hätte erkennen können. „Dylan?", wagte sie zu fragen. „Ich bin Detective Inspector Bridget Hart. Ich war gestern Abend mit Ihnen auf der Geistertour."

„Zeigen Sie mir Ihren Ausweis."

Sie und Jake hielten ihre Dienstausweise hoch, und Dylan ließ die Taschenlampe darüber gleiten. Die Tür schloss sich wieder, dann öffnete sie sich vorsichtig. Er stand im dunklen Flur, wie zuvor ganz in Schwarz gekleidet. Sein blasses Gesicht schien im Halbdunkel zu leuchten. Er wich ihrem Blick aus und starrte zu Boden. „Was wollen Sie?"

„Dürfen wir bitte reinkommen, Dylan? Wir würden Ihnen gern ein paar Fragen stellen."

„Ich bin mir nicht sicher", sagte er. „Ich habe Bürgerrechte. Muss ich Sie reinlassen?"

„Das müssen Sie nicht", gab Bridget zu. „Wir können hier bleiben, wenn Ihnen das lieber ist."

„Aber es wäre doch netter, wenn wir uns drinnen unterhalten könnten, Kumpel", sagte Jake von hinten, „als draußen in der Eiseskälte."

Dylan blickte kurz zu dem hochgewachsenen Sergeant auf, ließ die Taschenlampe über sein Gesicht gleiten und richtete den Blick dann wieder auf den Boden. Er selbst schien die Kälte nicht zu spüren, denn er trug nur eine Röhrenjeans und ein enges T-Shirt. Er stand barfuß auf den Holzdielen. „Wenn ich Sie reinlasse, verhaften Sie mich dann?"

„Nein, Kumpel", sagte Jake und rieb sich die Hände. „Wir wollen uns nur unterhalten. Im Warmen."

„In Ordnung."

Dylan trat von der Tür zurück und ließ Bridget und Jake eintreten. Drinnen war es nicht viel wärmer als draußen. Bridget legte die Hand an den Heizkörper im Flur, aber er war eiskalt. Auch das Licht war aus. „Gibt es ein Problem mit der Heizung?", fragte sie. „Oder mit dem Strom?"

„Nein", sagte Dylan. „Ich versuche, Geld zu sparen."

„Verstehe. Sind Sie über Weihnachten allein hier?"

Er nickte. „Die anderen sind alle nach Hause gefahren. Aber ich habe noch zu tun. Wichtige Dinge. Worüber wollen Sie mit mir reden?"

„Wir würden gerne mit Ihnen darüber sprechen, was gestern Abend auf der Geistertour passiert ist."

Dylan begann, zwanghaft Nase und Kinn zu berühren, wie es Bridget gestern Abend bemerkt hatte. „Meinen Sie diesen dummen Streit? Es ist kein Verbrechen, anderer Meinung zu sein. Vor allem, wenn jemand Lügen erzählt."

„Das wissen wir, Kumpel", sagte Jake freundlich. „Sie sind nicht in Schwierigkeiten."

„Versprochen?"

„Versprochen. Aber vielleicht können wir in Ihr Zimmer gehen?"

„Okay." Er drehte sich um und führte sie durch den

Flur zu einem Raum im hinteren Teil des Hauses, wobei er sich vom Licht des Handys leiten ließ. Dort angekommen, schaltete er zu Bridgets Erleichterung das Deckenlicht ein.

Es war ein typisches Studentenzimmer mit einem schmalen Bett, einem Schreibtisch, einem Stuhl und einem ramponierten Kleiderschrank. An einer Wand hing ein Waschbecken, darüber ein Spiegel. Das Zimmer war zwar nicht besonders hochwertig eingerichtet, aber sehr aufgeräumt. Auf dem Schreibtisch waren Stifte, Bleistifte und Papierblöcke säuberlich angeordnet. Dylan griff nach einem der Stifte, als er den Raum betrat, und richtete ihn perfekt an den anderen aus. Er setzte sich auf das Bett und deutete auf den Stuhl neben dem Schreibtisch. „Ich habe nur einen Stuhl."

„Keine Sorge", sagte Bridget. „Wir bleiben stehen."

„Was wollen Sie denn wissen?", fragte Dylan. „Sind Sie hier, um über Geistergeschichten zu reden? Die Hälfte davon ist nicht wahr, wissen Sie. Er denkt sich das Zeug aus, um die Touristen zu unterhalten. Wissenschaftliche Erklärungen interessieren ihn nicht. Wenn er –"

„Wir sind nicht hier, um über Geister zu reden", unterbrach Bridget.

Ein finsterer Ausdruck huschte über Dylans Gesicht und er berührte seine Nase. „Was dann? Ich habe doch gesagt, dass ich viel zu tun habe." Er begann, auf dem Bett hin und her zu schaukeln.

Bridget überlegte, wie sie ihn am besten beruhigen und für sich gewinnen konnte. Wenn er so aufgewühlt blieb, würden sie nichts aus ihm herausbekommen.

„Glauben Sie an Geister, Dylan?", fragte Jake beiläufig.

Die Hand des Jungen verharrte auf halbem Weg zwischen Kinn und Nase und er hörte auf zu schaukeln. „Ja, das tue ich." Er ließ die Hand sinken. Sein Gesicht erhellte sich und er blickte zu Jake auf. „Eines Tages werden alle daran glauben."

„Warum das?"

„Weil sie die Wahrheit erfahren werden. Die

Wissenschaft wird beweisen, dass Geister real sind."

„Wie will die Wissenschaft das anstellen?"

Dylan nickte vor sich hin, wie zur Bestätigung. „Steinband-Theorie."

Jake warf Bridget einen Seitenblick zu, um sich zu vergewissern, ob er weitermachen sollte. Sie nickte. Dylan hatte sich sichtlich entspannt und sprach frei.

„Davon habe ich noch nie gehört", sagte Jake. „Können Sie es erklären? Für jemanden, der kein Wissenschaftler ist?"

Dylan nickte eifrig. „Nach der Steinbandtheorie kann kristallines Gestein wie Quarz, Marmor oder Granit audiovisuelle Eindrücke von Ereignissen speichern, so wie Magnetbänder Töne aufzeichnen oder Siliziumchips Daten speichern können. Gerüche, Geschmäcker und Temperaturen können unter den richtigen Bedingungen aufgezeichnet werden. Auch Erinnerungen. Sogar Gefühle." Er beugte sich vor. „Wenn dann jemand mit der richtigen Sensibilität für das Phänomen mit den Steinen in Kontakt kommt, kann er die gespeicherten Empfindungen erleben."

„Ich verstehe", sagte Jake. „Und sind Sie einer dieser sensiblen Menschen?"

„So sensibel bin ich nicht", sagte Dylan. „Nicht wie manche Leute. Es geht dabei um Resonanzfrequenzen. Aber ich möchte einen Weg finden, die Aufnahmen zu erkennen und zu verstärken, damit jeder sie erleben kann. Daran arbeite ich in meiner Freizeit." Er sprang vom Bett, ging zu seinem Schreibtisch und griff nach einem der Notizblöcke. Er begann zu blättern und zeigte Jake und Bridget seine Zeichnungen und Notizen. „Das ist der Apparat, den ich baue. Er ist fast fertig für den Test."

„Das ist alles sehr interessant", sagte Jake. „Jetzt wüsste ich gern, wohin Sie gestern Abend nach der Geistertour gegangen sind."

Dylans Miene verfinsterte sich. „Sie interessieren sich nicht wirklich für Geister. Ich wusste es. Na gut. Ich bin zurück zum College gegangen und dann nach Hause."

„Sie studieren am New College, stimmt das?", fragte Bridget, die froh war, wieder sicheren Boden unter den Füßen zu haben.

„Ja. Genau wie Luke."

„Und Sie studieren Physik?"

„Das stimmt."

„Können Sie uns sagen, wie lange Sie gestern Abend im College waren?"

Dylan zuckte mit den Schultern. „Ich trage keine Uhr."

„Dann können Sie uns vielleicht sagen, welchen Ausgang Sie genommen haben. Haben Sie das College über die Holywell Street oder die New College Lane verlassen?"

Dylan beäugte sie misstrauisch. „New College Lane."

„Dann sind Sie sicher am Eingang zur Turf Tavern vorbeigekommen."

„Ja."

„Sind Sie reingegangen?"

„Ich war auf dem Fahrrad. Ich habe nicht angehalten."

„Was haben Sie gesehen, als Sie vorbeigefahren sind?"

„Menschen. Radfahrer. Ein Auto. Was soll das alles?" Er wurde immer unruhiger. Wieder wanderte eine Hand an Nase und Kinn.

„Dylan", sagte Jake sanft. „Wissen Sie, was gestern Abend mit David Smith passiert ist?"

„Mit wem?"

„Dem Guide", erklärte Bridget. „Er nannte sich Gordon Goole."

„Warum das?"

„Es war sein Künstlername."

Dylan zuckte mit den Schultern, als würde ihm das nichts sagen.

„Irgendwann zwischen viertel nach zehn und halb elf wurde Mr. Goole in der St. Helen's Passage überfallen."

Ein alarmierter Ausdruck huschte über Dylans Gesicht. „Ich habe nichts gesehen. Ich war nicht da." Er begann, die Stifte auf seinem Schreibtisch neu zu ordnen und hielt nach jedem Stift inne, um seine Nase und sein Kinn zu berühren. „Ich will nicht mehr mit Ihnen reden."

„Hey, keine Sorge", sagte Jake beschwichtigend. „Niemand beschuldigt Sie wegen irgendetwas. Wir dachten nur, Sie hätten vielleicht etwas bemerkt, das ist alles. Ein aufmerksamer junger Mann wie Sie."

Jakes weiche, nordische Stimme schien eine beruhigende Wirkung auf Dylan zu haben. Die Bewegung von Nase zu Kinn verlangsamte sich und er ließ die Stifte in Ruhe. Schließlich kehrte er zu seinem Bett zurück. „Was ist mit David Smith passiert? Wurde er getötet?" Die Frage war so emotionslos gestellt, als wollte er wissen, wie das Wetter war.

„Ja, das wurde er", sagte Bridget. „Das ist eine Mordermittlung."

„Deshalb ist es sehr wichtig, dass Sie uns genau sagen, was Sie gesehen haben", sagte Jake.

Dylan schien nachzudenken. „Ich habe nichts gesehen, weil ich nicht dabei war", sagte er schließlich. „Ich glaube nicht, dass ich Ihnen helfen kann."

Bridget wechselte einen Blick mit Jake. Das Gespräch brachte sie nicht weiter. Sie konnte sich nicht sicher sein, ob Dylan ehrlich zu ihnen war. Höchstwahrscheinlich hatte er nichts von Bedeutung gesehen, und wenn doch, würde es mehr Zeit in Anspruch nehmen, die Informationen aus ihm herauszubekommen, als sie im Moment hatten. Sie legte ihm ihre Karte auf den Schreibtisch. „Wenn Ihnen etwas einfällt, egal wie unbedeutend es Ihnen erscheinen mag, rufen Sie mich bitte an."

Sofort griff er nach der Karte und drehte sie so, dass die Kanten parallel zu seinen Notizbüchern verliefen. Als Bridget und Jake gehen wollten, rief er ihnen nach. „Sie sollten die Steine fragen. Gehen Sie zum Tatort und hören Sie genau zu. Der Geist von David Smith kann Ihnen erzählen, was passiert ist."

KAPITEL 13

Was Detective Sergeant Ryan Hooper jetzt brauchte, war Koffein. Richtiges Koffein, nicht den Instant-Kaffee aus der Teeküche oder das widerliche Spülwasser aus dem Automaten im Flur. Er suchte den Einsatzraum nach Detective Constable Harry Johns ab, konnte ihn aber nirgends entdecken. Wohin hatte sich der junge Polizist verdrückt? Wenn Harry in den nächsten fünf Minuten nicht auftauchte, musste er wohl oder übel selbst zu Starbucks gehen.

Der Boss hatte ihm die Aufgabe übertragen, die Befragung aller Personen zu koordinieren, die sich zum Zeitpunkt des Mordes im Turf aufgehalten hatten – etwa einhundertsechsunddreißig potenzielle Zeugen. Ryan war froh, dass er nicht alle Befragungen selbst durchführen musste. Dann hätte er mehr als nur einen Schluck Kaffee gebraucht. Er war auch erleichtert, dass Bridget Andy damit beauftragt hatte, das Videomaterial der Überwachungskameras zu sichten. Das war eine noch schlimmere Aufgabe, selbst mit einem Team von DCs zur Unterstützung. Die Innenstadt von Oxford war überflutet von Weihnachtseinkäufern, Konzertbesuchern und

Nachtschwärmern, und jeder einzelne Frame musste überprüft werden, um festzustellen, ob der Mörder in der Menge zu sehen war. Es gab Kameras in der Broad Street, in der Catte Street, in der New College Lane ... Das Problem war nicht, dass sie zu wenig Material hatten – sie hatten viel zu viel, um es durchzuarbeiten. Morgen war Heiligabend und Ryan hatte Pläne.

Am Schreibtisch nebenan war Ffion in die Akten des ungeklärten Vermisstenfalls vertieft, dem das Mordopfer nachgegangen war.

„Hey, Ffion", rief er. „Hast du schön Pläne für Weihnachten? In diesen Tälern besteht im Winter die Gefahr, eingeschneit zu werden." Er stellte sich vor, wie es wäre, mit der schlanken Waliserin eingeschneit zu sein. Sie müssten sich aneinander kuscheln, um sich zu wärmen, nahm er an. Die Aussicht war verlockend und beängstigend zugleich.

Sie blickte auf und starrte ihn mit ihren hellgrünen Augen kühl an. „Ich fahre über Weihnachten nicht nach Wales. Nicht, dass es dich etwas angeht."

„Nicht? Was hast du dann vor? Fliegst du stattdessen irgendwohin, wo es warm und sonnig ist?"

„Ich habe vor, in Oxford zu bleiben."

„Allein?"

„Warum nicht?"

Er zögerte, bevor er weitersprach. Er war schon einmal vom feurigen Atem des walisischen Drachen gegrillt worden. Aber jetzt, wo Jake verbrannt war ... „Du musst Weihnachten nicht allein sein. Du könntest den Tag mit mir und meiner Familie in Abingdon verbringen. Für einen mehr ist immer Platz. Mum hätte nichts dagegen, sie würde sich sogar freuen." Die politisch unkorrekten Kommentare, die sein Vater nach ein, zwei Gläsern Wein von sich gab, und wie seine Großmutter während der Rede der Queen einschlief und zu schnarchen begann, erwähnte er nicht. Auch nicht die obligatorischen Monopoly-Partien mit Nichten und Neffen. „Wie wär's?"

Ffion sah aus, als würde sie Weihnachten lieber auf

einem Hügel in den Brecon Beacons zelten. Ohne zu antworten, wandte sie sich wieder ihrer Arbeit zu.

„Wie du willst", sagte Ryan. Er sah sich noch einmal im Raum nach Harry um, aber er war immer noch nicht zu sehen. Draußen war es dunkel geworden und der Regen prasselte gegen das Fenster. Es war zu furchtbar, um nach draußen zu Starbucks zu gehen. Er würde einfach ohne auskommen müssen.

Er stand auf und ging zu Andy, der vor den körnigen Aufnahmen eines Mannes in schwarzem Umhang und Zylinder saß, der die Straße beim Sheldonian Theatre überquerte, gefolgt von einer kleinen Gruppe, die sich um ihn scharte.

„Das ist das Ende der Geistertour, kurz vor zehn", sagte Andy. „Da ist Bridget."

Ryan beugte sich vor und entdeckte die Chefin, gegen die Kälte in eine lächerliche Pudelmütze und einen Schal gehüllt, Arm in Arm mit einem Mann in einem Wintermantel, der ebenfalls einen dicken Schal um den Hals trug. Zweifellos ihr neuer Freund Jonathan. Da waren drei Frauen mit extravaganten Kopfbedeckungen, ein älteres Paar und eine Familie mit einem Jungen und einem Mädchen.

„Glaubst du, einer von denen ist der Mörder?"

Andy schnaubte. „Wohl kaum."

Die Gruppe applaudierte dem Guide, und nach einer kurzen Diskussion machten sich alle auf den Weg in Richtung Turf Tavern.

„Vielleicht ist ihnen jemand gefolgt", sagte Andy.

Sie suchten weiter, aber es gab keine offensichtlichen Anzeichen dafür, dass ihnen jemand gefolgt war. Dann, ein paar Minuten nach zehn, öffneten sich die Türen des Sheldonian und die Konzertbesucher strömten heraus, gefolgt von den Orchestermusikern mit ihren Instrumenten und den Sängern, den Männern im Smoking und den Frauen in langen schwarzen Röcken. Die meisten strömten in die entgegengesetzte Richtung zum Turf, nur wenige trieb es dorthin oder ins White

Horse in der Broad Street. „Noch ein schnelles Bier vor der Sperrstunde", bemerkte Ryan.

„Keiner von denen sieht aus, als würde er gleich einen Mord begehen", sagte Andy.

Dann tauchte eine weitere Gestalt auf, die zielstrebig die Broad Street hinunterging, offensichtlich kein Konzertbesucher oder Musiker. Ryan deutete auf den Bildschirm. „Halt die Aufnahme an!"

Andy stoppte das Video und erfasste den Mann. „Was ist?"

„Langsam vorwärts." Ryan betrachtete den Mann auf dem Bildschirm genau. Er hatte breite Schultern, die Hände in den Taschen seiner Jeansjacke vergraben, war leicht gebeugt und hatte die Mütze tief ins Gesicht gezogen. Als er sich anschickte, die Straße zu überqueren, blickte er auf. „Da", sagte Ryan. „Einfrieren!"

„Erkennst du ihn?"

„Ja. Warte eine Sekunde." Ryan kehrte zu seinem Schreibtisch zurück und holte ein paar Ausdrucke. „Der Typ, von dem Jake vorhin erzählt hat, der sich auf dem Weihnachtsmarkt mit David Smith angelegt hat."

„Der Karussellbesitzer?"

„Genau der. Sein Name ist Bill Tomlins. Ich habe ihn vorhin überprüft und er ist vorbestraft. Tätlicher Angriff mit Körperverletzung in Chester vor zwei Jahren. Nach einem Streit und ein paar Drinks im Pub hat er sich mit einem anderen Standbesitzer geprügelt. Hat ihm mit einem Messer den Arm aufgeschlitzt."

„Kommt mir bekannt vor. Hast du ein Bild von ihm?", fragte Andy.

„Hier."

Sie starrten auf das Fahndungsfoto eines glatzköpfigen, kräftigen Mannes, der finster in die Kamera blickte. Was sie beide mit eigenen Augen sahen, musste nicht bestätigt werden.

Andy prüfte die Uhrzeit auf dem Bildschirm. „Sechsundzwanzig Minuten nach zehn." Er drückte erneut auf Play, und sie sahen zu, wie der Karussellbesitzer

die Straße überquerte und weiter in Richtung Turf ging.
Ein paar Sekunden später war er außer Sicht. „Das gibt's
doch nicht!", rief Andy. „Das ist er!"

★

Bridget hatte sich um Vanessa gekümmert, aber mehr
Sorgen machte ihr die Tatsache, dass sie seit dem Morgen
nicht mehr mit Chloe gesprochen hatte. Bei ihrem letzten
großen Fall hatte Vanessa Bridget zu Recht dafür
gescholten, dass sie nicht besser auf ihre Tochter
aufgepasst hatte, und als sie wieder auf dem Revier war,
war es ihre erste Priorität, Chloe anzurufen. Das Handy
ihrer Tochter klingelte und klingelte, und Bridget wollte
schon aufgeben, als eine leicht atemlose Chloe abnahm.

„Hi, Mum."

„Wo bist du?", fragte Bridget.

„Nirgendwo. Nur unterwegs."

Es war die Art von ausweichender Antwort, an die
Bridget sich in letzter Zeit gewöhnt hatte, wenn sie mit
Chloe sprach. Sie wartete ab, ob weitere Details folgen
würden.

„Ich bin bei Olivia", sagte Chloe schließlich.

Bridget hätte es sich denken können. Chloe verbrachte
ihr halbes Leben mit ihrer besten Freundin Olivia. Aber
das bedeutete zumindest, dass sie sich aus Schwierigkeiten
heraushielt. Wahrscheinlich. Bridget erinnerte sich daran,
wie die beiden Mädchen sich kürzlich spät in der Nacht
heimlich auf eine Party geschlichen und Wodka getrunken
hatten. Aber Bridget bemühte sich in letzter Zeit sehr, ihre
Tochter nicht zu kritisieren. Die kleinste Kritik konnte zu
einem Streit führen, der eine unüberwindbare Kluft zur
Folge hätte, und eine Auseinandersetzung war das Letzte,
was sie jetzt gebrauchen konnte. „Hauptsache, es geht dir
gut."

„Ja, Mum, mir geht's gut. Wolltest du sonst noch
etwas?"

Nur sichergehen, dass du noch lebst und nicht von einem

105

Bus überfahren oder von einem Serienmörder entführt wurdest, dachte Bridget. Laut sagte sie: „Nein, ich wollte nur hören, ob es dir gut geht."

„Ja, mir geht's gut. Bis dann."

„Tschüss."

Bridget beendete das Gespräch und legte das Telefon auf ihren Schreibtisch. Eigentlich sollte sie froh sein, dass mit Chloe alles in Ordnung war, aber das kurze Gespräch hinterließ bei ihr ein ungutes Gefühl. Irgendetwas fehlte derzeit in der Beziehung zu ihrer Tochter. Das Vertrauen fehlte. Sie redeten nicht mehr richtig miteinander. Es war schwer zu sagen, wann genau die Kluft zwischen ihnen entstanden war, aber sie konnte sich nicht erinnern, wann Chloe sich ihr das letzte Mal wirklich anvertraut hatte. Sie fragte sich, ob Chloe Vanessa mehr verriet. Oder ihrem Vater Ben und dessen Freundin Tamsin? Für einen Moment verspürte Bridget einen Anflug von Eifersucht, doch dann sagte sie sich, dass sie albern war. Chloe war nur ein Teenager, der sich selbst fand und unabhängiger wurde.

Dennoch fürchtete sie sich davor, dass Chloe kalt und distanziert werden könnte, so wie es Bridget in der zerrütteten Beziehung zu ihren eigenen Eltern erlebt hatte. Abigails Tod war der Auslöser gewesen und hatte unsichtbare Barrieren geschaffen, die nicht niedergerissen werden konnten. Sie wollte etwas Besseres für sich und Chloe, wusste aber nicht, wie sie das erreichen sollte.

„Ma'am?" Ryan stand an ihrem Schreibtisch und hatte einen für ihn untypischen, besorgten Gesichtsausdruck.

Sie fragte sich, wie lange er sie beobachtet hatte, während sie in ihren eigenen düsteren Gedanken versunken war. Sie konnte es sich nicht leisten, jetzt die Konzentration zu verlieren. Sie musste ihre ungeteilte Aufmerksamkeit dem Fall widmen. „Ja? Was gibt's?"

„Ich glaube, wir haben etwas gefunden. Den Kerl, der das Karussell auf dem Markt betreibt und der sich Berichten zufolge mit dem Guide gestritten hat, ist auf dem Überwachungsvideo zu sehen, wie er kurz vor halb elf in Richtung Turf geht. Und er sieht aus, als ob er Ärger sucht."

„Zeigen Sie es mir", sagte Bridget. Ein Durchbruch in diesem Fall war genau das, was sie brauchte.

„Außerdem ist er vorbestraft. Eine Verurteilung wegen einer Messerstecherei."

Andy zeigte ihr das Video. Auch wenn die Bildqualität schlecht war, gab es keinen Zweifel daran, dass der Mann auf dem Video mit dem Foto übereinstimmte, das Ryan in der Strafregisterdatenbank gefunden hatte.

„Wie heißt er?"

„Bill Tomlins."

„Gute Arbeit", sagte Bridget. „Ich glaube, es ist an der Zeit, dass wir Mr. Tomlins und seinen Pferden einen Besuch abstatten."

*

Nur zwei Tage vor Weihnachten war der Markt belebter denn je, die Menschen erledigten ihre Last-Minute-Einkäufe und genossen die festliche Atmosphäre und die Attraktionen. Alle waren gegen die Kälte warm eingepackt. Vor dem Balliol College schmetterte eine Gruppe von Sternsingern tapfer alle Strophen von *Good King Wenceslas* im Chor, aufgeteilt in Männer- und Frauenstimmen, um die Rollen des gütigen Königs und seines tapferen Pagen zu verkörpern, die durch den Schnee stapften, um Wein und Tannenholz zu verteilen. Bei der letzten Strophe übernahmen ein paar mutige Sopranistinnen sogar den Diskant. Bridget mochte dieses Weihnachtslied besonders, weil es so warmherzig war, und wenn sie nicht gerade einen Mordverdächtigen verhören müsste, hätte sie nichts lieber getan, als mitzusingen.

Sie hatte Jake mitgenommen, auch wenn Ryan sichtlich enttäuscht gewesen war, dass er nicht gefragt worden war. Tatsache war, dass Bridget Jakes 1,96 Meter Körpergröße brauchen würde, um Bill Tomlins zur Kooperation zu bewegen. Obwohl sie es nie zugeben würde, war sie in

Situationen, in denen sie nicht sicher hinter einem Schreibtisch saß, durch ihre zierliche Statur im Nachteil. Und Bill Tomlins schien genau der Typ Mann zu sein, der jeden Vorteil gegen sie ausnutzen würde.

Das Karussell hatte sich gerade erst in Bewegung gesetzt, als sie ankamen, und die unaufhörliche Orgelmusik übertönte das Geschrei der Kinder. Junge Reiter winkten fröhlich den stolzen Eltern und Großeltern zu, die mit ihren Handys Fotos schossen. Eine Schlange von Menschen, hauptsächlich Eltern mit ihren aufgeregten Sprösslingen, wartete, bis sie an der Reihe waren. Der Besitzer des Karussells hatte an diesem Abend eindeutig ein gutes Geschäft gemacht. Er würde es nicht gutheißen, wenn sie sein Geschäft störten.

Bill Tomlins stand auf der zentralen Plattform und lehnte sich an die verspiegelte Säule, während die bemalten Pferde um ihn herumgaloppierten. Er war anhand des Fotos sofort zu erkennen, aber in natura war er noch größer und hässlicher, mit Glatze, Boxernase und kalter, überheblicher Miene. Bridget konnte sich kaum einen Mann vorstellen, der weniger geeignet war, kleine Kinder zu unterhalten.

Schließlich kam das Karussell zum Stehen und die Reiter stiegen von ihren Pferden. Bill ging zur Schlange der Wartenden, und hielt seine Ledertasche bereit, um Zahlungen entgegenzunehmen, aber Bridget drängte sich an die Spitze der Warteschlange, was ihr ein lautes „Tss" von einer Mutter einbrachte, die mit ihrem kleinen Sohn wartete.

„Bill Tomlins? Ich bin Detective Inspector Bridget Hart von der Thames Valley Police. Könnte ich kurz mit Ihnen sprechen?"

Er starrte sie an. „Kann das nicht warten? Ich arbeite, falls Sie es nicht bemerkt haben." Er drehte ihr den Rücken zu und wandte sich an die Frau an der Spitze der Schlange. „Ein Erwachsener und ein Kind, meine Liebe?"

„Ja, bitte", sagte die Frau und warf Bridget einen unfreundlichen Blick zu.

„Das macht dann sieben Pfund", sagte Bill. Bridget war versucht, ihn auf der Stelle wegen Diebstahls zu verhaften. Aber die Frau gab ihm bereitwillig ihr Geld und die nächste Person in der Schlange rückte vor.

Jake stellte sich vor sie und hob die Hand. „Hey, Kumpel", sagte er zu dem Karussellbesitzer. „Wir wollen nur fünf Minuten Ihrer kostbaren Zeit. Aber wenn Sie hier nicht mit uns reden wollen, müssen wir Sie bitten, mit uns aufs Revier zu kommen."

Bill musterte den Sergeant, als würde er überlegen, wer von ihnen bei einer Schlägerei besser abschneiden würde. Er brauchte nicht lange, um eine Entscheidung zu treffen. „Ja, in Ordnung. Kein Grund, unfreundlich zu werden. Lassen Sie mich nur das Karussell in Gang bringen. Wir wollen doch die Kunden nicht enttäuschen, oder?"

Bridget nickte. Sie war zu diesem Zugeständnis bereit, wenn Bill Tomlins nur reden würde. Sie war froh, Jake mitgebracht zu haben, aber auch frustriert, dass Rüpel wie Tomlins zur Kooperation gezwungen werden mussten. Das machte sie nur noch entschlossener, seiner Beteiligung auf den Grund zu gehen.

Als jedes Pferd auf dem Karussell einen Reiter hatte und Bill das Karussell in Bewegung gesetzt hatte, kam er widerwillig herüber, um mit ihnen zu sprechen. „Also gut. Was wollen Sie wissen?"

„Wir untersuchen den tödlichen Messerangriff auf David Smith, auch bekannt als Gordon Goole von *Gooles Ghost Tours*", sagte Bridget und kam gleich zur Sache.

„Was geht mich das an?"

„Wir haben gehört, dass Sie sich kürzlich mit ihm gestritten haben, weil seine Tour Ihren Karussellgästen im Weg stand."

„Wer hat Ihnen das erzählt?"

„Eine vertrauenswürdige Quelle", sagte Jake.

Bills Miene verfinsterte sich und er verschränkte die Arme vor seiner breiten Brust. „Na und? Der Kerl stand mir im Weg. Ich habe ihn gebeten, zur Seite zu gehen, aber er hat sich nicht gerührt. Ich habe ihm gesagt, dass ich das Karussell nicht einfach wegnehmen und es woanders hinstellen kann, oder?"

„Haben Sie ihm gedroht?", fragte Jake.

Bill zuckte mit den Schultern. „Das könnte man so sagen. Nur um meinen Standpunkt klarzumachen, sozusagen. Hören Sie, ich streite mich jeden Tag mit Leuten, aber das heißt nicht, dass ich herumlaufe und sie alle umbringe." Er warf einen Blick über die Schulter auf das Karussell. Es drehte sich noch, die Musik dröhnte, die Kinder schrien vor Aufregung.

„Sie wurden gesehen, wie Sie kurz vor der Messerstecherei in Richtung Turf Tavern gingen", sagte Bridget.

„Na und? Ich trinke abends gern mal einen. Ist doch nicht verboten, oder? Es ist harte Arbeit, den ganzen Tag hier zu stehen und dieses Ding zu bedienen. Da bekommt man schon mal Durst."

„Sie bestreiten also nicht, dass Sie in der Mordnacht im Turf Tavern waren?"

Er ärgerte sich einen Moment über sich selbst, weil er zu viel verraten hatte. Er war eindeutig nicht der Schlauste. „Ja, ich war da."

„Aber Sie waren schon weg, als die Polizei kurz nach dem Überfall eintraf. Es wurde eine Liste aller Anwesenden erstellt."

„Schätze, ich bin nicht lange geblieben."

„Haben Sie im Pub jemanden getroffen, den Sie kannten?", fragte Jake.

„Nein. Kann ich nicht behaupten. Deshalb bin ich wohl auch nicht auf ein Bier geblieben."

„Haben Sie David Smith dort gesehen?"

„Nein."

Und doch wurde er in der St. Helen's Passage erstochen, nur ein oder zwei Minuten nach Ihrer Ankunft", sagte Bridget und hoffte, dass sie mit ihrer Zeitschätzung nicht allzu weit daneben lag. „Und Sie sind vorbestraft wegen einer Messerstecherei nach einem Streit in einem Pub. Glauben Sie an Zufälle, Bill? Ich bin mir nicht sicher, ob die Geschworenen das tun würden."

Er starrte sie mit unverhohlener Abscheu an, und sie wusste, dass sie ins Schwarze getroffen hatte. Geduldig wartete sie auf seine Antwort. Er warf einen Blick auf die Schlange der Wartenden und drehte ihnen dann den Rücken zu. Er beugte sich vor und senkte die Stimme, so dass er über die Orgelmusik des Karussells und die konkurrierenden Sternsinger, die nun zu *God Rest Ye Merry Gentlemen* übergegangen waren, kaum zu hören war.

„Hören Sie, ich gebe zu, dass ich an dem Abend im Turf war, und ich gebe sogar zu, dass ich über Gooles verdammte Leiche gestolpert bin, okay? Aber ich habe ihn nicht angefasst, das schwöre ich. Er war mausetot, als ich dort ankam. Ich habe nicht gesehen, wer es getan hat. Ich habe mich einfach umgedreht und bin weggerannt."

Bridget starrte ihn kalt an. „Sie haben David Smith gesehen, nachdem er niedergestochen worden war? Und Sie haben nicht versucht, ihm zu helfen oder die Polizei zu rufen?"

„Wie ich schon sagte, er war tot. Oder zumindest sah er für mich tot genug aus. Und ich habe nicht die Polizei gerufen, weil ich wusste, dass die zwei und zwei zusammenzählen und fünf verdammte Tausend daraus machen würden."

Bridget starrte ihn weiter an, bis er den Blick zu Boden senkte. Vielleicht war sogar ein Mann wie Bill Tomlins in der Lage, Scham zu empfinden. „Es gab nichts, was ich für ihn tun konnte", murmelte er. „Ich wollte nicht darin verwickelt werden."

„Wir könnten Sie wegen Behinderung der polizeilichen Ermittlungen festnehmen", sagte Jake.

Das stimmte zwar nicht ganz, aber es hatte den gewünschten Effekt. Bill hob trotzig das Kinn und in seinen dunklen Augen blitzte Zorn auf. „Ich bin nicht der, den Sie verhaften sollten", sagte er. „Sie sollten den Kerl jagen, den ich kurz vor meiner Ankunft aus der Gasse habe kommen sehen."

„Welchen Kerl?", fragte Bridget misstrauisch. „Sie haben vorhin niemanden erwähnt."

„Es war ein junger Mann, wie ein Student. Blass wie Milch, dünn wie ein Strich, von Kopf bis Fuß in Schwarz gekleidet. Er konnte gar nicht schnell genug von dort wegkommen."

Bridget warf Jake einen Seitenblick zu. Sie konnte sehen, was er dachte. *Dylan Collins.* „Erinnern Sie sich sonst noch an etwas?"

„Irgendetwas stimmte mit seinem Gesicht nicht, glaube ich. Er fasste sich ständig an Nase und Kinn, als stünden sie in Flammen oder so."

„Und er kam aus dem Pub, als Sie ankamen?"

„Ja. Er kam mit dem Fahrrad aus der Gasse geschossen und hätte mich fast umgefahren. Ich schrie ihn an, aber er war weg."

„In welche Richtung ist er gefahren?"

„Nach links."

"Die New College Lane hinunter?"

„Wenn die so heißt. Ich bin nicht von hier, okay?" Die Karussellmusik verstummte und die Pferde kamen graziös zum Stehen. „Wäre das alles, *Inspector*?" Er betonte das Wort sarkastisch, als fände er es lächerlich, dass Bridget Detective Inspector war.

„Das wäre alles für den Moment, Mr. Tomlins", sagte Bridget, „aber ein Beamter wird später zurückkommen, um eine schriftliche Aussage von Ihnen aufzunehmen." Sie sprach mit übertriebener Höflichkeit, um sich selbst davon abzuhalten, ihm zu sagen, was sie wirklich von ihm hielt. „Verlassen Sie Oxford nicht, bevor wir es Ihnen gestatten."

★

Bills Beschreibung des jungen Mannes, den er aus der St. Helen's Passage hatte kommen sehen, war zu detailliert und genau, als dass Bridget daran hätte zweifeln können. Dylan Collins, der Physikstudent, der behauptet hatte, vom New College direkt nach Hause gegangen zu sein.

Was hatte er im Turf gemacht und warum war er vom Tatort geflohen?

Jake war eindeutig derselben Meinung. „Wir schnappen ihn uns, oder?", fragte er.

„Darauf können Sie wetten."

Sie bahnten sich einen Weg durch die Menschenmassen zurück zum Mini und überquerten kurz darauf den Kreisverkehr an der Plain in Richtung Union Street.

Jake klopfte laut an die Tür, aber niemand antwortete. Alles war dunkel und still. Bridget öffnete den Briefschlitz und rief hinein, aber es ging kein Licht an und die Dielen knarrten nicht. Sie versuchte es mit seiner Handynummer und war überrascht, als er abnahm.

„Ja? Wer ist da?"

„Dylan, hier ist Detective Inspector Bridget Hart. Ich muss mit Ihnen sprechen. Wo sind Sie?"

„Im Clarendon."

„Wo?"

„Im Physiklabor", sagte er ungeduldig. „Ich kann jetzt nicht mit Ihnen sprechen. Ich arbeite."

„Ich fürchte, wir müssen dringend mit Ihnen reden. Wenn Sie möchten, können wir uns im Labor treffen."

„Okay", willigte er ein. „Rufen Sie mich an, wenn Sie da sind, dann lasse ich Sie rein."

Sie fuhren mit dem Auto zurück in die Stadt und folgten der Route, die sie am selben Tag zu Fuß entlang der Longwall Street zurückgelegt hatten. Der Verkehr war dicht und langsam, dicke Regentropfen prasselten auf die Windschutzscheibe. Weihnachtsbeleuchtung hing von Straßenlaterne zu Straßenlaterne, aber der rote Schein der Ampeln und die Bremslichter der Autos vor ihr beeinträchtigten Bridgets Sicht auf die Straße. Frustriert schlug sie auf das Lenkrad, als eine weitere Ampel auf Rot sprang, kurz bevor sie durch die Lücke schlüpfen konnte. Oxford war eine so kompakte Stadt, und doch schienen sich Entfernung und Zeit beim Autofahren exponentiell auszudehnen. Vielleicht könnte ein Physiker wie Dylan erklären, wie das passierte.

Sie parkte den Wagen am Rand des naturwissenschaftlichen Bereichs der Universität neben den Universitätsparks. Das Clarendon-Labor war ein großes viktorianisches Gebäude aus rotem Backstein. Davor stand ein kompromisslos moderner Bau aus Glas und Bronze, der, wie Bridget sich erinnerte, erst kürzlich fertiggestellt worden war. Wenn sie sich richtig erinnerte, war das neue Gebäude, das sogenannte Beecroft Building, von Sir Tim Berners-Lee, dem Erfinder des World Wide Web und heutigen Professor in Oxford, eröffnet worden.

Sie rief Dylan an, um ihm mitzuteilen, dass sie angekommen waren.

„Okay. Ich komme hoch und lasse Sie rein." Eine Minute später erschien er, sichtlich verärgert über die Unterbrechung. „Kommen Sie rein, wir können reden, während ich arbeite."

Bridget war damit einverstanden, wenn es ihn ermutigte, offener zu sprechen. Sie und Jake folgten ihm in das große, offene Eingangsatrium. Das Gebäude glich einem Labyrinth mit mehreren Ebenen, zu denen eine breite Holztreppe hinaufführte. Wenn sie den Kopf neigte, konnte sie sehen, dass sich die Treppe in einem unregelmäßigen Muster nach oben schlängelte, sich verzweigte und in einer Art Escher-Spirale der Unmöglichkeit um die Außenwände des Gebäudes wand. Es war, als hätten die Physiker, die diesen Ort bewohnten, ihr Wissen über die verborgene Funktionsweise des Universums genutzt, um das Raum-Zeit-Kontinuum zu durchbrechen. Ihr wurde schon beim bloßen Hinsehen schwindelig, und sie senkte den Blick wieder, um sich darauf zu konzentrieren, wo sie ihre Füße hinsetzte.

Niemand sonst war in der Nähe, und die Stille des Gebäudes wirkte unheimlich. Obwohl einige Lichter brannten, lag der Rest des Gebäudes im Dunkeln. Es wäre gruselig, hier an einem dunklen Winterabend ganz allein zu arbeiten.

Etwas, das Dylan gesagt hatte, verwirrte sie. „Als Sie

ans Telefon gingen, sagten Sie, Sie würden zu uns nach oben kommen."

Ein leicht amüsierter Ausdruck huschte über das Gesicht des Studenten. Er deutete nach oben. „Was Sie hier sehen, ist nur ein Teil des Gebäudes. Der größte Teil befindet sich unter der Erde."

„Unter der Erde?"

„Das Beecroft Building hat den tiefsten Keller in Oxford. Die meisten Labore befinden sich unter der Erde. Das reduziert die Hintergrundgeräusche und Vibrationen. Ein Großteil der hier durchgeführten Arbeiten findet im atomaren Bereich statt. Schon eine Schwingung, die so groß ist wie ein paar Atome, würde ein Experiment ruinieren."

„Ich verstehe."

Sie folgten ihm eine Reihe von Treppen hinunter, die zum Glück alle gerade waren, bis sie die unterste Ebene erreichten. Dylan führte sie durch einen weiß gestrichenen Flur, in dem es stark nach Möbelpolitur roch. An dessen Ende öffnete er eine Tür. „Das ist mein Labor."

Das Labor war ein mittelgroßer Raum, dessen Wände, Boden und Decke weiß waren. An den Wänden verliefen Arbeitsflächen mit einer Reihe kompliziert aussehender wissenschaftlicher Geräte. Dylan ging zur hinteren Wand und beugte sich über einige Geräte, um Einstellungen vorzunehmen. Er bückte sich und ließ seinen Blick über ein langes Glasrohr gleiten, das aus dem Gerät ragte. Er schien schon vergessen zu haben, dass Bridget und Jake anwesend waren.

„Woran arbeiten Sie da?", fragte Bridget.

Er antwortete, ohne sich umzudrehen. „Es ist ein Gerät zur Messung paranormaler Rückstände."

„Und das gehört zu Ihrem Physikkurs?"

Er lachte. „Nein, natürlich nicht! Niemand hier glaubt an Geister. Aber ich werde sie eines Besseren belehren. Wenn ich das hier zum Laufen bringe, kann ich eine Reihe von Experimenten durchführen, die eindeutig beweisen, dass die Steinbandtheorie wahr ist."

Während Dylan in seine Arbeit vertieft war, gab es keine der zwanghaften Berührungen von Nase zu Kinn, die er zuvor gezeigt hatte. Stattdessen war er entspannt und wortgewandt und offenbarte einen Hauch des Genies, das sein Freund Luke beschrieben hatte. Bridget begann sich zu fragen, ob an seinen seltsamen Theorien vielleicht doch etwas dran war. Aber sie war nicht hier, um über die Existenz von Geistern zu debattieren.

„Als wir das letzte Mal mit Ihnen sprachen, Dylan, haben Sie uns erzählt, dass Sie nach dem Verlassen des New College am Turf vorbeigeradelt, aber nicht hineingegangen sind. Wir kommen gerade vom Weihnachtsmarkt und haben mit einem Mann gesprochen, der Sie aus der St. Helen's Passage kommen sah. Waren Sie an diesem Abend im Turf, Dylan? Es ist wichtig, dass Sie uns diesmal die Wahrheit sagen."

„Mhm", sagte Dylan und bastelte weiter an seiner Maschine herum.

„Ist das ein Ja?", fragte Bridget. „Waren Sie im Turf?"

„Nur für eine Minute."

„Eine Minute ist eine ziemlich lange Zeit", sagte Jake. „Aber ich schätze, als Physiker wissen Sie das."

„Sechzig Sekunden", sagte Dylan, ohne aufzusehen. „Sechzig Millionen Mikrosekunden. Sechzig Milliarden Nanosekunden. Lange genug für einen Lichtstrahl, um dreiundzwanzig Mal zum Mond und zurück zu reisen. Lange genug, damit sich das frühe Universum nach dem Urknall ausreichend abkühlen konnte, um die ersten Atomkerne zu bilden."

„Richtig", sagte Bridget, der bei den Zahlen schwindelig wurde. Physik war in der Schule immer ihr unbeliebtestes Fach gewesen. „In einer Minute kann eine Menge passieren. Zum Beispiel kann ein Mann sein Leben verlieren. Haben Sie David Smith umgebracht, Dylan?"

„Nein." Er stand immer noch mit dem Rücken zu ihnen, während er arbeitete. Er war so dünn und sein T-Shirt so eng, dass sie sehen konnte, wie sich seine Schulterblätter unter der schwarzen Baumwolle bewegten.

„Wissen Sie, wer es war?"

„Nein." Seine rechte Hand wanderte kurz zu seiner Nase, aber er packte sie mit der anderen Hand und drückte sie auf die Tischkante.

„Können Sie uns sagen, warum Sie ins Pub gegangen sind?", hakte Jake nach.

„Um Luke zu sehen."

„Warum haben Sie uns das nicht früher erzählt?"

„Ich wollte ihm keine Probleme bereiten. Er hat schon genug Ärger."

„Wegen des Besitzes von Cannabis?"

„Ja." Dylan drehte sich um und sah sie an. „Ich wollte mich auch nicht in Schwierigkeiten bringen."

„Wegen Drogen?"

Er nickte.

„Lassen Sie uns das klarstellen", sagte Jake. „Wollen Sie damit sagen, dass Sie Luke an diesem Abend Cannabis gegeben haben?"

„Ja. Ich habe es für ihn gekauft."

„Sie wissen, dass man das Drogenhandel nennt, Dylan? Dafür können Sie eine Menge Ärger bekommen."

Dylans Hand wanderte wieder zu Nase und Kinn, trotz seiner Bemühungen, sich zu beherrschen. „Deshalb habe ich es nicht erwähnt. Aber ich habe es ihm nicht verkauft. Ich bin kein Drogendealer." Er lachte leise vor sich hin. „Sie können mich doch nicht verhaften, weil ich einem Freund ein paar Joints gegeben habe, oder?"

Der Junge starrte sie flehend an. Es war verlockend zu glauben, dass er nur ein Unschuldiger war, der in etwas hineingeraten war, das er nicht wirklich verstand. Aber Bridget musste sich vor Augen halten, dass er ein Oxford-Student war und offensichtlich äußerst intelligent. Das alles konnte eine Masche sein.

„Dylan", sagte sie sanft, „Sie müssen verstehen, dass Drogenhandel eine sehr ernste Straftat ist und Sie ins Gefängnis kommen könnten."

Seine Miene verzog sich und er begann, sich immer wieder ins Gesicht zu fassen.

„Aber wir wollen Sie nicht verhaften", fuhr sie fort. „Wir wollen nur die Wahrheit herausfinden. Und das bedeutet, dass Sie uns alles erzählen müssen, was Sie an jenem Abend getan und gesehen haben. Sie dürfen nichts auslassen. Können Sie das für uns tun?"

Er nickte. „Okay. Jetzt?"

„Jetzt."

Er ließ den Blick wieder zu Boden sinken. „Luke braucht die Joints, weil er es so stressig findet, bei seiner Familie zu sein. Ohne sie wäre Weihnachten ein Albtraum für ihn. Seine Eltern nörgeln ständig an ihm herum, verstehen Sie? Sie kritisieren ihn, weil er gar nicht in Oxford sein will."

„Okay", sagte Bridget.

„Also habe ich das Gras am College geholt und fuhr dann zurück zum Turf, um es ihm zu geben und mich zu verabschieden."

„Woher wussten Sie, wo er war?"

„Er hat mir eine Nachricht geschickt."

„Und Sie haben ihm das Cannabis gegeben?"

„Ja. Ich bin eine Weile bei ihm geblieben, um mich zu unterhalten. Dann, als ich das Pub verließ ... als ich ging ..." Er konnte sich nicht mehr beherrschen. Seine Hand war wieder in Bewegung und huschte blitzschnell zwischen Nase und Kinn hin und her.

„Tief durchatmen, Kumpel", sagte Jake.

Dylan hielt inne und füllte seine Lungen mit Luft. Langsam atmete er wieder aus. „Ich habe ihn gesehen", fuhr er fort. „David Smith. Er lag auf dem Boden. Ich glaube, er wurde erstochen."

„Was haben Sie dann getan? Haben Sie versucht, ihm zu helfen?"

Ein entschiedenes Kopfschütteln. „Ich bin weggerannt."

„Warum haben Sie das getan, Dylan?"

Seine rechte Hand fuhr sechsmal über Nase und Kinn, bevor er sprach. „Ich hatte Angst. Ich mag es nicht, Menschen anzufassen, und ich wollte nicht, dass Luke in

Schwierigkeiten gerät. Das habe ich Ihnen doch schon gesagt. Sie sollten mir zuhören."

Bridget betrachtete den jungen Mann, der vor ihr stand. Sie könnte ihn wegen Besitzes oder sogar Handels mit einer kontrollierten Droge verhaften, aber das würde sie der Lösung des Mordfalls nicht näher bringen. Es würde auch nichts Positives für Dylans psychische Gesundheit bewirken. Vorerst war sie geneigt, ihm zu glauben, was er ihr erzählt hatte.

„Ist Ihnen beim Verlassen des Pubs jemand aufgefallen?", fragte sie. „Jemand, den Sie uns beschreiben können?"

Er nickte. „Ich kann mich gut an Dinge erinnern. Als ich das Pub verließ, kam mir in der St. Helen's Passage ein glatzköpfiger Mann entgegen. Ich fuhr direkt an ihm vorbei und er schrie mich an. Aber ich habe sonst niemanden gesehen."

Bill Tomlins, dachte Bridget. Dylans Version der Ereignisse bestätigte, was der Karussellbesitzer ihnen erzählt hatte. Und anhand der Überwachungsvideos würden sie genau feststellen können, wann Tomlins im Turf angekommen war. Das würde helfen, das Zeitfenster für den Todeszeitpunkt einzugrenzen. Aber es sah nicht so aus, als würden sie mehr aus Dylan herausbekommen.

Er warf ihr einen kurzen Blick zu, bevor er ihn wieder auf den Boden richtete. „Sie versuchen, die Wahrheit herauszufinden, das verstehe ich. Das tue ich auch. Wir sind gar nicht so verschieden, Sie und ich."

„Vielleicht", sagte Bridget. „Nur jagen Sie Geister, während die Person, die ich suche, noch sehr lebendig ist."

KAPITEL 14

Es war schon spät, als Bridget und Jake nach Kidlington zurückkehrten. Es war ein langer Tag gewesen und sie hatten mit vielen Leuten gesprochen, aber bisher hatten ihre Nachforschungen nichts ergeben. Doch an diesem Abend konnte nichts mehr getan werden. Bridget schickte ihr Team nach Hause, bevor sie selbst das Büro verließ.

Auf dem Weg zum Auto rief sie Chloe an, um ihr mitzuteilen, dass sie auf dem Weg war. Es wäre schön, wenn ihre Tochter den Ofen anschalten könnte, damit sie ein paar Tiefkühlpizzen essen könnten.

„Eigentlich bin ich bei Olivia", sagte Chloe.

„Immer noch?"

„Ist das ein Problem?"

Bridget verkniff sich die Antwort. *Nicht auf Konfrontationskurs gehen*, sagte sie sich. *Ruhig bleiben.* „Nein, kein Problem. Wann bist du zurück?"

„Warte kurz." Am anderen Ende der Leitung war ein undeutliches Gemurmel zu hören. „In ungefähr einer Stunde?"

„Ich steige gerade ins Auto", sagte Bridget. „Soll ich

dich abholen?"

„Nein, das brauchst du nicht", sagte Chloe. „Wir sind gleich mit dem Film fertig. Ich komme mit dem Bus zurecht."

Aber es ist spät und es ist dunkel, wollte Bridget sagen. Sie atmete tief durch. „In Ordnung, aber komm nicht zu spät."

„Werde ich nicht. Versprochen." Chloe beendete das Gespräch.

Entfremdeten sie sich? Bridget nahm an, dass es nur natürlich war, dass Chloe mit fünfzehneinhalb Jahren anfing, ihre Unabhängigkeit zu leben. Und das war doch gut, oder? Aber es machte Bridget nervös.

★

Am nächsten Tag war Heiligabend, und Bridget beschloss, Chloe ausschlafen zu lassen. Ihre Tochter war letztendlich viel später als versprochen nach Hause gekommen und hatte behauptet, sie hätte einen Bus verpasst und ewig auf den nächsten warten müssen.

„Du hättest mich anrufen sollen", sagte Bridget zu ihr. „Ich hätte kommen und dich abholen können."

„Das war schon in Ordnung, Mum. Ich wollte dir keine Umstände machen."

„Es wäre kein Problem gewesen." Zumindest nicht im Vergleich zu dem, was Bridget durchgemacht hatte, allein zu Hause zu sitzen, sich vorzustellen, dass Vergewaltiger und Straßenräuber an der Bushaltestelle lauerten, und sich zu fragen, ob sie Chloe noch einmal anrufen sollte. Ein riesiger Stein war ihr vom Herzen gefallen, als sie kurz nach zehn endlich Chloes Schlüssel im Schloss gehört hatte.

Aber morgen würden sie Weihnachten bei Vanessa feiern. Das würde ihnen die Gelegenheit geben, etwas Zeit miteinander zu verbringen. Glücklicherweise waren Chloes Vater Ben und seine Freundin Tamsin auf die Malediven geflogen, um dort ein familienfreies, stressfreies und sonniges Weihnachten und Neujahr zu verbringen, so dass keine Gefahr bestand, dass Chloe in Versuchung geriet, sie in London zu besuchen. Eine kleine Gnade.

Auf dem Parkplatz der Polizeistation war es ruhig, denn einige Polizisten und Hilfskräfte waren bereits im Weihnachtsurlaub. Sie würden quer durch das ganze Land reisen, um Verwandte und Freunde zu besuchen. Am Ende des Tages würde in der Polizeizentrale nur noch eine Notbesetzung Dienst tun, um Notfälle zu bearbeiten. Bridget wusste, dass Jake eine lange Fahrt nach Norden zu seiner Familie in Leeds vor sich hatte. Aber sie konnte es sich nicht leisten, ihn zu früh gehen zu lassen. Die Zeit lief ihr davon und sie brauchte jede Hilfe, die sie bekommen konnte.

Sobald alle eingetroffen waren und sich mit ihrem Lieblingsheißgetränk bewaffnet hatten, rief sie sie zu einer kurzen Teambesprechung zusammen. Die Zahl ihrer Mitarbeiter war rückläufig, und einige der zusätzlichen Leute, die Grayson ihr am Vortag zugeteilt hatte, waren bereits wieder gegangen. Sie spürte, dass ihr die Kontrolle über die Situation zu entgleiten drohte.

„Okay, alle mal herhören!", rief sie und brachte die versammelten Detectives zum Schweigen. „Wir haben einen Tag – wahrscheinlich weniger –, um in dieser Ermittlung voranzukommen, bevor Sie alle über Weihnachten nach Hause fahren. Wenn das passiert, verlieren wir an Schwung. Zeugen werden anfangen zu vergessen, was sie gesehen haben. Es wird schwieriger, Beweise zu sammeln. Die Ermittlungen werden ins Stocken geraten. Das will ich nicht und ich bin sicher, das will auch keiner von Ihnen, also lassen Sie uns Gas geben und heute so viel wie möglich erledigen. Okay?"

Sie erntete ein halbherziges zustimmendes Gemurmel, aber sie wusste, dass sie ein Zeichen gesetzt und eine klare Botschaft gesendet hatte: Dies war ein Arbeitstag, an dem es keinen Schlendrian geben durfte. Sie fasste kurz die Gespräche mit Bill Tomlins, dem Karussellbesitzer, und Dylan Collins, dem Physikstudenten, zusammen. „Beide haben die Leiche gesehen, aber lieber weggeschaut", schloss sie.

„Vertrauen Sie diesem Dylan Collins?", fragte Andy. „Gibt es jemanden, der seine Version der Ereignisse bezeugen kann?"

„Wir müssen herausfinden, ob jemand seine Geschichte bestätigen kann. Ryan, Sie sind für die Zeugenaussagen verantwortlich. Ich möchte, dass Sie alle identifizieren, die sich unmittelbar vor der Messerstecherei in der Nähe der St. Helen's Passage aufgehalten haben, und ihnen ein Foto von Dylan zeigen. Finden Sie heraus, ob sie sich erinnern, ihn gesehen zu haben."

„Wird gemacht, Ma'am."

„Und jemand muss noch einmal mit Luke Henderson in seinem Zuhause in Beaconsfield sprechen. Sagen Sie ihm, dass wir wissen, dass er bei der Schilderung seiner Bewegungen im Turf gelogen hat, und warten Sie ab, was er sagt. Mal sehen, ob wir herausfinden können, was genau in den Momenten vor dem Mord passiert ist."

„Das kann ich tun", meldete sich Ffion.

„Okay", sagte Bridget. Die Aufgabe passte gut zu Ffions Fähigkeiten. Wenn der Junge gelogen hatte, um seine Aktivitäten zu vertuschen, war eine direkte und unmissverständliche Herangehensweise gefragt, und Ffion konnte man nicht vorwerfen, übermäßig mitfühlend zu sein. Ihre scharfe Beobachtungsgabe war auch perfekt, um der Wahrheit auf die Spur zu kommen.

Sie hörte sich Ryans Zusammenfassung der verschiedenen Zeugenaussagen an, aber es war klar, dass, obwohl an jenem Abend mehr als hundert Menschen im Pub gewesen waren, keiner von ihnen den Angriff auf David Smith gesehen oder etwas bemerkt hatte, das direkt zur Identifizierung des Täters führen würde. Bridget konnte sich kaum beklagen. Sie selbst war einer dieser potenziellen Zeugen gewesen und hatte nichts gesehen oder gehört.

„Andy, was ist mit der Videoüberwachung?"

„Nun, wir haben alles, was die Universität und die Stadtverwaltung zur Verfügung stellen konnten, sowie

einige private Quellen. Wir haben die Bill Tomlins'
Ankunft im Pub auf 10:26 Uhr festgelegt, also muss die
Messerstecherei davor stattgefunden haben. Jetzt arbeiten
wir daran, alle Personen zu identifizieren, die in die Nähe
des Pubs kamen oder sich von dort entfernten."

„Gute Arbeit, Andy. Weiter so." Bridget wünschte sich
schnellere Ergebnisse, aber sie unterdrückte ihre
Ungeduld. Andy war es bereits gelungen, die Ankunft des
Karussellbesitzers zu beobachten, was wiederum zu der
Entdeckung geführt hatte, dass er und Dylan Collins die
ersten waren, die den Ermordeten gesehen hatten. Eine
Kette von Ereignissen begann sich abzuzeichnen, und die
akribische Polizeiarbeit, die notwendig war, um weitere
Glieder in die Kette einzufügen, durfte nicht überstürzt
werden. Bridget wusste, dass, wenn noch etwas aus den
Videos herauszuholen war, Andy derjenige war, der es
finden würde.

Schließlich wandte sie sich an Ffion. „Was ist mit dem
Vermisstenfall, den Smith untersucht hat? Was haben Sie
herausgefunden?"

Ffion umklammerte ihre dampfende walisische
Drachentasse mit beiden Händen. Die junge DC bezog
sich nie auf Notizen, sondern schien sich immer perfekt an
das zu erinnern, woran sie gerade arbeitete. „Also, Camilla
Townsend war Studentin im zweiten Jahr am Pembroke
College. Sie verschwand am Ende des Michaelmas-
Trimesters vor fünfundzwanzig Jahren nach der letzten
Aufführung von *Was ihr wollt* im Burton Taylor Studio des
Playhouse. Sie hatte die Rolle der Viola gespielt. David
Smith war damals ihr Freund und Student am selben
College. Er wurde wegen Mordverdachts verhaftet, aber
nach einem Tag in Gewahrsam wieder freigelassen. Eine
Leiche wurde nie gefunden, und der Fall ist offiziell immer
noch ein Vermisstenfall."

„Was sagt Ihnen Ihr Bauchgefühl?", fragte Bridget.
„Glauben Sie, dass es sich lohnt, der Sache nachzugehen?"
Angesichts der knappen Ressourcen zögerte sie, Ffion mit
weiteren Ermittlungen in einem scheinbar

unzusammenhängenden historischen Fall zu beauftragen, der sich als völlige Ablenkung erweisen könnte.

„Ich habe ein wenig über Smith recherchiert. Es ist mir gelungen, seinen alten Tutor am Pembroke College, Dr. Penn, ausfindig zu machen. Er ist inzwischen weit über achtzig und lebt in einem Altersheim in Abingdon, aber er ist bei klarem Verstand und erinnert sich sehr gut an David. Dr. Penn erzählte mir, dass David ein vielversprechender Student und ein sehr talentierter Schauspieler war. Doch nach seiner Verhaftung wegen des Mordes an Camilla brach er sein Studium ab. Obwohl nie Anklage gegen ihn erhoben wurde, erlitt er einen Nervenzusammenbruch und war nicht mehr in der Lage, sein Studium fortzusetzen."

Ein abschreckendes Beispiel, dachte Bridget, wie ein Leben durch ein einziges Ereignis so plötzlich auf den Kopf gestellt werden konnte. Was hätte aus David Smith werden können, wenn ihm diese Tragödie vor all den Jahren nicht widerfahren wäre?

„Aber David kehrte nicht nach Hause zurück", fuhr Ffion fort. „Er blieb in Oxford und schlug sich mit Geistertouren durch. Und in seiner Freizeit setzte er seine Ermittlungen zum Verschwinden von Camilla fort. Im Mittelpunkt seiner Untersuchung stand offenbar der Student, der bei der Aufführung von *Was ihr wollt* Regie geführt hatte."

„Hatten Smiths Nachforschungen Substanz? Glauben Sie, dass er gute Gründe hatte, den Regisseur des Stücks zu verdächtigen?", fragte Bridget.

„Schwer zu sagen. Bei den damaligen polizeilichen Ermittlungen wurde der Regisseur nicht ernsthaft als Verdächtiger in Betracht gezogen. Davids Ermittlungen schienen zum Teil durch die persönliche Feindschaft zwischen den beiden Männern motiviert zu sein. Seine Theorie war, dass Guy und Camilla miteinander geschlafen hatten, und –"

„Moment, sagten Sie Guy?"

„Das ist richtig. Der Name des Regisseurs war Guy

Goodwin. Nachdem er die Universität verlassen hatte, wurde er ein erfolgreicher Theaterregisseur. Zurzeit ist er wieder in Oxford, mit einer Inszenierung von –"

„*West Side Story*", schloss Bridget, deren Nackenhaare sich zu sträuben begannen.

Der Student, der vor all den Jahren bei der unglückseligen Inszenierung von *Was ihr wollt* Regie geführt hatte, war also wieder in Oxford, und das war genau der Mann, wegen dem Julia Carstairs in der Mordnacht ihre Freundinnen verlassen hatte, um ihn zu treffen. Zufall? Oder war es – wie Julia Carstairs behauptet hatte – Schicksal? Die Verstrickung der Ereignisse schien den Zufall bis an die Grenze zu strapazieren.

„In Ordnung", sagte Bridget. „Ich denke, es ist an der Zeit, Julia Carstairs und auch diesen Regisseur Guy Goodwin ausfindig zu machen. Jake, Sie kommen mit mir. Ich möchte herausfinden, wo Julia sich zum Zeitpunkt des Mordes aufgehalten hat und wo genau Guy Goodwin in dieser Nacht war."

★

Es gab nur wenige Dinge im Leben, die dem Nervenkitzel einer Fahrt auf einem leistungsstarken Motorrad auf offener Straße gleichkamen. Ffion freute sich, das triste Büro hinter sich zu lassen und allein auf ihrer geliebten Kawasaki Ninja H2 loszufahren. Das neongrüne Motorrad war ein willkommener Farbtupfer und brachte Aufregung in den Wintertag. Obwohl der Verkehr auf der M40 dicht war, hatte sich der Nieselregen vom Vortag verzogen und die Luft war frisch und klar. Es war das perfekte Wetter für eine Fahrt. Das Rauschen des Windes und das schrille Dröhnen des Kompressormotors des Motorrads gaben ihr das Gefühl, lebendig und frei zu sein. ‚Bläst alle Spinnweben weg', hätte ihre Großmutter gesagt.

Am Abend zuvor hatte sie mit ihren Mitbewohnerinnen Claire und Judy ein letztes Abendessen und einen Drink, bevor sie sich von ihnen verabschiedete. Sie würde das

Haus in Jericho die ganze Woche zwischen Weihnachten und Neujahr für sich allein haben und freute sich auf die Ruhe und den Frieden. Das würde ihr Gelegenheit geben, ein wenig zu meditieren und über das vergangene und das kommende Jahr nachzudenken. In den letzten zwölf Monaten war viel passiert – ihre Versetzung von Reading nach Oxford, einige spektakuläre Mordfälle, die kurze Romanze mit Jake –, aber jetzt war es an der Zeit, Pläne für das neue Jahr und darüber hinaus zu schmieden.

Ffion blickte immer gern nach vorn, nie zurück. Diese Angewohnheit hatte sie sich als Teenager angeeignet – ein Nebenprodukt der Tatsache, dass sie sich weder in ihre Familie noch in ihre Gemeinde integrieren konnte. Das winzige Dorf in den Tälern von Südwales war kein toleranter Ort für ein schüchternes, bisexuelles Mädchen gewesen, und sie war froh gewesen, es hinter sich zu lassen und einen neuen Lebensabschnitt zu beginnen. Und doch ließ die Vergangenheit sie manchmal nicht los. Erst am Vorabend, nachdem sie sich von Claire und Judy verabschiedet hatte, hatte sie einen unerwarteten Anruf von ihrer Schwester Siân erhalten.

Siân war fünf Jahre älter als Ffion und das genaue Gegenteil von ihr. Siân war vollschlank, gesellig und unkompliziert, hatte nach der Schule eine Ausbildung zur Friseurin gemacht und führte nun einen eigenen Salon in dem Dorf, in dem sie und Ffion aufgewachsen waren. Sie hatte ihre Schulliebe geheiratet, mit kurzem Abstand zwei Kinder bekommen und wohnte in einem bescheidenen Reihenhaus nur ein paar Straßen vom Haus ihrer Eltern entfernt. Kurzum, sie war alles, was sich ihre Eltern von einer Tochter gewünscht hatten. Ganz im Gegensatz zu Ffion, dem schwarzen Schaf der Familie.

„Ffion, Liebes, wie geht es dir?"

Trotz allem war es immer schön, die fröhliche Stimme ihrer Schwester zu hören. „Gut, danke. Und dir?"

„Ja, prima. Die Kinder freuen sich so auf Weihnachten. Es wird das erste Jahr sein, in dem Owain wirklich alt genug ist, um zu verstehen, worum es geht. Er ist schon ganz aufgeregt, weil der Weihnachtsmann durch den Schornstein kommt. Und natürlich hoffen er und Arwen sehnlichst auf Schnee. Wenn ich mir den Wetterbericht ansehe, könnte es sogar ein bisschen schneien."

Es war leicht zu verstehen, warum Siân bei ihren Kunden im Salon so beliebt war. Die Worte flossen so mühelos aus ihrem lächelnden Mund. Sie schien mit einer Leichtigkeit durchs Leben zu gehen, die Ffion immer schwergefallen war.

Nach kurzem Zögern fragte Siân: „Und, was hast du an Weihnachten vor?"

Da war sie, die Frage. Sie hatte nicht lange gebraucht, um auf den Punkt zu kommen. Wie Ffion war auch Siân niemand, der um den heißen Brei herumredete.

„Ich werde hier in Oxford bleiben. Wie üblich."

„Mit Freunden?"

„Genau."

„Du hast also ein paar gute Freunde in Oxford, Fi?" In der Stimme ihrer Schwester schwang Besorgnis mit. Nicht unbedingt Besorgnis, eher Sorge gemischt mit Mitleid. Sie wusste, wie schwer es für Ffion gewesen war, in Wales Freunde zu finden.

Ffion fügte ihrer Antwort so viel weihnachtliche Fröhlichkeit hinzu, wie sie aufbringen konnte. „Ja, jede Menge. Ich musste die Einladungen regelrecht abwehren."

„Gut. Das freut mich zu hören. Weißt du, dass Mam dich vermisst? Und Dad auch."

„Sicher, ich weiß."

Eine bedeutungsschwangere Pause in der Leitung. „Du könntest doch wenigstens dieses eine Mal deine Pläne ändern, oder? Besuch uns doch zur Abwechslung mal. Weihnachten ist schließlich ein Fest der Familie, oder?"

Für einen kurzen Moment war Ffion von der Aussicht angetan. Es wäre schön, ihre Schwester wiederzusehen und auch ihre Nichte und ihren Neffen, die sie seit ihrer Taufe nicht mehr gesehen hatte. Aber der Moment verging schnell. „Ich glaube nicht, dass ich kann, Siân. Ich werde an Heiligabend den ganzen Tag arbeiten. Da werde ich keine Zeit haben."

„Bist du dir sicher? Es macht nichts, wenn du nur für kurz vorbeikommst. Es würde Mam sehr freuen."

Die Erwähnung ihrer Mutter schnürte Ffion das Herz zu und sie war froh, dass sie die Einladung abgelehnt hatte. Ihre Mam mochte sie vermissen, aber es war ihre eigene Ablehnung der sexuellen Orientierung ihrer Tochter gewesen, die dazu beigetragen hatte, Ffion zu vertreiben. „Ich bin sicher, sie wird mit dir und den Kindern genug zu tun haben."

„Na gut, in Ordnung. Dann könntest du vielleicht an Neujahr für ein oder zwei Tage vorbeikommen?"

„Vielleicht", sagte sie, aber sie wussten beide, dass sie Nein meinte.

„Mach's gut, Fi."

„Du auch, Schwesterherz."

Plötzlich überkam Ffion ein Gefühl der Bitterkeit, als sie das Telefonat noch einmal in ihrem Kopf durchging. Sie zog am Gashebel der Kawasaki und spürte, wie das Motorrad nach vorne schoss, wie ein Tier, das aus dem Käfig gelassen wurde. Ihre Schwester meinte es gut, aber sie hatte unliebsame Gefühle geweckt, die Ffion normalerweise unterdrückte. Die Erinnerungen an ihr Zuhause und ihre Kindheit waren schmerzhaft und verstörend, und der einzige Weg, damit umzugehen, war, sie zu verdrängen. Ffion war nie die Tochter gewesen, die sich ihre Mutter gewünscht hatte, und würde es auch nie sein. Also nein, sie würde weder Weihnachten noch Neujahr nach Wales fahren.

Das Schild für die Ausfahrt Beaconsfield tauchte auf, und Ffion blinkte, um die Autobahn zu verlassen. Es war an der Zeit, alle negativen Gedanken in den Mülleimer zu werfen, wo sie hingehörten, und sich auf das bevorstehende Gespräch zu konzentrieren.

Nach vorne schauen, niemals zurück. Nur so konnte man leben. Nur so konnte man überleben.

KAPITEL 15

Das New Theatre in Oxford befand sich an prominenter Stelle in der George Street, nahe der Kreuzung mit der Broad Street und dem Weihnachtsmarkt. Es war ein belebter Teil der Stadt, vollgepackt mit Cafés, Restaurants und Bars. Bridget und Jake umrundeten eine große Menschenmenge, die mit ihren Einkaufstüten den schmalen Bürgersteig blockierte, und gingen zum Eingang des Gebäudes.

Sie selbst war eine regelmäßige Besucherin des großen Art-déco-Theaters und hatte im Laufe der Jahre zahlreiche Opernaufführungen dort genossen. Das Management, das immer auch die kommerziellen Interessen im Auge behielt, bot alles an, von Opern und Ballett bis hin zu erfolgreichen Musicals und Stand-up-Comedians, die sich bereits einen Namen gemacht hatten und den fast zweitausend Plätze fassenden Saal füllten. Als Studentin hatte sie sich nur die schwindelerregenden Sitze auf dem Balkon mit eingeschränkter Sicht auf die Bühne leisten können. Heute gönnte sie sich, wenn sie eine Vorstellung besuchte, einen bequemeren Sitzplatz im Parkett, vorzugsweise nach einem Teller Pasta und einem oder zwei Gläsern Pinot

Noir in einem der vielen italienischen Lokale, die sich in der George Street drängten. Sie hatte gehofft, mit Jonathan eine Aufführung von Puccinis *La Bohème* besuchen zu können, aber das war im letzten Moment abgesagt worden. Vielleicht könnten sie es im neuen Jahr nachholen.

An der Kasse saß ein junger Mann mit Hipster-Bart und einer der Schwerkraft trotzenden Schmalztolle, der in einer Ausgabe von *Time Out* blätterte.

Er blickte von seiner Lektüre auf, als sich Bridget und Jake näherten. „Tut mir leid, aber wir sind für die heutige Vorstellung ausverkauft", sagte er, bevor Bridget etwas sagen konnte.

Sie zeigte ihm ihren Dienstausweis. „Ich bin nicht hier, um Karten zu kaufen. Ich möchte den Regisseur Guy Goodwin sprechen. Ist er da?"

Bridget rechnete damit, dass sie nicht nur den berühmten Regisseur selbst, sondern auch die schwer fassbare Julia Carstairs, eine Nebendarstellerin aus Fernsehserien, in seinem Umfeld antreffen würde. Es war höchste Zeit, dass sie Rechenschaft darüber ablegte, wo sie in der Mordnacht gewesen war.

Der junge Mann strich sich unsicher über den Bart. „Mr. Goodwin ist gerade sehr beschäftigt mit den Vorbereitungen für die Nachmittagsvorstellung. Ich glaube nicht, dass er Zeit für Sie hat. Vielleicht könnten Sie ihm eine Nachricht hinterlassen und ihn um Rückruf bitten?"

„Ich denke, er wird Zeit für uns finden", sagte Bridget. „Wo ist er? Da drüben?" Sie deutete auf die Türen, die zum Auditorium führten.

„Ähm, ja, aber ..."

Bridget wartete nicht, bis der Kassierer fertig war, sondern stieß die Tür zum Parkett auf und trat ein.

Das Licht war voll aufgedreht, und ohne Publikum auf den Plätzen wirkte der Saal wie eine Höhle. Sie und Jake gingen den Gang hinunter zur Bühne, wo eine kleine Gruppe von Schauspielern vor einem ziemlich wackelig aussehenden Gerüst stand. Eine junge Frau hockte oben auf einer Leiter, während ein Mann von unten zu ihr hinaufblickte.

Vorne im Saal lief ein Mann zwischen der ersten Reihe und der Bühne auf und ab und wedelte mit einem Stapel Papier in der einen Hand und gestikulierte wild mit der anderen. „Ihr sollt euch doch lieben! Gebt mir Emotionen, gebt mir Leidenschaft. Bringt mich zum Weinen! Ich will es hier spüren" – er schlug sich mit der Faust auf die Brust – „wenn ihr die hohen Töne erklimmt."

Anhand der Fotos, die Bridget auf seiner Website gesehen hatte, erkannte sie die gutaussehenden, aber etwas eitlen Züge von Guy Goodwin. Er war deutlich älter, als er auf seinen Werbematerialien wirkte, und das lächelnde Gesicht, das er der Öffentlichkeit gern präsentierte, war durch einen finsteren und grimmigen Ausdruck ersetzt worden. Er war nicht im herkömmlichen Sinne gutaussehend. Seine Nase war zu breit, seine Stirn zu hoch, seine Augenbrauen zu buschig. Sein Haar war zerzaust und sah aus, als hätte es schon lange keinen Kamm mehr gesehen. Aber er hatte eine unbestreitbare Anziehungskraft. Es waren seine Augen, entschied Bridget. Sie hatten eine Intensität, die fast beängstigend war. Sie funkelten jetzt, als er sie mit kaum verhohlener Wut auf den Dirigenten im Orchestergraben richtete. „Fangen wir noch einmal von vorne an und versuchen wir, es diesmal richtig zu machen, ja?"

Als das Orchester die bekannte Melodie anstimmte, entdeckte Bridget Julia Carstairs, die ohne ihr Rentiergeweih in der ersten Reihe des Zuschauerraums saß. Ihre Augen klebten nicht mehr an ihrem Telefon, sondern folgten Guy Goodwin, der immer noch Anweisungen bellte, während die unglücklichen Schauspieler ihr Liebesduett sangen.

„Miss Carstairs?"

Die Schauspielerin, die eben noch aufmerksam das Geschehen auf der Bühne verfolgt hatte, drehte sich irritiert zu Bridget um, doch ihr missmutiger

Gesichtsausdruck wich schnell einem breiten Lächeln, das weiße, wohlgeformte Zähne zeigte. „Ja? Was gibt's? Möchten Sie ein Autogramm?"

„Nein", sagte Bridget und zeigte ihren Dienstausweis.

Das strahlende Lächeln verschwand so schnell, wie es gekommen war, und wurde durch ein Stirnrunzeln auf Julias zarter Stirn ersetzt. „Kenne ich Sie von irgendwoher?"

„Ich war vorletzte Nacht mit Ihnen auf der Geistertour."

„Waren Sie das?" Julia schaute immer noch verwirrt. „Ach ja", sagte sie schließlich und ihre Miene hellte sich auf. „Sie waren mit diesem ziemlich gutaussehenden Mann mit der Schildpattbrille zusammen."

Es wurmte Bridget etwas, dass Julia sich so viel besser an Jonathan erinnerte als an sie, aber insgeheim fühlte sie sich geschmeichelt, dass eine Frau wie Julia Jonathan als „gutaussehend" bezeichnete.

Mit ihren ausgeprägten Wangenknochen und dem großen Mund, der vielleicht etwas zu breit für ihr schmales Gesicht war, war Julia selbst zweifellos eine sehr attraktive Frau – zumindest, wenn sie ein Lächeln auf den Lippen hatte und keinen finsteren Blick –, auch wenn ihre besten Tage eindeutig hinter ihr lagen. Dennoch sah sie für ihr Alter gut aus. Sie war Mitte vierzig und hätte auf den ersten Blick für eine zehn Jahre jüngere Frau gehalten werden können. Ein paar verräterische Fältchen um die Augen verrieten ihr wahres Alter, und ihr blondes Haar war vielleicht einmal zu oft gebleicht worden und wirkte dadurch ausgetrocknet. Sie strich es mit einer Hand beiseite, vielleicht in dem Bewusstsein, dass es ihr Alter verraten könnte.

„Ich würde gerne mit Ihnen über David Smith sprechen", sagte Bridget, „auch bekannt als Gordon Goole."

Aber da hatte sie Julias Aufmerksamkeit schon wieder verloren. Ihr Blick wandte sich wieder dem Geschehen auf der Bühne zu. „Armer Guy", sinnierte sie. „Er hat es wirklich nicht leicht. Seine Hauptdarstellerin hat sich gerade eine Kehlkopfentzündung zugezogen und er muss sich mit ihrer Zweitbesetzung begnügen. Aber wie man sieht, ist sie völlig unvorbereitet. Sie behauptet, sie fühle sich auf dem Gerüst nicht sicher. Die Matinee beginnt in ein paar Stunden, und ich glaube, es wird eine Katastrophe."

Die Musik verstummte abrupt, als Guy Goodwins Stimme ertönte. „Nein! Nein! Nein! Du musst mich glauben lassen, dass du in der Luft schwebst und nicht kurz davor bist, von der Leiter zu fallen!"

„Unter uns gesagt, ich glaube, sie hat Höhenangst", sagte Julia seufzend.

„Vielleicht gibt es einen ruhigeren Ort, an dem wir uns unterhalten können", schlug Jake vor.

Julia blickte auf und schien ihn zum ersten Mal zu bemerken. Ihr Gesichtsausdruck wandelte sich sofort von Irritation zu Vorfreude, als sie seine Größe und Erscheinung wahrnahm. „Ein Gespräch. Das klingt gemütlich." Sie reichte ihm die Hand und erhob sich graziös. „Und Ihr Name ist?"

„Jake Derwent", murmelte er. „Detective Sergeant."

Bridget brauchte gar nicht hinzusehen, um zu wissen, dass Jakes Hals bereits rot angelaufen war.

„Nun, Jake Derwent, Detective Sergeant", sagte Julia, „kommen Sie mit. Ralph hat sicher nichts dagegen, wenn wir die Bar benutzen." Sie legte ihren Mantel über einen Arm und schritt zurück zur Kasse. Sie fühlte sich im Theater offensichtlich sehr wohl, auch wenn sie, soweit Bridget das beurteilen konnte, in keiner Weise an der Produktion beteiligt war.

Julia beugte sich über den Tresen und wandte sich an den jungen Kassierer, der Bridget nur widerwillig eingelassen hatte. „Ralph, Liebster, könnten Sie ein Schatz sein und ein Kännchen Earl Grey an die Bar bringen, ja? Die Detectives hier wollen nur kurz mit mir über … eine private Angelegenheit sprechen."

„Kein Problem, Miss Carstairs." Ralph war sichtlich

bemüht, der Schauspielerin zu gefallen, und zweifellos neugierig, worum es sich bei dieser privaten Angelegenheit handelte. Genau das hatte Julia beabsichtigt. Das musste Bridget ihr lassen – die Schauspielerin hatte ein Talent dafür, auch abseits der Bühne für Dramatik zu sorgen.

Sie folgten ihr in die leere Bar und nahmen an einem kleinen runden Tisch Platz.

Julia warf ihren Mantel lässig über die Lehne eines danebenstehenden Stuhls. „Sie sind also wegen des Mordes hier. Ich habe davon in den Nachrichten gehört. Wie grauenvoll. Wäre ich dabei gewesen, hätte ich Sie natürlich sofort angerufen und Ihnen alles erzählt. So aber habe ich nichts gesehen." Sie klang enttäuscht.

„Wir würden gerne noch einmal die Ereignisse des Abends durchgehen und herausfinden, was genau Sie gesehen haben", sagte Bridget.

„Also gut", sagte Julia. „Wie haben Sie mich eigentlich gefunden?"

„Wir haben mit Ihren Freundinnen Liz und Deborah im Malmaison gesprochen. Sie haben uns gesagt, dass Sie wahrscheinlich bei Guy sind."

„Ach, natürlich. Hätte ich mir denken können. Man kann sich immer darauf verlassen, dass die besten Freunde einen verraten, nicht wahr?"

„Ihre Freundinnen schienen zu denken, dass Sie diejenige waren, die sie im Stich gelassen hat, da Sie mit Guy weggegangen sind."

„Das ist so typisch für Liz und Debs, dass sie mir die Schuld zuschieben. Aber ich darf wohl nicht zu hart mit ihnen sein. Sie sind beide im Moment emotional sehr verletzlich. Scheidung", fügte sie mit gedämpfter Stimme zu Jake hinzu. „Ich sage ihnen ständig, sie sollten froh sein, dass sie diese Fesseln los sind. Es gibt nichts Schöneres, als wieder Single zu sein. Macht das Beste daraus, sage ich." Sie zwinkerte Jake zu und fügte hinzu: „Ich habe es jedenfalls vor."

Der Sergeant senkte den Kopf, sein Stift schwebte über einem noch leeren Blatt seines Notizbuches.

„Nach dem, was Liz und Deborah uns erzählt haben, bleiben Sie drei über Weihnachten in Oxford?", fragte Bridget.

„Das ist richtig. Wir ertränken unsere Sorgen in schwesterlicher Gemeinschaft. Frauenpower und so weiter."

Die Schwesternschaft schien das Auftauchen des gutaussehenden Guy Goodwin nicht überlebt zu haben. „Vielleicht können Sie uns erklären, warum Sie sie allein im Turf zurückgelassen haben und was Sie in der Nacht der Geistertour zwischen zehn und halb elf gemacht haben."

Julia hob die Augenbrauen. „Ist das nicht offensichtlich? Ich habe auf eine Nachricht von Guy gewartet, dass die Vorstellung zu Ende ist und er Zeit für mich hat. Sobald ich von ihm gehört habe, bin ich zu ihm gegangen."

„Haben Sie ihn hier getroffen?"

„Nein, in seinem Hotelzimmer im Randolph."

„Und wann genau haben Sie das Turf verlassen?"

„Es muss so gegen viertel nach zehn gewesen sein."

„Ihre Freundinnen schienen verärgert zu sein, dass Sie gegangen sind, ohne ihnen Bescheid zu sagen."

„Nun, ich bin sicher, sie werden darüber hinwegkommen. Sie kennen mich seit Jahren und wissen, wie ich bin. Ich folge meinem Herzen – das Leben ist viel zu kurz, um es nicht zu tun."

„Als Sie das Turf verließen, haben Sie da David Smith gesehen, allein oder in Begleitung?"

„Sie meinen Gordon Goole? Nein."

„Haben Sie in der St. Helen's Passage etwas Verdächtiges gesehen oder gehört?"

„Nein, gar nichts." Sie wandte den Kopf. „Oh, sehen Sie, da ist Ralph mit dem Tee. So ein Schatz!"

Bridget wartete geduldig, während der junge Mann ein Tablett mit drei Tassen und einer Kanne Tee abstellte. „Kann ich noch etwas für Sie tun, Miss Carstairs?", fragte er.

„Nein, das ist perfekt", antwortete Julia. „Ich möchte Sie nicht von Ihren Pflichten ablenken!" Sie schenkte ihm ein strahlendes Lächeln und nahm die Kanne in die Hand, als spielte sie die Rolle einer vornehmen Gastgeberin in einem Kostümtheater. „Wie trinken Sie Ihren Earl Grey, Jake? Mit einer Scheibe Zitrone?"

„Milch und zwei Stück Zucker, bitte."

Julia schaute kurz erstaunt in Anbetracht seiner Antwort, dann lächelte sie amüsiert. „Nun, wie authentisch für einen Mann aus der Arbeiterklasse. Ich mag echte Männer. Männer, die sich nicht scheuen, Konventionen zu brechen."

Jake fügte verwirrt Milch und Zucker hinzu und zog sich dann in die Sicherheit seines Notizbuches zurück.

„Vielleicht könnten Sie uns sagen, woher Sie Guy kennen?", fragte Bridget, nachdem das Ritual des Tee-Einschenkens abgeschlossen war.

„Oh, Guy und ich kennen uns schon ewig", antwortete Julia. „Ich habe Guy zum ersten Mal getroffen, als wir hier an der Universität studiert haben. Ich habe sofort gesehen, dass er ein Talent war, das man im Auge behalten sollte. Er hat ein instinktives Gespür dafür, was im Theater funktioniert. Er hat die Gabe, das Beste aus den Menschen herauszuholen."

Bridget erinnerte sich daran, wie der Regisseur seine etwas eingeschüchterten Stars anbrüllte, behielt ihre Gedanken aber für sich.

„Nach der Universität gingen wir getrennte Wege, Guy zum Theater und ich zum Fernsehen. Meinen ersten Durchbruch hatte ich mit einer kleinen Rolle in *Casualty*. Ich spielte eine Komapatientin. Die Rolle gab mir nicht viel Raum, um mein Talent zu zeigen, aber sie brachte mich in die richtigen Kreise, verstehen Sie? Die Leute begannen, mich als Schauspielerin mit echtem Potenzial wahrzunehmen."

„Das kann ich mir vorstellen."

„Von da an ging es nur noch bergauf. Sie haben mich bestimmt schon im Fernsehen gesehen?"

„Ich glaube nicht." Bridget widerstrebte es, Julias Eitelkeit zu befriedigen und zuzugeben, dass sie sie tatsächlich in einer kürzlich ausgestrahlten Krimiserie gesehen hatte.

„Nicht?", sagte Julia mit unverhohlener Enttäuschung. „Vielleicht sehen Sie nicht viel fern. Ich nehme an, Sie sind viel zu beschäftigt. Ich hatte schon einige Rollen in Krimis. Aber keine Sorge – ich spiele nie den Bösewicht!" Sie lachte über ihren eigenen Witz und nippte dann an ihrem Tee.

„Ich würde gerne auf Ihre Beziehung zu Guy zurückkommen, wenn Sie nichts dagegen haben", sagte Bridget. „Vor allem auf Ihre gemeinsame Studienzeit in Oxford. Wie haben Sie sich kennengelernt? Waren Sie auf demselben College?"

Julia schien mehr als bereit, über dieses Thema zu sprechen. „Wir waren auf verschiedenen Colleges, aber in Oxford werden die Theaterproduktionen auf Universitätsebene organisiert. So haben wir uns kennengelernt. Oxford ist eine kleine Stadt. Wir hatten beide Freunde aus der Theaterwelt und es dauerte nicht lange, bis wir einander vorgestellt wurden." Sie warf ihr blondes Haar zurück und ihre Augen leuchteten, als sie die Erinnerung wieder aufleben ließ. „Aber es war mehr als nur die Schauspielerei, die uns zusammenbrachte. Von Anfang an spürten wir eine starke körperliche Anziehung. An einem Punkt dachte ich, wir würden für immer zusammen sein." Sie stieß einen melodramatischen Seufzer aus. „Aber in unserem Beruf ist es bekanntlich schwierig, Beziehungen aufrechtzuerhalten. Wir waren wohl sterbende Liebende, könnte man sagen."

Die Anspielung auf *Romeo und Julia* entging Bridget nicht, auch wenn ihre Kenntnisse der englischen Literatur eher lückenhaft waren. „Guy führte Regie bei einer Aufführung von *Was ihr wollt* im Burton Taylor Studio Theater. Waren Sie daran beteiligt?"

Julia nippte an ihrem Tee, bevor sie antwortete. „Vielleicht war ich das."

„Sie klingen nicht sicher?"

„Ich habe an der Universität so viel Theater gespielt und das ist alles schon so lange her."

„Ich hätte gedacht, dass es Ihnen leichtfallen würde, sich an eine Ihrer prägendsten Schauspielerfahrungen zu erinnern, zumal Guy Goodwin bei dem Stück Regie führte."

„Ah, ja. Jetzt, wo Sie es erwähnen, erinnere ich mich an *Was ihr wollt*. Ich spielte die Rolle der Olivia, der reichen Adligen."

„War das die Hauptrolle?"

Ein Schatten huschte über Julias Gesicht, aber sie beherrschte sich schnell wieder. „Es war eine gute Rolle, aber nicht die Hauptrolle. Nicht der *Star* des Stücks. Das war Viola."

„Und wer spielte die Rolle der Viola?"

„Ein Mädchen namens Camilla Townsend. Warum?"

„Was können Sie mir über Camilla Townsend erzählen?"

„Nicht viel. Ich kannte sie nicht besonders gut, wir waren auf verschiedenen Colleges, wissen Sie?"

„Ich dachte, Sie sagten, das sei nicht wichtig."

„Nun, ich …" Julia schienen ausnahmsweise die Worte zu fehlen. „Warum fragen Sie mich nach Camilla?", fragte sie.

Bridget sah sie kühl an. „Weil Camilla Townsend nach der letzten Aufführung des Stücks verschwand und nie wieder gesehen wurde. Aber das wussten Sie doch sicher schon, Miss Carstairs?"

KAPITEL 16

Die Familie Henderson lebte in einem stattlichen Einfamilienhaus aus den 1930er-Jahren in einer ruhigen, von Bäumen gesäumten Straße in Beaconsfield. Ordentlich geschnittene Hecken, gepflegte Rasenflächen und Beete, ein echter Weihnachtsbaum, der gut sichtbar im Wohnzimmerfenster stand. Geschmackvoll. Dezent. Ffion nahm all diese kleinen Details wahr, als sie ihr Motorrad hinter dem anthrazitfarbenen BMW auf der gepflasterten Auffahrt abstellte.

Sie läutete und betrachtete das Haus weiter, während sie auf eine Antwort wartete. Der Baum war eine norwegische Fichte, stellte sie fest. Berüchtigt dafür, Nadeln auf dem Teppich zu verteilen. Entweder beschäftigte Mrs. Henderson eine effiziente und fleißige Putzfrau oder sie war selbst sehr geschickt im Umgang mit dem Staubsauger.

Die Tür wurde von einer etwa vierzigjährigen Frau geöffnet, die eine Schürze trug und sich die Hände an einem Leinentuch abwischte. Aus dem Haus drang der angenehme Duft von frisch Gebackenem.

„Mrs. Lynda Henderson?"

„Ja?" Die Frau betrachtete Ffions grünes Lederoutfit mit einiger Überraschung.

Ffion musterte sie ihrerseits von oben bis unten. Die Matriarchin der Familie Henderson war tadellos herausgeputzt. Unter ihrer Schürze trug sie einen teuren Kaschmirpullover und eine schwarze Hose. Ihr Haar war frisiert und sie gehörte offenbar zu den Frauen, die es für notwendig hielten, sogar beim Backen von ein paar letzten Mince Pies Make-up zu tragen. Ffion zeigte ihren Dienstausweis, wohl wissend, dass ihr unerwartetes Erscheinen Mrs. Hendersons perfekten Tag zweifellos ruinieren würde. „DC Ffion Hughes. Könnte ich wohl kurz mit Ihrem Sohn Luke sprechen?"

„Luke? Worum geht es?"

„Ist er da?"

„Ja, aber –"

„Es wird nicht lange dauern", sagte Ffion. *Es sei denn, Sie lassen mich hier draußen vor der Tür warten*, hätte sie am liebsten hinzugefügt.

Da tauchte hinter ihr der Ehemann auf und legte ihr schützend die Hand auf die Schulter. Er war so gekleidet, wie sich ein Buchhalter Freizeitkleidung vorstellte – beige Chinos und ein Baumwollhemd mit silbernen Manschettenknöpfen. „Was ist los, Lynda?"

„Es ist die Polizei. Sie wollen mit Luke sprechen."

„Geht es um –"

„Es ist eine polizeiliche Angelegenheit", sagte Ffion, als würde das alles erklären. Es gab keinen Grund, irgendwelche Informationen preiszugeben. Sie hatte gelernt, dass es immer am besten war, die Karten nah am Körper zu halten. Man wusste nie, was die Leute freiwillig preisgeben würden, wenn sie nicht wussten, warum sie befragt wurden.

„Wenn es um den Mord an diesem Guide geht", sagte Mr. Henderson, „dann haben wir Ihnen bereits alles gesagt, was wir wissen."

Ffion richtete ihren scharfen Blick auf ihn. „Wir haben

noch ein paar Fragen an Luke."

Jetzt war auch Mr. Hendersons Tag ruiniert. Sein Gesicht schien vor Ffions Augen zu erblassen. Sie hatte eine ziemlich genaue Vorstellung davon, was ihn so beunruhigte. Drogen. Obwohl die Hendersons alles getan hatten, um die Verfehlungen ihres Sohnes unter der Decke zu halten, stand am Weihnachtsabend eine Polizistin vor ihrer Tür. Es musste ihr schlimmster Albtraum sein.

„Also, wenn ich reinkommen dürfte?", forderte sie sie auf. „Es hat doch keinen Sinn, hier draußen zu stehen und alle Nachbarn neugierig zu machen, oder?"

Ihre Worte zeigten die gewünschte Wirkung. Mrs. Henderson ließ sie herein und führte sie ins Wohnzimmer. „Ich bringe Luke runter."

Das Zimmer war in aufeinander abgestimmten Taupe-, Creme- und Walnusstönen gehalten. Ffion lehnte das Angebot ab, auf dem Ledersofa Platz zu nehmen, und stellte sich neben den Baum, um sich gründlich umzusehen.

Der Raum war blitzsauber, nichts stand am falschen Platz. Die Bücher in den Regalen waren nach Farbe und Größe sortiert. Das einzige Bild an der Wand zeigte eine ruhige Meereslandschaft, und die spärliche Dekoration auf dem Kaminsims war in mathematischer Symmetrie angeordnet. Während ihrer kurzen Beziehung mit Jake hatte sich Ffion oft über die Unordnung in seiner Wohnung beschwert – das ungewaschene Geschirr, das sich in der Spüle stapelte, die Pizzakartons, die neben dem Mülleimer lagen, die Wollmäuse unter dem Bett – und sie hatte ihr Bestes getan, um Ordnung und Sauberkeit zu schaffen. Dieses Haus am anderen Ende der Skala hätte für sie der Himmel auf Erden sein sollen, aber es war selbst für ihren Geschmack zu durchorganisiert. War es möglich, dass etwas von Jakes entspannter Schlampigkeit auf sie abgefärbt hatte?

Die Hendersons tauchten wieder auf, diesmal mit Luke im Schlepptau. Sein Vater schob ihn sanft ins Zimmer, sie folgten ihm hinein und schlossen die Tür hinter sich. „Sie haben doch nichts dagegen, wenn wir bleiben?", fragte Mr. Henderson.

„Wie Sie wollen", sagte Ffion. „Solange es Luke nichts ausmacht."

Luke nahm auf dem Sofa Platz, flankiert von seinen Eltern. Er sah verängstigt aus.

„Also, wir haben gestern mit Ihrem Freund Dylan Collins gesprochen", sagte Ffion, und ihr entging nicht der leise missbilligende Laut, den Mrs. Henderson bei der Erwähnung von Lukes Freund ausstieß. „Seine Version der Ereignisse scheint im Widerspruch zu Ihrer Aussage zu stehen."

„Inwiefern?", fragte Lukes Vater.

Ffion wandte sich an Luke. „Dylan hat gesagt, er habe Sie nach der Geistertour im Turf Tavern getroffen."

Lukes Mutter atmete scharf ein. „Oh Luke, nach allem, was wir gesagt haben!"

„Ist das wahr?", fragte Mr. Henderson verärgert.

Luke schien verlegen. „Ja", gab er zu. „Die Sache ist die, dass ich eine Nachricht von Dylan bekommen habe, dass er auf dem Rückweg vom College im Pub vorbeischauen würde, also bin ich hingegangen, um ihn zu treffen. Ich wollte nur sehen, ob es ihm gut geht, nach dem, was auf der Geistertour passiert war."

„Und ging es ihm gut?", fragte Ffion.

„Oh, ja, klar. Ihm ging's gut."

„Nach der Version Ihrer Eltern waren Sie mindestens zwanzig Minuten weg."

„Ich habe mich mit Dylan unterhalten. Es war meine letzte Chance, ihn vor meiner Abreise aus Oxford zu sehen."

„Sie haben meinen Kollegen erzählt, dass Sie eine rauchen gegangen sind."

Lukes Hals begann sich zu röten. „Ähm …"

„Können wir davon ausgehen, dass Sie und Dylan zusammen Cannabis geraucht haben?"

„Oh, Luke, wie konntest du nur?" Das kam von Mrs. Henderson, die entsetzt aussah. „Ich dachte, du hättest deine Lektion gelernt, nach dem, was letztes Mal passiert ist …" Sie brach ab, als würde ihr bewusst, dass sie vielleicht zu viel gesagt hatte.

Lukes Vater war wütend. „Du hast jetzt eine Menge Ärger am Hals. Wenn die Polizei Anzeige erstatten will, stehe ich dem nicht im Weg."

„Wir müssen nur genau wissen, was an diesem Abend geschehen ist", sagte Ffion und beendete damit die Hysterie. Es wäre viel einfacher gewesen, diese Befragung ohne die Einmischung von Lukes Eltern durchzuführen.

„Okay", fuhr Luke fort. Jetzt, wo er offen sprach, schien es ihm nicht mehr so wichtig zu sein, was seine Eltern von ihm hielten. Vielleicht hatte es ihn befreit, endlich alles zur Sprache zu bringen. „Dylan hat mir für die Weihnachtsferien ein paar Joints gebracht. Ich habe ihm gesagt, dass ich ehrlich gesagt nicht wüsste, wie ich das sonst durchstehen sollte." Er hielt den Blick fest auf Ffion gerichtet und ignorierte das empörte Keuchen seiner Mutter. „Also haben wir uns an dem Abend einen geteilt."

„Und wie viel Zeit haben Sie mit ihm verbracht?"

„Ich weiß es nicht genau. Aber als ich zurückkam, sprachen alle von einer Messerstecherei, und mir wurde klar, dass es der Typ von der Geistertour war, der angegriffen worden war. Dass er tot war, habe ich erst später erfahren."

„Erzählen Sie mir alles, was Sie über Dylans Bewegungen an diesem Abend wissen", sagte Ffion.

„Ach, kommen Sie. Sie glauben doch nicht, dass er etwas damit zu tun hatte?"

„Bitte sagen Sie mir genau, wo Sie ihn getroffen haben und wo Sie ihn zuletzt gesehen haben."

„Na gut. Er hat mir eine Nachricht geschickt, dass er unterwegs ist, und ich habe ihn im Hof vor dem Pub getroffen."

„Ist das der, der in der Nähe der St. Helen's Passage liegt?"

„Ja. Wir haben uns dort getroffen und sind dann nach hinten gegangen, um ungestört eine zu rauchen. Und danach bin ich, wie gesagt, zurück zu meinen Eltern."

„Und wo ist Dylan hingegangen?"

„Er hat nur sein Fahrrad geholt und ist nach Hause geradelt."

„Wo hat er sein Fahrrad abgestellt?"

„Ich glaube, er hat es an ein Abflussrohr in der St. Helen's Passage gekettet."

„Aber Sie haben ihn nicht wegfahren sehen?"

„Nein."

„Danke." Sie hatte festgestellt, dass Dylans Geschichte mit der von Luke übereinstimmte, auch wenn er sich nicht dafür verbürgen konnte, was sein Freund getan hatte, nachdem er ihn verlassen hatte.

„Ist das alles?", fragte Luke erleichtert.

„Fast", sagte Ffion. „Nur noch eine Sache. Wo ist das Cannabis jetzt?"

Luke sah niedergeschlagen aus. „In meinem Zimmer. Es ist ja nicht so, dass ich die Gelegenheit gehabt hätte, es zu rauchen oder so."

„Ich denke, Sie holen es besser."

Nachdem Luke aus dem Zimmer geschlichen war, ließ Mrs. Henderson ihrem Ärger freien Lauf. „Dieser Junge, Dylan, ist an allem schuld. Luke hatte nie Probleme, bevor er ihn kennenlernte. Ich hätte gute Lust, ihn selbst bei der Universitätsleitung anzuzeigen. Er sollte von der Schule verwiesen werden."

„Beruhige dich", sagte ihr Mann und legte einen Arm um ihre Schulter. „Luke muss seinen Teil der Verantwortung übernehmen."

Dann tauchte Luke wieder auf und überreichte eine Plastiktüte mit einem Dutzend Joints.

„Danke", sagte Ffion. „Ich nehme sie mit. Aber da dies Ihr drittes Vergehen ist, muss ich Ihnen eine sofortige Geldstrafe von 90 Pfund auferlegen und Sie darauf hinweisen, dass der Besitz von Drogen mit einer Strafe von bis zu fünf Jahren Gefängnis geahndet werden kann."

Mrs. Henderson schrie vor Schreck auf und ihr Mann griff grimmig nach seiner Brieftasche, um die Strafe zu bezahlen. „Du kannst es mir später zurückzahlen", knurrte er Luke an.

Als das erledigt war, führte er Ffion zur Haustür. „Hören Sie", sagte er und zog die Tür hinter sich zu. „Ich will nicht leugnen, dass Luke ein paar Probleme hatte, aber wir arbeiten daran und kriegen das wieder hin. Vor allem für meine Frau war das eine enorme Belastung. Sie hat sich solche Sorgen gemacht, dass sie nicht schlafen konnte. Der Arzt hat ihr Valium verschrieben."

Ffion nickte, sagte aber nichts. Die Probleme der Hendersons gingen sie nichts an.

„Luke ist kein schlechter Junge", fuhr er fort, „er ist nur manchmal ein bisschen wild. Das liegt an seinem Alter. Er muss lernen, sich besser zu beherrschen."

Ffion fragte sich, ob ihre eigene Mutter das auch gedacht hatte, als sie herausfand, dass ihre Tochter auf Mädchen stand. Ein Problem, das sich durch mehr Selbstbeherrschung lösen ließ. „Kinder brauchen ihre Freiheit", sagte sie zu Mr. Henderson. „Wenn man versucht, sie nach seinen Vorstellungen zu formen, rebellieren sie. Luke versucht nur, auf eigenen Füßen zu stehen. Er braucht Ihre Unterstützung, nicht Ihre Verurteilung."

Er sah sie an, legte den Kopf zur Seite und dachte sorgfältig über ihre Worte nach. „Wahrscheinlich haben Sie recht", sagte er schließlich. „Was Sie gerade getan haben, wird ihm hoffentlich eine Lehre sein. Ein kleiner Fehler sollte nicht das Leben eines Menschen ruinieren."

Ffion sagte nichts. Sie wollte glauben, was er sagte, aber so oft schien es, dass ein einziger Fehler das Leben eines Menschen zerstören konnte.

Ihre eigene Mutter hatte eine unverzeihliche Fehleinschätzung begangen und dadurch eine ihrer Töchter für immer verloren. Und ihre Beziehung zu Jake hatte durch einen Moment der Schwäche ein bitteres Ende gefunden. Es war leicht, Fehler zu begehen, aber es war viel schwieriger, den Schaden, den sie anrichteten, wieder gutzumachen. Sie drehte sich um, stieg wieder auf ihr

Motorrad und startete den Motor. Als sie zurück nach Oxford fuhr, begann es zu regnen.

KAPITEL 17

Julia Carstairs lehnte sich in ihrem Stuhl zurück, die Arme fest vor der Brust verschränkt. „Wenn Sie glauben, dass ich etwas mit dem Verschwinden von Camilla Townsend zu tun habe, dann irren Sie sich gewaltig."

„Eigentlich", sagte Bridget, „habe ich mich gefragt, ob Guy Goodwin etwas damit zu tun haben könnte."

„Guy? Wie in aller Welt kommen Sie darauf?"

„David Smith dachte, es könnte eine Verbindung geben."

Julia sah verwirrt aus. „David wer?"

Bridget wünschte, Julia würde genauer zuhören. „Der Geistertourguide", erinnerte sie sie. „Gordon Goole war sein Künstlername."

„Aber warum sollte er etwas über Guy wissen? Oder über Camilla?"

Bridget fragte sich, ob Julia bluffte oder ob sie wirklich keine Ahnung hatte, wer David Smith war. „David Smith war Student am Pembroke College", erklärte sie. „Er war der Freund von Camilla Townsend und wurde wegen ihres Mordes verhaftet."

Julia schlug die Hand vor den Mund. „Das war Gordon Goole? Natürlich erinnere ich mich an David. Aber ich hätte ihn nie wiedererkannt. Ich hatte ihn seit dem College nicht mehr gesehen. Er sah so anders aus."

Bridget erinnerte sich an das Foto des jungen Studenten in Smiths Haus. Die Jahre waren ihm nicht so gut bekommen wie Julia. Es war gut möglich, dass sie ihn wirklich nicht als den jungen Schauspieler aus ihrer Studienzeit wiedererkannt hatte.

Julia schien immer noch verwirrt von dieser Enthüllung. „Aber warum glaubte David, dass Guy für Camillas Verschwinden verantwortlich war? Die Polizei hat doch David verdächtigt."

„Ich hatte gehofft, Sie könnten etwas Licht ins Dunkel bringen. Stand Guy Camilla sehr nahe?"

„Nein!" Julias Verneinung schien aus ihrem tiefsten Inneren zu kommen. „Natürlich nicht." Sie funkelte Bridget mit feurigem Zorn in den Augen an.

„Ich kann mir vorstellen", fuhr Bridget fort, „dass es für einen Regisseur und eine Hauptdarstellerin unvermeidlich ist, sich näher zu kommen. Und wie Sie selbst sagten, hat Guy Camilla die Hauptrolle gegeben und nicht Ihnen. Da muss etwas zwischen ihnen gewesen sein."

Die Bemerkung schien einen wunden Punkt getroffen zu haben. „Guy ist ein Profi", protestierte Julia. „Er würde nie zulassen, dass persönliche Gefühle eine berufliche Beziehung beeinflussen."

Bridget hob eine Augenbraue. „Es war wohl kaum eine berufliche Beziehung, oder? Damals waren Sie alle noch Studenten. Wäre es da nicht natürlich, dass zwei junge Menschen sich mögen?"

Julia reagierte wütend. „Als wir mit den Proben für das Stück begannen, waren Guy und ich bereits ein Paar. Es stand also außer Frage, dass er mit Camilla schlief!"

„Ich habe nicht behauptet, dass sie und Guy miteinander geschlafen haben könnten. Ich habe nur gefragt, ob sie sich nahe standen." Bridget wartete, bis Julia merkte, wie viel sie mit ihrer Reaktion verraten hatte, und fragte dann unschuldig: „Wissen Sie, warum Camilla die Hauptrolle bekam?"

Julia studierte ihre manikürten Nägel. „Einige Leute haben unfreundliche Dinge über sie und Guy gesagt, aber das war nur böswilliger Klatsch. Ich gebe zu, ich hatte gehofft, die Rolle der Viola zu bekommen, und ich dachte, Guy würde sie mir geben. Aber man bekommt nicht immer die Rolle, die man sich wünscht. Sie war ziemlich gut in der Rolle. Das will ich nicht leugnen."

„Camilla ist nach der Abschlussfeier verschwunden, richtig?"

„Ja."

„War Guy auch auf dieser Party?"

„Ja, mit mir." Sie lächelte siegessicher. „Und deshalb kann Guy unmöglich etwas mit Camillas Verschwinden zu tun haben. Ich war nämlich die ganze Nacht bei ihm und bin nach der Party in sein Zimmer im College gegangen. Was auch immer also mit der armen Camilla passiert ist, Guy hatte nichts damit zu tun."

Bridget warf einen Seitenblick auf Jake, der eifrig alles aufschrieb, was Julia gesagt hatte, oder zumindest die Teile, die auch nur annähernd relevant zu sein schienen. Sie vermutete, dass sie Julia vorerst alle Informationen entlockt hatten. „Nun, danke für Ihre Zeit", sagte sie. „Als Nächstes würde ich gerne mit Guy sprechen."

Julia lachte. „Das können Sie vergessen. Wenn Guy probt, lässt er sich durch nichts stören. Und es sind nur noch ein paar Stunden bis zum Beginn der Matinee."

„Das mag sein", sagte Bridget, „aber hier geht es um einen Mordfall."

Doch als sie die Bar verließen und in den Zuschauerraum zurückkehrten, musste Bridget zu ihrem Entsetzen feststellen, dass dieser im Dunkeln lag. Der Regisseur, die Schauspieler und das Orchester waren alle verschwunden.

„Wo ist Guy?", quiekte Julia. „Er kann doch nicht ohne mich gegangen sein!" Sie drehte sich um und ging zurück zur Kasse, wo Ralph gelangweilt an der Theke lehnte. Er richtete sich auf, als Julia hereinstürmte.

„Was ist mit Guy passiert?", verlangte sie zu wissen. „Wo ist er hin?"

„Es tut mir leid, Miss Carstairs. Er und die anderen sind vor etwa zehn Minuten gegangen."

„Aber hat er nicht nach mir gefragt? Sie hätten ihm sagen müssen, dass ich in der Bar bin."

Ralph zuckte nervös zusammen. „Mr. Goodwin ist in aller Eile gegangen. Er sah ziemlich wütend aus. Ich fürchte, er hat nicht nach Ihnen gefragt."

Julia wirbelte herum und warf Bridget einen wütenden Blick zu, als wäre es ihre Schuld, dass sie im Stich gelassen worden war. „Nun, ich hoffe, Sie sind zufrieden, Inspector. Dank Ihres vergeblichen Versuchs, Schmutz aus der Vergangenheit aufzuwirbeln, haben Sie mich genau in dem Moment von Guys Seite weggeholt, als er mich am meisten brauchte."

„Vielen Dank für Ihre Zeit, Miss Carstairs." Bridget wandte sich an Ralph, der verlegen den Blick abwandte. „Wenn Mr. Goodwin zurückkommt, sagen Sie ihm bitte, dass ich später wiederkomme, um mit ihm zu sprechen."

★

Zurück im Auto bemerkte Bridget, dass Jake ungewöhnlich ruhig war. Er hatte während des Gesprächs mit Julia Carstairs kaum ein Wort gesagt, was nicht verwunderlich war, wenn man bedachte, wie sie ihn in Verlegenheit gebracht hatte.

„Was ist nur mit diesen älteren Frauen los?", fragte er schließlich. „Ich wünschte, sie würden sich ihrem Alter entsprechend benehmen. Ich verstehe nicht, warum sie alle so verzweifelt sind."

„Ich denke, Sie werden feststellen, dass sie einsam sind", sagte sie. „Es muss schwer sein, an einen Punkt zu kommen, an dem das Beste im Leben hinter einem zu liegen scheint und man sich allein wiederfindet, besonders an Weihnachten."

„Aber sie sind doch nicht allein, oder? Julia ist mit Guy zusammen, und Liz und Deborah haben einander."

„Vielleicht sind diese Beziehungen etwas zerbrechlich. Immerhin hatte Julia keine Skrupel, ihre beiden Freundinnen abzuservieren, und jetzt scheint Guy ohne sie losgezogen zu sein. Ich kann nicht anders, als sie alle zu bemitleiden."

„Ich schätze, Sie haben recht."

„Was ist mit Ihnen, Jake?", fragte sie fröhlich. „Freuen Sie sich darauf, Weihnachten mit Ihren Freunden und Ihrer Familie zu verbringen?"

„Wenn ich rechtzeitig loskomme", antwortete er. „Die Fahrt nach Leeds dauert selbst an einem guten Tag drei Stunden und bei dem Weihnachtsverkehr wird es sicher viel länger dauern."

„In Ordnung", sagte Bridget. „Botschaft angekommen. Sie können losfahren, sobald wir wieder in Kidlington sind."

„Wirklich, Ma'am? Danke."

Bridget wollte ihn fragen, was zwischen ihm und Ffion vorgefallen war, aber sie wusste, dass sie sich nicht einmischen sollte. Es ging sie nichts an, und wenn einer der beiden ihren Rat wollte, würden sie sicher fragen. Ihre Gedanken kehrten unweigerlich zu den Ermittlungen zurück.

Das Gespräch mit Julia Carstairs hatte nicht wirklich etwas gebracht. Julia schien tatsächlich nichts über Gordon Gooles wahre Identität zu wissen und hatte alles daran gesetzt, Guy Goodwin zu verteidigen und ihm sogar ein Alibi zu geben, sowohl für die Zeit des Mordes an David Smith als auch für die Nacht vor vielen Jahren, in der Camilla Townsend verschwunden war. Die Chancen standen gut, dass es keine stichhaltigen Beweise für David Smiths Überzeugung gab, dass der Theaterregisseur in irgendeiner Weise für Camillas Verschwinden verantwortlich gewesen war. Da es keine Leiche gab, war es sehr wahrscheinlich, dass sie einfach aus unbekannten Gründen aus Oxford weggelaufen war und heute noch lebte. Sie könnte jetzt dort draußen sein, ein neues Leben führen und sich selbst auf Weihnachten vorbereiten. Zumindest hoffte Bridget das.

Als sie nach Kidlington zurückkehrte, war ihr klar, dass sie vor Weihnachten nicht mehr viel tun konnte. Aber sie holte sich einen Kaffee und war angenehm überrascht, als sie an ihren Schreibtisch zurückkehrte und ein brauner Umschlag auf sie wartete. Es war der Bericht aus der Pathologie.

Die Obduktion bestätigte, was sie bereits wusste: David Smith war an den Folgen einer Stichverletzung gestorben. Das Steakmesser hatte das Herz durchbohrt und die Aorta durchtrennt, die Hauptschlagader, die das Blut vom Herzen in den Körper transportierte. Der leitende Pathologe, Dr. Roy Andrews, hatte ein kleines Wunder vollbracht, indem er die Obduktion so kurz vor Weihnachten durchführte. Es schien nur recht und billig, zum Telefonhörer zu greifen und ihm zu danken.

„Inspector Hart", sagte Roy in seinem schottischen Kauderwelsch, „Sie arbeiten doch nicht etwa noch an Heiligabend, hoffe ich?"

„Ich packe gerade ein", sagte Bridget. „Aber das könnte ich auch von Ihnen sagen, denn Sie sind ja noch in der Pathologie."

„Ach, nun ja, Sie kennen mich ja."

Bridget dachte darüber nach, wie gut sie den Pathologen eigentlich kannte. Sie kannten sich schon seit einigen Jahren, aber nur auf beruflicher Ebene. Über sein Privatleben wusste Bridget nur wenig, außer dass er Junggeselle und Workaholic war, und sie fragte sich, was er über die Feiertage vorhatte, wenn überhaupt. „Sie fahren nicht in den Norden?", fragte sie. Roy war ziemlich spät dran, wenn er den ganzen Weg nach Schottland fahren wollte.

„Ach, nein! Ich verbringe nur ein paar ruhige Tage zu Hause. Ich freue mich darauf, endlich wieder zum Lesen zu kommen."

Bridget fragte sich, was für Bücher Roy wohl lesen

würde. Hoffentlich keine medizinischen Lehrbücher. Sie wünschte sich oft, selbst mehr Zeit zum Lesen zu haben, aber Roy tat ihr eher leid. Es war schwer zu glauben, dass er sich darauf freute, Weihnachten allein mit einem Stapel Bücher zu verbringen. Wie viele andere würden an Weihnachten allein sein, nur mit einem Buch oder dem Fernseher als Gesellschaft?

„Es sei denn", sagte er, „ich kann jemanden überreden, ein wenig Zeit in meiner etwas mürrischen Gesellschaft zu verbringen und meine Hausmannskost zu probieren, die, auch wenn ich das selbst sage, gut, wenn auch nicht außergewöhnlich ist."

Bridget musste ein wenig zu lange gezögert haben, bevor sie antwortete, denn er fügte gereizt hinzu: „Keine Sorge, DI Hart. Ich habe nicht Sie gemeint. Ich hatte jemand anderen im Sinn."

Wen könnte er gemeint haben? Roy sprach normalerweise nicht über sein Privatleben. „Nun, viel Spaß, Roy."

„Ja, genau habe ich vor. Und auch Ihnen frohe Weihnachten!"

Bridget legte den Hörer auf und wusste nicht, was sie von Roys Bemerkungen halten sollte. War seine Behauptung, Weihnachten mit einem geheimnisvollen Freund zu verbringen, nur Angeberei? Um seinetwillen hoffte sie, dass es nicht so war.

Ffion war aus Beaconsfield zurückgekehrt, und Bridget hörte sich an, was Luke Henderson bei der Vernehmung gesagt hatte. Dylans Geschichte schien sich mit Lukes Aussage zu decken, obwohl sie natürlich nicht ausschließen konnte, dass die beiden Studenten sich telefonisch abgesprochen hatten, um sicherzustellen, dass ihre Aussagen übereinstimmten. Aber wenn sie etwas zu verbergen hatten, konnte Bridget nicht erraten, was. Dylan Collins mochte ein verstörter junger Mann sein, aber er wirkte nicht wie ein bösartiger Mörder. Außerdem, welchen Grund hätte er haben können, einen Guide zu erstechen?

Ihre nachdenkliche Stimmung wurde durch die dröhnende Stimme von Chief Superintendent Grayson unterbrochen. „Noch hier, Inspector? Sie haben an Heiligabend sicher Besseres zu tun, als am Schreibtisch zu sitzen."

„Ich muss noch ein paar Dinge erledigen, dann bin ich weg, Sir", sagte sie. Es war untypisch für Grayson, nicht nach dem Stand der Ermittlungen zu fragen. Es war auch nicht seine Art, so fröhlich zu sein. Vielleicht war der Geist der Weihnacht in seine harte Schale eingedrungen. Oder vielleicht hatte er in der Mittagspause ein oder zwei Gläser einer anderen Art von Geist genossen.

„Lassen Sie es nicht zu spät werden", sagte er. „Gehen Sie nach Hause zu Ihrer Familie."

Das Büro leerte sich rasch, als die Detectives ihre Arbeit beendeten und aus der Tür schlichen, bevor Bridget sie aufhalten konnte. Es schien sinnlos, irgendjemanden aufzuhalten, denn es gab keine Spuren, denen man hätte folgen können. Es schien, als hätten sich Bridgets Befürchtungen, gegen die Zeit zu arbeiten, bewahrheitet. „Sie können auch nach Hause gehen", sagte sie zu Ffion. „Vor Weihnachten gibt es nichts mehr zu tun. Schöne Feiertage. Kommen Sie nur wieder, bereit, einen Mörder zu fangen."

★

Jake verstaute seine Sachen in der Schreibtischschublade und schaltete den Computer aus. Ein Blick aus dem Fenster zeigte ihm, dass es draußen schon dunkel war und ein paar Schneeflocken gegen die Scheibe fielen und schmolzen. Er hatte wirklich gehofft, heute viel früher aufbrechen zu können. Angesichts des verrückten Weihnachtsverkehrs und des schlechten Wetters war mit einer Reihe von Staus auf der M1 zu rechnen. Aber es war nicht zu ändern. Mord war Mord, auch an Weihnachten. Er war nur froh, dass Bridget ihm erlaubt hatte, für ein paar Tage wegzufahren. Er hatte befürchtet, sie würde ihn bitten, seine Pläne zu ändern. Wenn es je einen Zeitpunkt gab, an dem er Oxford verlassen musste, dann war es jetzt. Je mehr Meilen er zwischen sich und Ffion bringen konnte, desto besser.

Aber bevor er abreiste, wollte er noch einmal versuchen, sich mit ihr zu versöhnen. Bisher waren alle seine Entschuldigungen auf eisiges Schweigen gestoßen. Ffion war so unnachgiebig wie die Berge in ihrer Heimat. Doch Jake war nicht bereit, sich damit abzufinden. Er wusste, dass er es auf der romantischen Ebene vermasselt hatte, aber er wollte, dass sie miteinander auskamen. Sie mussten immer noch zusammenarbeiten, zumindest bis er einen anderen Job gefunden hatte. In einem letzten Versuch, die Wogen zu glätten, war er auf den Weihnachtsmarkt gegangen und hatte ein kleines Geschenk für sie gekauft.

Er hatte mit sich gerungen, ob er ihr überhaupt etwas schenken sollte. Er wollte nicht, dass sie dachte, er wolle sich ihre Zuneigung erkaufen. Schließlich hatte er sich für eine handgemachte Seife und ein paar Duftkerzen entschieden. Nichts Teures, nur ein symbolisches Geschenk. Er wusste nicht, wie sie reagieren würde. Ffion war immer so unberechenbar und konnte manchmal unglaublich kratzbürstig sein. Aber wenn es ihr nicht gefiel, war das ihr Problem. Zumindest konnte er sich sagen, dass er es versucht hatte.

Er schob das eingepackte Geschenk in seine Manteltasche und ging zu ihrem Schreibtisch, wo sie eifrig auf ihrer Tastatur tippte und eine Tasse frisch gebrühten Tee vor sich hin dampfte, während die meisten anderen schon dabei waren, nach Hause zu gehen. Er meinte, Zitrone zu riechen, oder vielleicht Zitronengras. Gab es Zitronengras-Tee? Er hatte keine Ahnung.

„Hi", sagte sie, ohne aufzublicken.

Seit ihrer Trennung fühlte Jake sich jedes Mal unsicher, wenn er in Ffions Nähe war. Diese blonden, abstehenden Haare. Diese ausgeprägten Wangenknochen. Diese langen Beine, die in einer engen Lederhose steckten. Alles an ihr wirkte gleichzeitig anziehend und darauf ausgelegt, ihn auf Distanz zu halten.

„Ich bin dann mal weg", sagte er. „Ich wollte mich verabschieden."

Er fragte sich, ob sie ihn mit einem abfälligen Lebwohl abweisen würde, aber sie sagte: „Du fährst also nach Leeds?" Sie blickte auf ihren Computerbildschirm, ihre langen Finger schlugen weiter auf die Tasten.

„Ja. Ich besuche meine Eltern. Was ist mit dir?"

„Was ist mit mir?"

„Fährst du über Weihnachten weg?"

„Nein."

Damit schien das Gespräch beendet zu sein. Er wunderte sich, warum sie nicht wegfahren wollte, aber er wusste, dass er besser nicht fragte. Sie hatte nie viel über ihre Familie gesprochen, selbst als es zwischen ihnen gut lief. Er hatte gespürt, dass da ein unausgesprochener Schmerz war, den Ffion lieber für sich behielt.

Immerhin hatte sie mit ihm gesprochen, ohne ihm den Kopf abzureißen. Das war ein gutes Zeichen. Er holte das Geschenk hervor und legte es ihr auf den Schreibtisch. „Nur eine Kleinigkeit", sagte er schnell. „Nichts Teures. Keine Sorge, wenn du nichts für mich hast."

Sie hörte auf zu tippen und schaute mit ihren mandelförmigen Augen auf die Schachtel. „Das ist gut. Denn ich habe nichts."

„Nun, wie gesagt, ich habe nichts erwartet."

Er überlegte, was er ihr sonst noch sagen könnte. Er war versucht, sich ihr gegenüber zu öffnen und ihr von der Stelle zu erzählen, für die er sich bewerben wollte. Er war gespannt auf ihre Reaktion. Würde sie ihm raten, es zu versuchen, oder würde sie ihn bitten, in Oxford zu bleiben? Wenn er es sich recht überlegte, war er sich nicht sicher, ob er ihre Antwort hören wollte. Und er hatte sich noch nicht entschlossen, sich zu bewerben. Er würde über Weihnachten darüber nachdenken und sich im neuen Jahr entscheiden.

„Jake?", sagte sie.

„Ja?"

„Frohe Weihnachten." Sie nahm einen Schluck von ihrem Tee und machte sich wieder an die Arbeit.

KAPITEL 18

Bridget wartete, bis alle anderen das Büro verlassen hatten, bevor sie selbst aufbrach. Am Ende musste sie Ffion bitten zu gehen. Dann, wie ein Kapitän, der als Letzter ein sinkendes Schiff verließ, schaltete sie das Licht aus und ging.

Sie ließ Kidlington hinter sich und kämpfte sich durch den Verkehr von Oxford zurück zum New Theatre. Sie hoffte, kurz mit Guy Goodwin sprechen zu können, um zu überprüfen, ob seine Angaben über seine Bewegungen in der Mordnacht mit dem übereinstimmten, was Julia gesagt hatte.

Die Anzahl der Autos auf der Straße war erstaunlich. Hatten so viele Leute bis jetzt gewartet, um ihre Weihnachtseinkäufe zu erledigen? Wenn sie es sich recht überlegte, musste sie selbst noch etwas für ihre Eltern besorgen. Vielleicht würde sie noch einen Abstecher zum Weihnachtsmarkt machen, um ein Last-Minute-Geschenk zu finden.

Sie ließ ihr Auto in St. Giles stehen und machte sich zu Fuß auf den Weg zum Theater, den Kopf gegen das Wetter gesenkt. Es begann zu schneien und der Schnee wirbelte in der leichten Brise um sie herum. Er schmolz zwar sofort, sobald er den Boden berührte, aber die Temperaturen sollten in der Nacht sinken. Die Chancen auf weiße Weihnachten standen gut.

Als sie am Theater ankam, stellte sie enttäuscht fest, dass es geschlossen war. Aber das hätte sie sich natürlich denken können. Es war Heiligabend und es gab keine Abendvorstellung. Sie überlegte, was sie tun sollte. Sie konnte im Randolph Hotel anrufen und hoffen, dass Guy dort war, aber wahrscheinlich er war auch unterwegs. Jedenfalls bezweifelte sie, dass der Theaterregisseur etwas sagen würde, das die Ermittlungen voranbringen würde. Bridget begann sich zu fragen, ob der Mord an David Smith nur ein zufälliger Messerangriff gewesen war. Die Suche nach einem Grund, warum ihn jemand umbringen wollte, erwies sich als vergeblich.

Sie schaute auf ihre Uhr und stellte fest, dass sie in einer halben Stunde wieder in Wolvercote sein musste, um Jonathan zu treffen. Sie hatte ihn in der Vergangenheit schon so oft enttäuscht, aber ihn an Heiligabend in der Kälte warten zu lassen, wäre unverzeihlich. Sie überlegte einen Moment, bevor sie beschloss, nach Hause zu fahren und auf dem Weg noch auf dem Weihnachtsmarkt vorbeizuschauen. Nur dieses eine Mal würde sie die Familie über die Arbeit stellen. Guy Goodwin konnte warten.

*

„Ich bin wieder da!", rief Bridget, als sie nach Hause kam. Sie hatte es geschafft, über den Weihnachtsmarkt zu flitzen, einen altmodischen Weidenkorb mit Leckereien für ihre Eltern zu besorgen und trotzdem noch rechtzeitig wieder in Wolvercote zu sein, um Jonathan zu treffen. Mit etwas Glück würde sie es sogar schaffen, sich vor seiner Ankunft aus ihrer Arbeitskleidung zu befreien. Sie hatten geplant, zusammen ein thailändisches Curry zu kochen – nun ja, um fair zu sein, Jonathan würde kochen und sie nur zusehen und lernen – und einen schönen ruhigen Abend nur mit ihr, Jonathan und Chloe zu verbringen, bevor sie morgen die ganze Familie bei Vanessa treffen würden. Sie hatte sich bereits für die Musik des Abends entschieden – Brittens *Ceremony of Carols* – und hatte sogar daran gedacht, ein paar Zimtkerzen auf dem Markt zu kaufen. Vanessa wäre stolz auf sie.

Alle Geschenke mussten noch eingepackt werden, aber dafür würde sie morgen früh Zeit finden.

„Chloe?", rief sie.

Als immer noch keine Antwort kam, ging Bridget die Treppe hinauf zum Schlafzimmer ihrer Tochter. Chloe hatte wahrscheinlich wie immer ihre Kopfhörer auf und hatte nicht gehört, dass Bridget nach Hause gekommen war.

Aber Chloes Tür stand einen Spalt offen und das Zimmer war leer. *Verdammt,* dachte Bridget. *Wo ist dieses Mädchen?* Chloe wusste, dass sie heute Abend zum Essen zurück sein sollte. Es sollte ein besonderer Anlass sein – eine seltene Gelegenheit für die drei, zusammenzusitzen und Zeit miteinander zu verbringen.

Sie rief Chloes Handy an, es klingelte und dann ging die Mailbox ran.

„Hi, hier ist Mum. Wollte nur wissen, wann du nach Hause kommst. Vergiss nicht, dass Jonathan heute Abend kocht."

Sie beendete den Anruf, dann wählte sie erneut, diesmal Olivias Nummer. Wenn Chloe nicht zu Hause war, war sie mit ziemlicher Sicherheit bei ihrer besten Freundin.

Als die beiden Mädchen noch jünger waren, hatte Bridget sich oft darauf verlassen, dass Olivias Mutter Natalie sie von der Schule abholte und Chloe mit nach Hause nahm, wenn Bridget lange arbeitete. Chloe hatte bei Olivia fast genauso oft gegessen wie bei sich zu Hause. Natalie hatte immer gesagt, dass das kein Problem sei, aber Bridget hatte ein schlechtes Gewissen, weil sie sich nicht so oft hatte revanchieren können, wie sie es gerne getan hätte. Jetzt, wo die Mädchen älter waren, stiegen sie in den Bus, wenn sie irgendwo hinfahren wollten, und Bridget sah oder sprach Natalie nicht mehr halb so oft wie früher. Diese Freundschaft fehlte ihr.

„Hallo. Natalie hier."

„Hi, ich bin's, Bridget."

„Oh, Bridget, wie geht's dir?"

„Gut, danke. Und dir?"

„Viel zu tun!" Sie lachte. Im Hintergrund lief ein Fernseher – fröhliche Musik und Applaus. Es klang wie eine Gameshow.

„Entschuldige die Störung, aber ist Chloe wieder bei euch?"

„Wieder?"

Irgendetwas an der Art, wie Natalie das Wort aussprach, machte Bridget nervös. „Versteh mich nicht falsch. Es macht mir nicht das Geringste aus. Ich weiß, dass sie es liebt, zu euch zu kommen." Bridget versuchte, unbekümmert zu klingen, aber die Wahrheit hinter ihren Worten war schmerzhaft. Chloe schien Olivias Haus tatsächlich ihrem eigenen vorzuziehen.

Weiterer lauter Applaus war zu hören. „Einen Moment", sagte Natalie. „Ich gehe in ein ruhigeres Zimmer." Eine Tür wurde geschlossen und die Hintergrundgeräusche wurden leiser. „Tut mir leid. Meine Eltern sind da und hier läuft eine Quizsendung nach der anderen, und zwar in voller Lautstärke."

Bridget hatte das Gefühl, dass Natalie Zeit schinden wollte. Was war das Problem? War Chloe da oder nicht? Warum holte Natalie sie nicht einfach ans Telefon?

„Eigentlich", sagte Natalie, „haben wir Chloe schon seit ein paar Wochen kaum noch gesehen. Ich habe mich gefragt, ob sie sich mit Olivia zerstritten hat."

„Zerstritten? Dann war sie gestern Abend nicht bei Olivia?"

„Gestern Abend? Nein. Olivia war mit ihren Großeltern hier."

Bridget wusste nicht, was sie sagen sollte, so viele

Gedanken schossen ihr durch den Kopf. Wenn Chloe gestern Abend nicht bei Olivia gewesen war, wo war sie dann gewesen? Warum hatte Chloe sie belogen? Und, was noch wichtiger war, wo war sie jetzt?

„Bridget", sagte Natalie mitfühlend, „möchtest du, dass ich Olivia ans Telefon hole?"

„Würdest du das tun?", sagte Bridget und ließ sich auf Chloes Bett fallen. Sie fühlte sich auf einmal sehr müde.

„Mrs. Hart?" Eine schüchterne Stimme am anderen Ende der Leitung.

„Olivia, hast du eine Ahnung, wo Chloe ist? Ich kann sie nicht erreichen."

„Nun, ähm …"

„Du bist nicht in Schwierigkeiten", versicherte Bridget ihr. „Ich muss nur wissen, wo sie ist, das ist alles."

„Nun, ich weiß es nicht genau", sagte Olivia, „aber wahrscheinlich ist sie mit ihrem Freund unterwegs."

Freund? Was für ein Freund? Das war also Chloes großes Geheimnis und der Grund, warum sie in letzter Zeit nie zu Hause war. Bridget bemühte sich, ruhig zu bleiben. „Hast du seine Nummer?"

„Tut mir leid, nein."

„Wie heißt er?"

„Alfie. Er heißt Alfie. Er ist in der Oberstufe. Er hat sein eigenes Auto."

Wenn Olivia Bridget mit dieser letzten Information hatte beruhigen wollen, hatte sie genau das Gegenteil erreicht. Chloe war erst fünfzehn, und sie ging mit einem Jungen aus, der mindestens zwei Jahre älter war. Und einem, der sein eigenes Auto fuhr. Ihre Tochter könnte tot im Straßengraben liegen oder Schlimmeres. Bridgets Gedanken überschlugen sich.

„Danke, Olivia", sagte sie benommen.

Mehr konnte Olivia ihr nicht sagen. Sie reichte das Telefon zurück an Natalie, die ihr Bestes tat, um Bridget zu beruhigen, dass es Chloe gut ging.

Aber Natalie war nicht diejenige, deren Tochter sie in den letzten zwei Wochen über ihren Aufenthaltsort belogen hatte. Und Natalie kannte die Statistiken über Gewaltverbrechen und Autounfälle von Teenagern nicht auswendig, wie Bridget es tat.

Bridget wollte gerade erneut Chloes Nummer wählen, als es an der Tür klingelte. Sie sprang auf, rannte die Treppe hinunter und riss die Tür auf.

Doch statt Chloe stand Jonathan vor der Tür.

„Hi!" Er hielt eine Segeltuchtasche hoch. „Alle Zutaten für ein perfektes Thai-Curry."

„Jonathan, du bist es!"

Er warf ihr einen erstaunten Blick zu. „Wen hast du denn erwartet? Den Weihnachtsmann?" Mit der anderen Hand holte er einen Mistelzweig aus seiner Tasche, hielt ihn hoch und spitzte die Lippen in Erwartung eines Kusses. Dann, als er Bridgets Gesichtsausdruck sah, ließ er den Mistelzweig sinken und fragte: „Was ist denn los?"

„Tut mir leid." Bridgets Gefühle überschlugen sich förmlich. „Es ist Chloe. Ich weiß nicht, wo sie ist."

Jonathan betrat das Haus und sah besorgt in ihr Gesicht. „Hast du versucht, sie anzurufen?"

„Natürlich."

„Und sie ist nicht bei Olivia?"

„Nein."

„Dann ist sie wahrscheinlich gerade auf dem Heimweg."

„Das ist sie nicht", sagte Bridget, der die Tränen über die Wangen liefen. „Sie ist bei ihrem Freund."

Jonathan hob eine Augenbraue. „Freund? Seit wann hat sie denn einen Freund?"

„Ich weiß es nicht. Vielleicht seit ein paar Wochen." Sie erzählte Jonathan, was Olivia gesagt hatte.

Jonathan packte sie an den Schultern. „Bridget, deine Fantasie geht mit dir durch. Chloe ist ein vernünftiges Mädchen. Ich bin sicher, es geht ihr gut."

„Ich weiß nicht", sagte Bridget und löste sich von ihm. Sie wollte im Moment kein Mitleid und keine tröstenden Worte. Sie wollte jemanden an ihrer Seite, der ihre Sorgen ernst nahm. „So hat es auch bei Abigail angefangen. Sie war so alt wie Chloe, als sie anfing, spät nach Hause zu kommen, nicht zu sagen, wohin sie ging, zu lügen, mit wem sie zusammen war." Sie fuhr sich mit der Hand durch die Haare. „Ich will nicht, dass Chloe die gleichen Fehler macht. Ich will nicht, dass ihr das Gleiche passiert."

„Natürlich willst du das nicht. Das verstehe ich. Als ihre Mutter ist es nur natürlich, dass du willst, dass sie in Sicherheit ist. Aber alle Teenager machen so etwas. Chloe muss lernen, ihre eigenen Entscheidungen zu treffen. Du kannst sie nicht ewig in Watte packen."

Er war so ruhig und vernünftig, dass es sie wütend machte. Bridget wusste, dass sie sich irrational verhielt, aber sie konnte nicht anders.

„Wirst du sie als vermisst melden?", fragte er, als sie nichts sagte.

„Nein." Sie atmete tief durch. Sie wusste, dass Chloe nicht wirklich vermisst wurde, sie war einfach nur weg. Die Polizei würde eine Meldung über einen Teenager, der mit seinem Freund unterwegs war, erst nach vierundzwanzig Stunden ernst nehmen. In den allermeisten Fällen kehrten die Vermissten innerhalb eines Tages wohlbehalten zurück. Bridget wusste das alles. Aber es änderte nichts an ihren Gefühlen. Es ging um ihre eigene Tochter.

Das Geräusch des sich drehenden Schlüssels im Schloss ließ sie wieder zur Haustür eilen. Sie riss sie auf, gerade als Chloe sie von der anderen Seite aufstieß.

Ihre Tochter sah erschrocken aus. „Oh! Hi, Mum. Tut mir leid, dass ich ein bisschen spät dran bin."

„Wo zum Teufel bist du gewesen?", fragte Bridget.

„Nur mit Freunden unterwegs", antwortete Chloe. „Wo ist das Problem?"

„Welche Freunde?"

„Olivia und –"

„Lüg mich nicht an!", schnappte Bridget. „Ich habe bei Olivia zu Hause angerufen und du warst nicht da. Aber ich habe mit Olivia gesprochen, und sie hat mir den Namen deines Freundes genannt. Alfie! Warst du mit ihm unterwegs? Hat er dich gerade nach Hause gefahren?"

Ein finsterer Blick huschte über Chloes Gesicht. „Das geht dich nichts an."

„Natürlich tut es das! Ich bin deine Mutter! Warum hast du mich angelogen? Dir hätte alles Mögliche zustoßen können."

„Aber es ist nichts passiert."

„Darum geht es nicht. Ich muss wissen, wo du bist und mit wem du dich triffst. Warum hast du mir nicht gesagt, dass du einen Freund hast?"

„Weil ich wusste, dass du ausflippst."

„Das ist nicht wahr!", schrie Bridget.

„Nun, ich denke, du hast gerade bewiesen, dass es wahr ist. Wenn du mir nicht zutraust, meine eigenen Entscheidungen zu treffen, werde ich nicht mit dir darüber diskutieren." Sie schob sich an Bridget vorbei und marschierte die Treppe hinauf.

„Chloe …"

„Ich gehe auf mein Zimmer. Mach dir keine Sorgen wegen des Abendessens, ich habe schon mit Alfie gegessen." Die Schlafzimmertür knallte zu.

Bridget stand zitternd am Fuß der Treppe und war wieder den Tränen nahe. Sie war versucht, nach oben zu laufen und an Chloes Tür zu klopfen, aber sie wusste, dass das das Schlimmste wäre, was sie tun konnte.

Scheiße, dachte sie. *Ich gehe das völlig falsch an.*

Jonathan nahm ihre Hand und führte sie ins Wohnzimmer. „Lass ihr etwas Freiraum", riet er ihr. „Sie muss sich beruhigen."

Bridget wusste, was Jonathan wirklich meinte. Sowohl sie als auch Chloe mussten sich beruhigen.

Sie schluchzte an seiner Brust und fühlte sich nutzlos. Sie wusste nicht einmal mehr, wem sie die Schuld geben sollte. Chloe, weil sie nicht die Wahrheit gesagt hatte, oder sich selbst, weil sie ihr nicht vertraut hatte. Sie sank auf das Sofa und vergrub ihr Gesicht in Jonathans Armen.

„Warum bin ich eine so schreckliche Mutter?", schluchzte sie.

★

Auf der Rückseite des alten Hauses war es stockdunkel, aber Dylan Collins hatte keine Angst vor der Dunkelheit. Es gab nichts, wovor man Angst haben musste, nicht einmal eine mitternächtliche Geisterjagd. Nicht, wenn man verstand, dass Geister und Spuk völlig rationale Phänomene waren, die sich wissenschaftlich erklären ließen. Mit der Taschenlampe seines Handys schlich er sich durch das überwucherte Gebüsch zu den mit Brettern vernagelten Fenstern des Hauses. Das Gebäude war einst elegant und mondän gewesen: ein geräumiges Einfamilienhaus mit breiten Erkerfenstern an der Vorderseite, einem Balkon zur Rückseite des Grundstücks und hohen Ziegelschornsteinen auf dem Dach. Auf beiden Seiten des Gartens standen noch ein paar andere prächtige Häuser, aber in den Fenstern, die auf ihn hinunterblickten, brannte kein Licht. Leichter Schnee fiel auf seinen nackten Kopf, aber er schüttelte ihn ab und konzentrierte sich auf die Aufgabe, die vor ihm lag. Mit einer Brechstange machte er sich an die Arbeit.

Das Haus stand schon seit Jahrzehnten leer. Dylan hatte von einem der Kerle, die ihm Joints verkauften, davon gehört. Ab und zu wurde es für illegale Partys genutzt oder von Obdachlosen, die ein sicheres Dach über dem Kopf suchten, aber er war sich ziemlich sicher, dass er es heute Nacht für sich allein haben würde.

Die Sperrholzplatten, die das Küchenfenster abdeckten, waren alt und feucht und bereits lose. Dylan riss sie herunter und kletterte durch den leeren Fensterrahmen, der schon lange keine Scheiben mehr hatte. Drinnen roch es nach Moder und Verwesung. Er leuchtete mit seiner Taschenlampe herum und bemerkte die feuchten Schimmelflecken an Wänden und Decke. Vorsichtig zog er seine Ausrüstung durch das Fenster hinter sich her.

Das Gerät war empfindlich, im Clarendon-Labor sorgfältig kalibriert und unter Laborbedingungen so gründlich wie möglich getestet worden. Dies war seine erste Gelegenheit für einen richtigen Feldversuch, und er war sich sicher, dass er den passenden Ort für sein Experiment gewählt hatte. Ein so altes Haus hatte im Laufe der Jahre sicher alle möglichen menschlichen Dramen erlebt. Irgendeine schwache Spur davon würde sich in die Bausubstanz einbrennen. Nach der Steinbandtheorie könnten die Ziegel, Steine und vielleicht sogar das Holz, aus dem das Haus gebaut worden war, die Lebensgeschichten seiner früheren Bewohner speichern. Auch wenn diese Spuren zu schwach waren, um von den menschlichen Sinnen wahrgenommen zu werden, musste sein Gerät in der Lage sein, sie aufzuspüren.

Seine Ausrüstung war schwer und unhandlich. Vorsichtig trug er sie durch die offene Küchentür und in den Flur des Erdgeschosses. Seine Füße hallten laut auf den blanken Dielen wider, als er die Glasröhre des Detektors durch den Flur manövrierte. Eine plötzliche Bewegung vor ihm ließ ihn innehalten. Kratzende, hastige Geräusche folgten, als eine Ratte aufgeschreckt aus ihrem Versteck in den Tiefen des Hauses verschwand. Als sie weg war, hörte er nur noch das Pochen seines Herzens und seinen eigenen keuchenden Atem, der sich vor ihm zu Wolken verdichtete. Nach einem Moment setzte er seine Erkundung vorsichtig fort, immer weiter ins Haus hinein, einen Fuß vor den anderen.

Die erste Tür, die er erreichte, war verschlossen. Er griff nach dem Messingknauf und drehte ihn vorsichtig, um zu sehen, ob noch mehr Kreaturen herausstürmten. Doch das einzige Geräusch war das Knarren des Bodens unter seinen Füßen. Er trug seine Ausrüstung in einen Raum, der wie ein Esszimmer aussah. Ein großer Tisch stand in der Mitte, umgeben von Stühlen mit hohen Lehnen und eingehüllt in einen Schleier aus dichten Spinnweben, die von der Deckenrosette herabhingen. Ein Schauder lief ihm über den Rücken. Es war wirklich wie in einem Spukhaus. Er schob die gröbsten Spinnweben vom Ende des Tisches weg und stellte sein Gerät ab. Als er es einschaltete, hielt er den Atem an und hoffte, dass es nicht beschädigt war. Aber alles schien in Ordnung zu sein. Der Detektor schaltete sich mit einem leisen Brummen ein und nach einer Minute leuchtete die Digitalanzeige auf und erstrahlte in der Dunkelheit in einem unheimlichen Grün. Er nahm ihn in die Hand und begann, sich zielstrebig durch den Raum zu bewegen.

Auf dem Display flackerten Zahlen auf, die schwache Spuren paranormaler Rückstände anzeigten. Er ging näher an die Wand heran und beobachtete, wie die Anzeige anstieg. Es war genau so, wie er es sich erhofft hatte. Das alte Haus war ein Speicher für übernatürliche Energie. Er ging langsam durch den Raum und führte das Ende des Geräts an der Wand entlang. Mit wachsender Erregung beobachtete er, wie die Zahlen auf dem Display immer größer wurden. Vorsichtig bewegte er sich am Rand des Raumes entlang und näherte sich allmählich einer Ecke, in der die Messwerte besonders hoch waren. Er senkte den Detektor und stellte überrascht fest, dass die Energie in Bodennähe am höchsten zu sein schien.

Dylan schaltete das Gerät aus und untersuchte den Bereich genau. Die Dielen an diesem Ende des Raumes waren lose. Sie bewegten sich und knarrten, als er mit dem Fuß darauf trat. Eifrig kniete er sich hin und machte sich erneut mit dem Brecheisen an die Arbeit. Die Bretter lösten sich mühelos und er hob eines nach dem anderen hoch. Der erdige Verwesungsgeruch war stärker denn je. Ein Brett brach beim Anheben entzwei, das Holz war durch und durch morsch. Er hatte Glück, dass er nicht mit dem Fuß hindurchgebrochen war. Dieser Ort war eine Todesfalle. Kein Wunder, dass die Stadtverwaltung ihn verbarrikadiert hatte.

Als er seine Arbeit beendet hatte, starrte er auf den dunklen Raum, den er freigelegt hatte. Ein mehrere Meter breiter Spalt trennte den Boden von der nackten Erde, auf der das Haus stand. Dicke Holzbalken verliefen quer unter den Dielenbrettern. Alte Rohre und Stromkabel schlängelten sich an ihnen entlang.

Und dort, in einem flachen Grab, lagen Knochen. Menschliche Knochen.

KAPITEL 19

Die Atmosphäre im Haus von Bridget an diesem Weihnachtsmorgen war nach stillschweigender Übereinkunft zivilisiert, aber nicht sehr herzlich. Bridget hatte sich vorgenommen, nichts zu sagen, was ihre Tochter als Kritik oder Vorwurf verstehen könnte. Chloe ihrerseits schien kein Interesse daran zu haben, über das zu sprechen, was am Abend zuvor geschehen war. So hatten sie sich wenig bis gar nichts zu sagen. Jonathan tat sein Bestes, um etwas gute Laune zu verbreiten, aber selbst seine Spezialität, Rührei, konnte die Stimmung nicht aufhellen. Es war kein vielversprechender Start in den Weihnachtstag.

Die Aussicht, den ganzen Tag mit Chloe und ihren Eltern bei Vanessa zu verbringen, trug nicht gerade dazu bei, Bridgets Stresspegel zu senken. Sie wusste, dass Vanessa sich monatelang auf dieses Ereignis vorbereitet hatte und deshalb in Bestform sein würde.

Die Tiefkühltruhe wäre mit so viel Gebäck gefüllt, dass es bis zum Frühjahr reichen würde. Vanessas zwei kleine Kinder, Florence und Toby, würden ihre kreativen Fähigkeiten einsetzen, um Weihnachtsschmuck aus buntem Papier, Klebstoff und Glitzer zu basteln. Der Truthahn – ein schwarz gefiederter Vogel aus Freilandhaltung von einem preisgekrönten Biohof in Norfolk – war im August bestellt und in der Woche zuvor per Kurier in einer Präsentbox geliefert worden. Vanessa selbst wäre seit fünf Uhr morgens auf den Beinen, um den Truthahn zu füllen und zu begießen, und würde jetzt zweifellos eine Soße aus den Innereien oder eine andere komplizierte kulinarische Köstlichkeit zubereiten.

Bridget fühlte sich erschöpft, wenn sie nur daran dachte. Sie hatte immer noch keines der Geschenke eingepackt, aber nach einer schlaflosen Nacht, in der sie sich sowohl um Chloe als auch um den Mordfall Sorgen gemacht hatte, konnte sie sich jetzt nicht mehr dazu aufraffen. Unter den gegebenen Umständen schien es keine Priorität zu haben und so trug sie die Geschenke nach dem Frühstück nach draußen, um sie in ihr Auto zu laden.

Sie trat hinaus unter den schneeverhangenen Himmel. Die Luft war über Nacht merklich kälter geworden und dicke Schneeflocken fielen rasch hinab. Der Boden war bereits mit einer dünnen weißen Schicht überzogen und die Platanen auf dem Dorfanger waren wie mit Puderzucker bestäubt. Sie blieb einen Moment auf der Türschwelle stehen, genoss den magischen Anblick und spürte, wie sich ihre Stimmung hob.

Schließlich hatte sie keine Lust, den anderen den Tag zu verderben, egal wie überwältigend sich ihre eigenen Probleme auch anfühlen mochten. Und solange sie bei Vanessa nicht eingeschneit wurden, nahm sie sich vor, sich von ihrer besten, dankbarsten Seite zu zeigen. Sie lud die Geschenke in den Kofferraum und ging wieder hinein, um die anderen zu rufen.

Sie fuhren zu Vanessas Haus, während Weihnachtsklassiker aus den Lautsprechern dröhnten und Jonathan und Chloe sich irritierte Blicke zuwarfen.

„Was hat es mit der Popmusik auf sich?", fragte Jonathan, als Mariah Carey den Insassen des Wagens erklärte, dass sie sich nichts sehnlicher zu Weihnachten wünsche als sie.

„Es ist Weihnachten", sagte Bridget. „Ich versuche, fröhlich zu sein."

Wenn es nur so einfach wäre.

Sie parkte ihren Mini in der Einfahrt hinter Vanessas Range Rover und klingelte an der Tür, bewaffnet mit den noch unverpackten Geschenken. Die Tür öffnete sich und Rufus, der Goldene Labrador der Familie, sprang heraus, um sie schwanzwedelnd zu begrüßen.

Eine erschöpft aussehende Vanessa stand im Flur. „Bridget, endlich. Gott sei Dank bist du da!"

„Warum, wo liegt das Problem?"

Hatte der Ofen den Geist aufgegeben? Hatte Rufus die Würstchen aufgefressen? Was auch immer passiert war, Bridget konnte nicht glauben, dass die Probleme ihrer Schwester mit ihren eigenen vergleichbar waren.

Vanessa zog sie im Flur beiseite. Bridget roch Alkohol im Atem ihrer Schwester und fragte sich, wie viel sie wohl schon getrunken hatte. *Das Problem ist*", flüsterte Vanessa theatralisch, „dass Mum und Dad noch keine vierundzwanzig Stunden hier sind, aber schon mehr Probleme verursacht haben, als du dir vorstellen kannst."

„Warum? Was haben sie getan?"

„Also", sagte Vanessa und holte tief Luft, bevor sie mit ihrer Leidensgeschichte begann, „zuerst hat Dad mich gestern Morgen angerufen und gesagt, dass sie nicht wie geplant mit dem Zug fahren könnten, weil Mum gestürzt ist und sich das Handgelenk verletzt hat und Dad das Gepäck nicht allein tragen kann, also musste James alles stehen und liegen lassen und nach Lyme Regis fahren, um sie abzuholen."

„Warum konnte Dad nicht fahren?"

„Weil er sich nicht mehr traut, auf der Autobahn zu fahren. Wie auch immer, wie du dir vorstellen kannst, war der Verkehr an Heiligabend schrecklich und James brauchte Stunden für die Hin- und Rückfahrt. Und dann stellte sich heraus, dass Mum die Treppe nicht mehr bewältigen kann, also mussten wir die Kinderbetten ins Spielzimmer im Erdgeschoss bringen und die Kinder schliefen auf Matratzen auf dem Boden. „*Und*" – sie senkte ihre Stimme noch weiter – „Dads Blasenprobleme führen dazu, dass er die halbe Nacht auf der Toilette verbringt. Zum Glück haben wir die Toilette im Erdgeschoss, aber ich habe letzte Nacht kaum geschlafen, bei so viel Hin und Her. Ich hatte Angst, dass einer von ihnen im Dunkeln stolpert und wir in die Notaufnahme müssen." Sie hielt inne, um Luft zu holen. „Ich hatte keine Ahnung, dass Mum so gebrechlich geworden ist. Dad macht alles für sie, aber er ist nicht mehr halb so stark wie früher. Sie kommen wirklich nicht gut allein zurecht, und du und ich werden ein ernstes Gespräch mit ihnen führen müssen, bevor sie abreisen."

„Worüber?", fragte Bridget.

„Darüber, sie zurück nach Oxford zu holen, wo wir ein Auge auf sie haben können."

„Ist das wirklich nötig?" Ihre Eltern waren erst Mitte siebzig. So wie Vanessa über sie sprach, klangen sie zehn Jahre älter. Zweifellos übertrieb sie. Andererseits hatte Bridget ihre Mutter und ihren Vater seit einer Ewigkeit nicht mehr gesehen. Sie hatten sich wie Einsiedler in Dorset zurückgezogen.

„Ich hätte gestern wirklich deine Hilfe gebrauchen können", schimpfte Vanessa. „Vor allem, weil James den ganzen Tag unterwegs war."

„Du weißt, dass ich gearbeitet habe."

„Du arbeitest immer. Ein bisschen moralische Unterstützung wäre schön gewesen. Du hättest ja auch nach der Arbeit vorbeikommen können."

Bridget verzichtete darauf, zu erklären, dass sie gestern Abend mit Chloe ihre eigene Krise durchgemacht hatte. Vanessa sah nicht so aus, als könnte sie noch mehr schlechte Nachrichten verkraften. Es war beunruhigend für Bridget, ihre ältere Schwester so aufgewühlt zu sehen. Normalerweise hatte sie sich viel besser unter Kontrolle.

Aus der Küche ertönte ein lauter Alarm und Vanessa

zuckte zusammen. „Ich muss mich beeilen", sagte sie. „Ich blanchiere die Kartoffeln vor dem Braten und sie müssen genau richtig sein. Ich habe mir sogar die Mühe gemacht, Gänseschmalz bei Fortnum & Mason zu kaufen."

Mindestens die Hälfte von Vanessas Problemen bestand darin, dass sie es sich selbst so schwer machte, indem sie sich so hohe Ziele setzte. Wenn sie nur lernen könnte, ihre Ansprüche herunterzuschrauben und sich wie Bridget zu entspannen, wäre sie vielleicht viel glücklicher. Andererseits waren Vanessas Bratkartoffeln immer ein Genuss. Wenn etwas den Tag retten konnte, dann waren es die Kartoffeln.

„Gut, du kümmerst dich um das Essen", sagte Bridget. „Überlass Mum und Dad mir."

Vanessa warf ihr einen dankbaren Blick zu und verschwand in ihrem Refugium, der maßgefertigten Küche von Smallbone.

„O Gott", sagte Bridget und wandte sich an Jonathan. „Das ist ein Albtraum. Bring mich nach Hause."

„Chloe, komm und sieh dir an, was wir zu Weihnachten bekommen haben!" Florence und Toby erschienen oben auf der Treppe und winkten ihre ältere Cousine zu sich. Am liebsten wäre Bridget mitgegangen, aber sie konnte das Wiedersehen mit ihren Eltern nicht länger hinauszögern.

Während Chloe die Treppe hinauflief, zweifellos froh über ihre glückliche Flucht, nahm Bridget Jonathans Arm. „Komm mit. Wir gehen besser ins Wohnzimmer."

„Es wird alles gut", sagte er beruhigend. „Ich bin mir sicher, dass sie nicht halb so schlimm sind, wie Vanessa es beschrieben hat."

Aber Vanessa schien nicht übertrieben zu haben. Bridgets erster Gedanke, als sie das Wohnzimmer betrat, war, dass das Thermostat kaputt sein musste. Es war brütend heiß da drin. Sie trug noch ihren Mantel und spürte, wie ihr der Schweiß ausbrach. James, ihr Schwager, stand auf, um sie zu begrüßen, sommerlich gekleidet mit einem kurzärmeligen Hemd.

„Lass mich dir damit helfen", sagte er und nahm Bridget den Stapel Geschenke aus den Armen. Er küsste sie auf die Wange und reichte Jonathan die Hand. Bridget entledigte sich sofort ihres Mantels, Schals und der Strickjacke. „Wir mussten die Heizung aufdrehen", sagte James leise. „Sie sagen, sie spüren die Kälte. Kann ich euch etwas zu trinken anbieten? Wein? Bier?"

„Weißwein, bitte", sagte Bridget. Selbst sie trank normalerweise nichts vor dem Mittagessen, aber jetzt konnte sie ein großes Glas vertragen. Jonathan nahm das angebotene Bier.

Ihre Eltern saßen eng aneinander gekuschelt auf dem Sofa. Bridget erschrak, als sie mit eigenen Augen sah, wie zerbrechlich ihre Mutter aussah. „Mum, Dad, wie geht es euch?", sagte sie mit ihrer fröhlichsten Stimme. „Wie schön, euch beide zu sehen."

Ihr Vater erhob sich und nahm ihre Hand. „Bridget. Wie schön, dich zu sehen. Es ist schon so lange her." Er hatte zugenommen, seit sie ihn das letzte Mal gesehen hatte, aber er schien bei guter Gesundheit zu sein. Er umarmte sie fest.

Bridget küsste ihn auf die Wange und wandte sich dann ihrer Mutter zu. Sie versuchte, sich mit Hilfe eines Gehstocks aus den Sofakissen zu befreien, aber es fiel ihr sichtlich schwer, sich hochzuziehen. Hatte sie das letzte Mal, als Bridget sie gesehen hatte, einen Gehstock benutzt? Bridget glaubte es nicht.

„Bleib sitzen, Mum", sagte Bridget und beugte sich hinunter, um sie zu küssen. Ihre Mutter schien geschrumpft zu sein, seit Bridget sie das letzte Mal gesehen hatte, und ihre blassen Wangen waren eingefallen. Aß sie ordentlich? Bridget griff nach ihrer Hand, aber ihre Mutter schrie auf, als sie sie berührte. „Oh, es tut mir leid", sagte Bridget. „Ich habe vergessen, dass du dir das Handgelenk verstaucht hast. Wie schlimm ist es?"

„Immer noch sehr schmerzhaft." Die Miene ihrer Mutter war ausdruckslos.

„Tut mir leid, dass ich gestern nicht vorbeikommen

konnte. Ich bin im Moment sehr mit meiner Arbeit beschäftigt."

„Vanessa hat es uns erzählt."

Bridget wusste, dass ihre Mutter Bridgets Berufswahl nie akzeptiert hatte. Als Bridget zum ersten Mal ihre Absicht geäußert hatte, zur Polizei zu gehen, hatte ihre Mutter ihr einen kalten Blick zugeworfen. „Wie kannst du nur?", hatte sie gesagt. „Nach allem, was mit Abigail passiert ist."

Genau wegen dem, was Abi zugestoßen war, hatte Bridget beschlossen, zur Polizei zu gehen. Aber ihre Mutter hatte das nie verstanden. Vielleicht hatte sie sich sogar geweigert, es zu verstehen. Für ihre Eltern war der einzige Weg, mit dem Mord an ihrer Tochter umzugehen, die Flucht gewesen. Sie hatten Bridget und Vanessa den Rücken gekehrt. Ihr Haus in Woodstock hatten sie verkauft. Und sie hatten ihr Leben damit verbracht, sich in einem Bungalow in Lyme Regis vor der Realität zu verstecken.

Bridget wusste auch, dass ihre Eltern einer Generation angehörten, in der brave Mütter aus der Mittelschicht zu Hause blieben, um ihre Kinder großzuziehen. Ihre Mutter hätte nicht mehr tun können, um ihren drei Töchtern ein liebevolles, fürsorgliches Zuhause zu bieten, aber das hatte Abigail, die Jüngste, nicht davor bewahrt, auf die schiefe Bahn zu geraten und getötet zu werden. Vielleicht war es diese Wahrheit gewesen, die die Welt ihrer Eltern erschüttert hatte. Der Mord an Abigail war nicht nur ein Unglück gewesen. Er war auch eine Schande gewesen. Und vor dieser Schande waren ihre Mutter und ihr Vater seitdem geflohen.

„Jedenfalls", sagte Bridget fröhlich, „möchte ich euch jemand ganz Besonderes vorstellen. Mum, Dad, das ist Jonathan."

„Freut mich, euch beide kennenzulernen", sagte Jonathan und trat vor. „Schön, dass ihr über Weihnachten nach Oxford kommen konntet."

Bridgets Vater rappelte sich wieder auf und schüttelte

Jonathan die Hand. „Es ist viele Jahre her, dass wir hier waren", sagte er. „Die Enkel sind groß geworden, ohne dass wir sie gesehen haben", fügte er wehmütig hinzu.

Bridgets Mutter weigerte sich, Jonathan die Hand zu geben. „Im Winter ist es in Oxford immer so kalt", sagte sie.

„Das Klima an der Südküste ist viel besser", stimmte ihr Vater zu. „Ihr solltet uns öfter dort besuchen."

„Hier drin ist es auf jeden Fall nicht kalt", sagte Bridget und fächelte sich mit einer Weihnachtskarte von der Fensterbank Luft zu. Ihre Eltern hatten sich jahrelang über das Wetter in Oxford beschwert. Aber Bridget wusste, dass es nicht das Wetter war, das sie davon abhielt zu kommen. Es war die Angst, sich dem Trauma der Vergangenheit zu stellen. Außerdem war der Bungalow in Lyme Regis viel zu klein, um Besucher zu beherbergen. Es war, als hätten ihre Eltern absichtlich ein so kleines Haus gewählt, um Bridget und Vanessa davon abzuhalten, dort zu übernachten. Das ist mir ganz recht, dachte Bridget. Während ihr Vater sich bemühte, gesellig zu sein, reichte die Kälte, die ihre Mutter ausstrahlte, um selbst die pflichtbewussteste Tochter auf Distanz zu halten.

Plötzlich kam ihr ein Gedanke. Hatte ihre Mutter sich nach Abis Tod von ihr und Vanessa abgewandt, weil Abigail die Lieblingstochter gewesen war? Es hätte sie nicht gewundert. Abigail war immer die warmherzigste, großzügigste und liebevollste der drei Töchter gewesen. Es war unmöglich gewesen, sich ihrem Charme zu entziehen, selbst als sie am rebellischsten gewesen war. Hatte sich ihre Mutter insgeheim gewünscht, Bridget oder Vanessa wären an ihrer Stelle gestorben?

Und doch hatte ihre Mutter weder bei Abigails Beerdigung noch danach geweint. Sie hatte es immer vermieden, ihre Gefühle öffentlich zu zeigen. Stattdessen hatte sie ihre bitteren Tränen heruntergeschluckt und war langsam in ihrer eigenen Trauer ertrunken.

Plötzlich empfand Bridget unerwartetes Mitgefühl für das Leid ihrer Mutter. In einer mitfühlenden Geste streckte sie ihre Hand aus, doch ihre Mutter wich zurück. „Pass auf mein Handgelenk auf", klagte sie.

Die Tür zum Wohnzimmer öffnete sich und James erschien mit einem Glas Sauvignon Blanc für Bridget und einer offenen Flasche Bier für Jonathan. Bridget nahm es dankbar entgegen und trank einen großen Schluck. Der Alkohol gab ihr sofort neue Kraft. Sie fragte sich, wie viele Gläser sie wohl brauchen würde, um den Rest des Tages zu überstehen.

„Noch einen Sherry für dich, Arthur?", fragte James.

„Ich sage nicht Nein", antwortete Bridgets Vater und reichte ihm sein leeres Glas zum Nachschenken.

Ihre Mutter, das fiel Bridget auf, trank nicht. Sie hatte schon immer eine etwas puritanische Einstellung zum Alkohol gehabt.

„Was machst du beruflich?", fragte ihr Vater Jonathan.

„Ich leite eine Kunstgalerie."

Bridget war ihrem Vater dankbar, dass er das Gespräch in Gang brachte, aber die Erwähnung der Kunstgalerie weckte kaum mehr als höfliches Interesse, und das Thema war bald beendet, nachdem ihre Mutter ihr Unverständnis für moderne Kunst zum Ausdruck gebracht hatte.

Ist das so, wenn man alt ist?, fragte sich Bridget. Aber *so* alt waren ihre Eltern gar nicht. Sie waren einfach erstarrt, weil sie mit ihrer Trauer nicht umgehen konnten. Sie überlegte, ob sie sich in die Küche schleichen und Vanessa beim Essen helfen sollte. Aber sie wusste, dass Vanessa niemals das Risiko eingehen würde, dass Bridgets kulinarische Unfähigkeit die Braten- oder Brotsoße ruinierte. Sie war unendlich erleichtert, als James wieder auftauchte und sie ins Esszimmer bat.

Vanessa hatte sich dieses Jahr besonders viel Mühe mit der Weihnachtsdekoration gegeben. Hohe weiße Kerzen brannten in zwei silbernen Kandelabern zu beiden Seiten der Tafel, in der Mitte stand ein prächtiger Strauß weißer Rosen in dunkelgrünem Laub. Jeder Platz war mit Silberbesteck, einem Kristallweinglas, einer Leinenserviette in einem Silberring und einem teuren

Knallbonbon gedeckt. Offensichtlich wollte Vanessa die Sitzordnung nicht dem Zufall überlassen und wies jedem seinen Platz zu: Bridget saß zwischen James und ihrer Mutter, Bridgets Vater zwischen Vanessa und Jonathan. Chloe und die Kinder saßen am anderen Ende des Tisches. Gemüse, Soßen und andere Beilagen standen bereits in passenden Steingutschüsseln auf dem Tisch. Als alle Platz genommen hatten, betrat James den Raum mit dem Truthahn auf einem großen Silbertablett, dessen Brust perfekt goldbraun gebraten war. Er schwang die Tranchiermesser, als wollte er einen Zaubertrick vorführen, und begann, das Fleisch zu zerlegen.

„Das sieht alles super aus, Tante Vanessa", sagte Chloe und wurde mit einem strahlenden Lächeln belohnt.

„Ja", stimmte Bridget zu. „Das hast du wirklich toll gemacht." Sie trank den Rest des Weins aus und schenkte sich ein Glas Rotwein zum Essen ein. Wenn sie es schafften, das Gespräch von kontroversen Themen fernzuhalten, würden sie den Tag vielleicht überstehen, ohne sich gegenseitig umzubringen. Sicherlich würde auch Vanessa so vernünftig sein und sich von Politik und Religion fernhalten.

Sie wollte sich gerade ein paar honigglasierte Pastinaken nehmen, als sie das unverkennbare Klingeln ihres Handys in der Tasche hörte.

Vanessa warf ihr einen mörderischen Blick zu. „Bridget, wag es nicht, da dranzugehen."

Das Telefon klingelte weiter. Bridget wusste, dass nach fünfmaligem Klingeln die Mailbox anspringen würde. Egal wie köstlich das Essen auch sein mochte, sie konnte es nicht genießen, ohne zu wissen, wer angerufen hatte oder ob eine Nachricht hinterlassen worden war. Sie stand auf. „Ich mache es kurz."

Aber als sie das Telefon aus der Tasche zog und sah, wer anrief, wusste sie, dass es kein kurzes Gespräch werden würde. „Ffion, was ist passiert?" Sie ging hinaus auf den Flur und schloss die Tür hinter sich.

Die Stimme der walisischen Detective am anderen

Ende der Leitung klang ungewöhnlich gedämpft. „Es tut mir leid, Sie am Weihnachtstag zu stören, Ma'am. Aber wir haben eine Leiche gefunden."

KAPITEL 20

Der kalte, feuchte Raum auf der Rückseite des edwardianischen Hauses in der Lathbury Road war weniger als eine halbe Meile und doch Welten entfernt vom Haus ihrer Schwester in der Charlbury Road – dem warmen, gemütlichen Zuhause, das Bridget gerade verlassen hatte. Das verwahrloste und baufällige Gebäude war offensichtlich seit Jahrzehnten unbewohnt. Die alten Tapeten lösten sich von den Wänden, die Perserteppiche waren von Schimmel befallen und in den Ecken und Lampen des Raumes hingen Spinnweben so dick wie Bettlaken. Bridget rümpfte die Nase über den Verwesungsgeruch.

Der Strom war abgeschaltet und die meisten Fenster mit Brettern vernagelt, aber helle Lampen waren auf Metallständern aufgestellt worden, um den Tatort zu beleuchten. Bridget zog einen weißen Plastikoverall an und folgte Ffion durch den Flur, um sich die Stelle anzusehen, an der das Skelett gefunden worden war. Die Bodendielen waren angehoben worden, um einen flachen Raum unter dem abgehängten Holzboden freizulegen. Vik, der Leiter des SOCO-Teams, war bei der Arbeit und kroch auf allen vieren durch den Dreck. Er blickte auf, als Bridget den Raum betrat.

„Frohe Weihnachten, Bridget!"

„Frohe Weihnachten, Vik!"

Nichts, so schien es, konnte Viks gute Laune trüben, nicht einmal die Tatsache, dass man ihn von seinem Esstisch gezerrt hatte, um den Tag in einem eiskalten Haus in Gesellschaft menschlicher Überreste zu verbringen. Bridget fragte sich, ob auch er insgeheim erleichtert war, einen Vorwand zu haben, um schwierigen Verwandten zu entkommen.

„Ich hoffe, das verdirbt Ihnen nicht das Weihnachtsessen", sagte er.

Bridget dachte mit Bedauern an das Mahl, das sie hatte stehen lassen müssen. Sie hatte keinen Bissen zu sich genommen, bevor sie weggerufen worden war. James hatte ihr versprochen, das Essen aufzubewahren, damit sie es nach ihrer Rückkehr in der Mikrowelle aufwärmen konnte – ein Vorschlag, der Vanessa, die nie Essen aufwärmte, sichtlich entsetzt hatte. Bridget, die es gewohnt war, tagelang Essensreste in der Mikrowelle wiederzubeleben, hatte kein Problem damit. Jedenfalls schien der Verzicht auf das Mittagessen ein geringer Preis für den vielleicht entscheidenden Durchbruch bei den Ermittlungen zu sein.

Auch Sarah Walker, die Gerichtsmedizinerin, war vor Ort. Sie wandte sich von der Untersuchung der Leiche ab, um Bridget die vorläufigen Ergebnisse mitzuteilen. „Eindeutig menschliche Überreste", bestätigte sie. „Weiblich, junge Erwachsene."

Bridget riskierte einen kurzen Blick in den dunklen Hohlraum unter dem Boden und erschauderte. Das Fleisch der Toten war längst verwest, nur Haut und Knochen waren noch übrig. „Sind Sie sicher?"

Sarah nickte knapp. „Das sieht man an der Größe der Knochen, der relativ runden Form des Beckens und dem schmalen Unterkiefer." Sie deutete auf den Kieferknochen.

„Wie lange liegt sie schon hier?"

„Dem Zustand nach würde ich sagen, mindestens zwanzig Jahre."

Die Informationen bestätigten Bridgets Vermutung. Auch wenn man immer alle Möglichkeiten in Betracht ziehen musste, war es wahrscheinlich, dass es sich um die sterblichen Überreste von Camilla Townsend handelte, der Studentin, die in jener schicksalhaften Nacht vor einem Vierteljahrhundert verschwunden war und deren Leiche nie gefunden worden war. Bis jetzt.

„Wie Sie sehen können", fuhr Sarah fort, „ist die Verwesung nahezu abgeschlossen. Das Gewebe ist kollabiert und das gesamte Körperfett ist abgebaut. Sogar die Knochen werden weich. Die Feuchtigkeit beschleunigt den Oxidationsprozess. Und natürlich ist der Untergrund wahrscheinlich voll von Mäusen, Ratten und anderem Getier." Glücklicherweise ließ Sarah die Implikationen dieser letzten Bemerkung unausgesprochen.

„Ich sehe keine Kleidung", sagte Bridget. „Wurde sie ausgezogen?"

Sarah schüttelte den Kopf. „Das glaube ich nicht. Ein paar Stofffetzen sind noch da. Aber Baumwollkleidung hätte unter diesen Bedingungen nicht länger als ein paar Jahre gehalten. Nur synthetische Stoffe halten länger."

Anhand der Stofffetzen, das wusste Bridget, würde das Forensikteam feststellen können, welche Art von Kleidung die Frau zum Zeitpunkt ihres Todes getragen hatte. Das könnte mit der Beschreibung der Kleidung verglichen werden, die Camilla Townsend in der Nacht ihres Verschwindens getragen hatte.

Sarah stand auf. „Wir müssen im Labor detailliertere Analysen durchführen, um uns aller Fakten sicher zu sein. Vor allem die Datierung der Leiche. Das wird sicher eine interessante Herausforderung für Roy", fügte sie hinzu, als würde sie ein faszinierendes Puzzle oder Brettspiel beschreiben, das sie zu Weihnachten bekommen hatte.

Bridget fragte sich, ob Sarah genau wie sie von den Feierlichkeiten mit Familie oder Freunden weggerissen worden war, oder ob sie den Tag allein verbracht hatte. Wenn das der Fall war, dann war der Anruf zur Untersuchung der Leiche vielleicht eine willkommene Ablenkung gewesen. Sarah jedenfalls schien sich zu amüsieren. Bridgets Gedanken wanderten auch zu Dr. Roy Andrews, der Weihnachten allein mit seinen Büchern verbrachte. Sie fragte sich, was wohl seine Lieblingslektüre war. Edgar Allen Poe? M. R. James? Es war schwer vorstellbar, dass der mürrische Pathologe sich hinsetzte, um etwas Aufmunterndes zu lesen.

„Ich bin sicher, das wird es", sagte Bridget. Vielleicht war das die Art von Rätsel, die Leuten wie Sarah und Roy Spaß machte. Das Äquivalent zum Kreuzworträtsel in der *Times*.

„O ja", sagte Sarah. „Er wollte mitkommen, um zu sehen, was los ist, aber ich habe ihm gesagt, dass er nur im Weg stehen würde."

Bridget starrte Sarah an und wollte sichergehen, dass sie richtig verstanden hatte, bevor sie ins Fettnäpfchen trat. „Sie waren heute Morgen bei Roy?"

„Ja", sagte Sarah. „Er hat mich zum Mittagessen eingeladen. Da ich nichts anderes vorhatte, habe ich zugesagt." Sie warf Bridget einen unergründlichen Blick zu. „Für einen Junggesellen ist er ein erstaunlich guter Koch."

Bridget hatte keine Ahnung, was sie von dieser neuen Enthüllung halten sollte. Sie war erfreut zu hören, dass Roy und Sarah Weihnachten nicht allein verbracht hatten, aber die Art ihrer Beziehung war ihr ein Rätsel. Sie hatte nicht einmal gewusst, dass Roy und Sarah sich kannten, obwohl es vielleicht unvermeidlich war, dass sie sich von Zeit zu Zeit beruflich begegneten. Was hatten der mürrische Schotte und die reservierte Medizinerin gemeinsam, abgesehen von ihrem Interesse an Leichen und deren Todesursachen? Und waren sie mehr als nur Freunde? Zwischen ihnen lagen mindestens zwanzig Jahre, aber das war nicht unbedingt ein Hindernis für die wahre Liebe.

Bridget schüttelte den Kopf, denn sie wollte sich im Moment nicht zu weit in diese Richtung vorwagen. „Wer hat die Leiche gefunden?"

„Es war Dylan Collins", antwortete Ffion. „Der Physikstudent. Er war letzte Nacht hier und hat irgendein Experiment über das Paranormale durchgeführt. Er hatte irgendeinen seltsam aussehenden Apparat dabei."

Bridget erinnerte sich an das Gerät, an dem sie Dylan im Clarendon-Labor hatte arbeiten sehen, und an seinen Versuch, es ihr zu erklären. Sie hatte nicht gewusst, dass er damit tatsächlich auf Geisterjagd gehen wollte. Aber sie hätte es eigentlich wissen müssen. Warum sonst hätte er sich die Mühe machen sollen, einen Geisterdetektor zu bauen?

„Als er bemerkte, dass einige der Bodenbretter in diesem Raum lose waren", fuhr Ffion fort, „hob er sie an und entdeckte darunter das Skelett."

„Aber was hat ihn überhaupt hierher geführt?", fragte Bridget. „Hat sein Detektor tatsächlich funktioniert?" Die Vorstellung, dass ein Geist seine Spuren in den Wänden und im Boden dieses alten Hauses hinterlassen hatte, war faszinierend. Doch Bridget glaubte nicht an das Übernatürliche.

„Ich glaube nicht, dass er einen Geist aufgespürt hat", sagte Ffion skeptisch. Sie deutete auf das Loch im Boden. „Sehen Sie. Entlang des Balkens verlaufen Kupferrohre und Stromkabel. Ich glaube, deswegen hat sein Gerät angeschlagen."

„Wie ein Metalldetektor", schlug Vik vor. „Das klingt plausibel."

Bridget nickte. „Und wo ist Dylan jetzt?"

„Die Uniformierten haben ihn mit aufs Revier genommen, um eine vollständige Aussage aufzunehmen. Er ist ziemlich aufgewühlt, wie man hört."

„Kein Wunder", sagte Bridget. Dylan hatte vielleicht nach übersinnlichen Wellen oder so etwas gesucht, aber nicht damit gerechnet, etwas so Greifbares wie eine menschliche Leiche zu entdecken. „Was ist mit dem

Haus?", fragte sie Ffion. „Wem gehört es? Und warum steht es leer?" Sie hatte keinen Zweifel daran, dass ihre tüchtige Constable die Antworten bereits parat hatte.

„Ich habe mit den Nachbarn gesprochen. Das Ehepaar nebenan hat mir erzählt, dass das Haus einer älteren Frau gehört, die vor dreißig Jahren in ein Pflegeheim eingewiesen wurde, weil sie an früh einsetzender Demenz litt. Sie ist inzwischen völlig senil, aber da es keine Verwandten gibt, die das Haus rechtmäßig übernehmen könnten, kann niemand etwas tun, bis sie stirbt. Die Stadtverwaltung hat Fenster und Türen mit Brettern vernagelt, aber es ist nicht schwer, einzubrechen. Die Nachbarn haben mir erzählt, dass das Haus Obdachlose und Landstreicher anzieht.

„Dreißig Jahre", überlegte Bridget. „Wir müssen das Datum genau überprüfen. Aber wenn es stimmt, war das Haus leer, als Camilla verschwand. Angenommen, sie ist es, dann könnte sie hier ermordet oder ihre Leiche danach ins Haus gebracht worden sein."

Vik streckte den Kopf aus dem Loch, in das er mit seiner Taschenlampe gekrochen war. „Das habe ich gerade gefunden." Er hievte sich hinaus und reichte Bridget ein Stück zerkautes Plastik. „Die Ratten müssen es von der Leiche weggetragen haben, aber sie konnten es nicht richtig zerkauen."

Bridget drehte die Karte in ihren behandschuhten Händen um. „Das ist ein Ausweis der Bodleian Library. Er ist seit fünfundzwanzig Jahren abgelaufen." Aber der Name auf der Karte war deutlich lesbar. Camilla Townsend. Eine formelle Identifizierung der sterblichen Überreste würde anhand von Camillas zahnärztlichen Unterlagen erfolgen müssen, aber für Bridget gab es schon jetzt kaum noch Zweifel. Ein historischer Vermisstenfall war endlich gelöst. Und aus Bridgets Mordermittlung war die Untersuchung eines Doppelmordes geworden, denn die beiden Fälle waren untrennbar miteinander verbunden. David Smith war unter dem Verdacht des Mordes an Camilla verhaftet worden und hatte sein ganzes

Leben lang nach ihrem Mörder gesucht, nur um wenige Tage, bevor ihr Skelett ausgegraben wurde, selbst ermordet zu werden. Diese Ironie machte die ganze Angelegenheit noch tragischer.

Die offensichtlichste Verbindung zwischen den beiden Opfern war der Theaterregisseur Guy Goodwin. Und doch hatte er für beide Morde ein Alibi. Bridget wünschte sich jetzt, sie hätte an Heiligabend mit Goodwin gesprochen. Sie würde dieses Versäumnis bei nächster Gelegenheit nachholen.

„Wir haben auch das gefunden", sagte Vik. Er reichte ihr eine Asservatentüte mit einem Messer. „Es lag zwischen ihren Rippen. Ich würde darauf wetten, dass das die Mordwaffe ist."

Bridget untersuchte das Messer. Es war ein Küchenmesser, dessen Klinge bräunlich-schwarz gefärbt war. Zweifellos getrocknetes Blut. Aus sicherer Entfernung beobachtete sie, wie das SOCO-Team das Skelett fotografierte und Sarah und Vik damit begannen, die Überreste einzupacken, damit sie zur Analyse ins Labor gebracht werden konnten. Mehr konnte Bridget heute nicht tun, und sie wusste, dass sie den Experten nur im Weg stand.

„Möchten Sie mit Dylan Collins sprechen, Ma'am?", fragte Ffion, als sie das Zimmer verließen und wieder auf den Flur traten.

„Später." Bridget sah auf die Uhr. Es war schon mitten am Nachmittag des Weihnachtstages, und sie wollte Ffion nicht länger von dem abhalten, was sie getan hatte, als sie zum Tatort gerufen worden war. „Warum gehen Sie nicht und genießen den Rest des Tages? Wir sehen uns dann morgen früh."

„Wird gemacht."

Bridget sah zu, wie ihre Constable das Haus verließ und sich draußen aus dem weißen Schutzanzug schälte. Dann ging sie zurück ins Haus. Eine alte, klapprige Treppe führte nach oben. Aus Neugierde begann Bridget hinaufzusteigen, wobei die hölzernen Stufen bei jedem

Schritt laut knarrten. Oben war es heller, da nicht alle Fenster mit Brettern vernagelt waren. Der Geruch von Fäulnis und Feuchtigkeit war hier nicht so stark, obwohl auch hier Wasser in das Haus eingedrungen war und seine Spuren an Wänden und Decken hinterlassen hatte. Bridget leuchtete mit ihrer Taschenlampe in die dunklen Ecken der Räume und entdeckte Schlafzimmer, ein Badezimmer und sogar ein Kinderzimmer, in dem noch ein Kinderbett und ein antikes Schaukelpferd standen. Das Gebäude war ein Schrein für eine vergangene Zeit.

Doch selbst im Obergeschoss gab es Spuren moderner Eindringlinge – leere Bierdosen und Weinflaschen, Zigarettenstummel und Brandflecken auf den Teppichen und Graffiti an den Wänden. Bridget hatte ein Faible für alte Häuser und es machte sie traurig, ein so schönes altes Gebäude verfallen zu sehen. Sie wanderte von Raum zu Raum und fand nichts als Vandalismus und Verfall. Sie fragte sich, ob das Gebäude jemals gerettet werden könnte oder ob es letztendlich abgerissen werden müsste.

Vom Fenster des Kinderzimmers aus blickte sie auf den überwucherten Garten. Unter der leichten Schneedecke war er praktisch ein Dschungel, gegen den Bridgets eigener, verwilderter Garten in Wolvercote gepflegt aussah. Riesige Rhododendronbüsche säumten den Rand, Brombeer- und Rosensträucher schlängelten sich über den Rasen, der jetzt hauptsächlich aus Brennnesseln bestand, durchsetzt mit hohen Stängeln von Sumpf-Haarstrang. Zweifellos ein Paradies für die Tierwelt, aber die Nachbarn mussten es hassen, neben einem solchen Schandfleck zu wohnen.

Das nach Süden ausgerichtete Grundstück grenzte an die Gärten der großen Häuser gegenüber. Die Dämmerung brach herein und die Vorhänge der Fenster im Erdgeschoss waren bereits geschlossen. Warmes Licht drang durch die Ritzen an ihren Rändern. Aber die Fenster im Obergeschoss waren größtenteils dunkel. Eine plötzliche Bewegung an einem Fenster im Haus direkt gegenüber erregte ihre Aufmerksamkeit, und mit einem

Mal wurde ihr klar, dass sie auf das Haus in der Staverton Road blickte, das sie vor zwei Tagen besucht hatte, als sie Trevor und Cheryl Mansfield, die Dozenten aus Harvard, befragt hatte.

Die Gestalt am Fenster duckte sich, als wäre sie sich Bridgets Aufmerksamkeit bewusst. Im schwachen Licht war sie zu weit entfernt, um die Person am Fenster zu erkennen, aber Bridget hätte schwören können, dass sie das Haus in der Lathbury Road beobachtete. Sie blieb noch eine Weile stehen, aber im Haus gegenüber regte sich nichts mehr. Der Beobachter war verschwunden.

KAPITEL 21

„Ich bin doch nicht in Schwierigkeiten, oder? Ich wollte niemandem schaden." Dylan Collins saß zusammengekauert auf dem Stuhl im Verhörraum in Kidlington, die dünnen Arme schützend um die Knie geschlungen. Er trug ein schwarzes T-Shirt mit einem Totenkopf. *Wie passend*, dachte Bridget.

„Sie sind nicht in Schwierigkeiten, Dylan", versicherte sie ihm.

„Versprochen?"

„Versprochen. Sie haben unsere Ermittlungen durch Ihr Handeln sogar sehr unterstützt."

Er nickte und zog die Knie ans Kinn. Eine Hand fuhr zu seiner Nase und berührte sie leicht, aber er wirkte jetzt viel ruhiger als bei seinem Anruf bei der Polizei, um den Fund zu melden. Berichten zufolge war er zunächst fast unverständlich gewesen, und der Beamte am anderen Ende der Leitung hatte viel Geduld aufbringen müssen, um aus seinen Worten schlau zu werden. Die ersten Beamten, die mitten in der Nacht am Tatort eintrafen, waren skeptisch und verärgert über den vermeintlichen Scherz. Aber sie hatten ihre Meinung sofort geändert, als

Dylan ihnen die Knochen unter dem Boden gezeigt hatte.

„Also", sagte Bridget, „können Sie mir erklären, was Sie in dem Haus gemacht haben?"

„Geister gejagt. Das habe ich doch schon gesagt. Warum hört mir niemand zu?"

„Aber warum ausgerechnet in diesem Haus?"

„Es schien ein guter Ort zu sein. Es ist ein altes Haus. Und es steht leer. Ich wusste, dass mich dort an Weihnachten niemand stören würde."

„Ich verstehe."

„Ich hatte nicht erwartet, ein Skelett zu finden", fügte er hinzu.

Nein, dachte Bridget. *Ich wette, das hast du nicht.* Aber vielleicht war das eine der Gefahren, die man als Geisterjäger einging.

„Aber wenigstens weiß ich jetzt, dass mein Detektor funktioniert. Wann kann ich ihn wiederhaben?"

„Ich werde dafür sorgen, dass er Ihnen sofort zurückgegeben wird", sagte Bridget. „Für unsere Ermittlungen ist er nicht relevant."

„Ich könnte Ihnen einen bauen, wenn Sie wollen. Sie könnten ihn benutzen, um Leichen zu finden."

„Danke. Ich werde daran denken." Bridget betrachtete den zerbrechlich wirkenden Jungen genauer. Er war so dünn, dass sie sich fragte, ob er überhaupt genug zu essen bekam. „Kommen Sie über Weihnachten allein zurecht? Haben Sie niemanden, zu dem Sie gehen können?"

„Ich komme schon klar", antwortete er schnell. „Ich will nirgendwohin. Bitte sagen Sie nicht, dass ich muss."

„Sie müssen nichts tun, was Sie nicht wollen. Ich sorge mich nur um Ihr Wohlergehen."

„Das ist nicht nötig. Ich bin es gewohnt, allein zu sein."

„Luke Henderson hat mir erzählt, dass Ihre Mutter tot ist. Stimmt das?"

„Ja", sagte Dylan und starrte auf seine Knie, die er immer noch fest umklammert hielt.

„Was ist mit Ihrem Vater?"

„Ich habe keinen. Oder zumindest habe ich ihn nie

kennengelernt. Mum war die einzige Familie, die ich je hatte, und sie ist weg."

„Ich verstehe." Bridget ging die Fakten im Kopf durch. Angesichts seiner Lebensumstände war es vielleicht kein Wunder, dass der junge Mann so verstört war. Sie fragte sich, ob das auch seine Besessenheit von Geistern erklären könnte. „Was hat Sie dazu gebracht, sich mit dem Paranormalen zu beschäftigen, Dylan?"

„Ich weiß nicht. Es war nach dem Tod meiner Mum. Ich wollte nicht, dass sie tot ist. Ich konnte es nicht begreifen. In der einen Sekunde war sie da, in der nächsten nicht mehr."

Bridget runzelte die Stirn. „Sie haben sie sterben sehen?"

Ein leichtes Nicken.

„Und da haben Sie angefangen, sich für Geister zu interessieren?"

„Ja. Ich dachte, sie kann nicht einfach weg sein. Sie muss irgendwo hingegangen sein. Und so begann ich, mich über paranormale Phänomene zu informieren. Geister. Séancen. Das Okkulte. Seitdem beschäftige ich mich damit. Deshalb bin ich nach Oxford gekommen, um Physik zu studieren. Ich wollte meinen eigenen Geisterdetektor bauen."

„Nun, das ist Ihnen gelungen, Dylan. Und ich danke Ihnen für Ihre Hilfe."

Er sah auf. „War das alles? Kann ich gehen?"

„Ja. Ich werde einen Beamten bitten, Sie nach Hause zu fahren."

„Und ich kann meinen Detektor wiederhaben?"

„Gewiss. Das ist das Mindeste, was wir für Sie tun können."

Sie führte ihn aus dem Raum und übergab ihn der Obhut einer Beamtin. „Kümmern Sie sich gut um diesen jungen Mann", sagte sie. Sie holte einen Zwanzig-Pfund-Schein aus ihrer Handtasche und gab ihn ihm. „Kaufen Sie sich davon etwas zu essen, Dylan. Geben Sie es nicht für Drogen aus."

Zum Dank schenkte er ihr ein schüchternes Lächeln.
„Danke. Das werde ich. Ich meine, das werde ich nicht."

★

Es war bereits dunkel, als Bridget zu Vanessas Haus
zurückkehrte, müde, aber ermutigt durch den Fund der
Leiche. Es war eine traurige Nachricht für den
Weihnachtstag, aber wenn die gerichtsmedizinische
Untersuchung bestätigte, dass es sich bei der Leiche um
Camilla Townsend handelte, wovon Bridget überzeugt
war, konnte ein lange ungelöster Vermisstenfall endlich
aufgeklärt und Camillas Eltern benachrichtigt werden.
Bridget war ebenso überzeugt, dass dies auch ein wichtiger
Schritt zur Lösung des Rätsels war, wer David Smith
ermordet hatte. Die Wahrscheinlichkeit, dass es sich um
eine zufällige Messerattacke handelte, war ihrer Meinung
nach gegen Null gesunken.

Sie wollte gerade klingeln, als Vanessa die Tür öffnete.
Sie stand in der Tür und war sichtlich unsicher auf den
Beinen. Bridget fragte sich, wie viele Gläser Wein ihre
Schwester wohl in den Stunden getrunken hatte, in denen
Bridget weg gewesen war.

Vanessa sah sie vorwurfsvoll an. „Wie konntest du mir
das antun? Ausgerechnet heute. Du weißt doch, wie viel
Zeit ich in die Vorbereitung gesteckt habe. Ich weiß, du
denkst, ich bin von Nebensächlichkeiten besessen und
dass dein Job *viel* wichtiger ist als das, was ich tue, aber
hast du jemals darüber nachgedacht, wo du ohne mich
wärst?"

„Bitte, Vanessa, nicht jetzt", flehte Bridget und schob
sich an ihr vorbei in den Flur. Das Haus fühlte sich noch
heißer an als zuvor, und sie fragte sich, ob die Heizung
noch weiter aufgedreht worden war, um ihre Eltern bei
Laune zu halten, oder ob es nur der Kontrast zu der
durchdringenden Kälte im Haus in der Lathbury Road
war. Sie zog ihren Mantel aus und hängte ihn an die
Garderobe.

„Doch, jetzt", sagte Vanessa. „Es ist höchste Zeit, dass wir uns unterhalten. Weißt du, wie oft ich auf Chloe aufpassen musste, wenn du zur Arbeit hast eilen müssen oder nicht rechtzeitig nach Hause gekommen bist? Sie musste sogar hier übernachten, wenn du bei der Arbeit aufgehalten wurdest, und sie hat sich mir anvertraut, als sie sich auf einer Party betrunken hat."

Bridget zuckte zusammen, als Vanessa sie an all ihre Fehler erinnerte. Vanessa hatte schon immer ein Talent dafür gehabt, die Schwachstellen in Bridgets Rüstung zu finden, besonders in Momenten wie diesem, in denen sie am verletzlichsten war.

Vanessa schien ihre Verwundbarkeit zu spüren. „Du scheinst oft zu vergessen, dass du eine Tochter hast", erklärte sie.

„Das ist nicht fair", sagte Bridget. „Ich habe immer mein Bestes für Chloe gegeben." Sie wollte Vanessa von all den Opfern erzählen, die sie Chloe zuliebe gebracht hatte, von den Kompromissen, die sie bei ihrer Karriere eingegangen war und von der verpassten Zeit mit ihrer Tochter, nur um alles am Laufen zu halten. Sie wollte Vanessa erklären, dass sie mit ihrem komfortablen Leben und ihrem unterstützenden Ehemann die Entscheidungen, die Bridget als alleinerziehende Mutter treffen musste, nicht einmal ansatzweise verstehen konnte. Sie wollte protestieren, dass sie an all dem überhaupt keine Schuld trug, sondern Ben, weil er ein so lausiger Ehemann war. Aber sie war zu müde, um jetzt einen Streit vom Zaun zu brechen.

Vanessa hatte jedoch gerade erst angefangen. „Also. Während du weg warst, um zu tun, was auch immer so furchtbar wichtig war, hatte ich hier eine einfach schreckliche Zeit. Weißt du, was Mum nach all der Mühe, die ich in die Zubereitung des Essens gesteckt habe, gesagt hat?" Sie wartete nicht auf Bridgets Antwort. „Dass das Gemüse nicht durch war. Nicht durch! Ich habe ihr erklärt, dass es *al dente* war, aber sie wollte es nicht hören. Dann hat Dad angefangen, über Politik zu schimpfen.

James und Jonathan haben ihr Bestes getan, um ihn zu beruhigen, aber ich kann mit Sicherheit sagen, dass das ganze Essen eine Katastrophe war. Chloe war praktisch die ganze Zeit an ihrem Handy und zu allem Überfluss haben James und Jonathan darauf bestanden, den Abwasch zu machen."

Bridget sah Vanessa müde an. „Und aus irgendeinem Grund war das nicht gut?"

„Es war gut für *sie*. Sie konnten sich in die Küche flüchten und bei ein paar Bier ein bisschen leichte Hausarbeit erledigen, während ich mir das Gejammer von Mum und Dad über ihre Wehwehchen anhören musste, die sich über das Wetter und den Verkehr in Oxford beschwerten und mich an den Rand des Wahnsinns brachten."

„Tut mir leid", sagte Bridget.

Vanessa schien fast enttäuscht über die Entschuldigung. Vielleicht hatte sie auf einen richtigen Streit gehofft. Sie war wirklich ziemlich betrunken. „Es ist, als würdest du diesen Fall persönlich nehmen", beschwerte sie sich. „Warum ist er dir so wichtig?"

Weil Abigail tot ist und ich nichts tun konnte, um ihr zu helfen, aber vielleicht kann ich diesmal etwas tun, wollte sie schreien. Aber sie zügelte ihre Zunge. Es war sinnlos, zu versuchen zu erklären, was sie antrieb. Vanessa würde es nie verstehen.

Die Küchentür öffnete sich und James erschien. Mit einem Blick nahm er die angespannte Atmosphäre zwischen den beiden Schwestern wahr. „Ah, Bridget, du bist zurück. Wir haben dein Mittagessen und etwas Christmas Pudding aufgehoben. Warum setzt du dich nicht ins Wohnzimmer, ich wärme es auf und bringe es dir."

„Danke", sagte Bridget und merkte, wie hungrig sie war.

„Jetzt bist du dran", sagte Vanessa. „Du kannst Mum und Dad für den Rest des Tages unterhalten." Sie stieß die Tür zum Wohnzimmer auf und schob Bridget hinein. „Sie ist wieder da", verkündete sie dem ganzen Raum.

Nach Vanessas Schilderung des Tages hatte Bridget eine zerstrittene Familie erwartet. Stattdessen schien alles normal. Ihre Eltern saßen wieder auf ihren Plätzen auf dem Sofa. Chloe spielte mit Cousin und Cousine auf dem Boden ein Brettspiel. Rufus, der Hund, schlief tief und fest vor dem Kaminofen.

„Da bist du ja wieder, Liebes", sagte ihr Vater. „Komm und ruh dich aus."

Bridget nahm auf dem Sessel gegenüber dem Sofa Platz. „Es tut mir leid, dass ich so plötzlich weg musste", sagte sie.

Ihre Mutter sah nicht überzeugt aus. „Ausgerechnet an Weihnachten. Ich habe nie verstanden, warum du dich überhaupt für die Polizei entschieden hast. Hättest du dir nicht einen netteren Job aussuchen können? Einen mit normalen Arbeitszeiten?"

Bridget widerstand der Versuchung, darauf einzugehen. Sie hatte diese Diskussion schon so oft geführt, dass sie schon lange nicht mehr mitzählte. „Ich wäre wirklich nicht gegangen, wenn ich nicht gemusst hätte."

„Oh, natürlich nicht", sagte Vanessa mit sarkastischem Unterton. „Genau wie all die anderen Male, als du mich, Chloe oder Jonathan im Stich gelassen hast. Es muss etwas absolut Entscheidendes gewesen sein. Eine Frage von Leben und Tod."

Bridget biss die Zähne zusammen. Sie wusste, dass sie nichts darüber sagen sollte, wo sie gewesen war, aber Vanessa schien nicht bereit, das Thema fallen zu lassen. Der Druck, der sich in den letzten Tagen aufgebaut hatte, mit den laufenden Mordermittlungen, dem Streit mit Chloe, dem ständigen Gejammer ihrer Mutter und nun dem grausigen Fund im Haus in der Lathbury Road, erreichte plötzlich einen kritischen Punkt. „Wenn du es unbedingt wissen musst, ich war gerade bei der Exhumierung der Leiche einer Frau, die vor fünfundzwanzig Jahren verschwunden ist. Ihre Überreste wurden unter dem Boden eines Hauses gefunden, das weniger als eine halbe Meile von hier entfernt liegt."

Betretenes Schweigen folgte ihren Worten. Der überhitzte Raum fühlte sich plötzlich kühl an. Chloe blickte auf. Vanessas Augen weiteten sich und sie streckte einen Arm aus, um sich abzustützen.

„Deshalb hatte ich keine andere Wahl", sagte Bridget. „Jemand muss diesen Job machen, damit alle anderen Weihnachten mit ihren Familien in der Geborgenheit ihres Zuhauses verbringen können."

Die Tür öffnete sich und die beiden Männer traten ein. James brachte ein Tablett mit Bridgets eilig aufgewärmtem Mittagessen und Jonathan ein willkommenes Glas Rotwein. Sie blieben in der Tür stehen und betrachteten die Szene.

Das Schweigen dehnte sich aus. Vanessa ließ sich auf einen Stuhl sinken, ihre Beine drohten unter ihr nachzugeben. Chloe erhob sich und nahm Toby und Florence bei der Hand. „Kommt, wir gehen nach oben zum Spielen", sagte sie zu ihnen. „Ihr könnt mir den Rest eurer Geschenke zeigen." Sie schenkte Bridget ein beruhigendes Lächeln, als sie die beiden kleinen Kinder aus dem Zimmer führte, und Bridgets Herz flatterte vor Dankbarkeit und Bewunderung für die Sensibilität und das Verantwortungsbewusstsein ihrer Tochter.

Nachdem die Kinder gegangen waren, reagierte Bridgets Mutter als Erste. Zu Bridgets Überraschung war ihre Stimme frei von dem Gezeter und Gejammer, das sie bisher an den Tag gelegt hatte. Stattdessen schien eine viel jüngere Version ihrer Mutter zu sprechen – eine, die eher der Mutter ähnelte, die Bridget aus ihrer Kindheit kannte. „Seit einem Vierteljahrhundert vermisst. Die armen Eltern des Mädchens. So lange nicht zu wissen, was mit ihrer Tochter geschehen ist, nicht einmal zu wissen, ob sie lebt oder tot ist. Ich kann mir ihren Schmerz kaum vorstellen."

Bridget nickte. „Wir werden uns mit ihnen in Verbindung setzen, sobald wir sicher sind, dass es sich um ihre Tochter handelt."

„Ich bin sicher, sie werden erleichtert sein", fuhr ihre Mutter fort. „Auch wenn es vielleicht das Letzte ist, was sie hören wollen. Ich erinnere mich an das Abigails Verschwinden. Jede Stunde des Wartens fühlte sich wie eine Woche an. Jeder Tag fühlte sich wie ein Jahr an. Alles, was ich wollte, war eine Nachricht, irgendeine Nachricht, egal wie schlecht. Einfach nur *etwas* wissen. Und dann kam die Polizei und teilte uns mit, sie hätten eine Leiche gefunden …"

„Nicht jetzt, Maureen, Liebes", sagte Bridgets Vater und legte eine Hand auf den Arm seiner Frau. „Nicht an Weihnachten."

Aber ihre Mutter zog den Arm mit überraschender Entschlossenheit weg. „Warum nicht jetzt? Wenn man an Weihnachten nicht über seine Liebsten sprechen kann, wann dann?"

„Erzähl weiter, Mum", ermunterte Bridget. „Erzähl uns, wie es war. Erzähl uns, wie es für dich war, als Abigail starb."

Vanessa murmelte Zustimmung. James reichte Bridget das Tablett mit dem Essen und sie balancierte es auf ihrem Schoß. Aber sie rührte das Essen noch nicht an. Es war das erste Mal, dass ihre Mutter richtig über diese Ereignisse sprach, und das Gespräch war längst überfällig. Zwanzig Jahre überfällig.

Es war, als wäre ein Damm gebrochen, und als könnten die lange unterdrückten und verinnerlichten Gefühle endlich nach außen dringen. Ihre Mutter sprach wortgewaltig und leidenschaftlich über Abigail, die rebellische Tochter, die immer ihren eigenen Weg gegangen war.

„Als sie noch lebte, dachte ich immer, dass sie mein Tod sein würde. Aber als sie starb, starb auch ein Teil von mir. Ich weiß, dass ich danach nicht in der Lage war, euch beiden eine gute Mutter zu sein. Ich hätte mehr tun müssen, aber ich konnte es einfach nicht. Es tut mir leid."

„Du brauchst dich nicht zu entschuldigen", sagte Vanessa, die nun in Tränen ausbrach. „Ich könnte es nicht ertragen, wenn einem meiner Kinder etwas zustoßen würde".

„Ich auch nicht", sagte Bridget. „Wenn Chloe etwas zustoßen würde ... Es wäre mein schlimmster Albtraum."

„Der Verlust eines Kindes ist der schwerste Schlag, den man erleiden kann", sagte ihr Vater. „Es erschüttert deine Welt bis ins Mark. Nach ihrem Tod sind wir weggelaufen. Anders kann man es nicht beschreiben. Wir konnten es einfach nicht ertragen, in dem Haus in Woodstock zu bleiben. Alles erinnerte uns an sie. Der Schmerz war zu groß, um ihn zu ertragen."

Jetzt spürte Bridget, wie ihr heiße Tränen über die Wangen liefen. Ihre eigene Welt war durch Abigails Tod in Stücke gerissen worden. Eine Schwester zu verlieren ... Das war der Wendepunkt in ihrem Leben gewesen, vielleicht genauso verheerend wie der Verlust eines Kindes. Wie konnte man Trauer überhaupt messen? Sie war grenzenlos, alles verzehrend. Sie begleitete sie auch heute noch. Sie begann zu verstehen, warum sich ihre Eltern so verhalten hatten. Vielleicht konnte sie ihnen nicht ganz verzeihen, aber sie konnte zumindest wieder nach vorne schauen.

„Aber ich möchte, dass ihr wisst, dass ich sehr stolz auf euch beide bin", sagte ihre Mutter schließlich. „Ich weiß, dass ich das nicht immer zeigen konnte, und das bedauere ich sehr. Ich hätte auch gerne mehr von meinen Enkelkindern gesehen, aber im Hinterkopf hatte ich Angst. Ich hatte Angst, zu nahe zu kommen, falls etwas passiert ... Ich könnte es nicht ertragen, das ein zweites Mal durchzumachen. Ergibt das einen Sinn?"

Bridget nickte. „Das tut es, Mum. Endlich tut es das. Ich wünschte, du hättest früher etwas sagen können."

Vanessa schien in Tränen zu ertrinken. „Das ist die Nachricht, auf die wir gewartet haben. All die Jahre haben wir nur darauf gewartet, dass du etwas sagst, damit wir hören, wie du dich fühlst."

„Ich weiß, Liebes. Ich verstehe das jetzt. Und es tut mir leid, dass es so lange gedauert hat."

In diesem Moment wischten sich auch Jonathan und James die Augen.

Als Bridget und Jonathan sich an diesem Abend zusammen ins Bett kuschelten, spürte sie, dass etwas, das so lange zerbrochen war, endlich zu heilen begann. Sie hielt ihn fest im Arm, und die Anspannung, die ihren Körper in der Nacht verkrampft hatte, war nun völlig verschwunden.

Es war das traurigste, aber in gewisser Weise auch das glücklichste Weihnachtsfest, das sie je erlebt hatte.

KAPITEL 22

Es war kurz nach halb neun am Morgen des zweiten Weihnachtsfeiertages, als Bridget zu Ffion in den verlassenen Einsatzraum in Kidlington kam. Es hätte ein freier Tag sein sollen, aber die Ereignisse des ersten Weihnachtsfeiertages hatten diese Idee zunichte gemacht. Bridget hatte Vanessa versprochen, dass sie und Jonathan später am Abend vorbeikommen würden, und sie hatte vor, dieses Versprechen unter allen Umständen zu halten. Auch Chloe hatte versprochen, zu kommen, ob mit oder ohne Freund. Der Gefühlsausbruch am Vorabend hatte Wunder gewirkt und alle auf eine Weise zusammengebracht, wie es keine noch so große Ermahnung oder Überredungskunst je vermocht hätten. Vielleicht war das Geheimnis des Lebens ja doch nicht so kompliziert. Wenn es schwierig wurde, musste man nur eine Leiche ausgraben …

Ffion war bereits im Büro, als Bridget eintraf, und machte den Eindruck, als sei sie schon eine Weile dort. Daran war nichts Ungewöhnliches. Die walisische Detective war immer eine der Ersten im Büro. Aber Bridget hatte gehofft, dass Ffion das lange Ausschlafen genießen würde. Schließlich sollten junge Leute lange aufbleiben und sich amüsieren.

Bridget war ein wenig beunruhigt, dass Ffion über Weihnachten nicht zu ihrer Familie nach Wales gefahren war und mehr als glücklich schien, bei der Arbeit zu sein. Sie hoffte, dass dies kein Zeichen für eine weitere unglückliche Familiensituation war. Sobald der Fall abgeschlossen war, würde sie darauf bestehen, dass Ffion sich ein paar Tage frei nahm, um die vielen Überstunden auszugleichen, die sie über die Feiertage gemacht hatte. Selbst Ffion war keine Maschine, die ewig ohne Pause durchhalten konnte, und da ihre eigene Familie nun fest auf dem Weg zu „Wahrheit und Versöhnung" war, gefiel Bridget der Gedanke, dass alle versuchen sollten, ihre Differenzen an Weihnachten zu überwinden und die Vergangenheit ruhen zu lassen.

Ffion sah auf, als Bridget hereinkam. „Morgen, Boss. Ich habe die Akten für Sie vorbereitet." Eine Sammlung verstaubter Aktenordner war über mehrere Schreibtische verteilt. „Ich habe alles sortiert." Sie deutete auf den ersten Schreibtisch. „Das sind Zeugenaussagen von allen, die Camilla vom Pembroke College kannten, die an der Produktion von *Was ihr wollt* beteiligt waren oder auf der After-Show-Party im Freud's waren." Sie zeigte auf den zweiten Schreibtisch. „Das sind die Akten über die Verhaftung und Vernehmung von David Smith. Und das hier" – sie deutete auf den dritten Schreibtisch, auf dem sich mindestens so viele Papiere stapelten wie bei den gesamten polizeilichen Ermittlungen – „ist das Ergebnis von David Smiths eigenen Ermittlungen."

Bridget starrte konsterniert auf die Papierberge. Wo sollte sie anfangen? Doch tief in ihrem Herzen wusste sie bereits, was sie zuerst tun musste. Die schwierigste Aufgabe von allen duldete keinen Aufschub. Sie musste sich mit Camillas Eltern in Verbindung setzen und sie über die Ereignisse informieren. Das Skelett war zwar noch nicht offiziell identifiziert worden, aber der Ausweis der Bodleian Library, den man im Grab gefunden hatte, machte es so gut wie sicher, dass es sich um Camillas sterbliche Überreste handelte. Bridget wollte nicht, dass Informationen über die Entdeckung der Leiche nach außen drangen und Camillas Eltern davon zuerst aus der Zeitung erfuhren.

„Haben wir die Kontaktdaten von Camillas Eltern?", fragte sie Ffion. „Leben sie noch?" Bridget rechnete schnell im Kopf. Wenn Camilla noch lebte, wäre sie jetzt etwa fünfundvierzig Jahre alt, also waren ihre Eltern wahrscheinlich in den Siebzigern.

Ffion nahm ein Blatt Papier und schob es über den Schreibtisch. „Hier ist die letzte bekannte Adresse und Telefonnummer. Wenn sie umgezogen sind, müssen wir Nachforschungen anstellen und herausfinden, was aus ihnen geworden ist."

Bridget las die relevanten Informationen. Eine Adresse in der Stadt Godalming in Surrey. Sie fragte sich, ob Camillas Eltern wie ihre eigenen nach dem Verschwinden ihrer Tochter aus dem Haus der Familie geflohen waren. Aber irgendetwas sagte ihr, dass sie geblieben wären. Ein vermisstes Mädchen war nicht dasselbe wie ein totes. Es gab immer eine Chance, dass eine vermisste Person eines Tages nach Hause zurückkehren würde, wie gering diese auch immer sein mochte. Bridget war sich sicher, dass Camillas Eltern immer noch an derselben Adresse wohnten und hofften, vielleicht ohne es sich einzugestehen, dass ihre Tochter eines Tages nach Hause kommen würde. Nun, Bridget war kurz davor, diese schwache Hoffnung zu zerstören.

Sie zögerte, bevor sie den Hörer abnahm. Wie würden sie auf die Nachricht reagieren? Dann fiel ihr ein, was ihre Mutter am Tag zuvor gesagt hatte, dass es das Schlimmste sei, nicht zu wissen, was passiert war. Sie wählte die Nummer und wartete, bis die Verbindung hergestellt wurde.

Ein Freizeichen zeigte an, dass die Nummer noch aktiv war. Nach mehrmaligem Klingeln meldete sich eine Frauenstimme. „Hallo?"

„Könnte ich bitte mit Mrs. Judith Townsend sprechen?"

„Ja, am Apparat." Ihre Stimme klang müde und kraftlos. Bridget fragte sich, was für ein Weihnachten die Townsends wohl hinter sich hatten. Es war etwas mehr als fünfundzwanzig Jahre her, dass ihre Tochter verschwunden war, am Ende des Michaelmas-Trimesters, unmittelbar vor Weihnachten. Jedes Weihnachten musste für sie eine Zeit des quälenden Schmerzes sein.

„Es tut mir leid, dass ich Sie am zweiten Weihnachtsfeiertag anrufen muss. Mein Name ist Detective Inspector Bridget Hart von der Thames Valley Police."

Ein hörbares Einatmen am anderen Ende der Leitung quittierte ihre Worte.

„Es ist nicht leicht, Ihnen das zu sagen, aber wir glauben, dass wir die Leiche Ihrer Tochter Camilla gefunden haben. Es tut mir sehr leid, Ihnen diese Nachricht an Weihnachten überbringen zu müssen."

Mrs. Townsends Stimme zitterte. „Ist sie es wirklich?"

Bridget wählte ihre Worte mit Bedacht. „Wir müssen ihre zahnärztlichen Unterlagen überprüfen, um sie offiziell identifizieren zu können. Aber im Moment sind wir ziemlich sicher, dass sie es ist."

In der Leitung herrschte Stille.

„Mrs. Townsend, ist jemand bei Ihnen? Ist Ihr Mann bei Ihnen?"

„Ja, ja, er ist hier. Und keine Sorge, mir geht es gut." Die Stimme war immer noch schwach, aber Bridget erkannte einen Hauch von Erleichterung. „Danke, dass Sie uns informiert haben. Jetzt können wir sie anständig beerdigen."

„Natürlich", sagte Bridget. Sie wusste, wie wichtig es für die Angehörigen war, einen Ort zu haben, an dem sie ihre Verstorbenen besuchen und ihnen die letzte Ehre erweisen konnten. „Ich kann Ihnen keine weiteren Informationen geben, bis wir weitere Nachforschungen angestellt haben, aber haben Sie zu diesem Zeitpunkt noch

Fragen?"

„Nein. Es reicht zu wissen, dass sie endlich gefunden wurde."

Bridget versuchte, ein paar tröstende Worte zu sagen und zu erklären, was als Nächstes geschehen würde. Die arme Frau würde einige Zeit brauchen, um das Gehörte zu verarbeiten. Auch Bridget merkte, dass sie zitterte, als sie den Hörer auflegte, und musste ein paar Mal tief durchatmen, um sich zu beruhigen. Das Bild ihrer eigenen Eltern ging ihr nicht aus dem Kopf, und wie sehr sie gelitten haben mussten, als sie erfuhren, dass Abigails Leiche in Wytham Woods gefunden worden war.

„Es ist besser so, Ma'am", sagte Ffion, als wüsste die junge Constable, wie es sich anfühlte, ein Kind zu verlieren. „Alle Studien zeigen, dass die Trauer noch größer ist, wenn jemand jahrelang vermisst wird, als wenn sein Tod bestätigt wird. Solange das nicht der Fall ist, gibt es für die Angehörigen keine Möglichkeit, die Tatsache hinter sich zu lassen und mit dem Trauerprozess zu beginnen. Die Menschen bleiben in einem endlosen Zustand der Verzweiflung gefangen."

Bridget nickte. Auch wenn es Ffion an persönlicher Erfahrung mangeln mochte, ihre Kenntnis der Fakten war wie immer tadellos. „Ich hoffe nur, dass sie jetzt anfangen können, sich einen Reim auf das Geschehene zu machen. Und wenn wir herausfinden, wer für Camillas Tod verantwortlich ist, dann haben wir unseren Teil dazu beigetragen."

Sie machte sich einen Kaffee und setzte sich mit Ffion zusammen, um zu besprechen, was sie bereits wussten. Es schien wahrscheinlicher denn je, dass Camillas Tod mit dem kürzlichen Ableben von David Smith zusammenhing, dem Mann, der sein Leben der Aufklärung ihres Todes gewidmet hatte. Wenn ein und dieselbe Person für beide Morde verantwortlich war, dann musste es sich um jemanden handeln, der vor fünfundzwanzig Jahren in Oxford gewesen und jetzt zurückgekehrt oder nie weggegangen war.

Bridget sah zu der Liste der Kandidaten, die sie an das Whiteboard geschrieben hatte. Guy Goodwin und Julia Carstairs waren die einzigen beiden, von denen sie wusste. Guy Goodwin war der Mann, den David Smith schon lange verdächtigt hatte, und jetzt, da Bridget darüber nachdachte, war Guys Alibi von Julia Carstairs geliefert worden, sowohl für den jüngsten als auch für den historischen Mord. Guys Bewegungen bei beiden Ereignissen mussten weitaus gründlicher untersucht werden.

„Was hat die ursprüngliche polizeiliche Untersuchung über Guy Goodwin und Julia Carstairs ergeben?", fragte sie Ffion.

Ffion griff nach der Akte und holte die entsprechenden Zeugenaussagen hervor. „Sowohl Guy als auch Julia wurden zusammen mit der Besetzung von *Was ihr wollt* befragt. Guy und Julia gaben beide an, Camilla auf der After-Show-Party gesehen zu haben, und dass es das letzte Mal gewesen sei, dass sie sie gesehen hätten."

„Und diese Party fand bei Freud's in der Walton Street statt?" Die Walton Street war weniger als eine Meile von dem Haus in der Lathbury Road entfernt, in dem Camillas Überreste gefunden worden waren. Zu weit, um eine Leiche zu schleppen, aber leicht zu Fuß zu erreichen, wenn das Opfer noch am Leben war, bevor es das Haus erreichte.

Ffion verstand die Bedeutung der Frage ganz genau. „Das ist richtig."

„Was haben Guy und Julia nach der Party nach eigenen Angaben gemacht?"

Ffion blätterte durch den Stapel Papier. „Offenbar sind sie bis zum Ende der Party geblieben und sind dann gemeinsam zurück in Guys Zimmer im Worcester College gegangen. Sie waren zu der Zeit ein Paar."

„Ich frage mich, ob noch jemand ihre Bewegungen bezeugen kann", überlegte Bridget laut.

„Ich weiß es nicht", sagte Ffion. „Wir müssen alle Zeugenaussagen durchgehen, um zu prüfen, ob jemand angegeben hat, sie gesehen zu haben. Aber die Polizei hat sich wahrscheinlich nicht besonders dafür interessiert, was Guy und Julia auf der Party gemacht haben. Ihr Hauptaugenmerk lag wohl darauf, Hinweise auf Camilla zu finden."

„Wir könnten die Leute ausfindig machen, die auf der Party waren, und sie fragen, ob sie sich daran erinnern, was Guy und Julia an jenem Abend gemacht haben, aber ich bezweifle, dass sich jemand nach so vielen Jahren noch an viel erinnern kann."

„Nein."

„Was ist mit David Smith? Hatte die Polizei irgendwelche Beweise, die ihn mit Camillas Verschwinden in Verbindung brachten?"

„Nur Indizien. Er wurde angeblich von jemandem gesehen, der sich in der Nähe der Party herumtrieb, obwohl er das bei der Befragung bestritt. Wichtiger ist, dass er und Camilla zu Beginn des Semesters ein Paar waren, sich aber ein paar Wochen vor Semesterende gestritten und getrennt haben."

„Worum ging es bei dem Streit?"

Ffion sah in den Notizen nach. „Es scheint, als hätte David Camilla beschuldigt, mit Guy geschlafen zu haben, um sich ihre Rolle im Theaterstück zu sichern."

„Interessant." Bridget erinnerte sich daran, wie vehement Julia geleugnet hatte, dass zwischen Camilla und Guy etwas gelaufen war. Ihre Reaktion ließ vermuten, dass an der Anschuldigung durchaus etwas dran sein könnte, und Julias Eifersucht auf Camilla schien auch nach einem Vierteljahrhundert kaum nachgelassen zu haben. „Wenn also Camilla und Guy miteinander geschlafen haben, dann bleiben sowohl Guy als auch Julia dringend verdächtig." Sie blickte wieder auf die beiden Namen an der Tafel. „Wenn Guy Camilla aus irgendeinem Grund ermordet hat, ist es denkbar, dass Julia die Polizei belogen hat, um ihn zu schützen." Wenn Bridget an ihr Gespräch mit Julia Carstairs zurückdachte, wäre sie nicht überrascht, wenn die Hälfte von dem, was die Schauspielerin ihr erzählt hatte, gelogen war.

„Aber es gibt noch jemanden, den wir auf die Liste der Verdächtigen setzen sollten", sagte Ffion. „Jemand, der vor fünfundzwanzig Jahren in Oxford war und jetzt zurückgekehrt ist."

Bridget legte den Kopf schief. „Wer könnte das sein?"

„Camillas Tutor am Pembroke College. Dr. Trevor Mansfield."

Bridget starrte ihre DC mit wachsendem Erstaunen an. „Derselbe Trevor Mansfield, der jetzt Dozent in Harvard ist, aber über Weihnachten nach Oxford zurückgekehrt ist, um seine Mutter zu besuchen?"

„Genau der."

„Und dessen Haus direkt an das verlassene Grundstück in der Lathbury Road grenzt." Bridget spürte, wie sich eine Gänsehaut auf ihren Armen bildete, als sie sich an die schemenhafte Gestalt erinnerte, die sie am Vortag vom Haus aus beobachtet hatte. „Wenn das so ist", sagte sie, „dann sollten wir Dr. Mansfield einen Besuch abstatten, meinen Sie nicht?"

★

Im Haus in der Staverton Road ertönten Kinderstimmen und Gelächter, als Mrs. Mansfield später am Morgen Bridget und Ffion die Tür öffnete.

Die alte Dame schien nicht im Geringsten überrascht, sie in der Tür stehen zu sehen. Sie sah Bridget durch ihre Brille an, ihre Augen leuchteten wie Knöpfe. „Inspector, ich hatte so ein Gefühl, dass wir Sie wiedersehen würden. Wir konnten nicht umhin, Ihre Kollegen im Haus gegenüber zu bemerken. Und das am Weihnachtstag! Sie haben dort offensichtlich etwas sehr Wichtiges gefunden."

Bridget fragte sich, ob Mrs. Mansfield genau wusste, was in dem Haus gefunden worden war. War es sogar möglich, dass sie es schon seit vielen Jahren wusste?

„Wissen Sie viel über die Geschichte des Hauses in der Lathbury Road?", fragte Bridget.

„Nun, ja. Es gehört einer Dame namens Mrs. McBride. Aber es steht schon seit vielen Jahren leer, vielleicht seit dreißig. Ja, ich würde sagen, es ist einunddreißig Jahre her, dass Mrs. McBride in ein Pflegeheim ziehen musste. Demenz“, erklärte sie leise. „Das passiert vielen älteren Menschen, wissen Sie.“

Bridget verkniff sich einen Kommentar. Cheryl Mansfield hatte gesagt, ihre Schwiegermutter sei einundneunzig. Aber das Gehirn der alten Dame funktionierte offensichtlich noch einwandfrei.

„Seitdem steht das Haus leer“, fuhr sie fort. „Mrs. McBride hat keine lebenden Verwandten und hat nie ein Testament gemacht, so dass die Rechtslage in Bezug auf die Instandhaltung oder den Verkauf des Hauses unklar war, da sie nicht in der Lage war, eine Entscheidung zu treffen. Die Stadtverwaltung beantragte die Räumung, doch das Gericht lehnte den Antrag ab. Jetzt warten sie im Grunde darauf, dass sie stirbt, damit das Anwesen an die Krone fällt und verkauft werden kann.“

„Ich habe gehört, dass es über die Jahre von Hausbesetzern genutzt wurde.“

„Ja. Von Hausbesetzern, Drogensüchtigen und Vandalen. Die Stadtverwaltung hat das Haus mit Brettern vernagelt, um die Leute fernzuhalten, aber das hat nicht wirklich geholfen. Von Zeit zu Zeit kommen sie immer noch rein. Ich vermute, dass es inzwischen in einem schrecklichen Zustand ist. Diese alten Häuser brauchen so viel Pflege und Aufmerksamkeit, damit sie nicht verfallen. Aber was rede ich da, ich plappere immer weiter. Wo sind meine Manieren? Verzeihung, kommen Sie doch rein.“

Sie ließ sie in den Flur und führte sie dann ins Wohnzimmer, das Bridget vom letzten Mal kannte. „Ich nehme an, Sie möchten noch einmal mit Trevor und Cheryl sprechen?“

„Nur mit Trevor, wenn das in Ordnung ist“, sagte Bridget.

Der misstrauische Blick, den Bridget bei ihrem letzten Besuch bemerkt hatte, huschte erneut über das Gesicht der alten Frau. „Ja, natürlich. Er ist oben und hilft seinem Großneffen beim Bau einer Eisenbahnstrecke. Ich hole ihn für Sie herunter. Darf ich Ihnen die Mäntel abnehmen?"

Obwohl die Stimme der alten Frau höflich blieb, hatte sie eine gewisse Kälte angenommen. Bridget fiel auf, dass es diesmal kein Tee und Gebäck gab. Vielleicht war das zu viel verlangt, wenn Mrs. Mansfield den Grund ihres Besuchs offensichtlich erraten hatte. Camillas Geschichte war nach ihrem Verschwinden in allen Nachrichten gewesen, und wenn Trevor damals von der Polizei zu ihrem Verschwinden befragt worden war, dann war seine Mutter zweifellos über den Fall auf dem Laufenden. Wenn sie die polizeilichen Aktivitäten am Haus mit Blick auf ihren Garten beobachtet und daraus geschlossen hatte, dass eine Leiche gefunden worden war, dann musste sie genau wissen, was Bridget und Ffion jetzt hier taten. Ein erneuter Besuch der Polizei nach so vielen Jahren konnte kaum willkommen sein.

Bridget und Ffion nahmen im Wohnzimmer Platz. Das Kreuzworträtsel aus der Zeitung, an dem Mrs. Mansfield am Tag zuvor gearbeitet hatte, lag nun auf dem Couchtisch neben Bridgets Stuhl. Es war vollständig gelöst.

„Sie weiß es, nicht wahr?", flüsterte Ffion.

„Ich vermute es."

Trevor Mansfield erschien in der Tür, in demselben Pullover, derselben Hose und denselben Pantoffeln, die er getragen hatte, als Bridget das letzte Mal mit ihm gesprochen hatte. Mit seiner Drahtbrille, dem gestutzten silbernen Bart und dem schütteren Haaransatz wirkte er wie das Abbild eines harmlosen Akademikers. Äußerlich hatte sich nichts verändert, doch wenn Bridget jetzt seinen scharfen, durchdringenden Blick, seine beherrschte, unerschütterliche Haltung und sein entspanntes Lächeln betrachtete, sah sie einen Mann, der seine Gefühle vollkommen unter Kontrolle hatte. War dieser Mann fähig, eine Studentin zu töten, den Mord zu vertuschen und Jahrzehnte später einen Mann skrupellos zu ermorden, um die Aufdeckung seines Verbrechens zu verhindern?

Er setzte sich Bridget gegenüber. „Ich nehme an, es geht bei diesem Besuch um den Mord an David Smith? Oder geht es um eine andere Angelegenheit? Vielleicht hat es etwas damit zu tun, was im Haus gegenüber vor sich geht?"

„Es tut mir leid, Ihnen mitteilen zu müssen, dass wir menschliche Überreste auf dem Grundstück gefunden haben."

Dr. Mansfield beugte sich vor. „Eine Leiche?"

„Die Überreste liegen dort schon eine ganze Weile, mindestens ein paar Jahrzehnte." Sie beobachtete sein Gesicht, während er die Information aufnahm.

„Ein Mann oder eine Frau?", fragte er.

„Eine Frau."

Er lehnte sich zurück, ein Ausdruck von Resignation lag auf seinem Gesicht. „Und Sie glauben, ich könnte etwas darüber wissen."

„Dr. Mansfield, können Sie bestätigen, dass Sie vor fünfundzwanzig Jahren von der Polizei zum Verschwinden einer Ihrer Studentinnen, Camilla Townsend, befragt wurden?"

Bei der Erwähnung von Camillas Namen zuckte er sichtlich zusammen. „Haben Sie sie gefunden? Ist es Camillas Leiche in diesem Haus?"

„Beantworten Sie bitte einfach die Frage."

Er seufzte. „Ja, ich wurde nach Camillas Verschwinden befragt. Schließlich war sie meine Studentin. Aber es gab nichts Brauchbares, was ich der Polizei hätte sagen können."

„Vielleicht könnten Sie uns Ihre Version der Ereignisse noch einmal schildern. Erzählen Sie uns, woran Sie sich im Zusammenhang mit Camillas Verschwinden erinnern."

Er starrte auf die gegenüberliegende Wand, als würde er die Ereignisse von vor einem Vierteljahrhundert vor seinem geistigen Auge ablaufen lassen. „Es war fast das Ende des Michaelmas-Trimesters. Die Studenten bereiteten sich darauf vor, Oxford für die Weihnachtsferien zu verlassen. Camilla spielte in einem Theaterstück mit und fragte mich, ob ich mitkommen und mir die Aufführung ansehen wolle. Manchmal hat das Studententheater ein sehr hohes Niveau, und da ich an diesem Abend nichts Besonderes vorhatte, sagte ich zu. Es war eine Aufführung von *Was ihr wollt* im Burton Taylor Studio. Camilla spielte die Rolle der Viola." Er warf Bridget einen scharfen Blick zu. „Sie dürfen keinen Augenblick glauben, dass es in irgendeiner Weise unprofessionell war, ihr bei der Aufführung zuzusehen, oder dass ich in Camilla vernarrt war. Sie war eine gute Studentin und zugegebenermaßen sehr hübsch, aber mein Verhältnis zu allen meinen Studenten war immer streng professionell. Vielleicht war es im Nachhinein unklug von mir, sie an diesem Abend zu besuchen, aber *Was ihr wollt* war schon immer eines meiner Lieblingsstücke von Shakespeare, und wie gesagt, ich hatte nichts Besseres zu tun. Jedenfalls bin ich ins Theater gegangen, und das war das letzte Mal, dass ich sie gesehen habe."

„War das die letzte Aufführung des Stücks?"

„Ja, das war es."

„Sie waren nicht mit ihr auf der Party nach der Vorstellung?", erkundigte sich Ffion.

„Nein, natürlich nicht. Ich war nicht eingeladen. Ich dachte, die Party wäre nur für die Schauspieler und die anderen Studenten, die an der Produktion beteiligt waren. Erst als sie als vermisst gemeldet wurde, erfuhr ich von der Party."

„Darf ich fragen, wo Sie den Rest der Nacht verbracht haben?"

„Ich war hier."

„Und kann das jemand bezeugen?"

„Meine Mutter kann das."

„Ich verstehe." Bridget bezweifelte stark, dass die Geschworenen Mrs. Mansfields Beteuerungen von der Unschuld ihres Sohnes glauben würden. Aber sie konnte nicht ausschließen, dass Trevor die Wahrheit sagte. Nicht jeder, den sie befragte, erwies sich als Lügner. „Sie wissen doch sicher, dass Camillas Freund im Zusammenhang mit ihrem Verschwinden verhaftet wurde?"

„Natürlich, ja. Aber er wurde ohne Anklage freigelassen, soweit ich weiß."

„Das ist richtig. Kannten Sie ihn?"

„Nicht wirklich. Er war keiner meiner Studenten. Wie hieß er doch gleich … David oder so?"

„David Smith. Sagt Ihnen der Name nichts?"

„Sollte er?"

Sie wartete, ob er die Verbindung selbst herstellen würde. Er starrte sie an, und langsam dämmerte es ihm. „Nicht derselbe David Smith, der im Turf Tavern ermordet wurde?"

„Ja. Ein ziemlicher Zufall, finden Sie nicht? Nach seiner Verhaftung brach David Smith sein Studium ab. Aber er blieb in Oxford, wo er als Gordon Goole Geistertouren für Touristen machte und Bücher über Geister schrieb und veröffentlichte, um sein Einkommen aufzubessern. Wie das, das Ihre Frau am Sonntagabend gekauft hat."

Das Buch, das Cheryl von Gordon Goole gekauft hatte, lag auf dem Couchtisch neben dem ausgefüllten Kreuzworträtsel. Trevor Mansfield starrte entsetzt darauf. „Ich hatte ja keine Ahnung", murmelte er." David Smith …" Ihm schienen die Worte zu fehlen.

Bridget wartete, bis er sich von seinem Schock erholt hatte, ob echt oder gespielt.

„Tut mir leid, Inspector, aber ich kannte Camillas Freund nicht, und selbst wenn, hätte ich ihn nach all der Zeit nicht unbedingt wiedererkannt. Menschen verändern sich."

„Manche tun es, manche nicht", sagte Bridget und erinnerte sich an ihre eigenen Erfahrungen bei einer College-Gaudi Anfang des Jahres. „Wie gesagt, David Smith war der Freund von Camilla Townsend. Zuerst wurde sie ermordet und jetzt er. Offensichtlich suchen wir nach einer Verbindung."

„Tut mir leid, da kann ich Ihnen nicht helfen."

„Darf ich fragen, warum Sie wirklich nach Harvard gegangen sind? Sie hatten eine gute Position in Oxford, Sie haben Familie hier. Es muss einen triftigen Grund gegeben haben."

„Die Wahrheit ist, dass es nach Camillas Verschwinden nicht leicht für mich war. Selbst wenn man nichts falsch gemacht hat, gibt es immer Gerüchte. Man wird zu einer Art gesellschaftlichem Außenseiter im Senior Common Room. Ich wollte einfach einen Neuanfang."

Die Antwort klang ehrlich. „Eine Sache noch. Am Sonntagabend im Turf haben Sie einen Anruf aus Harvard erhalten, ist das richtig?"

Seine Miene verfinsterte sich und Bridget spürte, dass sie einen wunden Punkt getroffen hatte. „Ich möchte lieber nicht ins Detail gehen, wenn es Ihnen nichts ausmacht, Inspector."

„Es ist nicht nötig, dass Sie irgendwelche Details über Ihren Anruf preisgeben, Dr. Mansfield. Das Problem, das ich habe, ist jedoch, dass wir im Moment nur Ihr Wort bezüglich dieses Anrufs haben. Da es sich um Ihr Alibi für die Zeit des Mordes an David Smith handelt, müssen wir bestätigen, dass der Anruf stattgefunden hat. Können Sie mir wenigstens sagen, mit wem er geführt wurde?"

„Ich verstehe", sagte er steif. Er schien mit sich zu ringen, was er ihr sagen sollte. „Also gut, wenn es sein muss. Ich habe mit einem Dekan der Fakultät in Harvard gesprochen. Ich kann Ihnen seinen Namen und seine Kontaktdaten geben, wenn Sie sich mit ihm in Verbindung setzen wollen."

„Danke. Ich wäre Ihnen sehr dankbar."

Zögernd schrieb er einen Namen und eine Telefonnummer auf ein Blatt Papier. „Und ich nehme an, das ist dann alles?"

„Für den Moment", sagte Bridget.

KAPITEL 23

lso, was halten Sie von ihm?", fragte Bridget
Ffion, nachdem sie das Interview mit Trevor
„Mansfield in seinem Haus in North Oxford
beendet hatten. Für Ffion war es die erste Begegnung mit
dem Harvard-Dozenten, und Bridget war gespannt auf
ihre Meinung. Die junge Detective Constable war eine
scharfe Beobachterin, der nichts entging.

„Gerissen", sagte Ffion. „Er hat definitiv die Wahrheit
über den Anruf in Harvard verschwiegen. Und seine
Mutter weiß auch mehr, als sie zugibt. Ich traue keinem
von beiden."

Bridget wusste, dass Ffion grundsätzlich keinem
Zeugen traute, der an einer Untersuchung beteiligt war,
aber sie war geneigt, ihrer Einschätzung von Trevor
Mansfield und seiner Mutter zuzustimmen. Dabei hatte
Trevors Frau Cheryl so nett gewirkt. Es fiel Bridget
schwer, ihre ersten Eindrücke von dem Paar mit der
Vorstellung in Einklang zu bringen, dass Trevor ein
hinterhältiger Mörder war und seine Mutter ihm geholfen
hatte, seine Verbrechen zu vertuschen.

„Und wohin jetzt?", fragte Ffion.

„Zum Randolph Hotel. Ich bin ziemlich sicher, dass wir Guy Goodwin dort finden werden."

Das Randolph hatte lange den Ruf genossen, das beste Hotel in Oxford zu sein. Das Gebäude an der Ecke Beaumont Street und Magdalen Street war sehr imposant. Es war fünf Stockwerke hoch und im viktorianisch-gotischen Stil erbaut, mit vielen Bogenfenstern, spitzen Dächern und hohen Schornsteinen. Das blassgoldene Mauerwerk sollte eindeutig mit den Cotswoldsteinen der Colleges harmonieren, zwischen denen es sich befand.

Das Innere des Gebäudes war so opulent, wie man es von einem traditionellen Fünf-Sterne-Hotel im Herzen der Universitätsstadt erwarten konnte. Ein dicker Teppich mit einem Muster aus Purpur und Gold führte zu einem Schreibtisch aus Mahagoni, an dem ein Rezeptionist in einer grauen Uniform saß. Links vom Schreibtisch führte eine breite Treppe hinauf zu den Gästezimmern. Die Wände waren mit dicken, gemusterten Tapeten überzogen, als hätten die Dekorateure alles getan, um keine Fläche ungeschmückt zu lassen. Selbst die Türöffnungen waren von verzierten Säulen flankiert und mit gotischen Bögen aus dunklem Holz verziert.

Bridget ging zur Rezeption und wartete geduldig, während ein Gast ein Taxi bestellte. Als sie an der Reihe war, zeigte sie dem Hotelangestellten ihren Dienstausweis. „Ich glaube, Sie haben einen Gast namens Guy Goodwin. Ich würde ihn gerne sehen."

„Mr. Goodwin? Ja, er wohnt tatsächlich bei uns. Ich versuche es gleich in seinem Zimmer." Er wählte eine Nummer auf der Tastatur seines Telefons. „Mr. Goodwin? Detective Inspector Bridget Hart von der Thames Valley Police erwartet Sie an der Rezeption. Ja?" Er ließ den Hörer sinken und bedeckte ihn diskret mit einer Hand. „Mr. Goodwin möchte wissen, ob Sie auch mit Miss Carstairs sprechen möchten."

„Nein", sagte Bridget. „Das möchte ich nicht."

Der Empfangsmitarbeiter nahm ihre schroffe Antwort gelassen hin. Er war es offensichtlich gewohnt, mit schwierigen Gästen umzugehen. „Mr. Goodwin wird in Kürze hier sein. Vielleicht möchten Sie an der Bar warten?"

„Wir warten hier, danke", sagte Bridget. Die Versuchung, einen schnellen Kaffee zu trinken, während sie wartete, war groß, aber das Letzte, was sie brauchte, war, dass Guy sich aus dem Staub machte.

Sie brauchte nicht lange zu warten. Nach ein paar Minuten kam Guy Goodwin die Treppe herunter und sah verärgert aus. Mit seinem dichten schwarzen Haar, das ihm bis zum Kragen reichte, den buschigen Augenbrauen und den tiefliegenden, kohlschwarzen Augen wirkte er einschüchternd. Er war fast einen ganzen Kopf größer als Bridget und starrte sie finster an, die Hände tief in den Taschen seiner ausgeblichenen Jeans vergraben. Er trug einen schwarzen Kaschmir-Rollkragenpullover, um den Eindruck eines Theaterregisseurs zu vervollständigen.

„Inspector Hart? Sie wollten mich sprechen?"

„Vielleicht können wir uns an der Bar unterhalten?", schlug Bridget vor. Der Verlockung des Kaffees konnte sie einfach nicht widerstehen. Wenn sie ihn mit einer der köstlichen Sahnetorten kombinieren könnte, die in der Auslage standen, würde sie drei Fliegen mit einer Klappe schlagen. Zucker, Koffein und die Befragung eines Hauptverdächtigen. Diese Gelegenheit durfte sie sich nicht entgehen lassen.

„In Ordnung", sagte Guy. „Aber ich habe nicht viel Zeit. Ich muss heute Nachmittag wieder zur Probe ins Theater."

„Wir werden versuchen, Ihre Zeit nicht zu sehr in Anspruch zu nehmen, Mr. Goodwin", sagte Bridget mit einem freundlichen Lächeln.

Nachdem die Bestellung an den Tisch gebracht worden war, kam Bridget gleich zur Sache. „Wir möchten mit Ihnen über Camilla Townsend sprechen."

Guys ernste Miene verfinsterte sich sofort noch mehr. „Julia hat so etwas in der Art erwähnt. Aber ich dachte, Sie ermitteln in einem Mordfall."

„Das tun wir auch", sagte Bridget. „Genau genommen ermitteln wir jetzt in zwei Mordfällen."

„Zwei? Sie meinen doch nicht etwa ...?"

„Wir glauben, die sterblichen Überreste von Camilla Townsend ausgegraben zu haben. Wir haben die Ermittlungen zu ihrem Verschwinden wieder aufgenommen und behandeln den Fall jetzt als Mord." Sie nahm einen willkommenen Schluck von ihrem Cappuccino und lehnte sich zurück, um seine Reaktion zu beobachten.

Guys hohe Stirn war jetzt so zerfurcht, dass sich seine Augenbrauen zu einer durchgehenden dunklen Linie zusammenzogen. „Aber wie haben Sie sie gefunden? Und wo?"

„Das ist erst einmal vertraulich", sagte Bridget. „Vielleicht können wir damit anfangen, wie gut Sie sie kannten. Sie hat in einer studentischen Produktion von *Was ihr wollt* mitgespielt, bei der Sie Regie geführt haben."

„Ja, natürlich. Das weiß doch jeder. Aber das ist ewig her."

„Aber auf der Party, die nach der letzten Vorstellung stattfand, wurde Camilla Townsend zum letzten Mal lebend gesehen."

„Ja, ja. Ich verstehe." Seine Miene hellte sich auf, als er sich von dem Schock erholte, den die Nachricht von Camillas Leiche bei ihm ausgelöst hatte. Jetzt, wo er ruhig dasaß, wirkte er viel weniger beängstigend, als wenn er aufgeregt war oder einer Gruppe von Schauspielern auf der Bühne Anweisungen zurief. Bridget konnte gut verstehen, was Julia Carstairs an ihm fand. Er war ein sehr attraktiver Mann, wenn man auf den dunklen, launischen Typ stand. Bridget war selbst auf diesen Typ hereingefallen, als sie Ben geheiratet hatte, aber man konnte sehen, wohin das geführt hatte. Manche Männer waren gefährliche Bekanntschaften und Guy Goodwin schien ihr einer von ihnen zu sein.

Ihre Gedanken kehrten unweigerlich zu Chloe und dem geheimnisvollen Alfie zurück. War auch er ein rauer, gutaussehender Verführer? Bridget hatte so viele Perlen hart erarbeiteter Weisheit, die sie ihrer Tochter mit auf den Weg geben wollte, aber sie wusste, dass Chloe niemals auf sie hören würde. Die wichtigsten Lektionen im Leben musste man anscheinend immer auf die harte Tour lernen.

Guy sah sie mit harten, ausdruckslosen Augen an.

„Wie haben Sie Camilla kennengelernt?", fragte sie.

„Die liebe Camilla", sagte Goodwin und sein Gesichtsausdruck wurde noch intensiver. „Sie hatte ein natürliches Talent für die Bühne. Sie hätte eine große Schauspielerin werden können. Wenn sie noch am Leben wäre", fügte er hinzu. Nachdenklich nippte er an seinem Espresso. „Ich kannte sie natürlich vom Theater. Wir bewegten uns in den gleichen Kreisen. Schauspieler sind eine kleine, eingeschworene Gemeinschaft. Dagegen kann man einfach nichts machen." Er lachte. „Das liegt daran, dass sie alle so verdammt unsicher sind. Keiner will als Erster den Raum verlassen, aus Angst, dass die anderen sofort über ihn tratschen. Die Theaterwelt ist ein zickiger Ort voller Intrigen." Er runzelte die Stirn, als ahnte er, dass seine Wortwahl unpassend sein könnte. „Ich meine das nicht wörtlich. Niemand hat je einen anderen Schauspieler umgebracht, um eine Rolle zu bekommen, zumindest soweit ich weiß." Wieder legte sich seine Stirn in Falten, doch diesmal blitzte ein Hauch von Humor in seinen Augen auf. „Oder vielleicht doch, jetzt wo Sie es erwähnen."

„Ich habe es nicht erwähnt", sagte Bridget. „Ich habe gefragt, wie Sie Camilla kennengelernt haben."

Seine Stimme klang wieder ungeduldig. „Ja, ja. Wie ich schon sagte, wir haben uns über die Bühne kennengelernt. Wir waren auf verschiedenen Colleges, aber wir haben beide an Theaterproduktionen mitgewirkt. Sie war Schauspielerin, ich interessierte mich für Regie."

„Würden Sie sagen, dass Sie sich nahe standen?"

„Nein." Sein Dementi war glatt und endgültig.

Ffion nahm den Faden auf. „David Smith glaubte, Sie hätten mit Camilla geschlafen."

Jetzt lächelte Guy grimmig. „Sehen Sie, was ich meine? Es ist die Eifersucht. Sie befällt jeden auf dieser Welt. Warum hätte ich mit Camilla schlafen wollen? Ich war doch damals mit Julia zusammen."

„Vielleicht war Julia nicht genug", schlug Ffion vor. „Camilla hat sich Ihnen als Gegenleistung für eine Rolle in Ihrem Stück angeboten, und Sie haben Ja gesagt."

Guy schaute finster drein, als er diese Anschuldigung hörte. „Im Gegensatz zu dem, was Sie vielleicht hören, ist nicht jeder in meiner Branche ein Mistkerl. Ich habe nicht die Angewohnheit, meine Position zu missbrauchen, um zu bekommen, was ich will, und Camilla war ein nettes Mädchen – sie hätte nicht mit jedem geschlafen, nur um eine Rolle in einem Theaterstück zu bekommen."

„Aber Sie geben zu, dass Sie mit ihr schlafen wollten?", fragte Ffion.

Guy fuhr sich mit der Hand durch sein dichtes Haar. „Jetzt verdrehen Sie mir die Worte."

„Camilla hat aber die beste Rolle bekommen, oder?", sagte Bridget. „Viola. Es war die Rolle, die Julia für sich wollte."

„Camilla war für die Rolle besser geeignet als Julia", schnauzte Guy. „Sie war perfekt für die Rolle, während Julia ... Sie hat viele gute Eigenschaften, aber es gibt Talent und es gibt Narzissmus. Verstehen Sie mich nicht falsch, Julia ist keine schlechte Schauspielerin. Sie ist gut genug für die Rollen, die man ihr gibt, aber sie ist kein Star-Material. Das war sie noch nie. Ihr fehlt die Charaktertiefe, die man für eine komplexe Rolle braucht."

Bridget konnte sich vorstellen, wie Julia reagieren würde, wenn sie ihren Liebhaber so über sie reden hörte. „Ihre Beziehung mit Julia Carstairs endete, während Sie an der Universität waren. Wann war das, und warum?"

„Kurz nach dem Verschwinden von Camilla ging sie in die Brüche. Das war für uns alle eine schwierige Zeit. Es gab Anschuldigungen. Die Diskussionen wurden hitzig. Sie haben gesehen, wie Julia ist. Sie ist eine leidenschaftliche Frau. Zu emotional."

„Und eifersüchtig", fügte Ffion hinzu.

„Eifersüchtig, ja." Guy nickte zustimmend. „Irrational, ja. Wie ich Ihnen bereits erklärt habe, gab es keinen Grund für ihre Eifersucht, aber Julia hat die Dinge nicht klar gesehen. Das tut sie selten." Guy nahm einen weiteren Schluck von seinem Espresso und Bridget biss in ihren Kuchen. Sie fragte sich, wie lange Guys und Julias neu entflammte Beziehung wohl halten würde. Sie würde nicht darauf wetten, dass sie bis ins neue Jahr dauern würde.

„Was ist mit David Smith?", fragte sie. „Was hatte er mit dem Stück zu tun?"

„Überhaupt nichts. Er hat für die Rolle des Malvolio vorgesprochen, aber ich hatte einen besseren Schauspieler für diese Rolle. David war überflüssig."

„Hätten Sie nicht eine andere Rolle für ihn finden können?"

„Das brauchte ich nicht. In Oxford wimmelt es von angehenden Schauspielern. Ich hatte die Qual der Wahl. Ich weiß, Sie werden es verdrehen und sagen, dass ich ihn abgelehnt habe, um Camilla für mich allein zu haben, aber so war es nicht. David hatte einfach nicht das Zeug dazu. Kein Wunder, dass er als Geisterführer endete."

„Eigentlich", sagte Bridget, die den Drang verspürte, sich für den Ermordeten einzusetzen, „war er ein sehr guter Guide."

„Das freut mich zu hören."

„Erzählen Sie mir von der letzten Aufführung von *Was ihr wollt*", sagte Bridget. „Woran erinnern Sie sich noch von diesem Abend?"

„Das ist schrecklich lange her, Inspector. Wenn Sie einen verlässlichen Bericht wollen, lesen Sie besser die Aussage, die ich damals bei der Polizei gemacht habe."

„Ich habe die Aussage gelesen. Ich würde sie gerne noch einmal von Ihnen hören."

Goodwin stützte sein Kinn auf eine Hand und starrte an die Decke, als kämpfe er mit seiner Erinnerung. Er war selbst ein halbwegs guter Schauspieler. Bridget vermutete, dass er sich genau daran erinnerte, was in jener denkwürdigen Nacht geschehen war. Als er sprach, war klar, dass sich die Details lebhaft in sein Gedächtnis eingebrannt hatten. „Es war eine fabelhafte Inszenierung. Das wussten wir alle. Als der letzte Vorhang fiel, waren alle wie im Rausch. Das war immer so, wenn man einen guten Lauf hatte. Die Kritiken waren überschwänglich und alle waren in Feierlaune. Wir gingen ins Freud's in der Walton Street. Kennen Sie das?"

Bridget kannte die angesagte Café-Bar, aber sie war nicht oft dort. Das Publikum war zu jung, die Atmosphäre zu laut.

„Ich kenne es", sagte Ffion.

Guy nickte anerkennend. „Es ist ein großartiger Ort. An diesem Abend war es brechend voll und die Stimmung war richtig gut. Alle waren da. Schauspieler, Bühnenpersonal, Kritiker, aber auch Freunde und Partner. All die Menschen, die von der Welt der Bühne angezogen werden wie Motten vom Licht."

Bridget fragte sich, ob Guy immer so blumig sprach. Vielleicht war es eine Begleiterscheinung seines Berufs, vielleicht aber auch nur eine seiner Rollen. „Sie haben Camilla auf der Party gesehen?", fragte sie.

„Natürlich. Sie war der Star der Show. Alle wollten ihr zu ihrer atemberaubenden Darbietung gratulieren.

„Und Julia war auch da?"

„Natürlich. Wie gesagt, alle waren da."

„Wie lange sind Sie geblieben?"

„Oh, so ziemlich bis zum Ende. Ich war der Regisseur, das war zu erwarten. Da waren nur noch ein paar Nachzügler übrig."

„War Camilla noch da, als Sie gingen?"

„Nein. Sie war weg. Aber ich habe sie nicht gehen sehen. Vielleicht ist sie allein gegangen, oder mit einem der anderen Partygäste. Das habe ich damals auch der Polizei gesagt."

„Was ist mit Julia?"

„Sie ist mit mir gegangen. Und wenn Sie meine Aussage gelesen haben, dann wissen Sie, dass wir in mein

Zimmer im College zurückgegangen sind und dort den Rest der Nacht dort zusammen verbracht haben. Das erste Mal hörten wir von Camillas Verschwinden beim Frühstück am nächsten Morgen. Ihre Mitbewohnerinnen berichteten, dass Camilla nach der Party nicht zurückgekommen war. Wir nahmen alle an, sie sei in ein anderes Zimmer gegangen. Aber wir haben sie nie wieder gesehen." Er verstummte, ein melancholischer Ausdruck breitete sich auf seinem Gesicht aus. „Und jetzt sagen Sie, Sie hätten ihre Leiche gefunden? Dann war sie also schon die ganze Zeit tot."

„So scheint es", sagte Bridget. „Spulen wir fünfundzwanzig Jahre vor. Wo waren Sie am Abend des zweiundzwanzigsten Dezembers zwischen zehn und halb elf?"

Guy schien durch den abrupten Wechsel verwirrt. „Das war der Abend, nachdem ich Julia zum ersten Mal im Theater getroffen hatte. Sie war mit ihren Freundinnen dort, um die Vorstellung zu sehen, und kam danach hinter die Bühne, um mich zu treffen. Wir kamen ins Gespräch und gingen zusammen etwas trinken. Nach so vielen Jahren hatten wir uns viel zu erzählen. Heirat, Scheidung – "

„Das war am Samstagabend", unterbrach Bridget. „Ich habe Sie nach Sonntag gefragt."

„Richtig, ja … Dazu wollte ich gerade kommen. Wir hatten verabredet, uns wieder zu sehen. Ich sagte Julia, dass ich ihr eine Nachricht schicke, sobald ich mit der Arbeit im Theater fertig bin, und dass sie dann zu mir kommen soll."

„Und wo haben Sie sich getroffen?"

„Hier, im Randolph."

„Erzählen Sie uns noch einmal genau, was Sie am Sonntagabend zwischen zehn und halb elf gemacht haben."

Guy wirkte nervös. „Ich verließ das Theater kurz nach zehn und schickte Julia eine Nachricht. Dann ging ich in mein Zimmer hier und sie kam kurz darauf nach. Seitdem wohnt sie bei mir." Er krempelte einen Ärmel hoch und brachte eine klobige Uhr zum Vorschein. „Und jetzt muss ich mich wirklich beeilen. Die Show beginnt heute Nachmittag wieder, und wie Sie vielleicht schon gehört haben, habe ich meine Hauptdarstellerin verloren. Wir haben eine Menge Arbeit vor uns, wenn wir eine Katastrophe vermeiden wollen." Er schenkte Bridget ein breites Grinsen. „Aber Sie wissen ja, was man über das Theater sagt."

„Die Show muss weitergehen", schloss Bridget. Das war eindeutig ihr Stichwort, um zu gehen.

★

Da die meisten Mitglieder ihres Teams noch im Urlaub waren, konnte Bridget nicht viel tun, bis alle wieder zur Arbeit kamen. Das war frustrierend, aber nicht zu ändern. Immerhin hatte sie es geschafft, ihre beiden vielversprechendsten Verdächtigen an einem Tag zu befragen, an dem sie eigentlich zu Hause die Füße hatte hochlegen wollen. Ein Fortschritt, fand sie. Aber wohin genau hatte sie das geführt?

„Ich möchte mehr über den Anruf erfahren, den Trevor Mansfield aus Harvard erhalten hat", sagte sie zu Ffion, als sie wieder im Büro waren. „Er war sehr ausweichend in dieser Angelegenheit. Wir müssen zumindest überprüfen, ob der Anruf tatsächlich so stattgefunden hat, wie er es beschrieben hat."

„Dr. Mansfield hat uns die Kontaktdaten des Dekans der Fakultät in Harvard gegeben", sagte Ffion. „Aber es könnte schwierig werden, ihn über die Feiertage zu erreichen."

„Am zweiten Weihnachtsfeiertag können wir ihn bestimmt nicht anrufen", stimmte Bridget zu. Wieder einmal schienen die Feiertage den Ermittlungen in die Quere zu kommen. Aber sie konnte nichts dagegen tun.

„Kann ich sonst noch etwas für Sie tun?", fragte Ffion.

„Im Moment nicht", antwortete Bridget. „Heute ist

doch Feiertag. Ich bin sicher, dass Sie etwas Aufregendes vorhaben. Eine Party vielleicht?"

„Mm", sagte Ffion unverbindlich. „Was ist mit Ihnen, Ma'am? Haben Sie für den Rest des Tages noch etwas vor?"

„Familie." Bridget hatte keine Lust, die unzähligen Komplikationen ihres Privatlebens zu erklären. „Dann sehen wir uns morgen wieder hier. Dann sollte auch der Rest des Teams zurück sein. Ich werde Jake in Leeds anrufen und ihn bitten, so schnell wie möglich hierher zu kommen."

Nach der Erwähnung von Jake herrschte Schweigen. Bridget beschloss, dass es an der Zeit war, das Problem direkt anzusprechen. Sie schlug ihren besten „nett, aber bestimmt"-Ton an. „Hören Sie, ich weiß, dass Sie beide sich gestritten haben. Es tut mir leid, dass Sie nicht mehr zusammen sind, aber ich möchte, dass alle in meinem Team zusammenarbeiten."

Die implizite Drohung ließ sie unausgesprochen. Wenn zwei ihrer Teammitglieder aus persönlichen Gründen nicht zusammenarbeiten konnten, musste sie über eine Versetzung nachdenken. Aber wen? Ffion mit ihrem scharfen Verstand, ihren ausgeprägten analytischen Fähigkeiten und ihren Computerkenntnissen? Oder Jake mit seinem emotionalen Einfühlungsvermögen, seinem ausgeglichenen Temperament und seiner beruhigend großen Statur? Sie wollte keinen von beiden verlieren.

Ffion schüttelte den Kopf. „Darüber brauchen Sie sich keine Sorgen zu machen, Ma'am. Ich kann mit Jake zusammenarbeiten. Kein Problem."

„Gut. Dann werden wir nicht mehr darüber sprechen. Also bis morgen."

„Bis morgen."

Sie notierte sich, dass sie Jake anrufen und sich erkundigen wollte, was mit der Beschaffung von Camillas zahnärztlichen Unterlagen war. Nichts, vermutete sie, denn alle waren im Urlaub. Es war frustrierend, dass die ganze Welt in einem weihnachtlichen Rausch aus Essen,

Alkohol und staatlich verordneter Entspannung gefangen war, während sie es kaum erwarten konnte, mit dem Fall weiterzumachen.

Bah, Humbug! Sie musste sich zusammenreißen, sonst würde sie am Ende allen auf die Füße treten und selbst zu einem störenden Teammitglied werden.

Bevor sie das Büro verließ, rief sie noch Chief Superintendent Grayson auf seiner Privatnummer an, um ihn über die neuesten Entwicklungen zu informieren. Der Chief klang noch unglücklicher als sie, denn er saß mit seiner Frau und dem Rest seiner Familie zu Hause fest und war gezwungen, gegen seinen Willen fröhlich zu sein, aber selbst er stimmte zu, dass bis zum nächsten Tag nichts mehr getan werden konnte.

„Ich hasse diese Zeit des Jahres", stöhnte er und klang leicht beschwipst. „Alle erwarten, dass man die ganze Zeit verdammt fröhlich ist, aber ich ertrage es nicht, mit all meinen Verwandten im Haus festzusitzen."

Bridget versuchte, sich ihren Chef fröhlich vorzustellen, aber es gelang ihr nicht. Sie beneidete Graysons Verwandte kein bisschen.

„Ich darf nicht einmal am Nachmittag auf den Golfplatz", fuhr er fort. „Soll ich ins Büro kommen?"

„Nein, Sir, ich kann mich um alles kümmern."

„Hmm." Grayson klang enttäuscht. Offensichtlich hatte er auf einen Vorwand gehofft, um aus dem Haus zu kommen. „Bringen wir die verdammten Feiertage einfach hinter uns", brummte er, „dann kann alles wieder zur Normalität zurückkehren."

„Ja, Sir."

Das Telefonat hatte einen ungewöhnlich offenen Einblick in Graysons Privatleben gewährt und Bridget ein wenig aufgeheitert. So angespannt ihre eigenen Familienbeziehungen auch sein mochten, mit Grayson musste sie sich wenigstens nicht herumschlagen.

Andererseits, überlegte sie, waren sie und Grayson vielleicht doch nicht so verschieden, wie sie immer gedacht hatte. Offensichtlich arbeiteten sie beide lieber an einer

Untersuchung, als zu Hause festzusitzen und Smalltalk mit Verwandten zu halten. Das war ein neuer und etwas beunruhigender Gedanke.

Sie fuhr nach Hause, wollte die Strapazen der Arbeit hinter sich lassen und etwas Zeit mit ihrer neu versöhnten Familie verbringen. Seit ihre Mutter sich geöffnet hatte und sie mit Chloe ein Waffenstillstand in der Freundesfrage geschlossen hatte, freute sie sich sogar darauf, nach Hause zu kommen.

Vielleicht konnte sie den Nachmittag mit Jonathan kuschelnd auf dem Sofa verbringen, sich einen Film ansehen und dabei ein paar Reste vom Weihnachtstag essen. Das einzige Essen, das sie seit dem Frühstück zu sich genommen hatte, war das, was sie im Randolph gegessen hatte, und eine Kaffee-und-Sahnetorten-Diät würde selbst in ihren kühnsten Träumen nicht als vernünftige Wahl durchgehen.

Sie hatte Vanessas Haus am Abend zuvor mit Behältern voller kaltem Truthahn, Wurstbrät und dicken Schinkenscheiben verlassen, ganz zu schweigen von den hausgemachten Mince Pies, dem Weihnachtskuchen und dem Pudding. Vanessa hatte ihr mehr Essen mitgegeben, als in dem Picknickkorb war, den Bridget ihren Eltern geschenkt hatte. Sie würde eine Woche lang nicht kochen müssen, und das konnte für alle nur von Vorteil sein.

„Ich bin wieder da", rief sie, als sie das Haus betrat.

„Oh, ich habe dich erst später erwartet", sagte Chloe. Sie kam die Treppe herunter und das Erste, was Bridget auffiel, war, dass sie ihre wattierte Jacke, die Wollmütze und den Schal trug.

„Gehst du aus?"

„Ich besuche nur Alfie."

„Du hast doch nicht vergessen, dass wir später zu Vanessa gehen, oder?"

„Natürlich nicht, Mum."

„Du kommst doch nicht zu spät?"

„Nein. Ich habe Alfie gesagt, dass ich nicht lange bei ihm bleiben kann."

„Also gut", sagte Bridget, die nicht wusste, was sie sagen sollte. Ihre Tochter hatte in letzter Zeit die Angewohnheit entwickelt, viel länger wegzubleiben, als sie versprochen hatte. Aber Bridget wusste, dass es besser war, das Thema nicht zu forcieren. Sie würde sich einfach mit Chloes Versprechen zufriedengeben müssen.

Chloe schien ihre Gedanken zu lesen. „Deine eigene Erfolgsbilanz ist auch nicht gerade berauschend, Mum."

„Wie meinst du das?"

„Du hast am zweiten Weihnachtsfeiertag gearbeitet. Du bist sogar am ersten Weihnachtsfeiertag arbeiten gegangen. Tante Vanessa ist fast in die Luft gegangen, als du verschwunden bist."

„Das kann ich mir vorstellen." Bridget hörte an der Stimme ihrer Tochter, dass sie insgeheim Gefallen an der Aufregung gefunden hatte, die Bridget verursacht hatte, als sie ihr Essen stehen gelassen und sich auf die Suche nach einer Leiche gemacht hatte. Das war nicht gerade das, was die meisten Mütter taten. Weder zu Weihnachten noch zu irgendeiner anderen Jahreszeit.

„Du kommst also nicht zu spät zurück?", wiederholte sie.

„Nein, ich verspreche es. Ich will nur kurz zu Alfie."

Bridget nickte. Es war offensichtlich, dass Chloe von ihrem Freund völlig verzaubert war. Bridget erinnerte sich daran, wie sie selbst mit Ben zusammen gewesen war, in den Tagen, bevor sich die Risse in ihrer Ehe abzuzeichnen begannen. Glücklich verliebt bis über beide Ohren.

Doch der Gedanke an ihren Ex-Mann ließ die Alarmglocken schrillen.

„Ich sag dir was", sagte sie, als ihr plötzlich eine Idee kam. „Warum bringst du Alfie heute Abend nicht mit zum Essen? Tante Vanessa hat bestimmt nichts dagegen. Du weißt doch, wie gern sie ihre Gäste verwöhnt. Es wäre schön, ihn kennenzulernen."

Chloe warf ihr einen misstrauischen Blick zu. „Du willst ihn doch nicht etwa auschecken?"

„Nein, ich will ihn ein wenig kennenlernen", sagte

Bridget, bestürzt darüber, dass ihr wahres Motiv so offensichtlich war.

„Ich bin mir nicht sicher. Ich weiß nicht, ob er das will. Tante Vanessa kann ziemlich einschüchternd sein."

Das war ein berechtigter Einwand. Und vielleicht war es unvernünftig, einen Teenager unvorbereitet vor die Familie seiner Freundin zu zerren. Vielleicht wäre es besser, dem jungen Paar mehr Zeit zu geben, sich mit der Idee anzufreunden, und für Bridget, einen weniger formellen Anlass zu finden, Alfies Bekanntschaft zu machen.

„Lädst du ihn wenigstens ein? Ich möchte nicht unhöflich erscheinen."

„Vielleicht."

„In Ordnung", sagte Bridget. „Aber denk dran –"

„– komm nicht zu spät." Chloe schlüpfte mit dem Hauch eines Lächelns auf den Lippen aus der Haustür, bevor Bridget ein Wort sagen konnte.

Als sie die Küche betrat, fand sie Jonathan beim Kaffeekochen vor.

„Ich nehme an, du hast das alles gehört", sagte sie zu ihm.

„Das Wesentliche habe ich verstanden. Aber ich dachte, es wäre diplomatischer, mich da rauszuhalten."

„Du meinst, du wolltest nicht zwischen mich und meine Tochter geraten."

Mit einem schiefen Lächeln reichte er ihr eine Tasse Filterkaffee. „Das auch. Aber der Riss scheint tatsächlich verheilt zu sein."

„Das hoffe ich", sagte Bridget. Sie hatte sicher ihr Bestes getan, um die Wunden ihrer zerbrochenen Beziehung zu heilen. Und sie war bereit zu akzeptieren, dass zumindest die Hälfte der Schuld an dem ursprünglichen Streit bei ihr lag. Sie konnte ihre Tochter nicht kontrollieren, das wusste sie. Sie konnte nur versuchen, gute Ratschläge zu geben und da zu sein, um die Scherben aufzusammeln, wenn Chloe sie brauchte.

Aber es gab einen Bereich in ihrem Leben, den sie

einigermaßen unter Kontrolle hatte. Die Arbeit.

„Es tut mir leid", sagte sie zu Jonathan, „aber bevor ich mich heute Abend richtig entspannen kann, muss ich noch eine Sache erledigen."

Sie griff zum Telefon und wählte Jakes Nummer.

★

Jake starrte auf den Bildschirm seines Laptops, die Stirn frustriert in Falten gelegt. Den ganzen Nachmittag hatte er versucht, das Online-Bewerbungsformular für die Stelle in Halifax auszufüllen. Der erste Teil des Formulars war einfach – Angaben zu seiner Ausbildung und Berufserfahrung –, aber beim nächsten Teil war er seit Stunden nicht weitergekommen.

Bitte geben Sie an, warum Sie sich für diese Stelle bewerben.

Die Frage war eigentlich ganz einfach, und er glaubte, die Antwort zu kennen. Weil er sich nach Veränderung sehnte. Weil er Oxford den Rücken kehren und zurück in den Norden Englands wollte, wo er besser hinpasste. Weil es ihm peinlich und unangenehm war, im selben Büro wie Ffion zu arbeiten.

Aber keinen dieser Gründe konnte er in das Formular eintragen.

Er versuchte es erneut. *Um meine vielfältigen Fähigkeiten in einem neuen und herausfordernden Umfeld optimal zu nutzen*, tippte er. Nein, nein, nein. *Um beruflich eine neue Richtung einzuschlagen, die auf …* Nein. Löschen.

Es war hoffnungslos. Warum konnte er keinen einfachen Grund nennen, der nicht so klang, als hätte er ihn direkt aus einem Handbuch für Management-Jargon entnommen?

Vielleicht lag es daran, dass er selbst nicht wusste, warum er den Job wollte.

„Noch ein Stück Kuchen, Schatz?" Seine Mutter stürmte ins Esszimmer, wo er über den Tisch gebeugt saß, die Finger nutzlos auf der Tastatur. Sie trug einen Teller mit einem weiteren Stück ihres selbstgebackenen

Weihnachtskuchens. Er war noch keine zwei Tage zu Hause, aber er musste schon mindestens ein Pfund des üppigen Früchtekuchens mit Marzipan- und Zuckerguss verdrückt haben. Ganz zu schweigen von einer halben Schokoladenrolle und ein paar Dutzend Mince Pies.

Das Weihnachtsessen am Vortag hatte aus gebratenem Truthahn mit allem Drum und Dran bestanden, gefolgt von einer riesigen Portion Christmas Pudding, übergossen mit einer reichhaltigen, cremigen Vanillesoße, genau wie ihn seine Mutter zubereitet hatte, als er noch ein Junge war. Jake beschwerte sich nicht. Er mochte es und konnte nicht verstehen, warum manche Leute an Weihnachten keinen Truthahn mochten. Ryan hatte ihm gesagt, dass Gans besser sei, und Andys Frau wollte eine Ente kochen. Jake konnte das nicht begreifen. Warum machten die Leute alles so kompliziert?

Er klopfte sich auf den Bauch, der gegen seinen Hosenbund drückte. „Tut mir leid, Mum, aber ich glaube wirklich nicht, dass ich noch etwas essen kann." So etwas hatte er sich noch nie sagen hören, aber dieses Weihnachten zu Hause in Leeds gab er sich endlich geschlagen, was das Essen anging. Oder zumindest war er kurz davor, seine Niederlage einzugestehen. „Vielleicht könntest du ihn für mich auf dem Tisch stehen lassen", schlug er vor. „Vielleicht habe ich später Lust darauf."

Seine Mutter strahlte, kam herüber und stellte den Teller neben seinen Laptop. „Was machst du hier ganz allein, Schatz? Etwas Geheimes?"

„Nein, nein, nichts Geheimes." Schnell klappte er den Bildschirm des Laptops zu, damit sie nicht sehen konnte, was er da tat. „Nur etwas, das ich für die Arbeit tun muss."

„Du hast doch Urlaub."

„Ich weiß."

Er war sich nicht ganz sicher, warum er nicht wollte, dass seine Mutter erfuhr, was er vorhatte. Sie hätte sich gefreut zu hören, dass er darüber nachdachte, wieder in den Norden zu ziehen. Alles, was sie sich je gewünscht hatte, war, dass er in der Nähe wohnte, eine nette Frau aus der Gegend heiratete und ein paar Enkelkinder bekam, die sie verwöhnen konnte.

Doch nach seinem Universitätsabschluss in Bradford war er in den Süden gezogen und hatte sich dann von seiner langjährigen Freundin aus dem Norden getrennt. Seine Mutter hatte den Schock der Trennung noch nicht überwunden. Er hatte sich nicht getraut, ihr zu sagen, dass er noch einmal kurz mit Brittany zusammen gewesen war, nur um sich dann ein zweites Mal von ihr zu trennen. Die Enttäuschung wäre für seine Mutter zu groß gewesen.

Warum also wollte er ihr nicht sagen, dass er sich auf die Stelle in Halifax beworben hatte? War es, weil er, wenn er ganz ehrlich zu sich selbst war, Zweifel bekam?

Er hatte sich so sehr darauf gefreut, Weihnachten zu Hause zu verbringen, und der erste Tag, an dem er von seiner Mutter verwöhnt und gefüttert worden war, war fantastisch gewesen. Doch schon bald hatte sich eine gewisse Unruhe breitgemacht. Am Morgen des zweiten Weihnachtsfeiertages, nach dem fünften Stück Kuchen, wurde ihm die ungeteilte Aufmerksamkeit seiner Mutter schon ein wenig zu viel. Ein Teil von ihm wünschte sich, wieder in Oxford zu sein. Er dachte an seine Wohnung in der Cowley Road und stellte sich die himmlischen Düfte vor, die aus dem Curryhaus und dem chinesischen Imbiss nebenan drangen. Selbst die Erinnerung an Waschpulver und Seifenschaum, die aus dem Waschsalon unter ihm aufstiegen, hatte die Kraft, eine wehmütige Nostalgie hervorzurufen.

War es möglich, dass er sogar ein wenig Heimweh verspürte?

Er rang gerade mit dieser Frage, als sein Handy in der Tasche vibrierte. Als er auf das Display schaute, stellte er überrascht fest, dass seine Chefin anrief. Bridget rief am zweiten Weihnachtsfeiertag nur an, wenn es dringend war. „Macht es dir etwas aus, Mum?", sagte er. „Ich muss diesen Anruf annehmen. Es ist von der Arbeit."

Seine Mutter seufzte und verließ den Raum.

„Hallo,   Ma'am.   Hatten   Sie   ein   schönes

Weihnachtsfest?"

„Nun, es wäre viel ruhiger verlaufen, wenn wir am Weihnachtsmorgen nicht das Skelett einer jungen Frau unter dem Boden eines Hauses in Nord-Oxford gefunden hätten", antwortete Bridget todernst.

Beinahe hätte er gelacht, weil er dachte, sie mache Witze, doch dann wurde ihm klar, dass sie es bitterernst meinte. „Camilla Townsend?", fragte er.

„Wir glauben schon. Jake, wie lange haben Sie vor, in Leeds zu bleiben? Ich könnte Sie hier gut gebrauchen."

Plötzlich wusste er ohne jeden Zweifel, dass sein Platz nicht in Leeds oder Halifax war, sondern in Oxford, bei Bridget und dem Rest des Teams, einschließlich Ffion. Er hätte nie gedacht, dass die Nachricht von einer Leiche so willkommen sein würde.

„Ich kann morgen früh wieder zur Arbeit kommen", sagte er. „Ist das früh genug?"

„Perfekt", sagte Bridget. „Wir sehen uns dann."

KAPITEL 24

Es war ein gutes Gefühl, alle wieder bei der Arbeit zu sehen. Jake sah so fröhlich aus, wie Bridget ihn schon lange nicht mehr gesehen hatte, und das, obwohl er lange vor Sonnenaufgang aufgestanden war, um von Leeds zurückzufahren. Die Auszeit mit seiner Familie hatte ihm sichtlich gutgetan. Die Rückfahrt nach Oxford hatte er in bemerkenswert kurzer Zeit hinter sich gebracht, und Bridget vermutete, dass er sich nicht immer an die Geschwindigkeitsbegrenzung gehalten hatte. Einmal war sie in seinem getunten Auto mit nach London gefahren, um einen Verdächtigen zu verfolgen, und manchmal wachte sie noch schweißgebadet mitten in der Nacht auf, wenn sie sich daran erinnerte.

Sie hatte mit einigem Widerstand von Ryan Hooper gerechnet, als sie ihn gebeten hatte, seinen Urlaub zu verkürzen, aber anscheinend gab es selbst für Ryan eine Grenze, wie viele Netflix-Serien und Mince Pies er konsumieren konnte, bevor er unruhig wurde, und er hatte bereitwillig eingewilligt, seine Pläne zu ändern. Sogar Andy Cartwright hatte widerwillig zugestimmt, seine junge Familie zu verlassen und zur Arbeit zurückzukehren, als sie ihm von dem Skelett unter den Dielen erzählt hatte. Bridget fragte sich, ob auch er insgeheim erleichtert war, dass er die Chance hatte, wegzukommen. Vielleicht war die Aufregung über einen Doppelmord reizvoller als eine weitere Partie des Leiterspiels mit den Kindern.

Grayson saß wieder in seinem gläsernen Büro und tat so, als wäre er mit Papierkram beschäftigt. Aber Bridget war sich ziemlich sicher, dass er nur darauf wartete, von ihr über die neuesten Entwicklungen informiert zu werden. „Halten Sie mich auf dem Laufenden", war immer das Motto des Chief Superiors. Er warf ihr einen verstohlenen Blick zu, bevor er sich wieder seiner Arbeit widmete.

Ffion hatte natürlich auch über die Feiertage durchgearbeitet, ohne sich auch nur einen Tag freizunehmen, aber sie zeigte noch immer keine Anzeichen von Erschöpfung. Sie schien aufzublühen. Bridget hoffte, dass sie es nicht übertrieb.

Im Gegensatz dazu schienen Ryans zwei freie Tage ihm überhaupt nicht gutgetan zu haben, nach dem starken schwarzen Kaffee und der Handvoll Aspirin zu urteilen, die er brauchte, um wieder auf Touren zu kommen.

„Willkommen zurück, alle zusammen", sagte Bridget, als sie ihren Platz vor dem Whiteboard einnahm. „Ich hoffe, Sie hatten alle ein schönes Weihnachtsfest und haben nicht zu viel gegessen und getrunken."

„Sagen Sie das nicht", stöhnte Ryan und wurde ganz grün im Gesicht. „Ich habe es heute Morgen kaum geschafft, mich in meine Hose zu zwängen. Ich dachte schon, ich müsste mir eine alte Hose von meinem Dad leihen!"

Bridget stimmte in das leichte Gelächter ein, das seine Bemerkung begleitete. Auch sie fühlte sich ein wenig voll nach dem riesigen Weihnachtsessen, das Vanessa am Vorabend zubereitet hatte. Aber sie war zufrieden mit sich, denn sie hatte ihr Versprechen gehalten, mit dem Rest der Familie zusammen zu sein. Sie, Jonathan und Chloe – nicht aber Alfie, der nicht hatte kommen können oder von

Chloe nicht eingeladen worden war – waren bei Vanessa aufgetaucht, und die ganze Familie hatte zusammen gegessen und anschließend einen *Miss-Marple*-Klassiker im Fernsehen angesehen. Ihre Eltern hatten zugestimmt, bis zum neuen Jahr zu bleiben, und machten Vanessa trotz der verschiedenen Beschwerden ihrer Mutter viel weniger Probleme.

„Gut", sagte Bridget. „Jetzt zum Geschäft. Während der Weihnachtsmann versuchte, seinen stattlichen Körper durch den Schornstein zu quetschen, war Dylan Collins, ein Physikstudent und Amateur-Forscher paranormaler Phänomene, damit beschäftigt, auf der Suche nach übernatürlichen Aktivitäten in einem verlassenen Haus in Nord-Oxford herumzuschnüffeln. Unter den Dielen des alten Hauses fand er mehr, als er erwartet hatte." Sie zeigte auf einige Fotos, die das verfallene Haus in der Lathbury Road und die grausigen Überreste zeigten, die dort gefunden worden waren.

Die Stimmung im Raum wurde sofort ernster, als Bridget erklärte, was genau Dylan ausgegraben hatte. „Die am Tatort gefundenen Spuren deuten stark darauf hin, dass es sich um die sterblichen Überreste von Camilla Townsend handelt, einer Studentin, die vor etwa fünfundzwanzig Jahren nach der letzten Aufführung einer studentischen Produktion von Shakespeares *Was ihr wollt*, in der sie die Rolle der Viola spielte, als vermisst gemeldet wurde. Die zahnärztlichen Unterlagen werden ihre Identität bestätigen, aber wir haben bereits Camillas Bibliotheksausweis am Fundort gefunden und gehen davon aus, dass es sich tatsächlich um Camillas Leiche handelt. Camilla war die Freundin von David Smith, dem als Gordon Goole bekannten Geistertourguide, der zwei Tage vor Weihnachten im Turf Tavern erstochen wurde. Während der ursprünglichen polizeilichen Ermittlungen wurde er wegen des Verdachts des Mordes an Camilla verhaftet, aber es wurde keine Anklage gegen ihn erhoben und das Verfahren wurde eingestellt. Aber wie Sie wissen, hat David die letzten fünfundzwanzig Jahre damit verbracht, seine eigenen privaten Nachforschungen über Camillas Verschwinden anzustellen. Ffion?" Bridget nickte in die Richtung ihrer Constable.

Ffion erhob sich und wandte sich an die Anwesenden. „David Smiths Hauptverdächtiger war Guy Goodwin, der Regisseur von *Was ihr wollt*. Er ist jetzt ein professioneller Theaterregisseur und inszeniert gerade die *West Side Story* am New Theatre in Oxford."

„Was für ein gewaltiger Zufall", sagte Ryan.

„Warten Sie, bis Sie den Rest hören", bemerkte Bridget.

Ffion fuhr fort. „Guys Freundin, sowohl zu der Zeit, als Camilla verschwand, als auch jetzt, ist Julia Carstairs, die Schauspielerin. Es sieht so aus, als wären sie sich vor ein paar Tagen zufällig über den Weg gelaufen. Julia hat Guy ein Alibi gegeben, sowohl für den jüngsten Mord als auch für den historischen."

Bridget schrieb die Namen von Guy Goodwin und Julia Carstairs unter der Überschrift „Verdächtige" ans Whiteboard.

„Ein weiterer Zufall", sagte sie, „ist, dass das Grundstück, auf dem Camillas Überreste gefunden wurden, direkt an ein Haus grenzt, das der Mutter von Dr. Trevor Mansfield gehört. Mansfield war an dem Abend, an dem die Messerattacke stattfand, mit mir auf der Geistertour, und er war auch Camilla Townsends Tutor." Sie setzte Trevor Mansfields Namen auf die Liste der Verdächtigen.

„Das kann doch nicht Ihr Ernst sein", sagte Ryan.

„Wir müssen ernsthaft die Möglichkeit in Betracht ziehen, dass die beiden Todesfälle zusammenhängen", sagte Bridget. „Meine Arbeitshypothese ist, dass David Smith am Abend der Geistertour etwas gesehen hat, das ihm einen Hinweis auf die Identität des Mörders gab, und dass er getötet wurde, um ihn daran zu hindern, seine Entdeckung preiszugeben."

„Was, glauben Sie, hat er gesehen?", fragte Jake.

„Wenn wir das wüssten, hätten wir den Fall

wahrscheinlich schon gelöst", sagte Bridget. „Aber es muss mit jemandem zu tun haben, der an der Geistertour teilgenommen hat."

„Oder mit jemandem, der danach im Turf war", sagte Ryan. „Was ist mit Bill Tomlins?"

„Der Karussellbesitzer? Den können wir wohl ausschließen", sagte Bridget. „Wir wissen, dass er am Tatort war, als David Smith ermordet wurde, aber wir haben nichts, was ihn mit Camilla Townsend in Verbindung bringt."

„Außer", sagte Ryan, „dass ich mich auf dem Markt umgehört und herausgefunden habe, dass er seit über dreißig Jahren um diese Jahreszeit nach Oxford kommt."

„Er war also hier, als Camilla verschwand?" Bridget konnte die Bestürzung in ihrer Stimme nicht verbergen. Sie hatte gehofft, die Liste der Verdächtigen eingrenzen zu können, aber das Feld der Kandidaten schien immer größer zu werden. Sie fügte den Namen von Bill Tomlins auf dem Whiteboard hinzu.

„Was ist mit diesem Studenten, Dylan Collins?", fragte Andy. „Was genau hat er an Heiligabend in diesem Haus gemacht?"

„Er hat nach Geistern gesucht", antwortete Bridget. „Und in gewisser Weise hat er einen gefunden. Aber Dylan ist viel zu jung, um etwas mit Camillas Tod zu tun zu haben. Er war noch nicht einmal geboren, als sie verschwand. Dasselbe gilt für seinen Freund Luke."

„Dann haben wir es also auf vier eingegrenzt?", sagte Jake.

„Ich glaube schon."

„Was ist mit Julia Carstairs' Freundinnen Liz und Deborah? Sie waren am Sonntagabend im Turf und haben zur gleichen Zeit wie Julia in Oxford studiert."

„Also können wir sie nicht ausschließen." Bridget fügte die beiden Namen der Liste der Verdächtigen auf dem Whiteboard hinzu. „Dann wollen wir mal sehen, was wir herausfinden können. Ffion, können Sie die Zeugenaussagen aus Camillas Vermisstenakte durchgehen und herausfinden, ob Liz oder Deborah in der Nacht, in der sie verschwand, auf der Party im Freud's waren? Jake, ich möchte, dass Sie den Dekan der Fakultät in Harvard kontaktieren und herausfinden, ob Trevor Mansfields Geschichte stimmt. Wir müssen wissen, ob er die Wahrheit darüber gesagt hat, dass er zum Zeitpunkt des Mordes telefoniert hat, also müssen wir herausfinden, wann genau das Telefonat stattgefunden hat und wie lange es gedauert hat. Fordern Sie auch die Aufzeichnungen seines Mobiltelefons an. Wir müssen das genau wissen."

„In den Staaten ist es noch Nacht", sagte Jake. „Aber ich kümmere mich darum. Ich werde sehen, was ich tun kann."

„Ryan, ich möchte, dass Sie zum Randolph Hotel gehen und herausfinden, ob einer der Angestellten bestätigen kann, dass Guy Goodwin am Sonntagabend zu der von ihm angegebenen Zeit ins Hotel zurückgekehrt ist."

„Alles klar", sagte Ryan. „Was ist mit Ihnen, Ma'am?"

Bridgets Miene verfinsterte sich. „Ich werde Grayson darüber informieren, was wir tun, und hoffe, dass er mit dem Stand der Dinge zufrieden ist.

★

Es dauerte nicht lange, bis Ffion herausfand, dass Liz und Deborah an dem Abend, an dem Camilla Townsend verschwand, tatsächlich auf der Party im Freud's gewesen waren. Sie waren Gäste von Julia gewesen und hatten sich auch ihren Auftritt in *Was ihr wollt* angesehen. Sie las ihre Aussagen aufmerksam durch, aber nichts deutete darauf hin, dass sie Camilla besonders nahe gestanden hatten.

Sie legte die Akte beiseite und dachte darüber nach, wie sich der Fall entwickelte. Sie war froh, an vorderster Front der Ermittlungen zu stehen, denn sie hatte als Erste von der Entdeckung des Skeletts in der Lathbury Road erfahren und sie mit dem Mord an David Smith in Verbindung gebracht. Ihr Weihnachtsfest war nicht ganz nach Plan verlaufen und sie hatte es nicht geschafft, am zweiten Weihnachtsfeiertag zum Pferderennen zu gehen, aber sie konnte nicht sagen, dass es ihr Leid tat. Es hatte sich gut angefühlt, Bridget am ersten Weihnachtstag anzurufen und ihr mitzuteilen, dass eine Leiche gefunden worden war. Und sie hatte es genossen, am nächsten Tag mit der Chefin alle alten Akten durchzugehen und dann Dr. Mansfield und Guy Goodwin zu besuchen. Es hatte ihr geholfen, sich von der Tatsache abzulenken, dass Jake weg war und sie nie wieder zusammenkommen würden.

Sie vermisste ihn mehr, als sie sich eingestehen wollte.

Die Seife und die Kerzen, die er ihr geschenkt hatte, waren offensichtlich eine Geste des guten Willens, und sie wusste das zu schätzen. Aber wenn er geglaubt hatte, sie würde ihm so leicht verzeihen, dann hatte er sie völlig falsch eingeschätzt. Ffion verschenkte ihre Zuneigung nicht leichtfertig, und wenn sie es tat, erwartete sie Loyalität im Gegenzug. Jake hatte sie schwer enttäuscht und mehr verletzt, als er ahnen konnte.

Sie war sich nicht sicher, ob er sie überhaupt zurückhaben wollte. Unmittelbar nach der Trennung hatte er sie oft genug um Verzeihung gebeten, aber als sie sich wiederholt geweigert hatte, hatte er sich in sich selbst zurückgezogen, nicht mehr mit ihr gesprochen, ihr nicht mehr in die Augen gesehen. Er hatte es vermieden, ihr zu begegnen, so wie sie ihm aus dem Weg gegangen war.

Er hatte sie nicht einmal gefragt, warum sie über Weihnachten nicht nach Hause fuhr. Es schien ihn nicht zu interessieren. Nun, das war ihr recht. Er hatte sie einmal verletzt, so wie ihre eigene Mutter sie verletzt hatte. Sie würde nicht zulassen, dass ihr einer von beiden noch einmal wehtat.

Ffion glaubte nicht an zweite Chancen.

★

Der Dekan der Fakultät in Harvard war anscheinend ein Frühaufsteher und antwortete schnell auf Jakes E-Mail mit der Bitte um ein Telefonat. Jake war sich nicht einmal sicher gewesen, ob der Dekan überhaupt antworten würde. Er war nicht verpflichtet, der britischen Polizei bei ihren Ermittlungen zu helfen, aber der Dekan schien tatsächlich an einem Gespräch interessiert zu sein.

Ein Anruf wurde vereinbart, den Jake eine Minute später entgegennahm. „Hallo, Dr. Charlton, vielen Dank, dass Sie sich bereit erklärt haben, mit mir zu sprechen."

„Überhaupt kein Problem. Ich helfe den Behörden nur zu gern." Die Stimme des Dekans klang tief, aber freundlich.

„Also", sagte Jake, „wie ich in meiner E-Mail erklärt habe, untersuchen wir hier in Oxford ein Verbrechen" – er achtete darauf, das Wort „Mord" nicht zu erwähnen – „und wir möchten Dr. Trevor Mansfield von unseren Ermittlungen ausschließen. Wir hoffen, dass Sie bestätigen können, was er uns über seine Aktivitäten am vergangenen Sonntagabend erzählt hat."

„Sonntagabend nach britischer Zeit?", fragte Dr. Charlton.

„Sorry, ja." Es war das erste Mal, dass Jake an einer Ermittlung mit internationalem Bezug arbeitete, und er fühlte sich ein wenig unbehaglich. Autoritätspersonen hatten ihn schon immer nervös gemacht, aber das Gespräch mit der körperlosen Stimme des Dekans aus der sicheren Entfernung auf der anderen Seite des Atlantiks schien ihm zu helfen. „Das wäre um fünf Uhr nachmittags Ihrer Zeit", sagte er und schaute auf die Tabelle mit den Zeitzonen, die er auf seinem Computerbildschirm hatte.

„Sicher", sagte der Dekan. „Was genau möchten Sie wissen?"

„Ob Sie mit Dr. Mansfield gesprochen haben, und wenn ja, um welche Uhrzeit das Gespräch begonnen und geendet hat."

„Diese Frage kann ich Ihnen leicht beantworten. Ich erinnere mich sogar sehr gut an das Gespräch."

Jake wartete, während sein Stift über dem Notizbuch schwebte.

„Ich habe Trevor gegen fünf Uhr fünfzehn meiner Zeit angerufen, das wäre also um zehn Uhr fünfzehn Ihrer Zeit. Er war zu der Zeit in einem ziemlich lauten Pub, und es war schwierig für ihn, mich zu verstehen, also ging er an einen ruhigeren Ort. Wir haben uns insgesamt etwa zehn Minuten unterhalten."

Jake notierte sich das. „Also, nur zur Bestätigung: Der Anruf begann um fünf Uhr fünfzehn Ihrer Zeit und endete um fünf Uhr fünfundzwanzig."

„Plus minus", bestätigte der Dekan. „Ein paar Minuten mehr oder weniger."

„Vielen Dank, Sir. Das ist sehr hilfreich."

„Es war mir ein Vergnügen, Ihnen zu helfen."

Jake wollte das Gespräch beenden, nachdem er die gewünschten Informationen erhalten hatte, aber irgendetwas an der Stimme des Dekans ließ ihn in der Leitung bleiben.

Nach einer Pause ergriff Dr. Charlton wieder das Wort. „Können Sie mir sagen, um was für ein Verbrechen es sich handelt?"

„Tut mir leid", sagte Jake, „ich fürchte, das ist vertraulich." Er wollte Dr. Mansfield nicht in Schwierigkeiten mit dem Dekan bringen, zumal Dr. Charltons Bericht jeden Zweifel daran beseitigt hatte, dass er die Wahrheit gesagt hatte.

„Natürlich. Selbstverständlich", sagte der Dekan. „Es ist nur so, dass ich Ihnen etwas mitteilen möchte. Auch diese Information ist vertraulich. Normalerweise wäre ich nicht in der Lage, etwas zu sagen, aber da Sie Vertreter einer Strafverfolgungsbehörde sind und mir sagen, dass ein Verbrechen begangen wurde, wäre es fahrlässig von mir, es zurückzuhalten."

Jake wartete, wagte kaum zu atmen und fragte sich, was der Dekan ihm wohl zu sagen hatte.

„Der Grund, warum ich Trevor am Sonntag angerufen habe, ist, dass er derzeit von seinen Pflichten als Dozent hier in Harvard suspendiert ist." Der Dekan hielt inne, als ringe er um die richtigen Worte. „Eine Studentin hat

Dr. Mansfield des unangemessenen Verhaltens beschuldigt."

„Welche Art unangemessenen Verhaltens?"

„Ich möchte am Telefon nicht ins Detail gehen, zumal wir noch unsere eigenen internen Untersuchungen durchführen, aber es genügt zu sagen, dass es sich um den Vorwurf unangemessenen sexuellen Verhaltens handelt."

„Ich verstehe."

„Das ist alles, was ich sagen wollte", sagte der Dekan. „Ich überlasse es Ihnen zu entscheiden, ob das Licht auf Ihre laufenden Ermittlungen wirft, welcher Art diese auch sein mögen."

„Danke", sagte Jake. „Sie waren sehr hilfreich."

KAPITEL 25

Bridget starrte frustriert auf die Namen und Fotos auf dem Whiteboard. Die Ermittlungen liefen seit sechs Tagen – und zwei Leichen – und die Liste der Verdächtigen wollte sich einfach nicht lichten. Ffions jüngste Nachricht, dass sowohl Liz als auch Deborah in der Nacht, in der Camilla Townsend zuletzt gesehen worden war, auf der Party gewesen waren, machte die Sache nicht gerade einfacher. Sie zerbrach sich den Kopf, um sich daran zu erinnern, was die beiden Frauen in der Nacht der Geistertour im Turf Tavern gemacht hatten.

Soweit sie sich erinnern konnte, hatten Liz, Deborah und Julia mit Cheryl Mansfield gesprochen, während Bridget sich mit Lynda Henderson und ihrer Tochter unterhalten hatte. Als die Männer mit Getränken von der Bar zurückkamen, hatte sich Bridget von ihnen gelöst und zu Cheryl und den anderen Frauen gesellt, während Jonathan mit Gordon Goole sprach. Dann war Julia zur Bar gegangen, um weitere Getränke zu kaufen, und Bridget hatte sich auf den Weg zur Damentoilette gemacht. Aber sie hatte keine genauen Informationen darüber, was Liz und Deborah als Nächstes getan hatten.

Obwohl sie sich in der Nähe des Innenhofs des Pubs aufgehalten hatten, hatte sie erst einige Zeit nach dem Mord wieder jemand gesehen. Das Pub war viel zu voll gewesen, als dass man viel hätte sehen können.

Und obwohl Julia Carstairs und Guy Goodwin sich gegenseitig ein Alibi für die Nacht des historischen Mordes gegeben hatten, waren weder Liz noch Deborah aufgefordert worden, über ihre Bewegungen nach dem Verlassen der Party bei Freud Rechenschaft abzulegen. Sowohl Liz als auch Deborah hatten die Mittel und die Gelegenheit, beide Morde zu begehen. Aber was könnte ihr Motiv gewesen sein?

Trevor Mansfield schien ein wahrscheinlicherer Verdächtiger. Er war nicht nur in der Nacht der Messerattacke im Turf gewesen, sondern auch Camillas Tutor. Und die Tatsache, dass das Skelett in dem Haus gefunden wurde, das an sein eigenes grenzte, sprengte die Grenzen des Zufalls.

Jake kam aufgeregt auf sie zu. „Ich habe gerade mit Dr. Charlton telefoniert, dem Dekan der Fakultät in Harvard."

„Und?"

„Er hat bestätigt, dass er am Sonntagabend mit Dr. Mansfield telefoniert hat, und die Uhrzeit des Anrufs stimmt mit den Angaben von Dr. Mansfield überein. Aber das Gespräch dauerte nur zehn Minuten, nicht zwanzig, wie Mansfield behauptet, also ist er noch nicht ganz aus dem Schneider. Er hätte noch Zeit gehabt, den Mord zu begehen. Aber da ist noch mehr."

Bridget hob erwartungsvoll die Augenbrauen.

„Der Grund für den Anruf war, dass derzeit gegen Dr. Mansfield in Harvard ermittelt wird. Ihm wird sexuelles Fehlverhalten gegenüber einer seiner Studentinnen vorgeworfen."

Bridget starrte Jake mit offenem Mund an. „Ein Sexualstraftäter?" Das Bild, das Trevor Mansfield mit seinen Schottenpantoffeln und dem grobmaschigen Pullover abgab, mochte das eines harmlosen, biederen alten Professors sein, doch unter der Fassade begann sich ein weniger angenehmes Individuum abzuzeichnen. Bridget erinnerte sich an den Blick eines härteren, entschlosseneren Mannes, den sie unter der Oberfläche gesehen hatte. Hatte seine Maske endlich Risse bekommen?

„Ich frage mich, ob es in der Vergangenheit ähnliche Vorwürfe gegeben hat", sagte sie.

„Ich weiß es nicht."

Bridget wusste, dass zu der Zeit, als Mansfield in Oxford als Tutor tätig war, nur eine mutige Studentin es gewagt hätte, eine Beschwerde über ihren Tutor einzureichen. Sie hätte einen unangemessenen Annäherungsversuch wohl eher als Scherz oder harmlosen Flirt abgetan. Aber es war einen Versuch wert, bei der Universität nachzufragen, ob es Anschuldigungen gegen ihn gegeben hatte. Wenn es eine Beschwerde gegeben hatte, könnte das erklären, warum er Oxford verlassen hatte und in die Vereinigten Staaten gegangen war.

„Erkundigen Sie sich bei der Universität", sagte sie zu Jake. „Ich möchte wissen, ob es noch etwas gibt, was Trevor Mansfield uns nicht gesagt hat."

„Werde ich", sagte Jake.

Als er gegangen war, klingelte ihr Telefon und sie nahm ab.

„Ma'am? Hier ist Ryan. Ich bin gerade im Randolph Hotel und habe mit der Rezeptionistin gesprochen, die am Sonntagabend Dienst hatte."

„Ja?"

„Guy hat gelogen, als er sagte, er sei vom Theater direkt in sein Hotelzimmer gegangen. Laut der Rezeptionistin kehrte er erst lange nach halb elf ins Hotel zurück, und als er das tat, war er Arm in Arm mit Julia Carstairs."

Bridget spürte, wie ihre Wut stieg. „Sie haben uns also beide belogen. Julia hat mir erzählt, dass Guy ihr eine Nachricht geschickt hat und sie zum Hotel gefahren ist, um ihn zu treffen. Als ich mit Guy gesprochen habe, hat er ihre Version der Ereignisse bestätigt."

„Ich dachte, Sie sollten es so schnell wie möglich erfahren", sagte Ryan.

„Ja, danke, das haben Sie gut gemacht. Sie kommen jetzt besser wieder her."

Sie beendete den Anruf, während ihr der Kopf schwirrte. Sowohl Julias als auch Guys Alibis waren also aufgeflogen, und da sie nur einander hatten, um zu bestätigen, wo sie in der Nacht der Party vor fünfundzwanzig Jahren gewesen waren, wirkte auch das ausgesprochen fadenscheinig.

„Ma'am, ich glaube, das sollten Sie sich ansehen."

Sie sah auf und sah Andy vor ihrem Schreibtisch stehen. „Was ist denn los?"

„Es ist besser, wenn ich es Ihnen zeige."

Sie folgte ihm zu seinem Schreibtisch, wo auf dem Computermonitor ein Bild der Überwachungskamera von Sonntagabend zu sehen war. „Was ist das?"

„Das ist von der Kamera, die dem Eingang zum Turf Tavern am nächsten ist. Die, auf der ich gesehen habe, wie Bill Tomlins, der Karussellbesitzer, ins Pub gegangen ist."

„Ja?"

„Nachdem Sie mir heute Morgen das Foto von Guy Goodwin gezeigt hatten, wurde mir plötzlich klar, dass ich dieses Gesicht schon einmal gesehen habe. Also bin ich das Videomaterial vom Sonntagabend noch einmal durchgegangen, und raten Sie mal." Er deutete auf den Bildschirm und drückte auf Play.

Bridget beobachtete, wie eine einsame männliche Gestalt in einer schwarzen Steppjacke selbstbewusst die Broad Street in Richtung Turf entlangging. Er schritt zügig, die Hände zum Schutz vor der Kälte in den Taschen. Der Mann überquerte die Straße bei der Weston Library, genau wie Bill Tomlins es getan hatte, allerdings etwa fünf Minuten früher, kurz bevor der Mord geschah.

Andy stoppte das Video und beide starrten auf die Gesichtszüge des Mannes, kurz bevor er unter der Seufzerbrücke aus dem Blickfeld der Kamera verschwand.

Es gab absolut keinen Zweifel. Die dunklen und gutaussehenden Züge von Guy Goodwin waren unverkennbar, sein langes, ungezähmtes Haar kräuselte sich über dem Kragen seiner Jacke.

„Das ist er wirklich", sagte Bridget. „Anstatt im Hotel auf Julia zu warten, hat er sie im Turf getroffen. Gibt es Aufnahmen davon, wie die beiden gehen?"

„Nein, das ist ja das Merkwürdige", sagte Andy. „Ich kann ihn nicht wiederfinden. Er scheint sich in Luft aufgelöst zu haben."

„Nicht unbedingt", sagte Bridget. „Es gibt zwei Eingänge zum Turf – diesen hier in der New College Lane und einen anderen in der Holywell Street. Oder sie haben sich in der New College Lane getroffen und sind dann in entgegengesetzter Richtung zur Queen's Lane und zur High Street gegangen. „Das Entscheidende ist, dass er mich angelogen hat, und das ist Grund genug, ihn festzunehmen. Jake, warten Sie, bis Ryan zurückkommt, dann können Sie beide ihn holen. Und es ist mir egal, wie weit er mit den Proben ist."

★

Jake und Ryan machten sich in Jakes Subaru auf den Weg in die Innenstadt von Oxford, gefolgt von einem Streifenwagen. Jake fragte sich, ob Bridget damit rechnete, dass Guy Goodwin bei der Festnahme handgreiflich werden würde. Jake hätte nichts dagegen. Der Theaterregisseur durfte ruhig mal in die Schranken verwiesen werden. Jake hatte ihn auf den ersten Blick nicht gemocht. Er war einer von der Sorte, die Frauen für selbstverständlich hielten und glaubten, sich alles erlauben zu können. Es wäre gut, ihn in Handschellen zurück auf die Wache zu bringen.

„Wie war dein Weihnachten, Kumpel?", fragte er Ryan.

„Ach, weißt du, zu viel Essen, zu viel Alkohol, zu viel Fernsehen."

„Also genau so, wie du es magst?"

„Ich kann mich nicht beschweren. Und bei dir?"

„Ja, gut." Die Ampel an der Banbury Road sprang auf Rot und Jake bremste den Wagen bis zum Stillstand ab.

„Also", fuhr Ryan fort, „Andy und ich haben uns gefragt, ob du nach den Weihnachtsfeiertagen überhaupt wieder nach Oxford kommst."

„Was?", fragte Jake erschrocken. „Wie kommst du denn darauf?" Er war sich sicher, dass er seine Jobsuche geheim gehalten hatte. Den Jungs im Büro hatte er jedenfalls nichts erzählt, schon gar nicht Ryan, dem man nie trauen konnte, dass er den Mund hielt.

„Logische Schlussfolgerung", sagte Ryan süffisant. „Ich dachte, du willst vielleicht einen Neuanfang, jetzt, wo die Beziehung zwischen dir und Ffion in einem totalen Desaster geendet ist."

„Nun, danke, Kumpel. Danke, dass du es so ausdrückst. Es ist gut zu wissen, dass ich mich immer auf deine Sensibilität und dein Feingefühl verlassen kann."

„Ich sage es, wie es ist."

Die Ampel schaltete um und Jake fuhr los, ohne etwas zu sagen. Was Ryan gerade gesagt hatte, ärgerte ihn. Er hatte nicht bemerkt, dass der Rest des Teams die Spannungen zwischen ihm und Ffion mitbekommen hatte. Er wollte nicht der Grund für Unstimmigkeiten im Büro sein. Wenn er in Oxford bleiben wollte, und das hatte er auf jeden Fall vor, dann musste er einen Weg finden, um besser mit Ffion auszukommen.

„Du hast also nicht vor zu gehen?", bohrte Ryan weiter.

„Wo soll ich denn hin?", fragte Jake und spielte den Unschuldigen.

„Ist Yorkshire nicht Gottes eigenes Land?", sagte Ryan mit einem lächerlichen Yorkshire-Akzent.

Jake schüttelte den Kopf und hielt den Blick konzentriert auf die Straße gerichtet. Darauf gab es wirklich keine Antwort.

Er parkte direkt vor dem Theater in der George Street und ließ die uniformierten Beamten im Streifenwagen warten. Er war sich ziemlich sicher, dass er und Ryan genug Kraft hatten, um den Theaterregisseur ohne Verstärkung in Schach zu halten.

„*West Side Story*", sagte Ryan und warf einen Blick auf das große Plakat über dem Eingang des Theaters. „Musik von Leonard Bernstein, Text von Stephen Sondheim, basierend auf der Geschichte von *Romeo und Julia*."

Jake warf ihm einen neugierigen Blick zu. „Du scheinst dich ja ziemlich gut auszukennen."

Ryan tat beleidigt. „Völlig ahnungslos bin ich nicht. Ich habe während meiner Schulzeit ein bisschen Theater gespielt. Schauspiel war mein Lieblingsfach."

„Du steckst ja voller Überraschungen."

„Verborgene Tiefen, Kumpel. Das bin ich durch und durch."

Die Matinée-Vorstellung von *West Side Story* sollte in Kürze beginnen, und im Foyer drängten sich Menschen, die ihre Karten vorzeigten. Jake und Ryan gingen auf die Angestellte an der Tür zum Zuschauerraum zu, die die Besucher zu ihren Plätzen dirigierte.

„Die Karten, bitte."

Jake zeigte ihr stattdessen seinen Dienstausweis. „Wir sind wegen Guy Goodwin hier."

Die Platzanweiserin schaute entrüstet. „Jetzt? Aber die Vorstellung beginnt in zwanzig Minuten. Kann das nicht warten?"

„Nein", sagte Jake. „Das kann es nicht. Wenn Sie uns also zu Mr. Goodwin führen könnten?"

Doch bevor sie antworten konnte, stürmte eine Frau in einer Wolke berauschenden Parfüms aus dem Saal, sodass Jake und Ryan einen Schritt zurücktreten mussten, um nicht umgerannt zu werden.

„Julia?", sagte Jake. „Ich meine, Miss Carstairs?"

Sie blieb direkt vor ihm stehen und sah auf. „Oh, ja, Sie sind der Sergeant, nicht wahr?"

„DS Jake Derwent", murmelte er und war sich bewusst, dass sich alle im Foyer umgedreht hatten und sie anstarrten. Auf einigen Gesichtern war Missbilligung zu lesen, auf anderen Bewunderung. Offensichtlich kannten und schätzten zumindest einige der Besucher Julias Talent.

„Du kennst Julia Carstairs?", zischte Ryan leise. „Sie ist ziemlich berühmt!"

Jake war für einen Moment erstaunt, dass Ryan offenbar ein Fan der Schauspielerin war. Er hätte Ryan nicht für einen Liebhaber von Fernsehkrimis gehalten, aber der burschikose Sergeant schien heute voller Überraschungen zu stecken. „Ich habe sie neulich kennengelernt", sagte er beiläufig.

Julia war sich des Aufruhrs, den sie verursachte, nicht bewusst. „Ich wollte gerade gehen."

Man sah ihr an, dass sie geweint hatte. Ihre Augen waren gerötet und die Wimperntusche lief ihr über die Wangen, was ihr ein verletzliches Aussehen verlieh. Jake hatte ein wenig Mitleid mit ihr. Ihm war von Anfang an klar gewesen, dass Guy Goodwin ein egoistischer Mistkerl war, und es bedurfte keiner großen Kombinationsgabe, um zu erraten, dass Julias Beziehung zu ihm ein unrühmliches Ende genommen hatte. „Alles in Ordnung?", fragte er.

„Nein, verdammt!", erklärte sie und sah sich im überfüllten Foyer um. Jetzt, da sie sich bewusst war, dass sie Publikum hatte, schien sie ihre Szene in vollen Zügen auskosten zu wollen. Frische Tränen schossen ihr in die Augen und sie begann zu schluchzen. Die Leute standen da und starrten sie an.

„Vielleicht sollten wir irgendwo hingehen, wo wir in Ruhe reden können", schlug Ryan vor.

Julia betrachtete ihn verächtlich und wandte sich dann wieder Jake zu. „Nein", erklärte sie. „Alles, was ich zu sagen habe, kann ich auch in der Öffentlichkeit sagen. Ich habe nichts zu verbergen."

„Ich halte es wirklich für das Beste, wenn wir irgendwo hingehen, wo wir ungestört sind", sagte Jake und nahm sanft ihren Arm. Er führte sie in eine ruhige Ecke der Bar, wo er den Barmann überredete, ihr einen doppelten

Brandy zu servieren. Guy Goodwin konnte noch zehn Minuten warten.

„Wollt ihr Jungs nichts?", fragte sie und umklammerte ihr Glas mit beiden Händen.

„Wir arbeiten."

„Natürlich, wie dumm von mir." Sie stürzte das halbe Glas in einem Zug hinunter.

„Wir sind eigentlich wegen Guy Goodwin hier", sagte Jake.

„Dieser Bastard!", sagte Julia. Das Schluchzen verstummte und wurde von heftiger Wut abgelöst. „Ich bin fertig mit ihm!"

„Was ist passiert?", fragte Jake.

„Ich habe nur einen Vorschlag gemacht, wie man die Show verbessern könnte, und schon ist er ausgerastet. Er hat gesagt, ich bin eine mittelmäßige Schauspielerin, die nichts Besseres verdient als Nebenrollen in Seifenopern und anspruchslosen Melodramen. Er hat gesagt, meine beste Rolle war die, in der ich eine Leiche spielen musste." Wieder brach sie in Tränen aus.

„Er irrt sich", sagte Ryan und beugte sich mit ernster Miene vor. „Ich halte Sie für eine großartige Schauspielerin. Ich habe Sie gesehen, als Sie die Frau des Mörders gespielt haben. Sie waren brillant!"

Julias Miene hellte sich auf und sie sah Ryan dankbar an. „Das ist das Netteste, was je jemand zu mir gesagt hat."

„Also … wegen Guy", sagte Jake.

„Er gehört Ihnen!"

„Wir haben Grund zu der Annahme, dass das Alibi, das Sie ihm gegeben haben, falsch war."

Julia musterte Jakes Gesicht unsicher. „*Falsch* ist kein sehr freundliches Wort, nicht wahr?" Hoffnungsvoll wandte sie sich an Ryan, der lächelte. „Aber ja, ich schätze, so könnte man es ausdrücken."

„Als Sie uns erzählt haben, Sie hätten Guy nach der Geistertour in seinem Hotelzimmer getroffen, war das also gelogen", beharrte Jake.

Julia sah ihn herausfordernd an. „Es war nicht wirklich

eine Lüge. Ich habe es mir nur ausgedacht, das ist alles. Das nennt man Improvisation."

„Sie haben also versucht, Guy aus den Ermittlungen herauszuhalten?"

„Ich wollte ihn nur davor bewahren, in eine Mordermittlung verwickelt zu werden. Die schlechte Publicity hätte seine Show ruinieren können."

„Und was ist mit dem anderen Alibi, das Sie ihm gegeben haben? Für die Nacht, in der Camilla Townsend verschwand? War das auch improvisiert?"

Julia stürzte den Rest des Brandys hinunter und knallte das leere Glas auf den Tisch. „Das war nicht improvisiert. Guy hat mich gebeten, für ihn zu lügen."

„Er hat Sie gebeten zu lügen?"

„Ja."

„Was ist in dieser Nacht wirklich passiert?", fragte Ryan.

„Wir haben uns heftig gestritten, das ist passiert. Guy hat schamlos mit Camilla geflirtet, obwohl er eigentlich mit mir zusammen war. Ich hatte schon den Verdacht, dass sie miteinander schliefen, deshalb hatte er ihr auch die Rolle der Viola gegeben, obwohl ich dafür offensichtlich besser geeignet war. Jedenfalls leugnete Guy, mit ihr geschlafen zu haben, sagte mir aber, dass er es gerne tun würde. Danach bin ich rausgestürmt. Ich weiß nicht, was Guy gemacht hat."

„Sie haben also in dieser Nacht mit ihm Schluss gemacht? Warum haben Sie sich dann darauf eingelassen, für ihn zu lügen?"

Verlegen blickte sie in ihr leeres Glas. „Guy kann sehr überzeugend sein. Er hat eine animalische Anziehungskraft. Er hat mich immer dazu gebracht, das zu tun, was er wollte. Am nächsten Morgen war er voller Reue, entschuldigte sich bei mir und sagte, er sei betrunken gewesen und habe nicht gewusst, was er am Abend zuvor gesagt habe. Er sagte mir, dass er immer nur mich geliebt habe, und bat mich, ihm zu verzeihen. Und das tat ich natürlich."

„Natürlich."

„Nun, jetzt ist es vorbei", sagte sie. „Ich habe endlich erkannt, was er ist. Ein Monster! Von mir aus können Sie ihn einsperren und den Schlüssel wegwerfen."

Jake nickte und stand auf. „Danke. Ich glaube, wir sind im Begriff, genau das zu tun."

KAPITEL 26

Als Jake und Ryan ins Foyer des Theaters zurückkehrten, begann die Vorstellung gerade. Paukenschläge und Blechbläser kündigten die ersten Takte der Ouvertüre an.

Julia zeigte ihnen den Durchgang hinter die Bühne und wies ihnen den Weg zum Büro des Theatermanagers, wo sie Goodwin finden würden. Aber sie weigerte sich, sie weiter zu begleiten.

„Solange ich lebe, will ich diesen Mann nie wieder sehen", erklärte sie.

„Okay, danke", sagte Jake. „Was haben Sie jetzt vor?"

„Ich gehe zurück zum Malmaison, um mich mit Liz und Debs zu versöhnen. Das heißt, wenn sie mich überhaupt noch wollen. Ich habe sie in den letzten Tagen ziemlich schlecht behandelt, das tut mir leid." Sie klang untypisch zerknirscht.

„Und dann? Bleiben Sie in Oxford?"

Julias Miene hellte sich bei der Vorstellung auf. „Wir bleiben bis zum Ende der Woche. Weihnachten mag vorbei sein, aber wenn die Mädels zusammen sind, hört die Party nie auf." Damit drehte sie sich auf dem Absatz um und verschwand hinaus auf die Straße.

„Was für eine Frau", sagte Ryan und starrte ihr nach.

„Ja. Und jetzt hör auf zu sabbern. Wir haben zu arbeiten." Jake stieß die Tür auf und fand sich plötzlich im Untergeschoss des Theaters wieder.

Er war seit Jahren nicht mehr im Theater gewesen, er ging lieber ins Kino oder in einen Comedy-Club. Aber er erinnerte sich noch gut daran, wie er als Kind mit seiner Mutter und seinem Vater zur Weihnachtsaufführung ins Alhambra in Bradford gegangen war. *Jack und die Bohnenranke*, *Schneewittchen* und sein absoluter Favorit – *Aladdin*. Er liebte die Musik, die vertrauten Figuren wie die schlagfertige Prinzessin, die Guten und die Bösen und natürlich den Helden und die Heldin, aber am lebhaftesten in Erinnerung hatte er das Theater selbst. Es hatte ihn überwältigt, mit seiner riesigen, verzierten Kuppeldecke, den Reihen über Reihen von roten Samtsitzen, den vergoldeten Logen und den funkelnden Kronleuchtern. Der Saal war immer bis auf den letzten Platz gefüllt und der Applaus am Ende jeder Vorstellung war ohrenbetäubend. Für ihn war ein Theater ein magischer Ort. Schon der flüchtige Blick auf den Regisseur und die Schauspieler bei der Probe neulich hatte das vertraute Gefühl in der Magengrube hervorgerufen, dass dies ein Ort war, an dem Träume gemacht wurden.

So war es ein großer Schock, sich hinter der Bühne wiederzufinden.

Der schmale Korridor vor ihnen war nur spärlich beleuchtet und staubig. Elektrische Kabel schlängelten sich an der niedrigen Decke entlang und an einer Wand lehnten Kulissen, die nur notdürftig befestigt waren. Mit seinen 1,96 m musste Jake den Kopf einziehen, um nicht gegen einen Balken oder ein Rohr der Klimaanlage zu stoßen.

Ein Bühnenarbeiter erschien und rief den Jet-Girls und den Shark-Girls zu, sich bereit zu machen. Jake wich abrupt zurück, als eine Tür aufflog und ein halbes Dutzend junger Frauen in bunten, schwingenden Röcken zur

Bühne strömte.

„Ich werd' verrückt, das ist ja wie im Kaninchenbau",
sagte Ryan.

Schließlich fanden sie das Büro des Theatermanagers,
mehr durch Zufall als durch Julias Wegbeschreibung, die
sich als etwas ungenau herausstellte. Jake klopfte an die
Tür und trat ein.

Er fragte sich, ob Guy inzwischen nach oben gegangen
war, um seine neue Hauptdarstellerin zu beobachten, aber
vielleicht wollte er es bis zum letzten Moment aufschieben
oder konnte es nicht ertragen, Zeuge des bevorstehenden
Desasters zu werden. Jedenfalls saß er hier vor einem
Schreibtisch, der mit Programmheften und
ungewaschenen Tassen übersät war. An den Wänden des
kleinen Raums hingen alte Plakate von Shows aus den
Sechzigerjahren. Ihm gegenüber saß ein zweiter Mann. Er
war Ende fünfzig, hatte schütteres Haar und trug eine
dicke, schwarz gerahmte Brille. Nach Julias eher vager
Beschreibung zu urteilen, handelte es sich vermutlich um
Jim Banks, den Theatermanager. Banks hielt ein
Programmheft einer alten Produktion von *My Fair Lady* in
der Hand. Vielleicht schwelgten sie in Erinnerungen an die
gute alte Zeit.

Beide Männer blickten auf, als sie das Eindringen
bemerkten, und Banks sprang wütend auf. „Wer um alles
in der Welt sind Sie? Und was fällt Ihnen ein, einfach so in
mein Büro zu stürmen?"

„DS Jake Derwent und mein Kollege DS Ryan
Hooper. Wir sind wegen Mr. Goodwin hier."

Guy warf einen verächtlichen Blick in ihre Richtung.
„Nun, ich kann jetzt nicht mit Ihnen sprechen. Die
Vorstellung hat bereits begonnen. Ich wollte mich gerade
setzen und sie mir ansehen."

„Ich fürchte, das ist nicht möglich, Sir", sagte Ryan
und trat vor.

„Nicht möglich?" Guy erhob sich und füllte das kleine
Büro mit seiner physischen Präsenz. Seine dunklen Brauen
zogen sich wütend zusammen. „Was meinen Sie damit?"

„Wir meinen damit", sagte Ryan, „dass Sie wegen Mordverdachts verhaftet sind."

„Nein!"', protestierte Guy. „Sie machen einen dummen Fehler."

„Das glaube ich nicht, Sir", sagte Jake. „Aber Sie haben einen dummen Fehler gemacht, als Sie uns belogen haben, was das Treffen mit Miss Carstairs am Sonntagabend angeht. Sie sagten, sie sei in Ihr Hotelzimmer gekommen, aber das stimmt nicht, oder?"

„Dieses rachsüchtige Miststück", sagte Goodwin, die Spucke schoss ihm aus dem Mund und seine großen Hände ballten sich zu Fäusten. „Hat sie Ihnen das erzählt? Man kann ihr kein Wort glauben."

„Das brauchte sie uns nicht sagen. Die Überwachungskameras haben Sie auf dem Weg zur Seufzerbrücke gefilmt, als Sie angeblich in Ihrem Hotelzimmer waren. Julia hat lediglich bestätigt, was wir bereits wussten."

„Höllenfeuer und Verdammnis", sagte Goodwin, „ich habe ihr gesagt, dass wir nie hätten lügen dürfen." Seine breiten Schultern erschlafften, als sein Kampfgeist erlahmte.

„Aber Sie können ihn doch jetzt nicht verhaften!", rief der Theatermanager empört. „Er ist der Regisseur!"

Guy hob eine Hand, um Banks zu beschwichtigen. „Bei Ihrer Geduld, nein", verkündete er. „Meine Sterne leuchten dunkel über mir." Er senkte den Kopf und ließ sein langes schwarzes Haar ins Gesicht fallen.

„Wie bitte?", sagte Jake.

„Sebastian, aus *Was ihr wollt*", erklärte Banks. „Das ist ein Zitat aus dem Stück."

„Ich glaube, was Mr. Goodwin meint", kommentierte Ryan, während er Guy Handschellen anlegte, „ist, dass ihn das Glück endgültig verlassen hat."

KAPITEL 27

Irgendwie hatte Bridget geahnt, dass sie Guy Goodwin im Randolph Hotel nicht zum letzten Mal gesehen hatte. Er hatte an diesem Tag eine gute Vorstellung für sie gegeben, aber es hatte ein oder zwei Momente gegeben, in denen seine Maske verrutscht war und er unsicher gewesen war, wie er reagieren sollte. Vielleicht hätte er Julia bitten sollen, ihm Schauspielunterricht zu geben. Oder vielleicht hätte er seinen Text besser lernen sollen. Bridget war sich sicher, dass zumindest ein Teil dessen, was er ihr erzählt hatte, erfunden war. Nun war es an ihr, die Wahrheit von der Lüge zu trennen.

Im Verhörraum zwei in Kidlington gab es weder Sahnetorte noch Espresso. Guy saß ihr und Jake an einem kahlen Tisch gegenüber, neben ihm sein Anwalt, der seine Notizen las. Der Anwalt, ein recht selbstbewusster junger Mann mit einem Hauch von Arroganz, war von Bridget vor dem Verhör informiert worden und wusste, dass sein Mandant gelogen hatte, was seinen Aufenthaltsort zum Zeitpunkt der beiden Morde anging, und dass sowohl David Smith als auch Julia Carstairs glaubten, er habe in den Tagen und Wochen unmittelbar vor ihrem

Verschwinden eine Affäre mit Camilla Townsend gehabt. Eine Affäre, die, wie Bridget behauptete, Guy dazu veranlasst hatte, sie zu ermorden und ihre Leiche in einem verlassenen Haus ganz in der Nähe der Party zu verstecken, zu der die Besetzung und das Team von *Was ihr wollt* nach der letzten Aufführung gekommen waren.

Jetzt, da Bridget den Theaterregisseur auf ihrem eigenen Terrain hatte, war sie viel zuversichtlicher, die Wahrheit aus ihm herauszubekommen. Er saß ihr mit gesenktem Kopf gegenüber, sah niedergeschlagen und zerzaust aus. Das lange, widerspenstige Haar, das ihm vorher einen Hauch von gefährlicher Anziehungskraft verliehen hatte, wirkte jetzt nur noch ungepflegt und struppig. Seit seiner Ankunft auf der Wache hatte er nichts gesagt, außer seinen Namen und seine Adresse zu bestätigen. Vielleicht schmerzte ihn Julias Verrat noch immer. Guy hatte offensichtlich auf ihre weitere Unterstützung gezählt, um aus der Sache herauszukommen. Nun, vielleicht hätte er sich das noch einmal überlegen sollen, bevor er ihr sagte, was für eine lausige Schauspielerin sie sei. Jake und Ryan hatten Bridget über die pikanten Details der Trennung informiert. Es war schneller gegangen, als sie gedacht hatte, und zwar auf spektakuläre Weise. Und Julia hatte sich bereits gerächt, indem sie sein Alibi nicht nur für die Zeit des Mordes an David Smith, sondern auch für den historischen Mord vor fünfundzwanzig Jahren auffliegen ließ. *Eine verschmähte Frau,* dachte Bridget mit einem schiefen Lächeln.

„Sie geben also zu", sagte sie, nachdem das Aufnahmegerät eingeschaltet und die Belehrung gesprochen worden war, „dass Sie am Sonntagabend kurz nach zehn im Turf Tavern waren und dort Julia Carstairs getroffen haben?"

Guys Anwalt räusperte sich. „Ich habe meinem Mandanten geraten, auf Ihre Fragen in diesem Verhör mit *kein Kommentar* zu antworten."

„Kein Kommentar", erwiderte Guy.

„Ich kann Sie den ganzen Nachmittag hier behalten, wenn Sie nicht kooperieren", sagte Bridget.

Guy stützte den Kopf in die Hände. „Ach, was soll das bringen? Warum leugnen, was alle schon wissen?" Er sah auf. „Ja, ich habe mich an dem Abend mit Julia getroffen, aber ich bin nicht wirklich zum Turf gegangen. Ich habe Julia eine Nachricht geschickt, dass ich komme, und wir haben uns unter der Seufzerbrücke getroffen. Ich habe David Smith definitiv nicht ermordet. Ich habe ihn nicht einmal gesehen. Ich hatte keine Ahnung, dass er dort war. Das letzte Mal, dass ich David gesehen habe, ist mehr als zwanzig Jahre her."

„Warum haben Sie dann bei der Vernehmung gelogen und behauptet, Sie hätten im Randolph auf Julia gewartet?"

„Das war alles Julias Idee. Sie war diejenige, die Sie belogen hat."

„Aber warum sollte sie lügen?"

„Sie ist Schauspielerin, verdammt! Sie ist eine professionelle Lügnerin. Ich hätte erwartet, dass Sie sie zum Verhör herbringen, nicht mich." Guy starrte sie über den Tisch hinweg an und atmete schwer, dann beruhigte er sich wieder. „Hören Sie, Julia wusste, dass Sie voreilige Schlüsse ziehen könnten, wenn Sie meinen Namen erfahren. Sie wollte vermeiden, dass der Verdacht auf mich fällt."

„Dieser Plan ist eher nach hinten losgegangen", bemerkte Bridget.

„Ja, das stimmt. Ich hätte mich nie darauf einlassen sollen."

„Wollen Sie versuchen, Julia die ganze Schuld in die Schuhe zu schieben?"

„Was meinen Sie damit?"

„Julia hat uns erzählt, dass es Ihre Idee war zu behaupten, dass Sie beide in der Nacht, in der Camilla verschwand, zusammen in Ihrem Zimmer im College waren."

Guy rutschte unruhig auf seinem Stuhl hin und her.

Neben ihm nestelte sein Anwalt, der plötzlich wenig Vertrauen in die Stärke der Argumente seines Mandanten zu haben schien, an seinen Manschettenknöpfen.

Bridget nutzte ihren Vorteil. „Laut Julia haben Sie beide die Party nicht zusammen verlassen. Sie sagt, Sie hätten sich wegen Camilla gestritten, sich getrennt und seien dann separate Wege gegangen. Was war es also? Ein Happy End oder eine Tragödie? Für Camilla war es auf jeden Fall ein tragisches Ende."

„Na gut, ich gebe es zu. Julia und ich hatten auf der Party einen dummen Streit." Guy fuhr sich verärgert mit der Hand durch sein dunkles Haar. „Was Sie über Julia wissen müssen, ist, dass sie zwar selbstbewusst wirkt, aber wie viele Menschen im Showbusiness im Grunde unsicher ist. Sie braucht ständig Menschen, die ihr sagen, wie wunderbar sie ist. Sie war verletzt, weil sie die Rolle der Viola nicht bekommen hat, und wahnsinnig eifersüchtig auf Camilla. Sie war wie besessen von der lächerlichen Idee, Camilla und ich würden miteinander schlafen, und der Streit eskalierte auf der Party. Sie stürmte davon und ich ging allein zurück zum College. Am nächsten Tag, als Camilla verschwunden war und die Polizei unangenehme Fragen stellte … Nun, ich glaube, ich geriet einfach in Panik. Ich habe Julia überredet, zu sagen, dass ich bei ihr war."

„Warum sollten Sie das tun?", hakte Bridget nach. „Es sei denn, Sie hätten etwas zu verbergen gehabt."

„Nun, das hatte ich nicht." Er klang so bockig wie ein verwöhntes Kind. „Aber Julia war nicht die Einzige, die sich einbildete, dass zwischen mir und Camilla etwas lief. In Theatertruppen wird furchtbar getratscht. Ist ein Gerücht erst einmal in Umlauf, ist es fast unmöglich, es zu stoppen."

„Wo Rauch ist, ist auch Feuer", meinte Jake.

Guy fuhr ihn wütend an. „Ist das alles, was Sie haben? Klatsch und Tratsch? Sie wollen mich aufgrund von Hörensagen verurteilen?"

„Sie müssen einfach nur sagen: *kein Kommentar*", sagte

sein Anwalt.

„Ich werde sagen, was mir verdammt noch mal gefällt!", brüllte Guy.

Bridget sah ihn streng an. „Ich schlage vor, Sie fangen an, die Wahrheit zu sagen. Haben Sie mit Camilla Townsend geschlafen oder nicht?"

„Nein. Das ist die Wahrheit."

„Laut Julia", sagte Jake, „haben Sie ihr an dem Abend auf der Party gesagt, dass Sie mit Camilla schlafen wollten."

Guy nickte kläglich. „Ja, ich hatte so die Nase voll von Julias Eifersucht und ihren Anschuldigungen, dass ich die Beherrschung verlor. Julia fragte mich immer wieder nach Camilla. Es war, als wollte sie, dass ich ihr das Schlimmste erzähle. Am Ende bin ich ausgerastet."

„Und war es wahr? Wollten Sie mit Camilla schlafen?"

Guy atmete lange aus. „Nun, ich denke, es hat keinen Sinn, es zu leugnen. Sie war ein sehr attraktives Mädchen, und wir haben bei dem Stück eng zusammengearbeitet. Es wäre seltsam gewesen, wenn ich sie nicht attraktiv gefunden hätte." Er starrte Bridget an. „Zufrieden?"

„Nein. Ihre Geschichte ändert sich jedes Mal, wenn Sie den Mund aufmachen. Lassen Sie uns der Sache auf den Grund gehen. Haben Sie mit Camilla Townsend geschlafen oder nicht?"

„Nein!"

★

Die Vernehmung von Guy Goodwin war ohne eindeutiges Ergebnis zu Ende gegangen, und Bridget nahm Jake beiseite, um zu besprechen, was sie erfahren hatten, wenn überhaupt etwas.

„Er hat zugegeben, dass er Julia im Turf getroffen hat", sagte Jake. „Und er hat uns erzählt, dass er uns ein falsches Alibi für die Nacht gegeben hat, in der Camilla verschwand. Er hat sogar zugegeben, dass er sich zu Camilla hingezogen fühlte."

„Das sind alles nur Indizien", sagte Bridget. „Außerdem hat er uns nur das gesagt, was wir bereits wissen, und das auch nur, als er dazu gezwungen wurde. Es gibt keinen Grund zu glauben, dass er uns alles erzählt hat."

„Was ist mit der Geschichte, dass er Julia unter der Seufzerbrücke getroffen hat und nicht ins Turf gegangen ist?"

„Wir müssen noch einmal mit Julia sprechen und herausfinden, wo genau sie sich getroffen haben."

„Ich stimme zu, Ma'am", sagte Jake. „Um ehrlich zu sein, ich wünschte, ich hätte Julia Carstairs zur weiteren Befragung mitgenommen, als ich sie im Theater sah."

„Was meinen Sie?"

„Ich denke, jetzt, da wir wissen, dass Julia und Guy sich nach der Party getrennt haben, hatte sie genauso viel Gelegenheit, Camilla zu attackieren, wie Goodwin. Und sie hatte wohl einen triftigeren Grund. Eifersucht."

Bridget nickte. „Was hat sie gesagt, was sie vorhat?"

„Sie wollte zurück zum Malmaison, um sich mit ihren Freundinnen zu versöhnen. Es hörte sich so an, als wollten sie die Stadt unsicher machen."

Bridget sah auf die Uhr. Es war bereits später Nachmittag. Sie würde sich selbst ohrfeigen, wenn sie Julia Carstairs entkommen ließ. „Dann nehmen wir Ihr Auto. Wir fahren zurück zum Gefängnis."

KAPITEL 28

Julia Carstairs war wahrscheinlich die glamouröseste Person, die Bridget jemals zum Verhör auf die Wache gebracht hatte. Etliche Köpfe drehten sich um, als die mäßig berühmte Schauspielerin in den Verhörraum geführt wurde, in dem vor einer Stunde noch Guy Goodwin gesessen hatte.

Julia sah sich verächtlich in dem spärlich eingerichteten Raum um. „Bin ich verhaftet?", fragte sie.

„Nein", sagte Bridget geduldig. „Wie ich schon sagte, werden Sie unter Vorbehalt befragt."

Sie hoffte, dass die Schauspielerin während des Verhörs keine allzu große Show abziehen würde. Julia hatte genug Aufhebens gemacht, als Bridget und Jake ins Malmaison gekommen waren, um sie abzuholen. Es war nicht schwer gewesen, sie ausfindig zu machen. Sie, Liz und Deborah saßen an der Bar und tranken gerade ihre Cocktails. Die drei Freundinnen hatten sich offensichtlich versöhnt und plauderten eifrig miteinander. Zweifellos waren Liz und Deborah nur allzu begierig, die schmutzigen Details von Julias kurzlebiger Affäre mit Guy Goodwin zu erfahren, auch wenn sie es ihr übel nahmen, dass sie sie verlassen hatte. Mit offenem Mund hatten sie zugesehen, wie Bridget und Jake sie nach draußen zu einem wartenden Polizeiauto geleiteten. „Nimmt dieses Drama denn nie ein Ende?", hatte sie geklagt und empört die Arme in die Luft geworfen.

Jetzt beriet sie sich mit ihrem Anwalt, während Bridget und Jake sich auf das Verhör vorbereiteten. Den angebotenen Tee aus dem Automaten hatte sie abgelehnt, aber zu Bridgets Erstaunen hatte Ryan sich bereit erklärt, über die Straße zu Starbucks zu gehen und ihr einen schwachen Milchkaffee zu holen. „Er wird sie wahrscheinlich um ein Autogramm bitten, wenn er ihr den Kaffee gibt", sagte Jake.

Nachdem die Formalitäten erledigt waren, begann Bridget mit der Befragung. „Ich möchte gern ganz am Anfang beginnen, als Sie noch Studentin in Oxford waren. Sie haben in einer Aufführung von *Was ihr wollt* unter der Regie von Guy Goodwin mitgewirkt."

„Ja. Ich habe Olivia gespielt."

„Und Camilla hatte die Rolle der Viola. Die Rolle, die Sie wollten. Warum, glauben Sie, wurden Sie für diese Rolle übergangen?"

Julia nestelte an ihren Händen herum. „Wie ich Ihnen bereits sagte, war ich der Meinung, ich hätte die Rolle bekommen sollen. Ich kann nur vermuten, dass Camilla Guy irgendwie beeinflusst hat."

„Sexuell beeinflusst?"

Julia schürzte ihre Lippen, bevor sie sprach. „Ich wiederhole nur, was damals alle dachten. Es wurde viel getratscht."

„Haben Sie etwas Konkreteres als Klatsch?"

„Nein."

„Gut", sagte Bridget. „Kommen wir zu der Party bei Freud nach der letzten Vorstellung. Sie waren dort mit Guy und Camilla war auch anwesend. Ist das richtig?"

„Ja."

„Ursprünglich sagten Sie mir, Sie und Guy seien zusammen gegangen und hätten die Nacht in seinem

Zimmer verbracht, aber jetzt haben Sie Ihre Aussage geändert. Würden Sie bitte wiederholen, was Sie meinem Sergeant gesagt haben?"

„Ich sagte, dass Guy mich gezwungen hätte zu lügen und zu sagen, dass ich bei ihm war."

„Sie gezwungen?"

„Also gut. Er hat mich gebeten."

„Sie haben die Party also doch nicht mit Guy verlassen?"

„Nein. Wir hatten einen heftigen Streit. Ich stürmte hinaus und ging in mein eigenes Zimmer. Guy habe ich erst am nächsten Tag wiedergesehen."

„Ich verstehe", sagte Bridget. „Und hat Sie jemand gesehen?"

„Was meinen Sie?"

„Ich meine, kann jemand bezeugen, wo Sie nach der Party waren?"

Julia starrte Bridget fassungslos über den Tisch hinweg an. „Wollen Sie andeuten, dass ich etwas mit Camillas Verschwinden zu tun habe?"

„Ich frage Sie, ob jemand bestätigen kann, dass Ihre Version der Ereignisse wahr ist."

Julia nahm einen Schluck von ihrem Milchkaffee, bevor sie antwortete. „Auf der Party gratulierten alle Camilla zu ihrer Darbietung. Ich dachte, ich hätte eine ziemlich gute Olivia abgegeben, aber niemand schien der Meinung zu sein, dass ich ein Lob verdient hätte. Und als Guy dann schließlich zugab, dass er sie mir vorzog, bin ich ausgeflippt. Ich war wütend. Aber ich habe ihr nichts getan. Das müssen Sie mir glauben."

Wenn man Aufrichtigkeit auf einer Skala von eins bis zehn bewerten könnte, hätte Bridget Julia für ihre aktuelle Darbietung mindestens eine Neun gegeben. Aber sie hatte immer noch kein Alibi für sich selbst geliefert. „Kehren wir in die Gegenwart zurück. Am Sonntagabend, nach fünfundzwanzig Jahren Pause, fanden Sie sich in Oxford auf einer Geistertour wieder, angeführt von niemand Geringerem als Camillas altem Freund David Smith, der kurz nach Ende der Tour erstochen wurde. Es ist doch sehr ungewöhnlich, dass Sie zur Tatzeit an beiden Tatorten waren. Wie erklären Sie sich das?"

Der Anwalt beugte sich vor. „Meine Mandantin ist nicht verpflichtet, auf solche Mutmaßungen einzugehen."

Aber Julia schien sich nicht um Pflichten und rechtliche Verfahren zu scheren. „Ich kann es nicht erklären", sagte sie, ignorierte ihren Anwalt und sah Bridget direkt in die Augen. „Ich wünschte, ich könnte es, aber ich kann es nicht."

„Sie haben wegen Sonntagabend gelogen und behauptet, Sie hätten Mr. Goodwin im Randolph Hotel getroffen, während er in Wirklichkeit zu Ihnen zum Turf gekommen war. Warum sollten Sie so etwas erfinden, wenn Sie nichts zu verbergen haben?"

„Ich habe aus dem Bauch heraus gehandelt", sagte Julia. „Als ich hörte, dass David Smith ermordet worden war, wollte ich mich und Guy vor jeglicher Verwicklung schützen. In meiner Branche wird man paranoid, wenn es darum geht, seine Privatsphäre zu schützen. Wenn die Zeitungen davon erfahren hätten, hätten sie uns das Leben zur Hölle gemacht."

„Julia", sagte Jake, „können Sie uns genau sagen, wo Sie Guy an diesem Abend getroffen haben? Bitte erzählen Sie uns genau, was passiert ist. Lassen Sie keine Details aus."

„Ich hatte mich mit Guy für den Abend verabredet, nachdem er im Theater fertig war. Ich habe den ganzen Abend auf eine Nachricht gewartet. Dann habe ich eine bekommen, als ich mit Ihnen im Pub war" – Julia sah Bridget an – „aber ich wusste, dass Liz und Debs mich aufhalten, wenn ich ihnen sage, wohin ich gehe. Also habe ich ihnen gesagt, dass ich zur Bar gehe. Tatsächlich bin ich direkt zum Ausgang und den schmalen Gang hinunter, der zur Seufzerbrücke führt."

„Die St. Helen's Passage", sagte Jake.

„Ja. Guy hat unter der Brücke auf mich gewartet. Es war ziemlich romantisch, wirklich." Sie lächelte, dann schien sie sich daran zu erinnern, was Guy über ihre schauspielerischen Fähigkeiten gesagt hatte. „Dieser Bastard. Er hatte immer die Macht, mich dazu zu bringen, alles zu tun, was er wollte."

„Sie haben ihn also dort getroffen", sagte Jake. „Nicht auf dem Gelände des Turf."

„Er hat definitiv draußen gewartet", sagte Julia. „Glauben Sie mir, wenn ich ihn mit einem blutigen Dolch in der Hand gesehen hätte, würde ich nicht zögern, es Ihnen zu sagen." Sie runzelte die Stirn, als wäre sie in Gedanken versunken. „Aber da war noch etwas anderes, wenn ich so darüber nachdenke."

„Was denn?"

„Als ich das Turf verließ, wäre ich beinahe mit David zusammengestoßen. Natürlich wusste ich damals noch nicht, dass er der David Smith war, den ich von früher kannte. Er hatte sich so sehr verändert und trug sein Guide-Outfit. Außerdem hatte ich seit Jahren nicht mehr an ihn gedacht."

„Sie haben ihn gesehen?", fragte Bridget ungläubig. Wie konnte Julia sich erst jetzt an ein so wichtiges Detail erinnern?

„Ja. Er stand in der Gasse. Er sah irgendwie verloren aus. Ich verabschiedete mich von ihm und bedankte mich für den schönen Abend, aber ich glaube, er hat mich gar nicht gehört. Er hatte diesen starren Gesichtsausdruck." Sie mimte eine entsetzte Miene, um es zu demonstrieren. „Ich dachte damals, er sähe aus, als hätte er einen Geist gesehen."

„Einen Geist?", wiederholte Bridget skeptisch.

„War noch jemand bei ihm?", fragte Jake.

„Nicht, dass ich wüsste. Ich bin mir ziemlich sicher, dass er allein war. Aber ich hatte es ziemlich eilig. Ich ließ ihn dort stehen und ging zu Guy."

★

„Was meinte sie mit: ‚Er sah aus, als hätte er einen Geist

gesehen'?", fragte Bridget. Sie überließ Julia Carstairs der Obhut des diensthabenden Sergeants, der nur allzu gern bereit war, ihr zu helfen, und kehrte mit Jake in den Einsatzraum zurück. „Hat sie diese ganze Geschichte erfunden, um zu vertuschen, was sie wirklich getan hat?"

„Ich weiß es nicht, Ma'am. Ich bin mir nicht sicher, ob sie eine lebhafte Phantasie hat oder ein schreckliches Gedächtnis oder beides."

„Oder sie ist einfach eine dreiste Lügnerin", schloss Bridget. „Guy Goodwin und Julia Carstairs – sie sind ein schönes Paar. Die eine so schlecht wie der andere."

„Und was machen wir jetzt?"

„Wir bringen Julia zurück in ihr Hotel und lassen Guy Goodwin frei. Wir haben nicht genug Beweise, um ihn festzuhalten, geschweige denn, um ihn wegen Mordes anzuklagen. In der Zwischenzeit versuche ich herauszufinden, ob es etwas Neues über Trevor Mansfield gibt. Er ist ein weiterer Geheimfavorit."

Zurück im Einsatzraum hatte Ffion ihre Aufgabe erledigt und sich bei der Personalabteilung der Universität erkundigt, ob es während seiner Zeit als Tutor in Oxford irgendwelche Beschwerden gegen Dr. Mansfield gegeben hatte. „Nichts", sagte sie. „Obwohl das nicht unbedingt beweist, dass er seine Studentinnen nicht belästigt hat."

„Nein", sagte Bridget. „Aber wir müssen davon ausgehen, dass er unschuldig ist, bis wir das Gegenteil beweisen können."

„Vermutlich, ja", sagte Ffion widerstrebend.

Bridget dachte über ihre Optionen nach. Nach allem, was sie jetzt wussten, wäre es sinnvoll, Mansfield einen weiteren Besuch abzustatten. Die Tatsache, dass auch er in der Nähe gewesen war, als Camilla und David starben, und für beide Zeitpunkte kein wasserdichtes Alibi vorweisen konnte, war nicht aus der Welt. Und dann war da noch der merkwürdige Zufall, dass das Haus, in dem Camillas Leiche versteckt worden war, direkt an das Haus grenzte, in dem er zum Zeitpunkt ihres Verschwindens gewohnt hatte. Es wäre interessant zu sehen, wie der

Harvard-Dozent reagieren würde, wenn Bridget ihm offenbaren würde, dass sie den Grund für den Anruf des Dekans der Fakultät am Sonntagabend kannte.

Aber das würde bis zum Morgen warten müssen. Es war zu spät, um heute Abend noch etwas zu unternehmen.

★

Ffion fuhr gerade ihren Computer herunter und zog ihre grüne Lederjacke an, als Jake nervös an ihren Schreibtisch trat.

„Hast du kurz Zeit?", fragte er. „Bevor du nach Hause gehst?"

Sie fragte sich, was er vorhatte. Seine Körpersprache verriet ihr, dass er eine große Ankündigung machen wollte. Jake zeigte seine Gefühle immer offen, so wie ein Hund seine Emotionen verriet, indem er mit dem Schwanz wedelte, wenn er glücklich war, oder die Ohren nach vorne legte, wenn er aufmerksam war. Sie hatte das als eine seiner liebenswertesten Eigenschaften empfunden, als sie noch zusammen waren. Dieselbe Transparenz hatte seine Schuld offenbart, als er sie betrogen hatte. Wäre Jake ein Hund, hätte er jetzt den Schwanz zwischen die Beine geklemmt und die Augen gesenkt. Sie hoffte, dass er sie nicht wieder anflehen würde, ihn zurückzunehmen. Das Tor war bereits geschlossen, verriegelt und mit einem sicheren Vorhängeschloss versehen. Sie war es leid, immer wieder Nein sagen zu müssen.

„Was gibt es denn?", fragte sie. Das Büro leerte sich schnell. Bridget war bereits gegangen und Grayson auch. Wenn es also eine Szene geben musste, würde es wenigstens nicht zu viele Zeugen geben.

„Können wir irgendwo hingehen, wo es ruhiger ist?"

„Es ist ruhig genug hier." Sie wollte ihn nicht ermutigen. Was immer er zu sagen hatte, es wäre besser, wenn er es einfach hinter sich brachte.

Er seufzte resigniert. „Na gut, dann. Hör zu. Ich habe in letzter Zeit viel nachgedacht. Nach allem, was zwischen dir und mir passiert ist, habe ich beschlossen, dass es besser ist, wenn ich gehe. Also habe ich mir einen Job in Halifax gesucht."

„Halifax?" Die Nachricht war ein Schock. Ffion hatte nicht geahnt, wie sehr ihn die Trennung getroffen haben musste, wenn er das Bedürfnis hatte, hundertfünfzig Meilen zwischen sich und sie zu bringen. Vielleicht war ihre Haltung ihm gegenüber etwas zu kühl gewesen. Jetzt war sie es, die sich schuldig fühlte. „Du hast vor, wieder in den Norden zu ziehen?"

„Ich habe es ernsthaft in Erwägung gezogen. Aber letzten Endes würde ich lieber hier bleiben."

Gut, wollte sie sagen. *Ich bin froh.* Sie hätte es gehasst, wenn er gegangen wäre, und sie hätte ihn trotz aller Schwierigkeiten schrecklich vermisst. Aber sie wollte ihm keine falschen Hoffnungen auf eine Versöhnung machen. „Ich habe kein Problem damit", sagte sie mit ausdrucksloser Stimme.

Er kratzte sich an der Nase, ein sicheres Zeichen, dass eine weitere Erklärung bevorstand. Ffion machte sich bereit.

„Hör zu", sagte er. „Ich weiß, dass wir kein Paar mehr sein können. Das hast du mir deutlich zu verstehen gegeben. Ich hatte meine Chance und ich habe sie vertan und es tut mir leid, dass ich es versaut habe. Und ich bitte nicht darum, dass wir Freunde sein können. Nicht wirklich." Er hielt inne und versuchte offensichtlich, in seinem Kopf die richtigen Worte zu finden. Wenn dies eine vorbereitete Rede war, dann hatte ihn das Lampenfieber über seinen sorgfältig einstudierten Text stolpern lassen. Nach einer kurzen Pause schien er seinen Redefluss wiedergefunden zu haben. „Aber du bist eine verdammt gute Detective, Ffion, und solange ich noch in Oxford bin, möchte ich, dass wir gut zusammenarbeiten. Wie Profis. Was sagst du dazu?"

Endlich schien es ihr möglich zu sein, ihre wahren Gefühle zu zeigen. Ihre Lippen verzogen sich langsam zu einem Lächeln. „Abgemacht. Und fürs Protokoll, du bist auch ein verdammt guter Detective, Jake."

KAPITEL 29

Diesmal war es Cheryl Mansfield, die Bridget und Jake die Tür öffnete. Der Empfang, den sie den beiden bereitete, war so frostig wie das Wetter draußen. „Ich nehme an, Sie wollen noch einmal mit Trevor sprechen?", fragte sie, und von der Freundlichkeit, die sie Bridget am Abend der Geistertour entgegengebracht hatte, war nichts mehr zu spüren. „Wenn Sie im Wohnzimmer warten, sage ich ihm, dass Sie hier sind."

„Danke." Bridget fragte sich, wie viel Cheryl über die missliche Lage ihres Mannes wusste. Hatte er ihr erzählt, dass er von seinem Lehrauftrag in Harvard suspendiert worden war? Und wenn ja, hatte er ihr die Wahrheit über die Anschuldigungen gegen ihn offenbart?

Sie und Jake gingen in das ihnen inzwischen vertraute Wohnzimmer. Alles war wie zuvor, und doch erschien Bridget der funkelnde Gold- und Silberschmuck, der den Baum zierte, nun getrübt, als hätte die schmutzige Wahrheit über Trevors Vergehen ihn befleckt. Jedenfalls war das Gefühl der Behaglichkeit, das sie bei ihrem ersten Besuch im Haus empfunden hatte, längst verflogen.

Als Trevor Mansfield den Raum betrat, war er sichtlich aufgeregt. Er stand im Türrahmen und machte keine Anstalten, seine Feindseligkeit zu verbergen. „Wieder Inspector Hart. Ich frage mich, ob ich bei diesem Gespräch auf die Anwesenheit eines Anwalts bestehen sollte."

Bridget gab sich alle Mühe, seine Bedenken zu zerstreuen. „Sie haben natürlich das Recht, einen Anwalt hinzuzuziehen, wenn Sie möchten, Dr. Mansfield, aber das ist völlig unnötig und würde die ganze Prozedur nur in die Länge ziehen. Wir haben nur ein paar Fragen an Sie, und dann sind wir auch schon wieder weg."

„Ich verstehe. Nun, ich werde mein Bestes tun, um Ihre Fragen zu beantworten. Ich möchte gerne helfen, wenn ich kann. Warum setzen Sie sich nicht?"

„Danke", sagte Bridget und nahm ihren gewohnten Platz neben dem Couchtisch ein. Sie wartete, bis auch Trevor es sich bequem gemacht hatte, wobei bequem wohl nicht das richtige Wort war. Er saß kerzengerade auf der Sofakante und wartete mit wachen Sinnen auf ihre Fragen. Jake zückte sein Notizbuch und wartete ebenfalls. Sie waren wie die Darsteller eines Theaterstücks, alle gespannt und bereit für den Beginn der Vorstellung.

Es war an der Zeit, den Vorhang zu öffnen.

„Bei meinem letzten Besuch habe ich Sie nach dem Abend gefragt, an dem Camilla Townsend verschwunden ist. Sie erzählten mir, dass Sie an diesem Abend im Burton Taylor Studio die Aufführung von *Was ihr wollt* gesehen haben und danach direkt nach Hause gegangen sind."

Trevor Mansfields Unterlippe zuckte. „Ja, das stimmt. Das habe ich."

„Haben Sie an diesem Abend überhaupt mit Camilla gesprochen? Vor oder nach dem Stück zum Beispiel?"

Mansfields Augen waren so wachsam wie die einer Katze. „Ich habe sie am Nachmittag kurz gesehen. Ich habe ihr gesagt, dass ich mich auf die Vorstellung freue und ihr Hals- und Beinbruch wünsche, denn das sagt man doch zu Schauspielern, oder? Das war das letzte Mal, dass ich mit ihr gesprochen habe."

„Sie haben sie nach der Vorstellung nicht wiedergesehen?"

„Nein."

„Und Sie waren auch nicht auf der Party bei Freud?"

„Nein. Das habe ich Ihnen schon gesagt. Die Party war für Studenten. Ich war nicht eingeladen. Ich wusste nicht einmal, dass sie stattfand."

„Ich verstehe. Können Sie den genauen Weg beschreiben, den Sie genommen haben, nachdem Sie das Theater verlassen haben?"

Er hielt inne, als hätte er Angst zu sprechen. Schließlich sagte er: „Ich lief an diesem Abend nach Hause. Es war trocken in dieser Nacht, nicht besonders kalt für die Jahreszeit, und es ist nicht weit von der Stadt nach Hause."

Jake kritzelte eine Notiz. „Sie sind also gelaufen?"

„Ja", bestätigte Mansfield. „Ich glaube, ich bin sogar noch auf ein Bier im Royal Oak eingekehrt. Das ist ein Pub in der Woodstock Road."

„Den kenne ich", sagte Jake. „Also, um das klarzustellen. Haben Sie nun ein Bier getrunken oder nicht?"

Er zögerte. „Ja."

Bridget beugte sich vor. „In Ihrer Aussage bei der Polizei während der ersten Ermittlungen wurde nicht erwähnt, dass Sie in einem Pub waren."

„Das muss mir entfallen sein, oder es erschien mir damals nicht wichtig." Er runzelte die Stirn. „Wahrscheinlich hat man mich nicht einmal gefragt, wie ich nach Hause gekommen bin. Ich war nie ein Verdächtiger."

Jake lächelte warmherzig. „Niemand sagt, dass Sie jetzt ein Verdächtiger sind, Sir. Wir wollen nur die Fakten klären."

Die entspannte Art des Sergeants trug wesentlich dazu bei, den Dozenten zu besänftigen. „Gut, solange wir uns darüber im Klaren sind."

„Wann haben Sie das Pub verlassen?"

„Nun, ich schätze, es war zur Sperrstunde. Damals

schlossen die Pubs meist um elf. Um diese Zeit bin ich also gegangen."

„Und kann das jemand bezeugen?"

„Das bezweifle ich. Nicht nach so langer Zeit."

„Also", sagte Jake freundlich, „Sie waren im Pub auf einen Drink, sind um elf gegangen und was dann?"

„Ich bin direkt nach Hause gegangen."

„Sie wären also um, sagen wir, viertel nach elf wieder hier gewesen."

„Das klingt ungefähr richtig."

„Sie sind nirgendwo anders hingegangen?", fragte Bridget.

„Ich bin direkt hierher zurück. Ich habe Camilla nicht gesehen, und bevor Sie fragen, ich war allein."

„Und nach Ihrer Rückkehr haben Sie das Haus bis zum nächsten Tag nicht mehr verlassen?"

„Richtig."

„Kann das jemand bestätigen?"

„Meine Mutter. Sie können sie fragen."

„Danke", sagte Bridget. „Das werden wir."

„Ist das alles?", fragte Mansfield und erhob sich von seinem Platz.

„Nicht ganz", sagte Bridget. „Was das Telefongespräch betrifft, das Sie am Sonntagabend mit dem Dekan der Fakultät in Harvard geführt haben –"

„Was ist damit?", unterbrach er sie.

„Der Dekan hat uns – natürlich vertraulich – über die Natur dieses Telefonats informiert."

Trevor Mansfield ließ sich in das Sofa zurücksinken, ein Ausdruck der Niederlage breitete sich auf seinem Gesicht aus. „Er hatte kein Recht, das zu tun."

„Ich nehme an, dass er sich uns als Strafverfolgungsbehörde gegenüber verpflichtet fühlte. Jedenfalls könnte die Art der Anschuldigung, die eine Ihrer Studentinnen gegen Sie erhoben hat, die Ermittlungen gegen Camilla Townsend beeinflussen."

Mansfield tauschte seine niedergeschlagene Miene gegen eine wütende aus. „Ich wusste, dass Sie voreilige

Schlüsse ziehen würden, wenn Sie davon erfahren. Deshalb habe ich auch nichts gesagt. Sie müssen verstehen, dass diese Anschuldigung völlig haltlos ist. Es ist müßig, im Einzelnen darauf einzugehen, was ich getan haben soll, denn die Vorwürfe sind, offen gesagt, lächerlich und aus der Luft gegriffen. Und völlig unbegründet, möchte ich hinzufügen. Ich werde meine Unschuld bis zum letzten Atemzug verteidigen, und jeder vernünftige Mensch wird diese Anschuldigungen als Hirngespinste eines Phantasten abtun. Leider schenkt man in der heutigen Zeit dem Wort einer psychisch labilen jungen Frau mehr Glauben als dem eines Dozenten mit makelloser Weste."

Makellos bis auf die unangenehme Tatsache, dass eine Ihrer Oxford-Studentinnen ermordet wurde, dachte Bridget, aber sie sah keinen Sinn darin, das alles noch einmal durchzugehen. Trevors Rede war eine beeindruckende und leidenschaftliche Beteuerung seiner Unschuld gewesen, und sie war nicht hier, um über einen Mann zu urteilen, ohne die Fakten zu kennen.

„Vielen Dank", sagte sie. „Wir haben keine weiteren Fragen an Sie, aber ich würde gerne mit Ihrer Mutter sprechen, bevor wir gehen."

„Ich werde sie bitten, zu kommen und mit Ihnen zu sprechen." Mit hängenden Schultern verließ er den Raum. Er schien um Jahre gealtert zu sein, seit Bridget ihn vor einer Woche zum ersten Mal gesehen hatte. Sie hoffte, dass er sich von den Strapazen erholen würde, wenn sich die verschiedenen Anschuldigungen gegen ihn als falsch herausstellten.

Eine Minute später betrat Mrs. Margaret Mansfield den Raum und schloss die Tür hinter sich. „Inspector Hart, DS Derwent, was kann ich für Sie tun?"

Bridget erhob sich, um sie zu begrüßen. „Bitte nehmen Sie Platz."

„Das ist nicht nötig", sagte die alte Frau in schneidendem Ton. „Ich bin durchaus in der Lage zu stehen."

„Nun gut. Ich möchte Sie nicht länger als nötig aufhalten, Mrs. Mansfield. Sie wissen sicher, dass wir derzeit zwei Morde untersuchen – den an David Smith im Turf Tavern am vergangenen Sonntagabend und den an Camilla Townsend, der sich unserer Meinung nach vor fünfundzwanzig Jahren ereignet hat, höchstwahrscheinlich in derselben Nacht, in der sie verschwand."

Sie nickte.

„Erinnern Sie sich an diese Nacht, Mrs. Mansfield? Die Nacht, in der Miss Townsend verschwand?"

„Ja. Ich erinnere mich sehr gut daran, Inspector. So eine schreckliche Tragödie vergisst man nicht so leicht. Die Zeitungen waren danach wochenlang voll mit Geschichten über das arme Mädchen."

„Was können Sie mir über den Verbleib Ihres Sohnes in jener Nacht sagen? Vor allem nach etwa elf Uhr."

„Ich kann Ihnen genau sagen, wo Trevor in dieser Nacht war. Er war hier, bei mir."

„War sonst noch jemand da?"

„Nein, es waren nur wir beide. Meine anderen Kinder sind älter und waren schon aus dem Haus. Mein Mann war leider ein paar Jahre zuvor gestorben."

„Das tut mir sehr leid. Können Sie mit absoluter Sicherheit sagen, dass Trevor den ganzen Abend zu Hause war?"

„Nicht den ganzen Abend. Er ist ins Theater gegangen, um *Was ihr wollt* zu sehen. Aber um elf war er definitiv zu Hause."

„Um elf?" Jakes Bleistift flog nur so über das Notizbuch.

„Das stimmt. Zumindest glaube ich das." Mrs. Mansfield schien sich plötzlich nicht mehr so sicher zu sein. „Welche Uhrzeit hat Trevor Ihnen genannt?"

„Wir würden gerne wissen, woran Sie sich an diesem Abend erinnern, Mrs. Mansfield", sagte Bridget hastig.

„Nun, es war auf jeden Fall irgendwann gegen elf. Vielleicht auch halb zwölf."

Bridget sah ihre Chance und nutzte sie. „Wann sind Sie

an diesem Abend zu Bett gegangen, Mrs. Mansfield?"

„Ich bin mir nicht sicher. Ich neige dazu, recht früh ins Bett zu gehen. Ich bin Frühaufsteherin, wissen Sie. Das war ich schon immer. Also bleibe ich nicht gerne lange auf."

„Vielleicht so gegen zehn", schlug Bridget vor. „Oder halb elf?"

„Ich weiß nicht."

„Ich verstehe. Können wir davon ausgehen, dass Sie bereits im Bett waren, als Ihr Sohn an diesem Abend nach Hause kam?"

Margaret Mansfield starrte Bridget entgeistert an. Ihr Mund öffnete sich, aber sie brachte kein Wort heraus.

„Vielleicht", schloss Bridget, „ist Ihre Erinnerung an diesen Abend nicht ganz so perfekt, wie sie sein könnte."

★

„Ich bin davon überzeugt", sagte Bridget, nachdem sie ihr Team versammelt hatte, „dass die Morde an David Smith und Camilla Townsend zusammenhängen. Meine Theorie ist, dass der Mörder von Camilla auch David umgebracht hat, nachdem der ihn erkannt und daraus geschlossen hat, dass er der Täter ist."

Niemand im Raum widersprach ihr, also fuhr sie fort. „Lassen Sie uns alle potenziellen Verdächtigen auflisten." Sie ging zum Whiteboard, auf dem nun sechs Namen standen. „Ganz oben auf der Liste steht Dr. Trevor Mansfield, Camillas Tutor zum Zeitpunkt ihres Todes und jetzt Dozent an der Harvard University. Nur seine Mutter kann ihm ein Alibi für die Nacht von Camillas Verschwinden geben, und sie gibt zu, dass sie nicht mit Sicherheit sagen kann, wann er an diesem Abend nach Hause kam. Außerdem war er in der Nacht, in der David getötet wurde, im Turf Tavern. Wir wissen jetzt, dass er derzeit von seinem Posten in Harvard suspendiert ist, während eine Untersuchung wegen sexueller Belästigung einer Studentin läuft."

„Und Camillas Leiche wurde im Haus direkt hinter seinem gefunden", ergänzte Ryan.

„Genau."

Sie zeigte auf den nächsten Namen an der Tafel. „Genauso verdächtig ist Guy Goodwin, der Mann, der bei der Studentenproduktion von *Was ihr wollt* Regie geführt hat und jetzt mit der *West Side Story* wieder am New Theatre in Oxford ist. Er hat zugegeben, dass er im Turf Tavern war, als David ermordet wurde, und dass er kein Alibi für die Zeit von Camillas Tod hat. Er hat auch zugegeben, dass er sich sexuell zu Camilla hingezogen fühlte, möglicherweise hatte er eine Affäre mit ihr."

Bridget ging zur dritten Verdächtigen über. „Julia Carstairs, Schauspielerin. Wir haben jetzt festgestellt, dass Julia auch kein Alibi für die Zeit der beiden Morde hat. Wir wissen, dass sie auf Camilla eifersüchtig war, zum einen aus beruflichen Gründen, weil Camilla die Rolle der Viola bekommen hatte, und zum anderen, weil sie glaubte, dass Guy hinter ihrem Rücken eine Affäre mit Camilla hatte."

Bridget hielt inne. Die anderen Personen auf ihrer Liste schienen weniger wahrscheinlich, konnten aber nicht ausgeschlossen werden. „Dann sind da noch Julias Freundinnen Liz und Deborah. Obwohl wir für keine der beiden ein offensichtliches Motiv haben, waren sie bei beiden Morden anwesend. Sie bleiben vorerst Verdächtige. Und dann ist da noch Bill Tomlins. Wir wissen, dass er seit vielen Jahren zur Weihnachtszeit nach Oxford kommt. Wir wissen, dass er im Turf Tavern war, als David ermordet wurde. Er gibt sogar zu, David erstochen auf dem Boden liegen gesehen zu haben. Und wir wissen, dass er und David sich kannten, weil sie sich beim Karussell gestritten haben."

Bridget ließ ihren Blick über die sechs Namen auf dem Whiteboard schweifen. Es war frustrierend, dass sie immer noch nicht in der Lage waren, einen von ihnen auszuschließen.

„Woran denken Sie, Ma'am?", fragte Jake.

„Ich habe über etwas nachgedacht, was Julia Carstairs gesagt hat, und ich glaube, das könnte der Schlüssel sein. Julia behauptete, sie habe David Smith gesehen, als sie das Turf verließ, und er habe ausgesehen, als hätte er einen Geist gesehen. Was, wenn David in diesem Moment jemanden sah, den er aus der Vergangenheit kannte? Jemanden, den er in Oxford nicht erwartet hatte. Jemanden, den er gerade getroffen oder wiedererkannt hatte?"

„Es könnte jede der Personen sein, die Sie aufgezählt haben", sagte Ryan. „Zweifellos haben sie sich alle seit ihrer Studienzeit stark verändert. Vielleicht hat Smith plötzlich erkannt, wo er denjenigen schon einmal gesehen hatte. Als der gemerkt hat, dass er ihn wiedererkannt hat, hat er vielleicht beschlossen, ihn zu töten, um ihn zum Schweigen zu bringen."

„Ja", sagte Bridget. „Aber all diese Leute scheinen zu offensichtlich. Denken Sie daran, dass David Smith seit mehr als zwanzig Jahren von Camillas Mord besessen war. Selbst wenn er Julia, Trevor, Guy oder einen der anderen erkannt hätte, was hätte er in jener Nacht bemerken können, das es plötzlich notwendig machte, ihn zu ermorden?"

„Nun", sagte Jake, „ich weiß nicht, ob das eine blöde Idee ist, aber was ist mit Geoff Henderson?"

„Was ist mit ihm?" Bridget hatte den unscheinbaren Buchhalter aus Beaconsfield fast vergessen, während sie auf der Jagd nach Prominenten war. Nachdem Ffion Luke in Beaconsfield besucht hatte, um mit ihm zu sprechen, gab es für sie keinen Grund mehr, sich weiter mit der streitsüchtigen Familie zu beschäftigen.

„Es ist nur etwas, das Luke Henderson uns bei seiner Vernehmung erzählt hat. Er sagte, dass einer der Gründe, warum seine Eltern so scharf darauf waren, dass er in Oxford studiert, der war, dass sie wollten, dass er in ihre Fußstapfen tritt."

„Das kann alles Mögliche bedeuten."

„Ja, aber da Luke Jura studiert, wird er nicht wie sein

Vater Buchhalter werden können. Ich glaube, er meinte damit, dass seine Eltern auch in Oxford studiert haben, vielleicht sogar am New College. Wenn er also in Oxford studiert, eifert er ihnen nach."

„Das ist schon möglich, nehme ich an."

„War er in der Nähe, als Camilla ermordet wurde?", fragte Ryan.

„Er ist im richtigen Alter, um Camillas Kommilitone gewesen zu sein", sagte Ffion.

„Aber selbst wenn", sagte Bridget, „wie kann Geoff Henderson etwas mit Camilla zu tun gehabt haben? Er ist doch kein Schauspieler." Es war schwer vorstellbar, dass der steife Buchhalter jemals in die Theaterbohème geraten war.

„Moment mal", sagte Ffion. „Ich glaube, ich habe da etwas." Sie kramte in den Akten, die sie in David Smiths Haus gefunden hatten, und sah sich eine Auswahl grobkörniger Farbfotos an. Darauf waren die Darsteller alle kostümiert, die Männer oft mit falschen Schnurrbärten oder Bärten, die Frauen mit Perücken. Es war nicht leicht, sie zu erkennen. Schließlich zog Ffion ein leicht verblasstes Foto hervor und heftete es an das Whiteboard.

Alle versammelten sich, um es sich genauer anzusehen.

„Dieses Foto wurde kurz vor der letzten Aufführung von *Was ihr wollt* aufgenommen", erklärte sie. „Es zeigt die gesamte Besetzung und die Crew."

Bridget betrachtete die jungen Gesichter aufmerksam. In der Mitte stand Guy Goodwin, dessen dunkle Gesichtszüge noch nicht ganz so wild waren wie heute, der aber in seiner Jugend unglaublich gut ausgesehen hatte. Neben ihm Julia Carstairs, damals eher brünett als blond, an Guys Arm, und auf der anderen Seite stand Camilla Townsend, deren jugendliches Gesicht ein letztes Mal vor ihrem frühen Tod eingefangen worden war.

Bridget erkannte keine der anderen Personen auf dem Foto. „Wonach soll ich suchen?"

„Da." Ffions grün lackierter Fingernagel deutete auf einen Mann, der am Ende der letzten Reihe stand und sein

Gesicht halb abgewandt hatte.

Der junge Mann war recht gutaussehend, konnte aber nicht mit dem auffallend guten Aussehen von Guy Goodwin in der ersten Reihe mithalten. Ihm fehlte eindeutig das Selbstvertrauen des Regisseurs und der Hauptdarsteller und er schien sich in der hinteren Reihe, einen Schritt vom Rampenlicht entfernt, wohler zu fühlen. Auf dem Foto war er schlanker als heute und hatte mehr Haare, aber jetzt, da Ffion ihn ihr gezeigt hatte, konnte es für Bridget keinen Zweifel mehr geben. In der Tat war die Ähnlichkeit mit seinem Sohn Luke verblüffend. „Das ist Geoff Henderson. Was um alles in der Welt macht er da?"

Ffion reichte ihr das Programmheft des Theaterstücks. Geoff Hendersons Name stand auf der Rückseite bei der Bühnencrew. „Er war der Requisiteur."

„Also kein Schauspieler, sondern hinter der Bühne. Kein Wunder, dass sich niemand an ihn erinnert."

KAPITEL 30

Geoff Henderson hatte ein unauffälliges, unspektakuläres Leben geführt. Nie auf der Bühne, immer im Hintergrund. Erfolgreich in seinem Beruf, aber nicht überragend. Wohlhabend, aber nicht auffällig. Sein wohlproportioniertes Haus mit vier Schlafzimmern war wie jedes andere in Beaconsfield, sein dunkelgrauer BMW unterschied sich nicht von den Limousinen, die in den Einfahrten der ruhigen Vorstadtstraße parkten, in der er mit seiner Frau und seinen beiden Kindern lebte.

Geoff Henderson mochte sich nicht in ein aufwändiges Kostüm gezwängt haben, aber er trug die perfekte Verkleidung für einen Mörder.

Bridget klingelte an der Haustür der Familie Henderson, während Jake hinter ihr aufragte. Zwei uniformierte Beamte warteten in dem Streifenwagen, der hinter Bridgets Mini geparkt war, und zogen die neugierigen Blicke einer älteren Dame auf sich, die mit ihrem in Schottenkaro gekleideten Highland-Terrier spazieren ging.

Die Haustür schwang auf und Bridget sah in das

überraschte und verärgerte Gesicht von Lynda Henderson. Lyndas Blick wanderte von Bridget zu Jake und schließlich zu dem Polizeiauto, bei dessen Anblick sie sichtlich zusammenzuckte. In einer Straße wie dieser würde die Ankunft der Polizei die Gerüchteküche anheizen und die Leute tagelang zum Tratschen bringen. Nun, das war einfach zu bedauerlich.

„Mrs. Henderson. Ist Ihr Mann zu Hause?"

„Geoff? Was wollen Sie? Was wollen Sie denn diesmal? Diese Waliserin sagte, Sie hätten alle Fragen gestellt."

„Dürfen wir bitte reinkommen?", sagte Bridget.

Lynda blieb nichts anderes übrig, als Bridget und Jake in ihr makelloses Haus zu bitten. Aus der Küche duftete es verführerisch nach Gebäck, etwas Schokoladiges, was Bridgets leeren Magen zum Knurren brachte. Sie hatte an diesem Morgen nur eine Scheibe Toast mit Marmelade gegessen und bereute nun ihre ungewohnte Zurückhaltung. Ein Teller mit gebratenem Speck und Rührei wäre besser gewesen, um sie bei Kräften zu halten.

Durch die offene Wohnzimmertür zu ihrer Linken erhaschte sie einen Blick auf Lucy. Das Mädchen saß im Schneidersitz in einem bequemen Sessel und las in einem Buch. Sie schenkte Bridget ein scheues Lächeln über ihr Taschenbuch hinweg, bevor Lynda die Wohnzimmertür mit einem Knall schloss. Von Luke fehlte jede Spur. Vermutlich lag er noch im Bett, wie alle faulen Teenager auf der Welt.

Geoff erschien oben an der Treppe, leger fürs Wochenende gekleidet in Chinos und Hemd. „Was ist los, Lynda?"

„Geoff!", rief seine Frau. „Die Polizei ist hier. Sie wollen mit dir sprechen."

„Mir?" Er kam die Treppe herunter. „Vielleicht können wir in die Küche gehen."

Er führte sie in die große, moderne Küche, die so makellos war wie der Flur. Geräte aus Edelstahl standen neben einer hölzernen Kochinsel, und in die Decke eingelassene Lampen warfen einen weißen Schein auf die

Flächen. Hinter der blitzblanken Glastür des Backofens ging ein Schokoladenbiskuit auf. Der Abwasch von Lyndas Backaktion schien bereits erledigt, und die Granitarbeitsplatten waren sauber und glänzend, nichts war fehl am Platz. Lynda stellte sich neben ihren Mann und legte ihren Arm um seinen.

„Mr. Henderson", sagte Bridget, „wir möchten Sie bitten, mit uns aufs Revier zu kommen, um Fragen zu dem historischen Mord an Camilla Townsend und dem jüngeren Mord an David Smith, alias Gordon Goole, zu beantworten."

„Jetzt?", fragte Geoff verwirrt.

„Ja, jetzt."

„In Ordnung."

Es war Lynda, die mit Vehemenz reagierte. „Das ist ungeheuerlich. Geoff hat mit keinem der beiden Morde etwas zu tun. Wie können Sie es wagen, in dieses Haus zu kommen und ihm so etwas zu unterstellen!"

„Ich habe ihm nichts unterstellt", sagte Bridget. „Ich möchte nur, dass er mit aufs Revier kommt und ein paar Fragen beantwortet."

„Aber kann er Ihre Fragen nicht hier beantworten? Und warum mussten Sie einen Streifenwagen mitbringen und so eine Szene machen? Verhaften Sie ihn?"

„Ruhig, Lynda." Geoff legte seiner Frau eine Hand auf die Schulter. „Alles wird gut. Du bleibst hier bei den Kindern, und ich fahre nach Oxford und spreche mit der Polizei."

„Soll ich einen Anwalt anrufen?"

„Ich glaube nicht, dass das nötig sein wird."

Lynda sah ihrem Mann tief in die Augen, um sich zu vergewissern. Er senkte den Kopf und drückte ihr einen Kuss auf die Stirn. Sie lehnte sich an ihn und schlang die Arme um ihn. Bridget wandte den Blick ab, überrascht von diesem intimen Moment zwischen Mann und Frau, der alle anderen auszuschließen schien. Auch Jake senkte den Blick und stand unbeholfen da, während sich das Paar umarmte.

„Wenn wir uns jetzt auf den Weg machen könnten", sagte Bridget nach einer Weile, „das Auto wartet draußen."

„Ja", sagte Geoff und löste sich schließlich von seiner Frau. „Ich bin jetzt bereit."

★

Selten hatte ein Verdächtiger mit so wenig Aufhebens eingewilligt, mit Bridget zurück aufs Revier zu kommen. Geoff Henderson saß ihr jetzt im Verhörraum zwei gegenüber, so ruhig wie zu Hause. Es war verwirrend, ihn so zu sehen.

In seiner schicken Freizeitkleidung, mit ordentlich gekämmtem Haar und glatt rasiertem Gesicht hatte er seinen kurzen jugendlichen Flirt mit der Theaterbohème weit hinter sich gelassen und sich der nüchternen Geschäftswelt zugewandt. Sein Sohn Luke mochte behaupten, dass er die Welt seines Vaters verachtete, aber sie ermöglichte ihm ein Universitätsstudium und der Familie ein komfortables Leben in einem schönen Haus. Das bedeutete auch, dass Lynda nicht mehr arbeiten musste. Stattdessen konnte sie zu Hause bleiben, sich um die Kinder kümmern und in ihrer blitzsauberen Küche nach Herzenslust Kuchen backen.

Bridget hielt inne. Warum war sie dieser Familie gegenüber so lieblos?

Irgendetwas an diesem allzu perfekten Haus hatte sie irritiert. Sie glaubte nicht, dass es nur der Kontrast zu ihrem eigenen engen, unaufgeräumten Cottage in Wolvercote war. Schließlich empfand sie nicht dasselbe bei Vanessas Haus in Nord-Oxford, das aussah wie aus einer Hochglanzausgabe der Zeitschrift *Good Housekeeping*. Vielleicht lag der Unterschied darin, dass Vanessas Haus ein richtiges Zuhause war und ihre Familie glücklich und zufrieden war. Geoff Hendersons Familie hingegen war so angespannt, dass sie kurz davor stand, zu zerbrechen.

Und doch war Geoff Henderson das Auge im Zentrum

des Sturms. Während der ganzen Fahrt von Beaconsfield war er ruhig und entspannt geblieben und hatte gelassen aus dem Fenster auf die vorbeiziehende Landschaft geblickt, als hätte er die Felder, Bäume und Wolken noch nie zuvor gesehen oder nicht erwartet, sie jemals wiederzusehen. Er hatte Bridgets Angebot, einen Anwalt hinzuziehen, abgelehnt.

Kein kluger Schachzug, wie sie fand. Obwohl sie nur Indizienbeweise gegen Geoff Henderson hatte, hoffte sie, am Ende des Verhörs etwas Handfesteres zu haben.

Nachdem die einleitenden Formalitäten erledigt und das Aufnahmegerät eingeschaltet war, begann Bridget die Vernehmung, indem sie ihm das Foto der gesamten Besetzung und Crew von *Was ihr wollt* über den Tisch schob. „Mr. Henderson, erkennen Sie dieses Foto?"

Das Bild entlockte ihm ein Lächeln. „Das habe ich schon seit Jahren nicht mehr gesehen." Er betrachtete es aufmerksam, und in seinen Augen spiegelte sich die Freude über die Erinnerungen, die es weckte. „Es wurde kurz vor unserer letzten Vorstellung aufgenommen. Guy wollte etwas, das ihn daran erinnert."

„Und können Sie diese Person für mich identifizieren?" Bridget deutete auf den jungen Mann in der hinteren Reihe.

Henderson brauchte nicht noch einmal auf das Foto zu schauen, bevor er antwortete. „Das bin ich." In seiner Stimme schwang unverkennbar Stolz mit. „Ich war der Requisiteur."

„Vielleicht können Sie uns erklären, was das bedeutet?" Bilder von Schädeln und blutigen Dolchen schossen ihr durch den Kopf, aber Bridget wusste, dass sie Shakespeares Stücke durcheinanderbrachte. In *Was ihr wollt* kamen keine Dolche vor. Jedenfalls nicht während der Vorstellung. Sie versuchte, sich vorzustellen, welche Requisiten nötig sein könnten, aber ihr fiel nichts ein.

„In *Was ihr wollt* werden viele *Requisiten* verwendet", sagte Henderson. „Der Begriff kann sich auf alles beziehen, was auf der Bühne verwendet wird, außer

Kulissen und Kostüme." Er wirkte lebhafter, als sie ihn zuvor erlebt hatte, irgendwie jünger, als hätte das Gespräch über seine Studienzeit einen längst erloschenen Traum entfacht. „Kerzenständer, Weinflaschen und Gläser, ein Koffer, der betrügerische Brief an Malvolio, der Brief, den Malvolio an Olivia schreibt, die Schwerter, die im Duell zwischen Sir Andrew Aguecheek und Viola verwendet werden, wenn sie als Cesario verkleidet ist." Er lächelte. „Keine echten Schwerter, natürlich."

„Sie haben gerade die Figur der Viola erwähnt. Sie wurde von Camilla Townsend gespielt." Bridget tippte auf das Bild von Camilla auf dem Gruppenfoto. „Wissen Sie, was mit ihr passiert ist?"

„Ja", sagte Henderson leise. „Sie ist verschwunden."

„Und ist Ihnen bekannt, dass sie die Freundin von David Smith war, später bekannt als Gordon Goole?"

„Ja. Obwohl ich nicht wusste, was aus David geworden war, nachdem er die Universität verlassen hatte. Ich war völlig überrascht, als ich erfuhr, dass er in Oxford Geistertouren machte. Hätte ich das gewusst, wären wir an dem Abend nie mitgegangen. Ich dachte, es wäre eine nette Abwechslung, um den Tag ausklingen zu lassen. Aber das war es nicht."

„Können Sie mir genau erzählen, was an diesem Tag passiert ist?"

„Wir waren nach Oxford gekommen, um Luke abzuholen. Wie Sie jetzt wissen, musste er nach dem Ende des Semesters noch zwei Wochen bleiben, um zu arbeiten. Eigentlich sollte es eine Strafe für seine Drogenvergehen sein, aber nach dem, was er mir erzählt hat, hat es ihm ziemlich viel Spaß gemacht. Es war das erste Mal, dass er wirklich körperlich gearbeitet hat. Im Nachhinein denke ich, dass Lynda und ich ihn ziemlich verwöhnt haben. Lynda ist sehr fürsorglich mit ihren Kindern – vielleicht sogar überfürsorglich."

„Sie waren also in Oxford, um Luke abzuholen."

„Ja, und wir haben beschlossen, einen ganzen Tag daraus zu machen. Last-Minute-Weihnachtseinkäufe auf dem Markt, Mittagessen bei Brown's, ein Weihnachtsmärchen und zum Abschluss die Geistertour. Ich glaube, Lynda wollte sich bei Luke entschuldigen, und wir dachten beide, es wäre schön, etwas Zeit als Familie zu verbringen. Es hat nicht ganz so geklappt wie geplant. Luke war die ganze Zeit wütend und Lucy, unsere Tochter, ist in einem schwierigen Alter. Sie wäre lieber mit ihren Freunden unterwegs gewesen. Stattdessen war sie die ganze Zeit mit der Nase am Display ihres Handys. Auch der Theaterbesuch war ein Desaster. Wir hätten uns lieber die *West Side Story* im New Theatre ansehen sollen. Aber Lynda liebt Traditionen und sie denkt immer noch an die Zeit zurück, als die Kinder noch klein waren und das Weihnachtsmärchen toll fanden, aber sie haben sich beide gelangweilt. Deshalb war es vielleicht nicht so überraschend, dass auch die Geistertour eine Katastrophe war."

„Wie kam es, dass der Freund Ihres Sohnes, Dylan, dort war?"

„Wir hatten ihn natürlich nicht eingeladen. Aber Luke hat ihm davon erzählt und er hat sich zu Beginn der Tour neben dem Karussell zu uns gesellt. Ich konnte ihn kaum abweisen. Ich glaube, das war vielleicht der Punkt, an dem alles anfing, schief zu laufen."

„Was meinen Sie?"

Er lächelte reumütig. „David hätte wahrscheinlich nie erfahren, wer ich bin, wenn Dylan nicht so einen Aufstand gemacht hätte, dass die Geister in den Steinen aufgezeichnet sind, oder was auch immer. Aber ich habe die Aufmerksamkeit auf mich gelenkt, indem ich mich in den Streit eingemischt habe. Ich wünschte, ich hätte es nicht getan."

„Er hat Sie also erkannt?"

„Nicht sofort. Er hatte keinen Grund zu wissen, wer ich war. Wer erinnert sich schon an den Requisiteur eines Theaterstücks? Ich war nicht wie Julia. Ich konnte sehen, dass David sofort wusste, wer sie war, als sie und ihre beiden Freundinnen zur Gruppe stießen. Auch ich erkannte sie sofort, obwohl ich sie ein Vierteljahrhundert nicht gesehen hatte. Julia ist schwer zu übersehen. Sie ist ein Stern, der hell am Firmament leuchtet. Nicht wie ich, der unbemerkt im Schatten steht. So bin ich schon immer gewesen. Ein Beobachter. Ein Niemand."

„David hat Sie also zuerst nicht erkannt. Irgendwann hat er es wohl doch getan."

„Es war im Pub. Ich merkte, dass er mich neugierig ansah. Er kam auf mich zu und fragte: ‚Kenne ich Sie nicht von irgendwoher?' Aber ich stritt es ab. Ich sagte, ich glaube nicht. Aber ich konnte ihn nicht ganz überzeugen. Später kam er zu mir."

„Wann genau war das?"

„Einige Zeit, nachdem Luke gegangen war, um Dylan zu treffen. Lynda bat mich, ihn zu suchen, also machte ich mich auf die Suche. Aber ich habe Luke nicht gefunden. Stattdessen hat mich David entdeckt. Er musste mir gefolgt sein, als er mich weggehen sah, und hat mich schließlich in der Nähe der St. Helen's Passage eingeholt."

Henderson hatte jetzt Bridgets volle Aufmerksamkeit, und sie spürte, dass er auf ihre nächste Frage wartete, als bräuchte er ein Zeichen von ihr, um fortzufahren. Sie kam ihm gerne entgegen. „Was ist dann passiert?"

„Er hatte endlich begriffen, wer ich war. Er fragte mich, ob ich der Requisiteur der Aufführung von *Was ihr wollt* sei. Ich gab zu, dass ich es war. Es hatte keinen Sinn, es zu leugnen. Er erzählte mir, dass Camilla manchmal von mir gesprochen hatte. Das war ein Schock. Es war das erste Mal in fünfundzwanzig Jahren, dass jemand mit mir über sie sprach. Ich hatte Angst, was als Nächstes passieren würde. Meine Reaktion muss meine Gefühle verraten haben. Dann sah ich den Ausdruck der Erkenntnis auf seinem Gesicht und wusste, dass er die Wahrheit erraten hatte."

Jake hörte auf, sich Notizen zu machen, und blickte auf. Das Ticken der Uhr an der Wand klang unnatürlich laut. Bridget hörte, wie ihr das Blut in den Ohren rauschte. „Was war die Wahrheit, Geoff?"

„Ich habe sie umgebracht. Ich habe Camilla Townsend umgebracht."

Bridget hielt den Atem an und konnte kaum glauben, dass es so einfach gewesen war, ihm ein Geständnis zu entlocken. Aber Geoff Henderson war eindeutig ein Mann, der von seiner Vergangenheit gequält wurde. Er wirkte vor allem erleichtert, endlich seine Geschichte erzählen zu können, nachdem er sie so lange geheim gehalten hatte.

„David sah mich an und ich wusste, das Spiel war aus. Natürlich hatte er keine Beweise. Aber ich sah an seinem Blick, dass er alles erraten hatte. Wenn er zur Polizei ginge, würden die Ermittlungen wieder aufgenommen. Beim ersten Mal war ich unter dem Radar geblieben, aber ich konnte nicht sicher sein, dass die Polizei bei einer erneuten Befragung nicht doch etwas finden würde. Dieses Risiko konnte ich nicht eingehen. Ich hatte eine Frau und eine Familie, die auf mich angewiesen waren. Also habe ich ihn umgebracht."

„Wie?"

„In der Nähe lag ein Steakmesser auf einem Teller. Ich nahm es und stach ihm ins Herz. Es ging viel leichter, als ich gehofft hatte. Er fiel kampflos zu Boden. Er gab keinen Laut von sich. Ich sah mich um, in der Erwartung, dass es jemand gesehen hatte, aber niemand hatte es bemerkt. Wir befanden uns in der Dunkelheit der St. Helen's-Passage, und zum Glück war zu diesem Zeitpunkt niemand sonst in der Nähe, sonst hätte man mich sofort erwischt. Also ging ich weg und kehrte zu meiner Familie zurück. Luke war inzwischen auch wieder da. Ich konnte kaum glauben, dass ich damit davongekommen war." Er hielt inne und senkte den Blick auf den Tisch.

Das war wirklich eine Premiere. Bridget hatte noch nie erlebt, dass ein Verdächtiger so einfach einen Mord gestand, geschweige denn zwei. „Und warum erzählen Sie uns das jetzt?"

„Als Camillas Leiche gefunden wurde, wusste ich, dass es nur eine Frage der Zeit war, bis Sie kommen würden, um mich zu verhaften. Sie können sich nicht vorstellen, wie es ist, so zu leben. Die meiste Zeit meines Erwachsenenlebens habe ich in Angst gelebt, erwischt zu werden. Mit zwei Morden auf dem Gewissen wurde die Last zu schwer. Ich wollte einfach nur gestehen."

Normalerweise hatte Bridget nicht viel Mitleid mit Verbrechern, aber in diesem Fall konnte sie sich vorstellen, unter welchem Druck Henderson all die Jahre gestanden haben musste. Sie konnte verstehen, dass es für ihn eine Erleichterung war, endlich reinen Tisch zu machen.

„Reden wir über Camilla", sagte sie. „Was geschah in der Nacht, in der sie verschwand?"

Henderson holte tief Luft, bevor er mit seiner Geschichte begann. Ein schwaches Lächeln umspielte seine Lippen, als er sich an diese längst vergangenen Tage erinnerte.

„Camilla war wunderschön. Ich war unsterblich in sie verliebt. Sie war nicht wie die anderen Mädchen im Stück. Julia zum Beispiel war so sehr mit sich selbst beschäftigt, dass sie mich nicht einmal eines Blickes würdigte. Für Leute wie Julia Carstairs war die Bühnencrew ein Nichts. Für sie existierten wir nur, um ihr einen reibungslosen Auftritt zu ermöglichen. Aber Camilla war anders. Sie wusste meine Rolle bei der Aufführung des Stücks zu schätzen. Sie wusste, dass es ohne die Bühnencrew, die sie und die anderen Darsteller unterstützte, kein Stück geben würde. Sie bedankte sich immer, wenn ich ihr das richtige Requisit für die Bühne gab. Camilla war nett.

Ich glaube, die Wochen, die ich hinter den Kulissen mit den Vorbereitungen für *Was ihr wollt* verbrachte, waren die glücklichsten meines ganzen Lebens. Ich hatte schon immer alles am Theater geliebt – die Schauspieler, die Kostüme, das Drama, die Schminke, die Kameradschaft, das Gefühl einer überhöhten Realität, und jetzt war ich ein Teil davon. Und während der zweieinhalbstündigen Aufführung zählte nichts anderes als das Stück. Selbst wenn Teile der Kulisse einstürzten oder jemand seinen Text vergaß, hatte man immer das Gefühl, dass *die Show weitergehen musste.*"

„Sie haben uns von Camilla erzählt", unterbrach ihn Bridget, um ihn wieder auf den richtigen Weg zu bringen, bevor er sich völlig in seinen Erinnerungen verlor.

„Damals wusste ich nicht, ob sie das Gleiche für mich empfand wie ich für sie. Ich wusste, dass sie Davids Freundin gewesen war, aber sie hatten sich getrennt, bevor die Proben für das Stück begannen. Es gab Gerüchte, dass sie und Guy miteinander schliefen, aber das habe ich nie geglaubt. Das waren nur böse Gerüchte. Aber ich war zu schüchtern, um etwas zu sagen. Ich habe auf den richtigen Moment gewartet."

„Zu diesem Zeitpunkt in Ihrem Leben hatten Sie Lynda noch nicht getroffen?", fragte Bridget.

Geoff runzelte die Stirn über die Unterbrechung. „Tatsächlich waren Lynda und ich schon eine Weile zusammen, und wir waren glücklich miteinander. Aber Camilla war ganz anders als Lynda. Sie war nicht nur wunderschön, sie war auch freundlich, sanft und rücksichtsvoll und hatte eine Art, einem das Gefühl zu geben, etwas Besonderes zu sein. Sie hat mich irgendwie in ihren Bann gezogen. Im Nachhinein denke ich, dass ich mich vielleicht ein wenig in ihr getäuscht habe. Vielleicht habe ich ihre natürliche Liebenswürdigkeit als Anmache missverstanden. Aber wenn sie nicht so entgegenkommend gewesen wäre, wäre nie etwas passiert. Wissen Sie, es war Camilla, die darauf bestand, dass ich nach der letzten Vorstellung zur Party gehe. Ich hatte nicht vor, hinzugehen. Ich war zu schüchtern und unbeholfen, um Partys zu genießen, aber sie sagte: ‚Du kommst doch, Geoffrey? Ohne dich hätten wir die Show nicht machen können.' Also ging ich mit allen ins Freud's."

„Ging Lynda auch mit?"

„Nein. Sie konnte meine Theaterfreunde nicht leiden. Sie fand sie eitel und meinte, ich würde meine Zeit verschwenden, wenn ich mich mit ihnen abgäbe. Also ging ich allein zu der Party. Insgeheim war ich froh darüber. Ich wollte nicht, dass sie mitkam. Ich wollte frei sein, um

Camilla wiedersehen zu können.

Aber kaum war ich dort, wurde mir klar, dass ich einen Fehler gemacht hatte. Ich passte nicht in diese Welt, nicht wirklich. Ich hatte mich in den Kreis eingeschlichen, indem ich bei den Requisiten half, aber außer den anderen Mitgliedern der Bühnencrew beachtete mich niemand. Die Darsteller wollten nur hören, wie fantastisch sie gewesen waren. Da wurde mir klar, dass Schauspieler sehr unsicher sein können. Sie brauchen ständig Bestätigung für ihr Ego. Aber Camilla hatte es satt, ständig zu hören, wie toll sie war. Sie verließ die Party früher und ich folgte ihr, weil ich dachte, dass sie genau das wollte. Ich bot ihr an, sie nach Hause zu begleiten, und sie nahm an."

Er hielt inne, um einen Schluck Wasser zu trinken.

„Camilla wohnte in einem Studentenwohnheim in North Oxford", sagte er. „Lathbury Road. Nebenan stand ein verlassenes Haus. Damals war es, glaube ich, noch nicht so heruntergekommen wie jetzt. Studenten feierten dort manchmal Partys. Ich überredete sie, mit mir in den Garten zu gehen, obwohl es schon spät war und sie sagte, sie sei müde. Aber als ich versuchte, sie zu küssen, wehrte sie sich. Zuerst dachte ich, sie wollte mich nur hinhalten. Immerhin hatte sie sich von mir nach Hause bringen lassen, oder? Sie war mit mir in den Garten gegangen. Sie muss gewusst haben, was ich empfinde, und ich dachte, sie empfindet dasselbe für mich. Also küsste ich sie fester, und sie schrie auf. Dann weiß ich nicht mehr, was passiert ist. Ich muss den Verstand verloren haben. Ich stach mit einem Taschenmesser, das ich in meiner Tasche hatte, auf sie ein. Als ich begriff, was ich getan hatte, war ich entsetzt. Sie fing an, Blut zu verlieren, und ich versuchte, die Wunde zu schließen, aber es war sinnlos. Ich war zu verängstigt, um Hilfe zu rufen. Stattdessen blieb ich an ihrer Seite und sah zu, wie sie starb. Ich kann mir mein Verhalten nicht erklären. Im Nachhinein war es nicht rational. Aber Liebe ist nicht rational, oder? Sie ist eine Art Wahnsinn."

Im Raum herrschte eine bedrückende Stille. Eine Weile

sprach niemand mehr. Geoff Henderson blickte starr auf den Tisch. Jake saß regungslos neben Bridget.

Bridget war fasziniert und betroffen zugleich von diesem Geständnis. Geoffrey Henderson war offensichtlich ein junger Mann gewesen, der von einer Wahnvorstellung beherrscht wurde, die ihn dazu gebracht hatte, ein schreckliches Verbrechen zu begehen. Sie fragte sich, wie viele Menschen sich irgendwann auf dem schmalen Grat zwischen Realität und Fantasie bewegten und wie viele von ihnen so leicht auf die falsche Seite des Gesetzes geraten konnten. Sie wartete darauf, dass er fortfuhr.

„Ich wartete eine Weile, bis ich sicher war, dass sie tot war. Dann überkam mich eine Art kalte Gewissheit. Es war wohl der Selbsterhaltungstrieb, nehme ich an. Ich brach in das Haus ein und schleppte ihre Leiche hinein. Ich wusste, dass ich die Leiche verstecken musste. In einem Zimmer fand ich eine lose Bodendiele. Ich hob sie hoch und konnte mit meinem Messer noch ein paar Bretter anheben. Es war gerade genug Platz, um die Leiche in das Loch zu schieben. Ich warf das Messer hinterher und legte die losen Bretter wieder an ihren Platz. Dann rannte ich weg. Seit dieser Nacht bin ich jeden Tag gerannt."

KAPITEL 31

Das Gespräch mit Geoff Henderson war beendet. Bridget wusste, dass Grayson sich über das positive Ergebnis freuen würde, aber sie war noch nicht bereit, ihm die Nachricht zu überbringen. Sie zog Jake in einen leeren Besprechungsraum und schloss die Tür.

Jake sah sie nervös an. „Was ist los, Ma'am?"

„Seine Geschichte. Glauben Sie sie?"

„Glauben Sie sie nicht, Ma'am? Er hat ohne Probleme gestanden und es war ein umfassendes und detailliertes Geständnis."

„Nur ein Detail stimmte nicht ganz."

„Das Taschenmesser."

„Camilla wurde nicht mit einem Taschenmesser erstochen und es wurde kein Taschenmesser bei ihrer Leiche gefunden. Die Mordwaffe war ein Küchenmesser mit einer langen Klinge."

„Das ist ein kleines Detail. Vielleicht war er verwirrt, als er von einem Taschenmesser sprach."

Bridget schüttelte den Kopf. „Er klang nicht verwirrt, und er hatte ein gutes Gedächtnis für Requisiten. Ein solcher Fehler wäre ihm nie unterlaufen. Außerdem wäre ein Messer wie das, das man gefunden hat, zum Aufhebeln von Dielen unbrauchbar. Man bräuchte ein Messer mit einer kurzen Klinge."

„Wie ein Taschenmesser."

„Genau. Aber ein Taschenmesser wurde am Tatort nicht gefunden."

Jake runzelte die Stirn, seine buschigen roten Augenbrauen zogen sich zusammen. Nachdenklich strich er sich über die Nase. „Glauben Sie, er deckt jemanden?"

„Ja, das glaube ich."

„Wen?"

„Die Person, die er während des Gesprächs immer wieder erwähnt hat. Die Person, die er zu beschützen geschworen hat. Und die Person, die er am meisten fürchtet zu verlieren."

„Seine Frau. Lynda."

„Genau."

„Sie glauben, dass sie Camilla getötet hat?"

„Ich glaube, das ist der Teil der Geschichte, den er ausgelassen oder verändert hat. Vielleicht hat Lynda seine Liebe zu Camilla bemerkt und wurde eifersüchtig. Was, wenn sie vor der Party gewartet und ihn mit Camilla weggehen gesehen hat? Was hätte sie tun können?"

„Ihnen folgen?"

„Zurück zu Camillas Haus. Und dann, als sie sah, wie Geoff Camilla auf dem Grundstück des alten Hauses küsste ..." Mehr brauchte Bridget nicht zu sagen.

Jake nickte. „Es ist natürlich nur eine Vermutung, aber es passt."

„Deshalb war Lynda auch so nervös, als sie uns heute Morgen die Tür öffnete", sagte Bridget. „Sie hatte keine Angst um ihren Mann. Sie dachte, wir wären hinter ihr her. Und sie hat nicht gelogen, als sie sagte, Geoff habe nichts mit den Morden zu tun. Wir haben den Falschen verhaftet."

★

Diesmal fuhr ein Streifenwagen mit Blaulicht voraus nach Beaconsfield und bahnte sich einen Weg auf der Überholspur der Autobahn M40. Jake folgte dicht dahinter, mit Bridget auf dem Beifahrersitz. Auf dem Rücksitz saß eine Verbindungsbeamtin, die sich nach der Verhaftung ihrer Mutter um Lucy und Luke kümmern sollte. Geoff blieb vorerst in Polizeigewahrsam, während Bridget überlegte, was mit ihm geschehen sollte. Zu diesem Zeitpunkt war noch nicht klar, ob er nur Komplize eines Mordes gewesen war oder den Mord an David Smith tatsächlich selbst begangen hatte. Es würde einige Zeit dauern, das Lügengespinst zu entwirren und der Wahrheit auf die Spur zu kommen.

Aber eine Tatsache stand für Bridget fest. Geoff Henderson hatte Camilla Townsend nicht getötet, sondern gelogen, um den wahren Mörder zu schützen. Und die Schlussfolgerung, die sie gezogen hatte, war die einzig mögliche. Dass es Lynda war, die Camilla in einem Anfall eifersüchtiger Wut ermordet hatte.

Die beiden Autos hielten mit blinkenden Blaulichtern vor dem Haus der Hendersons. *Jetzt haben die Nachbarn wirklich etwas zu erzählen,* dachte Bridget. Geoffs grauer BMW stand noch immer in der Einfahrt, und im Haus brannten alle Lichter, so dass es so aussah, als wäre Lynda noch zu Hause. Wartete sie ängstlich auf einen Anruf ihres Mannes? Wusste sie, dass er vorhatte, ein umfassendes Geständnis über das Verbrechen oder die Verbrechen abzulegen, die sie begangen hatte? Bridget vermutete, dass das Paar bereits besprochen hatte, was sie tun würden, wenn die Polizei vor der Tür stehen würde. Die Tatsache, dass David Smith mit einem Steakmesser erstochen worden war, war nicht an die Presse gegangen, so dass Geoff dieses Detail nur wissen konnte, wenn Lynda es ihm erzählt hatte, oder wenn er selbst den Mord begangen hatte.

Bridget ging die Einfahrt hinauf und klingelte an der Tür. Die beiden stämmigen Beamten, die sie begleiteten, waren durchaus in der Lage, sich notfalls gewaltsam Zutritt zu verschaffen, aber sie rechnete fest damit, dass Lynda einfach die Tür öffnen würde. Nach dem bisherigen Verhalten der Frau zu urteilen, würde sie den Nachbarn nur ungern noch mehr Anlass zum Tratschen geben.

„Inspector Hart", sagte Lynda, als die Tür geöffnet wurde. „Sie sind wieder da." Sie blickte über Bridgets Schulter zu Jake und den uniformierten Beamten. „Mein Mann ist nicht bei Ihnen?"

„Nein", sagte Bridget. „Ich fürchte, er muss vorerst in Gewahrsam bleiben."

Lynda nahm die Nachricht gelassen auf, als hätte sie damit gerechnet. „Und jetzt möchten Sie mit mir sprechen. Nun, Sie kommen besser rein. Es ist sehr kalt hier draußen und es ist nicht nötig, dass jeder weiß, was hier vor sich geht, nicht wahr?" Sie warf einen letzten Blick auf die Straße, dann ging sie hinein.

Bridget folgte ihr mit Jake in die Küche, während die Verbindungsbeamtin und die Uniformierten im Flur warteten.

Der Schokoladenkuchen, den sie vorhin gebacken hatte, stand jetzt auf einem Teller auf der Arbeitsplatte, und Lynda war gerade dabei, ihn mit einer dicken Schicht Schokoladenglasur zu überziehen. Ruhig widmete sie sich wieder ihrer Arbeit und verteilte mit einem Spachtel die üppige, dunkle Glasur.

Lucy und Luke saßen mit leeren Tellern am Küchentisch. Ihre Gesichter waren von Angst gezeichnet und es war offensichtlich, dass sie genau wussten, dass ihr Vater in Polizeigewahrsam war. Besonders Luke wirkte angespannt, und Bridget fragte sich, was Lynda ihnen wohl erzählt hatte.

„Mrs. Henderson, vielleicht sollten die Kinder ins Wohnzimmer gehen, während wir uns unterhalten?" Das Letzte, was Bridget wollte, war, die Mutter vor den Augen der Kinder zu verhaften. Es würde schon schwer genug für sie sein, damit zurechtzukommen. Sie mussten nicht auch noch sehen, wie sie abgeführt wurde.

Lynda fuhr Bridget an. „Sie bleiben hier", schnappte sie mit einer Stimme, die keinen Widerspruch duldete. „Außerdem", fuhr sie sanfter fort, „habe ich ihnen ein Stück Schokoladenkuchen versprochen. Das ist ihr Lieblingskuchen. Sie mögen ihn genau so, wie ich ihn backe. Nicht wahr, Lucy? Luke?" Sie lächelte ihren Sohn und ihre Tochter an, die sie ansahen, als wüssten sie kaum, wer sie war.

„Was ist los, Mum?", fragte Luke. „Wo ist Dad? Warum ist die Polizei hier?"

Lynda hatte ihnen offensichtlich nichts erklärt. Vielleicht wollte sie es immer noch nicht wahrhaben und so tun, als wäre alles in Ordnung. Für eine Frau wie Lynda Henderson, die ihr Leben dem Streben nach häuslicher Perfektion gewidmet hatte, war der Schock über das, was sich jetzt abzeichnete, vielleicht einfach zu groß, um damit umzugehen. Der Schokoladenkuchen war ein letzter verzweifelter Versuch, das Fundament ihrer Welt zu festigen, bevor alles zusammenbrach.

Mit einem finalen Schwung ihres Messers strich sie die letzte Glasur auf den Kuchen und lächelte selbstzufrieden. „Die Polizei ist gekommen, um mich zu verhaften", sagte sie, als würde sie mit zwei viel jüngeren Kindern sprechen. Vielleicht waren sie in ihren Augen immer noch klein, immer noch abhängig von ihrer Mutter. Bridget erinnerte sich daran, wie Chloe in jungen Jahren gewesen war: liebevoll, anhänglich, aufmerksam. Manchmal wünschte sie sich, die Zeit zurückdrehen zu können, in jene glücklichen Tage. Aber Kinder wurden erwachsen. Sie wurden unabhängig. Sie entfernten sich von ihren Eltern.

„Wisst ihr", fuhr Lynda fort, „vor einiger Zeit, als euer Vater und ich in Oxford studierten, verliebte sich euer Vater in ein anderes Mädchen. Sie war ein sehr törichtes Mädchen: eine Schauspielerin. Sie war nichts für euren Vater, aber er war zu jung und dumm, um seinen Fehler zu erkennen. Er hatte sich in den Kopf gesetzt, zu diesen Schauspielern und Schauspielerinnen und ihrer albernen, selbstverliebten Welt zu gehören. Aber das tat er nicht. Er gehörte zu mir." Sie hob den Teller mit dem Kuchen und brachte ihn zum Küchentisch, wo Luke und Lucy vor Schreck erstarrt waren.

„Und so bewahrte ich ihn vor dem Fehler, den er begehen wollte. Ich tötete das Mädchen, rettete ihn aus dieser Welt und schenkte ihm ein schönes, vernünftiges Leben. Ich tat es aus Liebe, versteht ihr? Euer Vater musste sesshaft werden und einen richtigen Job finden. Und das hat er getan, und deshalb haben wir alle zusammen ein so glückliches Leben geführt." Sie begann, den Kuchen anzuschneiden.

Luke und Lucy waren bei dieser so ruhig vorgetragenen Enthüllung beide blass geworden. Luke sah aus, als müsste er sich gleich übergeben.

Bridget ging dazwischen. „Mrs. Henderson, Ihren Kinder zuliebe wäre es wirklich besser, wenn Sie jetzt einfach mit uns kämen und ..."

Das Messer in Lyndas Hand blitzte auf. „Nein!", schrie sie. „Sie bleiben genau da, wo Sie sind. Sie können fünf Minuten warten, bis ich meinen Kindern diese letzte Freude bereitet habe. Diesen Moment können Sie mir nicht nehmen."

Bridget blieb stehen und blickte nervös auf das Messer. Aus den Augenwinkeln sah sie, wie Jake um den Tisch herumging und sich neben die Kinder stellte. Die stämmigen Polizisten im Flur waren in die Küche gekommen. Bridget winkte sie zurück und bedeutete ihnen, an der Küchentür zu warten. Es hatte keinen Sinn, eine Konfrontation zu erzwingen. Nicht, wenn Lynda das Messer in der Hand hielt.

Lynda stieß die lange Klinge mit entschlossenem, festem Schwung in den weichen Kuchen, sodass der glasierte Biskuit mit kaum einer Delle nachgab. Hatte sie Camilla Townsend so attackiert? Mit einer Entschlossenheit, die keine Gnade zuließ? Ihre Augen waren auf den Kuchen gerichtet, ohne Bridget eines Blickes zu würdigen.

Als Lynda wieder sprach, war ihre fröhliche,

mütterliche Stimme wieder da, als wäre nichts gewesen. „Ich möchte meinen Kindern nur noch ein letztes Stück Schokoladenkuchen geben, bevor ich gehe. Ein letzter Akt mütterlicher Liebe. Das verstehen Sie doch sicher, Inspector? Haben Sie nicht auch eine Tochter? Würden Sie nicht wollen, dass sie liebevolle Erinnerungen an Sie hat, wenn Sie weggehen und sie zurücklassen müssen?" Sie schnitt drei großzügige Stücke Kuchen ab und legte sie auf die Teller vor Luke und Lucy, wobei sie eines für sich behielt. Bridget bot sie nichts an.

„Ich habe wirklich keinen Hunger, Mum", sagte Luke.

Lynda hob das Messer erneut und ihre Augen blitzten. „Iss es!", befahl sie. „Ich habe mein halbes Leben damit verbracht, mich um dich und deine Schwester zu kümmern. Das Mindeste, was ihr tun könnt, ist, das Essen zu essen, das ich für euch koche, und dankbar zu sein. Das ist alles, was ich je wollte, Anerkennung."

„Okay, Mum", sagte Luke beschwichtigend. „Entspann dich, ja? Wir essen ihn." Er hob den Kuchen an den Mund und nahm einen Bissen. Lucy folgte seinem Beispiel.

„Was ist mit David Smith?", fragte Bridget, die ihre Neugier nicht mehr zügeln konnte, jetzt, da Lynda voll im Geständnismodus war. „Haben Sie ihn auch umgebracht?"

„Natürlich", sagte sie. „Ich wusste, dass er Geoff erkannt hatte. Er kannte mich nicht, aber ich wusste, wer er war. Und als ich sah, wie er Geoff folgte, wusste ich genau, was er vorhatte. Er wollte Geoff den Mord an dieser Schauspielerin anhängen. Die ganze Zeit über hatte er keinen Grund zu glauben, dass Geoff etwas mit ihrem Tod zu tun haben könnte. Niemand hatte einen, nicht einmal die Polizei. Geoff war nie in Schwierigkeiten gewesen. Aber ich konnte sehen, was Smith vorhatte. Es stand ihm förmlich ins Gesicht geschrieben."

„Er sah aus, als hätte er einen Geist gesehen", sagte Bridget.

„Das kann ich mir vorstellen", sagte Lynda und biss in

den Kuchen.

„Mum, dieser Kuchen schmeckt komisch", sagte Lucy und kaute auf ihrem Bissen herum. „Ich mag ihn nicht."

„Sprich nicht mit vollem Mund", schnauzte Lynda. „Daran ist nichts auszusetzen. Ich habe ihn extra für euch gebacken. Jetzt iss."

Plötzlich erkannte Bridget die Gefahr.

„Halt!" Sie rannte nach vorne und schlug Lucy den Teller aus der Hand. Das Porzellan zerschellte auf dem Boden und Schokoladenkuchen spritzte in alle Richtungen. „Rührt nichts mehr an", schrie sie die Kinder an. „Spuckt es aus!"

Lucy wich erschrocken zurück und sah Bridget mit großen Augen an.

Vielleicht war sie verrückt geworden. Vielleicht hatte sie völlig überreagiert und das Kind grundlos verängstigt. Aber Bridget hatte gerade eine Vision von einer anderen Familie gehabt, die nach außen hin perfekt schien, aber durch und durch verdorben war – oder zumindest die Eltern. Am 1. Mai 1945, dem Tag nach dem Selbstmord Adolf Hitlers, hatten Joseph und Magda Goebbels ihre sechs Kinder in aller Ruhe mit Zyankali vergiftet, bevor sie sich selbst das Leben nahmen. Hitlers Propagandaminister mochte seinen Tod verdient haben, seine Frau zweifellos auch, aber nicht ihre unschuldigen Kinder. Die Geschichte zeigte den Fanatismus der treuesten Nazis. Und Lynda Henderson war nichts anderes als eine Fanatikerin.

Sie starrte Bridget mit einem Ausdruck purer Boshaftigkeit an und stürzte sich dann mit dem Messer auf sie.

Jake packte sie von hinten und hielt sie fest, während einer der Polizisten vorstürmte und sie entwaffnete. Der zweite Beamte legten ihr Handschellen um die zappelnden Handgelenke.

„Nein!", schrie sie.

„Nehmen Sie den Kuchen als Beweisstück mit", befahl Bridget Jake. „Aber seien Sie vorsichtig damit. Ich möchte, dass er im Labor auf jegliche Art von Gift untersucht wird.

Und wir bringen die Kinder besser zu einem Arzt, nur für den Fall."

Dann wandte sie sich an Lynda: „Lynda Henderson, ich verhafte Sie wegen des Verdachts des Mordes an Camilla Townsend und David Smith." Sie sprach die Belehrung auf Autopilot. Die ganze Sache hatte sie sehr mitgenommen. Aber jetzt war es vorbei.

Lynda wehrte sich nicht, als sie abgeführt wurde.

Luke war inzwischen aufgestanden und hatte einen Arm schützend um seine Schwester gelegt. Er begleitete sie zur Haustür und wirkte dabei selbstbewusster und erwachsener, als Bridget ihn je erlebt hatte. Als seine Mutter auf den Rücksitz des Polizeiautos verfrachtet wurde, rief er ihr nach: „Du bist wirklich die schlechteste Mutter, die man sich vorstellen kann. Wir haben Besseres verdient. Und Dad auch."

KAPITEL 32

E s gab noch einige offene Fragen in diesem Fall, die aber durch routinierte Polizeiarbeit schnell geklärt werden konnten.

Der toxikologische Bericht ergab, dass der Kuchen, den Lynda Luke und Lucy zu essen geben wollte, mit Schlaftabletten vergiftet worden war. Bei einer Hausdurchsuchung wurden im Küchenabfall mehrere leere Valium-Packungen gefunden, die Geoff Henderson als Eigentum seiner Frau identifizierte. Dem Laborbericht zufolge waren die Tabletten zu einem feinen Pulver zermahlen und in die Glasur des Kuchens gemischt worden. Der Zucker in der Glasur hatte zwar den Geschmack überdeckt, nicht aber den bitteren Nachgeschmack, den Lucy bemerkt hatte.

Zum Glück hatte das Mädchen ihn erwähnt. Bridget graute bei dem Gedanken, was hätte passieren können, wenn die Kinder den Kuchen klaglos gegessen hätten. Jedes Stück Kuchen enthielt mehr als die doppelte tödliche Dosis Schlaftabletten.

Als Geoff Henderson von der Verhaftung seiner Frau erfuhr und insbesondere davon, wie sie versucht hatte, sich selbst und die Kinder zu vergiften, änderte er schnell seine Geschichte, um so viel Distanz wie möglich zwischen sich und seine Frau zu bringen. Nach weiteren Verhören wurde er aus dem Gewahrsam entlassen, obwohl Grayson immer noch in Erwägung zog, ihn wegen Falschaussage anzuklagen.

Bridget hoffte, dass er das nicht tun würde. Die Kinder brauchten ihren Vater jetzt mehr denn je.

Geoffs ursprüngliches Geständnis war in allen Fällen korrekt gewesen, bis auf einen Punkt. In beiden Fällen hatte Lynda das Messer in den Körper des Opfers gerammt, nicht er. Er war nicht einmal anwesend gewesen, als Camilla Townsend erstochen wurde. Er hatte sie sofort nach der Party verlassen, nachdem sie seine Annäherungsversuche zurückgewiesen hatte. Lynda war ihr in die Lathbury Road gefolgt, hatte sie getötet und ihre Leiche unter dem Boden des alten Hauses versteckt. Sie hatte Geoff am nächsten Tag ihre Tat gestanden, ihm aber nicht im Detail erklärt, wie es dazu gekommen war. Daher auch die Diskrepanz zwischen seiner Geschichte und den Fakten.

Es gab jedoch keine weiteren Unstimmigkeiten. Die Doppeluntersuchung war abgeschlossen, und die Täterin wurde wegen zweifachen Mordes angeklagt. Bridget war zufrieden; Grayson war glücklich.

Camillas Eltern waren endlich wieder mit ihrer Tochter vereint, nachdem ihr Skelett anhand von Zahnunterlagen eindeutig identifiziert werden konnte. Nun konnten ihre sterblichen Überreste zur Beerdigung in ihre Heimatstadt überführt werden. Bridget hatte sich mit ihnen getroffen und war von ihrer Würde und ihrem Stoizismus beeindruckt gewesen. Mehr als fünfundzwanzig Jahre hatten sie auf die Rückkehr ihrer Tochter gewartet.

Luke Henderson hatte angekündigt, dass er zu Beginn des neuen Semesters nicht nach Oxford zurückkehren würde.

„Es ist seltsam", sagte er zu Bridget. „Bevor das passiert ist, war ich verzweifelt und unglücklich, aber ich sah keinen Ausweg. Mum und Dad hatten mich immer so unter Druck gesetzt, das Leben zu führen, das sie sich für mich vorgestellt hatten, dass ich depressiv wurde. Ich wusste, dass ich nicht so werden wollte wie Dad, der stundenlang hinter seinem Schreibtisch saß, sich mit Büropolitik beschäftigte und ständig auf die nächste Beförderung, die nächste Gehaltserhöhung und die nächste Sprosse auf der Karriereleiter hinarbeitete. Aber ich hatte einfach nicht den Mut, ihnen zu widersprechen. Es war einfacher, mich ihren Plänen zu fügen, egal, wie unglücklich mich das machte. Deshalb bin ich wohl auch zu den Drogen gekommen. Es war eine Möglichkeit, für eine Weile der Realität zu entfliehen und alles erträglich zu machen. Aber es war falsch."

„Was werden Sie jetzt machen?", fragte Bridget.

Ein Lächeln erhellte sein Gesicht, und zum ersten Mal sah sie ihn wirklich begeistert. „Das Problem war, dass ich zwar wusste, was ich nicht wollte – eine sichere Stelle, eine Hypothek, eine Rente –, aber ich war mir nicht sicher, was ich wirklich wollte. Aber als ich hörte, wie sehr sich Dad in meinem Alter für das Theater begeisterte, hat mir das die Augen geöffnet. Ich hätte nie gedacht, dass er so etwas machen würde. Er war immer der graue, langweilige Buchhalter. Das hat mir sozusagen die Erlaubnis gegeben, meinen Träumen zu folgen."

„Sie gehen doch nicht ins Theater, oder?", fragte Bridget.

Er lachte. „Nein. Das war Dads Traum, aber nicht meiner. Ich habe herausgefunden, was mir wirklich Spaß macht, als ich am Ende des Semesters noch an der Uni bleiben musste. Eigentlich sollte es harte Arbeit sein, draußen auf dem Campus zu arbeiten, aber in Wirklichkeit gefiel es mir. Also werde ich an der örtlichen Berufsfachschule eine Ausbildung zum Platzwart machen. Mit etwas Glück bekomme ich eine Lehrstelle am New College. Immerhin kenne ich jetzt den Chefplatzwart."

„Das ist mal was anderes als ein Jurastudium", bemerkte Bridget. „Was hält Ihr Vater von Ihren Plänen?"

„Nun, nach allem, was passiert ist, hat er wohl kaum das Recht, Einwände zu erheben, oder?"

„Vermutlich nicht."

„Aber er hält es für eine großartige Idee. Er sieht den Wert darin, dass ich mich für einen Beruf ausbilden lasse und während des Studiums bezahlt werde, anstatt riesige Schulden für eine Karriere anzuhäufen, die ich gar nicht anstrebe. Als Buchhalter unterstützt er das. Ich und Dad verstehen uns so gut wie seit Jahren nicht mehr. Es ist komisch, das zu sagen, aber dass Mum versucht hat, uns alle umzubringen, und dann wegen Mordes verhaftet wurde, hat die Familie endlich wieder zusammengebracht."

„Das freut mich zu hören", sagte Bridget. „Und ich wünsche Ihnen alles Gute."

Auch Jake und Ffion verstanden sich viel besser als in den letzten Monaten, und Bridget war erleichtert. Sie brauchte nicht das unangenehme Thema anzusprechen, einen der beiden zu bitten, in eine andere Abteilung zu wechseln. Die Gefahr, einen ihrer besten Detectives zu verlieren, war gebannt.

Aber als sie darüber nachdachte, kam sie zu einer unangenehmen Schlussfolgerung. Obwohl sie sich darüber im Klaren war, dass die Kluft zwischen ihnen auf die Trennung zurückzuführen war, fragte sie sich, ob ihre Schwierigkeiten nicht geringer gewesen wären, wenn sie sich aktiver um ihr Wohlergehen gekümmert hätte. Es war ihr noch nie leicht gefallen, sensible Themen mit ihren Mitarbeitern zu besprechen, aber sie wollte, dass sie wussten, wie sehr sie sie schätzte, und sie war entschlossen, sich in dieser Hinsicht in Zukunft besser zu verhalten.

Sie würde sich vornehmen, im neuen Jahr eine bessere Chefin zu sein – und auch eine bessere Mutter, Schwester, Tochter und Geliebte. Was stand noch auf ihrer Liste? Ach ja, gesünder kochen, vierzehn Pfund abnehmen, mehr Bücher lesen, regelmäßig zum Friseur gehen und zweimal die Woche schwimmen. Dieselbe Liste wie letztes Jahr.

Aber sie würde damit beginnen, eine bessere Chefin zu

sein.

Sie beschloss, bei Jake damit anzufangen.

Er legte gerade den Hörer auf, als sie an seinen Schreibtisch kam. Er schien erfreut über das, was er gerade gehört hatte. „Es war Harvard", sagte er ihr.

„Der Dekan der Fakultät?"

„Ja. Er wollte mich auf den neuesten Stand bringen. Wie es aussieht, ist Trevor Mansfield aus dem Schneider. Nach den Feiertagen hat die Studentin, die Anzeige gegen ihn erstattet hatte, ihre Anschuldigungen zurückgezogen. Daher stellt die Universität ihre Untersuchung gegen ihn ein und wird ihn rechtzeitig zu Beginn des neuen Semesters wieder einstellen. Er wird also seine Lehrtätigkeit im neuen Jahr wieder aufnehmen."

„Das freut mich", sagte Bridget. Trotz aller Verdächtigungen hatte sie immer eine gewisse Sympathie für den sanftmütigen Dozenten empfunden und war erleichtert gewesen, als er von den beiden Morden freigesprochen worden war. Jetzt konnten er und seine Mutter aus dem dunklen Schatten der Vergangenheit heraustreten und ihr Leben mit einem reinen Gewissen weiterführen. Auch Cheryl könnte nach Cambridge, Massachusetts, zurückkehren, wenn der Ruf ihres Mannes wiederhergestellt wäre.

„Jetzt", fuhr Bridget fort, „sollten Sie sich eine Auszeit gönnen. Ich habe Ihre Weihnachtsferien ruiniert, indem ich Sie nach Oxford zurückgerufen habe. Warum fahren Sie nicht zurück nach Leeds und verbringen etwas Zeit mit Ihrer Familie?"

„Eigentlich, Ma'am, glaube ich nicht, dass ich wirklich weg muss. Ich habe Weihnachten hinter mir und möchte jetzt weitermachen. Vielleicht hebe ich mir die freien Tage für den Sommer auf. Ich dachte, ich könnte nächstes Jahr ins Ausland gehen. Ich bin noch nie wirklich viel gereist. Früher bin ich immer in den Norden gefahren, wenn ich frei hatte. Aber die Welt ist groß, oder?"

„Das stimmt", sagte Bridget.

Sie wandte sich an Ffion, die ebenso gut gelaunt schien.

„Haben Sie schon Pläne für das neue Jahr? Ich fürchte, Ihr Weihnachten wurde dieses Jahr ruiniert."

„Oh, ich weiß nicht", sagte Ffion. „Ein Skelett in einem Spukhaus auszugraben war eine ziemlich coole Art, meinen freien Tag zu verbringen."

Bridget hob neugierig eine Augenbraue und versuchte herauszufinden, ob Ffion es ernst meinte oder scherzte, aber der Gesichtsausdruck der DC verriet nichts. „Aber Sie werden am Neujahrstag nicht arbeiten. Darauf bestehe ich."

„Das müssen Sie nicht", sagte Ffion. „Ich habe mir schon ein paar Tage freigenommen. Ich habe etwas vor."

Es war verlockend zu fragen, was, aber Bridget wusste, wo die Grenze zwischen einer proaktiven Chefin und einer neugierigen Schnüfflerin lag. Sie ließ Ffion allein mit ihrer Arbeit.

Zurück an ihrem eigenen Schreibtisch dachte sie einen Moment darüber nach, was mit den anderen in den Fall verwickelten Personen geschehen würde.

Hoffentlich hatte sich Julia Carstairs mit Liz und Deborah versöhnt und sie hatten etwas von ihrem unterbrochenen Urlaub retten können.

Zweifellos war Guy Goodwin bereits wieder im Theater und brüllte seine Darsteller an, während seine dunklen Augen funkelten. Vielleicht hatte seine Hauptdarstellerin ihre Stimme wiedergefunden und war zurück auf der Bühne. Das würde sicherlich dazu beitragen, die Stimmung bei den Proben zu heben. Vielleicht würde Bridget sich selbst ein paar Karten für die Aufführung besorgen. Es wäre eine willkommene Abwechslung für sie, Chloe und Jonathan, und sie hatte sich eine Auszeit verdient, nachdem sie über Weihnachten so hart gearbeitet hatte. Aber irgendwie glaubte sie nicht, dass Guy ihr Freikarten anbieten würde. Wenn sie sich die Show ansah, würde sie sich hüten, ihm über den Weg zu laufen.

Ihr einziger Grund zur Trauer war der frühe Tod von David Smith, alias Gordon Goole. Sie hatte den Guide und seine theatralische Art ins Herz geschlossen. Er war ein unschuldiges Opfer in dieser traurigen Geschichte. Welche Ironie, dass er schließlich herausgefunden hatte, wer Camilla ermordet hatte, nur Sekunden bevor diese Person ihr Messer gegen ihn gerichtet hatte. Er hatte nie die Genugtuung gehabt, dass der Gerechtigkeit Genüge getan wurde. Aber wenn es einen Ausgleich für diese tragische Geschichte gab, dann war es die Tatsache, dass sein Tod der Auslöser dafür war, dass das Rätsel um Camillas Verschwinden endlich gelöst und ihr Mörder vor Gericht gestellt werden konnte. Wenn der Geist von Gordon Goole weiterlebte, hoffte Bridget, dass er nicht rachsüchtig und ruhelos war, sondern vielleicht etwas Frieden gefunden hatte.

KAPITEL 33

Es war Silvester, und Ffion fuhr auf der M4, der Hauptverbindung zwischen London und Südwales, aus Oxford heraus. Wie immer um diese Jahreszeit war der Verkehr dicht, und es hatte bereits einige Staus und Verzögerungen gegeben. Aber ihre Kawasaki Ninja war das perfekte Fahrzeug für solche Momente. Ffion schlängelte sich mit ihrem Motorrad durch die Lücken zwischen den Fahrspuren und überholte links und rechts frustrierte Autofahrer.

Es wurde schon dunkel, als sie die Prince of Wales Bridge oder, wie alle sie nannten, die Severn Bridge erreichte. Die lange Hängebrücke über den Fluss Severn markierte die Grenze zwischen Wales und England. Es war lange her, dass sie sie überquert hatte. Als sie nun über die breite Flussmündung fuhr und den kalten Wind spürte, der vom Meer herüberwehte, wurde ihr klar, dass ihre Rückkehr in die Heimat längst überfällig war.

Es war Siâns Hartnäckigkeit, die sie schließlich dazu gebracht hatte, die Reise anzutreten. Wenn ihre Schwester sich etwas in den Kopf gesetzt hatte, war sie eine Kraft, mit der man rechnen musste, und sie hatte beschlossen, dass

Ffion zum Neujahrsfest nach Wales zurückkommen würde, komme, was wolle. Ffion hatte sich anfangs gewehrt, aber ihr Widerstand hatte sich als zwecklos erwiesen.

„Du musst kommen", hatte Siân gedrängt. „Ich habe Owen und Arwen schon Bescheid gesagt, und wenn du nicht kommst, werden sie furchtbar enttäuscht sein."

„Das ist emotionale Erpressung", hatte Ffion gesagt, aber nachdem sie gesehen hatte, wie eine wirklich gestörte Familie aussah, nämlich die Hendersons, war ihr klar geworden, dass ihre vielleicht doch nicht so schlimm war, wie sie gedacht hatte.

Das Motorrad fuhr weiter nach Südwales, vorbei an Newport und Cardiff, bevor es die Autobahn verließ und ins Rhondda-Tal hinauffuhr. Inzwischen war es völlig dunkel, und die grünen Berge, die die Strecke säumten, ragten dunkel und massiv um sie herum auf. Aber sie kannte die Gegend wie ihre Westentasche. Schließlich bog sie von der Hauptstraße ins Clydach-Tal ab und schlängelte sich das enge Tal hinauf.

Vor ihr leuchteten die funkelnden Lichter der Bergarbeiterhütten. Natürlich lebten hier keine Bergleute mehr. Die Zechen waren alle geschlossen. Das Tal hatte sich längst von seiner industriellen Vergangenheit verabschiedet. Auch Ffion, die ihre Differenzen mit Jake beigelegt hatte, war in der Stimmung für einen Neuanfang. Vielleicht verdienten die Menschen ja doch eine zweite Chance.

Sie wurde langsamer, als sie ins Dorf fuhr, vorbei an Reihe um Reihe identischer Reihenhäuser, deren Eingangstüren direkt auf die Straße hinausgingen. Viele waren hell erleuchtet mit weihnachtlichen Lichtern und Dekorationen, und hinter den geschlossenen Vorhängen drang ein warmes Licht nach draußen. Sie war fast zu Hause.

Das Haus lag am Ende des Dorfes. Dahinter endete die Straße abrupt, das grüne Gras des Berghangs stieg direkt von der Straße aus an. Ein Haus wie jedes andere im Dorf.

Und doch war es anders.

Es war gerade genug Platz, um die Kawasaki auf dem Bürgersteig abzustellen. Sie schaltete den Scheinwerfer aus und griff in ihre Tasche. Der Haustürschlüssel hing noch immer an ihrem Schlüsselbund, seit Jahren unbenutzt. Aber als sie ihn ins Schloss steckte, ließ er sich genauso leicht drehen wie früher. Sie stieß die Tür auf und trat in die Wärme des Hauses.

„Hallo, Mam, hallo, Dad!", rief sie. „Ich bin's, Ffion. Ich bin zu Hause."

★

Um neun Uhr morgens klingelte Bridgets Wecker und dröhnte laut in ihren Ohren. Am Abend zuvor war sie mit Jonathan lange aufgeblieben, um im örtlichen Pub in Wolvercote das neue Jahr zu begrüßen. Um Mitternacht hatte sich das Pub geleert und sie hatten sich auf dem Dorfplatz versammelt, um Auld Lang Syne zu singen.

Chloe war kurz darauf zurückgekehrt, nachdem Alfie sie in seinem Auto abgesetzt hatte. „Keine Sorge, Mum", hatte Chloe sie beruhigt. „Alfie hat nichts getrunken. Ich war nicht in Gefahr."

In Bridgets Kopf machte sich jetzt ein Kater breit, aber sie schob die Bettdecke beiseite und rutschte aus dem Bett. Es war Neujahr, die Zeit der Neuanfänge und Versprechen. Bridget hatte bereits ein Versprechen gegeben, und sie hatte vor, es zu halten.

„Bis später", sagte sie zu Jonathan, der noch schlief.

Wie durch ein Wunder war Chloe schon in der Küche, als Bridget die Treppe herunterkam. Sie knabberte an einer Scheibe Toast, in der einen Hand ihr Handy, mit der anderen spielte sie auf der Tastatur herum. Sie legte es beiseite, als Bridget auftauchte. „Bist du so weit, Mum?"

Bridget überlegte, ob sie frühstücken sollte, verwarf den Gedanken aber schnell wieder. Ihr Magen war noch nicht in der Lage, Nahrung aufzunehmen, und wenn sie die Pfunde loswerden wollte, war es am besten, das neue

Jahr so zu beginnen, wie sie es zu Ende bringen wollte. „Ich bin fertig", sagte sie. „Lass uns gehen."

In den frühen Morgenstunden war eine dünne Schneeschicht gefallen, und das Gras und die Dächer von Wolvercote waren schneeweiß. Aber die Straßen waren frei und so früh am ersten Morgen des Jahres gab es kaum Verkehr. Es dauerte nicht lange, bis sie Vanessas Haus erreichten.

Ihre Schwester öffnete ihr die Tür, bereit zum Aufbruch. Bridgets Eltern warteten geduldig im Wohnzimmer, saßen zusammen auf dem Sofa und waren bereits winterfest mit Mütze, Schal und Handschuhen angezogen.

Sie fuhren in Vanessas Range Rover, Bridgets Vater saß auf dem Beifahrersitz, Bridget mit ihrer Mutter und Chloe auf dem Rücksitz. James blieb zurück, um sich um die Kinder zu kümmern. Bald waren sie in Woodstock, der Stadt, in der Bridget und Vanessa aufgewachsen waren. Die Stadt, aus der ihre Eltern nach Abigails Tod geflohen waren und in der Abigail ihre letzte Ruhestätte fand.

Die Kirche St. Maria Magdalena sah so bezaubernd aus wie auf einer Postkarte, mit Schnee bestäubt, und ihr viereckiger Turm war in Wirklichkeit genauso solide und unveränderlich wie in Bridgets Erinnerung. Der gelbe Stein schimmerte sanft gegen das metallische Grau des Himmels. In einem Baum begann eine Amsel zu singen, als sie gemeinsam den kurzen Weg zum Friedhof hinter dem Gebäude zurücklegten.

Eine glatte weiße Decke bedeckte den Raum zwischen den Grabsteinen und erstickte jedes Lebenszeichen. Doch Bridget wusste, dass bereits die ersten Primeln blühten, umhüllt von winzigen Eiskristallen. Bald würden Schneeglöckchen und Krokusse auftauchen, und ein bunter Teppich würde sich über den Boden ausbreiten, auf dem jetzt noch Schnee lag. Ein Rotkehlchen sang in einer Stechpalme und beobachtete, wie sie sich ihren Weg zwischen den Steinen hindurch bahnten. Die leuchtend purpurnen Beeren passten zur roten Brust des Vogels und bildeten einen auffälligen Kontrast zum grün-weiß-grauen Hintergrund.

Als sie Abigails Grab erreichten, ließ Bridget sich zurückfallen und überließ ihren Eltern den Vortritt. Sie senkte schweigend den Kopf, während sie Hand in Hand standen und die vertraute Inschrift auf dem Grabstein lasen. Chloe trat vor, kniete neben dem Grab nieder und legte einen kleinen Strauß winterblühenden Jasmins neben den Grabstein. Die leuchtend gelben Blüten schienen im fahlen Januarlicht fast zu glühen.

Dann reichte Bridgets Mutter ihr die Hand und Bridget nahm sie und drückte sie fest, Handschuh an Handschuh. Chloe nahm ihre andere Hand und Vanessa legte ihren Arm um ihren Vater. Schweigend und andächtig standen sie da. Worte waren nicht nötig. Die Familie war vereint im Verständnis und im gemeinsamen Gefühl des Verlustes.

Die Barriere, die sie so lange voneinander getrennt hatte, war endlich durchbrochen.

Dann sah Bridget, dass Chloes Augen vor Tränen glänzten. „Ich wünschte, ich hätte Tante Abigail gekannt", sagte sie. „Und ich wünschte, ich hätte Oma und Opa öfter gesehen, als ich noch klein war."

„Ich denke", sagte Bridget, „dass du sie in Zukunft öfter sehen wirst. Ich verspreche sogar, dass wir versuchen werden, sie bald zu besuchen."

„Das würde mir gefallen."

„Und apropos Versöhnung", fuhr sie fort, „es tut mir leid, dass ich so wütend auf dich war, als ich herausfand, dass du einen Freund hast. Ich hätte nicht so ein Theater machen sollen. Es war einfach ein Schock, das ist alles. Aber ich bin sicher, dass er ein sehr netter Junge ist, wenn du ihn ausgesucht hast."

„Das ist er, Mum. Du würdest ihn mögen."

„Nun, in diesem Fall ist es wohl an der Zeit, dass du ihn mir richtig vorstellst."

Ihr Vorschlag stieß auf betretenes Schweigen. Dann sagte Chloe: „In Ordnung. Ich bringe ihn mal mit."

„Das wäre schön."

„Aber Mum", sagte Chloe, „versprich mir nur eins."

„Was denn?"

„Versuch, nicht zu peinlich zu sein."

„Ich werde mein Bestes tun."

Bridget machte im Moment viele Versprechungen, sich selbst und anderen. Aber dieses letzte Versprechen könnte sich als das schwierigste erweisen.

Jonathan war bei Vanessa eingetroffen, und er und James hatten nach Vanessas strikten Anweisungen gebackenen Lachs zum Mittagessen zubereitet. Bridgets Kater war in der klirrend kalten Luft verschwunden, und sie war mehr als bereit für eine herzhafte Mahlzeit. Zum Lachs gab es einen frischen, trockenen Weißwein, gefolgt von einem klebrigen Karamellpudding. Bridget goss heiße Vanillesoße über den Pudding und machte sich daran, ihn zu verschlingen.

Kalorien? Die zählten an Neujahr sicher nicht. Es würde noch genug Zeit bleiben, um die Vorsätze einzuhalten. Im Moment war das Leben gut, und Bridget hatte vor, das Beste daraus zu machen.

PROLOG ZUM MORD
(BRIDGET HART #6)

Ein gefährliches Buch. Ein verborgenes Geheimnis. Ein tödlicher Verrat.

Das Oxford Literary Festival ist in vollem Gange, doch Detective Inspector Bridget Hart ist nicht dort, um sich über Bücher zu informieren. Stattdessen muss sie Diane Gilbert beschützen, eine umstrittene Autorin, die eine Morddrohung erhalten hat. Diane scheint nicht zu glauben, dass sie Bridgets Schutz braucht, aber als doch das Schlimmste eintritt, übernimmt Bridget die Leitung der Mordermittlungen.

Bridgets einzige Spur ist Dianes neues Buch über die zwielichtige Welt des internationalen Waffenhandels. Unter dem Druck, den Mörder ausfindig zu machen, taucht Bridget in die geheime Welt ausländischer Regierungen und des britischen Sicherheitsdienstes ein. Sie wird all ihre List und die volle Unterstützung ihres Teams brauchen, um der verworrenen Spur der Beweise bis zu ihrem logischen Ende zu folgen.

Die Bridget-Hart-Reihe spielt inmitten der verträumten Türme der Universität Oxford und ist ideal für Fans von J M Dalgliesh, Rachel McLean, Angela Marsons und klassischen britischen Krimis.

VIELEN DANK FÜRS LESEN

Wir hoffen, dass dir dieses Buch gefallen hat. Wenn ja, wären wir dir sehr dankbar, wenn du dir einen Moment Zeit nehmen und eine Rezension bei Amazon hinterlassen könntest. Herzlichen Dank.

BÜCHER DER BRIDGET-HART-REIHE:

Todesstreben (Bridget Hart #1)
Morden nach Zahlen (Bridget Hart #2)
Tu nichts Böses (Bridget Hart #3)
In Liebe und Mord (Bridget Hart #4)
Ein dunkel leuchtender Stern (Bridget Hart #5)
Prolog zum Mord (Bridget Hart #6)

ÜBER DIE AUTOREN

M.S. Morris ist das Pseudonym des Autorenduos Margarita und Steve Morris. Beide studierten an der Universität Oxford, wo sie sich 1990 kennenlernten. Zusammen schreiben sie Psychothriller und Kriminalromane. Sie sind verheiratet und leben in Oxfordshire.